NO ME LLAMES LOCA

GILRAEN EÄRFALAS

NO ME LLAMES LOCA

Planeta

Diseño de portada: Planeta Arte & Diseño
Ilustración de portada: © Lulybot
Fotografía de la autora: cortesía de Gilraen Eärfalas
Viñetas de interiores: Melisa Muñiz

Bajo el sello editorial PLANETA M.R.
Avenida Presidente Masaryk núm. 111,
Piso 2, Polanco V Sección, Miguel Hidalgo
C.P. 11560, Ciudad de México
www.planetadelibros.com.mx

Primera edición en formato epub: agosto de 2025
ISBN: 978-607-39-3280-6

Primera edición impresa en México: agosto de 2025
Séptima reimpresión en México: marzo de 2026
ISBN: 978-607-39-3266-0

Impreso en los talleres de Corporación en Servicios Integrales de Asesoría Profesional, S.A. de C.V.,
Calle E #6, Parque Industrial Puebla 2000,
C.P. 72225, Puebla, Pue.
Impreso y hecho en México – *Printed and made in Mexico*

A la niña que mataron un día,
tomé tu nombre,
porque era la única forma
de mantenerte con vida.

—¿Quién le enseñó todo esto, doctor?
La respuesta fue instantánea:
—El sufrimiento.

Albert Camus, *La peste*.

ADVERTENCIA

He aprendido que no todas las heridas deben cubrirse. A veces, un vendaje mal puesto, por bienintencionado que sea, atrapa humedad, bacterias, y en su afán de proteger el dolor, termina causando infección. Por ello, escribí este libro, para dejar las lesiones expuestas, esperando darles aire o darles sentido.

En esta historia exploramos los rincones más oscuros de la memoria, el trauma, abandono, violencia emocional y física. Almas rotas que, aun incompletas, buscan amar, aunque el mundo les exija repararse antes de sentir, tener todas las piezas en su sitio para merecer.

La narración incluye temas que pueden resultar difíciles para ciertos lectores. Entre ellos:

- Abuso infantil y psicológico.
- Trata de personas.
- Violencia simbólica y física.
- Disociación y salud mental.

- Ingesta de sustancias.
- Muerte traumática de menores.
- Situaciones de coerción emocional y poder.
- Abuso sexual.

Tampoco se propone que el amor reemplace el tratamiento médico, psiquiátrico ni psicológico. Es importante, pero no lo sustituye. Cada escena fue escrita con respeto, contención y propósito.

Gracias por entrar.
Gracias por quedarte.
Y gracias, sobre todo, por no mirar hacia otro lado.

PRÓLOGO

Una canción envuelve la oscura habitación. Un par de pequeñas luces, de distintas máquinas, titilan: rojo, verde, amarillo, casi parece que siguen el compás de la melodía.

El pequeño cuarto simula ser un quirófano, le faltan algunas cosas, sin embargo, puede albergar sin problema cirugías menores, bueno, también mayores, ¿qué más da?

Inhalo con profundidad y exhalo con lentitud, saboreando el aire revuelto con antiséptico, limpiapisos, miedo y traición. Y esos dos últimos ingredientes son los que más se acentúan en mi lengua.

«Quand il me prend dans ses bras
Il me parle tout bas
Je vois la vie en rose».

Canto la canción en voz baja, apenas perceptible para mis oídos. Me acomodo el cabello hacia atrás y muevo mi cuello de izquierda a derecha para tronarlo y destensar los nudos provocados por sus gritos de anoche.

Miro los monitores cardiacos.

Tic... tic... tic...

Hay uno haciendo mucho ruido. Presiono un botón para que deje de sonar, total, ese no es tan importante. El que realmente me interesa es este, el de mi paciente principal. Observo sus signos vitales, frecuencia cardiaca, respiración, oxigenación, temperatura. Ella está estable, sana, muy sana. Qué dicha es gozar de salud. Acerco mi rostro para observarla, aún huele a perfume, notas de cereza oscura. Está dormida, profundamente dormida. Paso mis dedos por su cabello brillante, se le enroscan las puntas, parece una muñeca de porcelana, de esas que no quieres tocar por temor a que se quiebren. Deslizo mi dedo enguantado por su puente nasal. Unos lazos de acero le sujetan la frente, el tórax, la cadera, las manos, las rodillas y los tobillos. Le doy unas agradables palmadas en las mejillas, pero no hay respuesta. Aumento la intensidad, sin infligir dolor. Comienza a cabecear de un lado a otro, pero sigue sin abrir los ojos.

—Espero que sea el mejor de los sueños, después tendrás hasta miedo de parpadear un momento —le susurro al oído con voz dulce. Quiero darle ese ambiente acogedor que ella alguna vez me dio a mí.

«Ojalá que mis palabras te retumben en los oídos».

Abre poco a poco los ojos adormilados. La observo con ternura, con lástima, una mezcla de coraje y satisfacción. Sus labios agrietados se mueven con lentitud.

¿Quién diría que este bello rostro durmiente podría causar

tanto daño? Parece un hada con esa bata blanca que realza sus mejillas sonrosadas.

Le doy otra palmada para acelerar su despertar.

Me siento detrás de su cabeza como anestesiólogo en pleno acto quirúrgico, el ángel de la guarda que vela esperando tu regreso cósmico del propofol, solo que nadie ha abierto la piel, no todavía.

Ochenta latidos por minuto. Saturación al noventa y nueve por ciento. Me alegra mucho que esté tan viva, eso presagia una muerte muy lenta.

Le doy un trago al café, está tan cargado que sabe a licor.

Me siento tranquila, como una heroína limpiando al mundo, o quizás como la villana, de cualquier manera, siempre lo fui.

—Despierta. —Le abro un párpado con el dedo.

Yo no olvido nada, ningún detalle, se lo dije y aun así cometió muchos errores. Río con satisfacción.

Y la que estaba mal de la cabeza era yo. Un error no te cuesta la vida. Pero repetirlo. Negarlo. Hacerlo mil veces… ahí es donde cavaste tu fosa.

«C'est toi pour moi
Moi pour toi
Dans la vie
Il me l'a dit, m'a juré
Pour la vie».

—Cariño… ¿Cómo estás? —le hablo como le hablaría a un bebé.

Había imaginado esta escena tantas veces en la aburrida clase de Metodología de la Investigación. No cabe duda, los sueños se cumplen.

La llamo por su nombre, y sus párpados se abren tan grandes que parece que están a punto de disparar.

Chasqueo la lengua contra el paladar, como lo hacen las madres para calmar el llanto de sus hijos.

Está asustada, muy confundida seguramente, mira hacia arriba con terror. El rostro que alguna vez escupió ahora es su pesadilla y trae puesto el mejor traje quirúrgico rojo de la historia.

—No tengas miedo, estás a salvo. —Me carcajeo, pero pronto recobro la compostura y aclaro la garganta—. ¡Hasta que yo lo decida, claro! —Otra risa se me escapa—. ¿A esto te referías cuando les decías a todos que era rara? Debiste ser más cuidadosa, a una loca no se le llama loca, ¿sabes? Porque pasan estas cosas. —No puedo contener la risa, es más, no debo contenerla, esta es la mejor historia jamás contada.

Sus labios se mueven, está tratando de articular una palabra.

—¿Qué? ¿Qué dices? —Le doy un golpe en la cabeza—. Habla bien, pareces tonta.

Su cuerpo tiembla como si estuviera desnuda en Alaska, lástima que no me nace darle una frazada.

Levanto su camilla hasta que queda semisentada, en un ángulo de cuarenta y cinco grados. Me pongo delante de ella.

—Abre los ojos, quiero que me mires bien y que hagamos memoria, no quería esperar a que la vida te cobrara. Si el karma existe, siento que se compadece de ustedes o finge demencia y se olvida de los daños irreparables que gente como tú le causa a otros, pero yo no. Todas tus palabras las conté, las anoté, las quemé y volví a escribirlas para nunca olvidar lo mucho que me debes.

Sus labios se mueven, no emite sonido, pero descifro la palabra «*perra*».

—¡Ah! ¿Te rebelas? —Las comisuras de sus ojos se llenan de lágrimas—. ¿Tienes miedo? Pero si el juego apenas empieza. —Le borro una lágrima con un dedo—. Shhh… No llores, todavía no ha comenzado el dolor.

CAPÍTULO 1

DANNIELLE MORGAN BLACKWOOD

Callar fue lo primero que aprendí.
Y lo único que aún me sale bien.

—¡*Madame*, por favor! —Tuerzo la manija de izquierda a derecha, una y otra vez. Apenas puedo sentir los dedos, pero uso toda la fuerza que me queda en intentar abrirla—. ¡Por favor! ¡Seré buena! ¡Por favor! —Golpeo la puerta con ambos puños. El metal oxidado ni siquiera responde con una abolladura. Mi boca está tan seca que me arde despegar mi lengua del paladar—. ¡*Madame!* Lo haré, lo haré, no volveré a hacer enojar al señor Freeman, por favor. —Me agacho para gritar por el espacio entre la puerta y el suelo para que me escuche. Mi estómago se retuerce con ira. Cinco días sin agua, cinco días sin leche, cinco días sin pan. Me muerdo la palma con fuerza para arrancarme un pedazo de carne; quiero mojarme la garganta con sangre, aunque sea un poco—. ¡*Madame!*

Mi frente toca el suelo.

«Debí ser buena, debí callarme. ¿Por qué eres tan desobediente, Dannielle?».

Me muerdo el labio por dentro. No tengo fuerzas, pero lo

succiono con desesperación. El sabor a hierro me acaricia por un momento.

La puerta rechina al abrirse, y el ruido me hace retroceder. Me quito el cabello de la cara.

¿Se apiadó? Esta vez sí. Esta vez seré buena. Lo haré todo bien.

Me arrastro, las heridas me escuecen; sin querer, abro una que ya estaba cerrándose y un líquido amarillento con olor a aceite sale de ella empapándome el muslo.

Levanto la cabeza y veo a dos hombres tan grandes que sus cabezas casi tocan el techo, llevan trajes oscuros y el rostro cubierto con máscaras de bronce en forma de cerdo. Uno de ellos ajusta un trípode y el otro toma una fotografía. El destello me enceguece.

«No, por favor, no».

Respiro rápido.

Quiero gritar, pero las palabras se enredan con el miedo.

«No llores, no llores, cierra los ojos, ciérralos, no grites, pasará, pasará pronto».

Grito.

El sonido me despierta.

Jadeo. Abro los ojos de golpe y volteo a ambos lados. Está oscuro. Estiro la mano en busca de la lámpara. Toco el botón, y por mi torpeza la derribo. La luz se tambalea desde el suelo.

Me toco el cuerpo en busca de un rastro de dolor, pero no hay nada. Me incorporo de un tirón y quito la cobija para ver mis piernas: están bien, no hay golpes. Exhalo con lentitud y veo a mi alrededor. No hay nadie, estoy sola, a salvo.

Otra vez esos sueños, ¿hasta cuándo se irán? Cada vez que regresan, vuelvo a sentirme sucia, como si todo acabara de suceder. Es como eso que llaman dolor fantasma, pues nadie me está tocando; ya no tengo heridas en las rodillas, mi boca está húmeda, pero percibo manos sobre mi pecho. Siento que despido olor a costra y me apresuro a beber el galón de agua que descansa en el piso, por miedo a que me lo quiten mañana.

La tenue luz del amanecer se cuela por la ventana. Miro cómo el cielo se pinta de lavanda y naranja.

«Ya no hay mal, ya no».

Tengo que recordarlo. Fue un sueño.

Un sueño.

Apago la alarma antes de que suene. Una gota resbala por mi labio, me toco con los dedos y veo el líquido rojo. Sangre. Me mordí estando dormida. El sabor metálico me revuelve el estómago, pero mantengo la calma.

Todo está bien.

Me levanto para ir al baño.

Lavo mi boca, escupo la sangre en un hilillo y miro la herida que me hice, no fue grave, se disimula.

En la cocina, saco un mango de la bolsa del súper que no desempaqué. Conseguí tres por menos de diez pesos. Me obligo a saborear cada pedazo, con la intención de mantenerme presente.

Me pongo mi uniforme: pantalón, camisa, zapatos y bata blanca. Me recojo el cabello en una trenza que me cae hasta los omóplatos y dejo unos mechones sobre el rostro.

Todos los días trato de despertarme muy temprano para ir caminando a la facultad y apreciar cómo va saliendo el sol entre las montañas. Me hago aproximadamente cuarenta minutos en llegar, casi nada; me ahorro lo del pasaje para comprar alguna otra fruta rara. La semana pasada vi algo en forma de planta carnívora, color rosa fuerte, por dentro era blanca con puntitos negros; he olvidado su nombre, pero será mi próxima adquisición. Es un poco más cara que el mango, pero si me regreso caminando es seguro que reuniré el dinero.

Ya alcanzo a ver los edificios de la Facultad de Medicina. Ithil.

Fue bautizada en honor al doctor Ithil: médico, poeta y muralista. Vivió en una época en la que compartir conocimiento era un acto de herejía que podía costarte la vida. Pero él convirtió la ciencia en arte: escribía versos que hablaban de pulmones, creó cuentos que explicaban el sistema circulatorio e hizo pinturas que escondían órganos bajo galaxias. Así formó a sus discípulos sin que la Inquisición pudiera callarlo.

Tiene bien merecido que lo sigamos nombrando.

Llevo casi un año caminando por los pasillos de la facultad, y aún siento que es lo más parecido al cielo: blanco. Todo blanco. Uniformes, pisos, paredes, mesas, bancos.

Es lunes, el día más cargado. Los profesores llegan irritables, dejan tareas imposibles. Mañana nos llamarán irresponsables. Dirán que en sus tiempos hacían el triple. Que trabajaban, criaban hijos, atendían pacientes y esposas, y aún les sobraba tiempo para leer a Kafka. Yo he hecho cálculos. El día siempre ha tenido veinticuatro horas. Así que lo dudo.

En la hora libre saco el libro que me regaló el doctor Cadwell, es una de sus formas amables de ayudarme a conocer el mundo. Se titula *Romeo y Julieta*, que, por cierto, ayer escuché en el camión que está en el cine. No he investigado muy bien qué es un cine, pero se parece a una televisión enorme. ¿O eso era el teatro? No, el cine. Sí.

—Oye, te aviso que se suspendió la clase. —Una voz femenina me saca de mis pensamientos, alzo la vista—. Te llamas Dannielle, ¿verdad?

Asiento.

—Soy Pralina. —Me tiende la mano—. Creo que nunca habíamos tenido la oportunidad de hablar, siempre que te miro estás leyendo. ¿Te gusta estar sola?

—Sí, bueno, quiero decir, no. Un poco. —Sacudo la cabeza apenada.

Guardo el libro con torpeza y me cuelgo la mochila al hombro. Me esfuerzo por brindar un gesto amable antes de seguir mi camino, pero Pralina me llama de nuevo.

—Danny. —Me detiene—. ¿Quieres ir a la cafetería? —Sonríe.

—Cafetería.

—Sí, a comer algo, ¿vienes? Allá están Sam y Candy, sabes quiénes son, ¿no? También están en la clase de Neuro.

—Sí, sé quiénes son.

Levanta las cejas esperando mi respuesta.

¿Quiero ir con ellas?

Saco mi teléfono para ver la hora, ya pasan de las seis.

—Oh, vamos. —Me entrelaza su brazo sin esperar mi respuesta—. No mordemos... bueno, algunas veces.

En el trayecto del domo a la cafetería, muchos profesores la saludan. Creo recordar que el primer día mencionó que su papá es el director del Hospital Vincent Warren, el más importante de la región. Quizá por eso todos la tratan con esa mezcla de respeto y familiaridad. Es el hospital más importante de Hamlëin debido a sus servicios de atención al paciente, docencia e investigación.

No puedo evitar mirar a Pralina, es muy hermosa, tiene el cabello ondulado, dorado y largo, casi hasta las caderas. Su olor a frutos rojos me envuelve la cara.

Camina tan segura que me hace sentir que mis pasos se tuercen.

Me comienza a platicar de su proyecto para el concurso de Anatomía. Cada año, en el aniversario de la universidad, festejan con un festival de Arte y Medicina, en donde los alumnos escogen un tema y lo representan, ya sea en pintura, cartel, poesía, teatro o escultura; es de libre elección.

—Junto con Sam estamos armando una maqueta interactiva sobre la hipoacusia en recién nacidos —explica—. Va a tener sensores, luces, incluso una interfaz que distorsiona el sonido, para que los visitantes experimenten cómo oye un bebé con pérdida auditiva.

Habla mientras sus manos dibujan en el aire lo que todavía no existe. Sus uñas largas y rojas le aportan elegancia. Su charla es como una coreografía delicada.

La observo en silencio. Analizo sus gestos, tratando de aprender e imitar su entusiasmo.

Mi pecho se acelera. Temo que de pronto se quede callada, que la conversación vuelva hacia mí y no sepa sostenerla.

Ella sigue hablando con emoción; menciona que su padre le está ayudando a contactar a un equipo de otorrinolaringología para validar parte del proyecto y que incluso le sugirió vincularlo con su futura tesis.

—¿Y tú? ¿Qué harás? —pregunta finalmente.

—No estoy segura, estaba planeando hacer una pintura sobre el cuerpo humano.

—¿Tú sola?

Asiento.

Ella aparta la mirada, como si buscara algo interesante en los almendros.

Me da la impresión de que mi respuesta no fue lo suficientemente interesante.

—¿Así eres siempre? —pregunta.

—Supongo.

El silencio se hace otra vez.

Maldita sea, Dannielle, podrías haber dicho algo, lo que sea. Una frase completa.

Llegamos a la mesa de la cafetería, ahí están Samantha y Candy, al vernos sonríen y mueven sus cosas para hacernos espacio. Me esfuerzo por no mostrar mi torpeza y levanto una mano, saludándolas con una sonrisa nerviosa.

—Soy Dannielle —digo, sin saber bien si eso hace falta.

—Encantada —dice Sam, enroscándose con el dedo un mechón de su cabello rojo.

—¿Gustas? —Candy me ofrece una galleta y la tomo; la verdad me estoy muriendo de hambre.

Las escucho conversar, pero no entiendo nada, hablan de un concierto, después de una actriz que se hizo su quinta cirugía estética y quedó mal, después de maquillaje, luego de una fiesta y de un chico del sexto semestre que se metió con la encargada del laboratorio a pesar de ser veinte años mayor que él y estar casada. Después Samantha cuenta que es la última vez que finge un orgasmo para evitar herir susceptibilidades.

Mis ojos se mueven como un gato persiguiendo una pluma. No entiendo bien el juego.

—Creo que todas hemos fingido —dice Sam—, ¿o tú qué dices, Dannielle?

—¿Fingir qué? —Me perdí.

—Un orgasmo, ¿los has fingido? —Sam me mira sonriendo.

—A mí me han tocado puros precoces —comenta Pralina—, es mi maldición.

—Yo creo que tanta pornografía los vuelve precoces —tercia Candy, desliza sus lentes sobre su cabeza y se echa el cabello hacia atrás.

Las cámaras me apuntan, los dos hombres con máscaras me acomodan en medio de una cama con sábanas rojas y me indican que debo acariciarme las piernas.

Las lágrimas se acumulan en mis ojos, intento no derramarlas. Fracaso.

Uno de ellos se da cuenta y me abofetea porque estropearé su video, el otro le dice que las lágrimas podrán darle valor agregado.

—El dolor vende —menciona.

Un zumbido me atraviesa el cráneo. La vista se me desenfoca, parpadeo varias veces.

Una gota de sudor frío se desliza por mi espalda.

—Dannielle, ¿todo bien? —Pralina voltea su rostro hacia mí.

Me doy cuenta de que mis dedos sobre la mesa tiemblan.

—Perdón, me duele un poco la cabeza, creo que debo irme. —Me levanto de mi silla, meto una de mis manos empuñada en el bolsillo de mi bata. Me siento enojada, airada y frustrada conmigo.

—¿Quieres una pastilla? Traigo ibuprofeno. —Candy agita el frasco sobre mi mano y me obsequia tres.

—Te lo agradezco. —Guardo las pastillas como si me hubieran dado un recuerdo.

Aprieto la correa de la mochila contra mi pecho.

El dolor en las sienes me está matando, y viene acompañado de rabia.

La estaba pasando bien, aunque no entendiera nada, aunque no aportara a su charla; por un momento, era una mujer de veintiún años y no una niña enjaulada en su cuerpo.

No puedo caminar más.

Tomo el transporte.

Al llegar a casa, doy un portazo.

Lanzo mis cosas al sillón deshilachado.

En el baño me mojo la cara. Veo en el botiquín los frascos de mi tratamiento, alineados como soldados obedientes, inútiles. Los vacío en el inodoro.

Se supone que deberían ayudarme, eso dijo Cadwell, sin embargo, no hacen nada más que provocar que me tiemble la mandíbula y las piernas.

Jalo la palanca.

Recargo mi cabeza en los azulejos. El sonido de mi respiración es todo lo que escucho.

Observo las cuarteaduras que atraviesan la regadera, preguntándome cuánto resistirán antes de colapsar. Como yo, como todo.

Ojalá lo hicieran ya.

Ojalá suceda esta noche.

«Esta es tu vida».

Aprieto mis ojos, quiero olvidar, quiero olvidar, por favor, solo quiero olvidar.

CAPÍTULO 2

DANNIELLE MORGAN BLACKWOOD

Anatomía cadavérica:
El arte de aprender sobre la vida,
a través de quienes ya no la tienen.

Segundo edificio, tercer piso, al fondo: «Anfiteatro».

El frío del aire acondicionado es diferente aquí. Helado, con la intención de preservar.

Entro en silencio. Las gradas de concreto ascienden en semicírculo alrededor de una mesa metálica en el centro de la sala.

Las luces, frías y directas, cuelgan desde el techo. No permiten sombra.

Abajo, sobre la mesa, reposa un cuerpo cubierto parcialmente con sábanas quirúrgicas celestes. Una etiqueta blanca cuelga de la base de la camilla: «Nombre. Edad. Fecha de ingreso. Causa de muerte».

A los cuerpos donados se les trata con respeto absoluto. No les llamamos *cadáveres*. Son *pacientes*. Son *maestros*. Son quienes aceptaron enseñar aun después de irse.

«Ojalá todos los cuerpos fueran tratados así siempre. Incluso en vida».

Busco asiento entre las filas. La mayoría ya están ocupados.

Pralina levanta la mano desde la tercera fila, haciéndome una seña delicada. Me indica un lugar libre a su lado.

Sam está junto a ella; Candy, más allá. Las tres tienen cuadernos en el regazo y lapiceros entre los dedos.

Pensé que después del día en la cafetería, volvería a quedarme al margen. Que había sido un momento breve. Un accidente social.

Camino hacia ellas.

Me acomodo en el asiento.

—Gracias —murmuro, apenas audible.

—¿Cómo está tu cabeza? —susurra Candy.

—¿Mi cabeza?

—Dijiste que te dolía —recuerda Sam.

—Ah, sí… —Hago una pequeña mueca que intenta parecer una sonrisa—. Ya mejor. Solo era cansancio, creo.

—¿Estudiaron? —pregunta Pralina, sin apartar la vista del cuerpo en la mesa.

—Lo justo para sobrevivir. —Candy bosteza y se sube los lentes a la cabeza para tallarse la cara.

—Igual ni sirve —responde Sam—. El doctor pregunta cosas que parecen inventadas. ¿Recuerdas cuando me preguntó lo del ganglio estrellado? Ni sabía qué era eso.

—Sí sabías —replica Candy—, solo que te congelaste.

—¿Tú no te congelarías si te clava esa mirada de «hágame recuperar la fe en la humanidad» y luego te lanza un «responda»? —Sam se lleva una mano al pecho—. Yo estaba a un segundo de disculparme por nacer.

Las tres ahogan sus risas con las manos.

Me gusta escucharlas. No me siento obligada a intervenir, eso lo hace más fácil.

Se abre una de las puertas laterales.

El silencio cambia, los ligeros murmullos desaparecen.

Entra el doctor Zerav. Neurocirujano. Su presencia basta para poner a todos en posición.

Saluda. Breve y firme.

Con un control remoto activa las pantallas suspendidas sobre nosotros. Son dos grandes monitores, uno a cada lado del anfiteatro, en los que se proyecta una vista cercana del procedimiento. Y de inmediato inicia la clase.

Neuroanatomía. Encéfalo. Cerebelo. Médula espinal.

Indica lo que va a mostrar. Lo que espera que sepamos. Comienza a trabajar sobre el cráneo abierto del donante.

Describe el trayecto de la arteria cerebral media, habla del polígono de Willis, de zonas funcionales, de los efectos clínicos ante un infarto en tal o cual región.

La arteria cerebral anterior aparece en la pantalla: fina y pálida como un hilo. Él la señala, explica su bifurcación, lo que ocurre cuando se bloquea.

Menciona un caso clínico.

Una mujer.

Un infarto.

El resultado.

—No estudien para pasar un examen. Estudien para no matar a alguien el día que estén solos frente a una mesa como esta —dice con un tono seco.

Y entonces me pregunto cuántos se han equivocado.

Cuántos de los que se ven tan seguros alguna vez fallaron.

¿Existirá un médico que no haya presenciado una muerte provocada por su propio error? ¿Por una distracción de segundos? ¿Alguien que de verdad tenga las manos limpias?

Yo no podría. No podría dormir sabiendo que algo que olvidé…, que algo que hice mal… terminó con alguien.

Llaman a la puerta y esta se abre con lentitud.

Entra un hombre alto, delgado, con la bata perfectamente

planchada. Me detengo en sus ojos, en su color, un azul vibrante.

No lo había visto.

Zerav levanta la mirada, visiblemente irritado por la interrupción.

En cuanto lo reconoce, su semblante se suaviza, y su voz también.

—Doctor Almond, dígame, ¿en qué puedo ayudarlo?

—Perdón por la interrupción, doctor. ¿Podría liberar el anfiteatro unos minutos antes? Está por llegar el nuevo donante del Hospital General y necesitamos preparar el ingreso.

Zerav asiente. No discute.

Hay algo en la presencia de ese hombre que impone sin esfuerzo.

Y entonces se va, tan tranquilo como entró.

Las bancas comienzan a vaciarse con lentitud.

Recogemos nuestras cosas y salimos al pasillo.

—Como ya lo ascendieron, ahora sí entra a todos lados como si nada —dice Pralina mientras se acomoda el cabello detrás de la oreja.

—¿Quién era? —pregunto sin pensarlo mucho.

—Es el profesor de Cardiología —responde—. Pero ahora también es coordinador de Prácticas Clínicas y jefe de piso de Cirugía en el Vincent Warren.

Giro ligeramente mientras camino.

Abren ambas puertas y alcanzo a ver cómo empujan la camilla del nuevo donante hacia el interior del anfiteatro.

—Se ve bastante joven para todo eso.

—Lo es. Pero es brillante. O muy obsesivo. O las dos cosas. Va del hospital a la facultad. No hace nada más.

—¿Y cuándo vive? —inquiere Sam.

—No vive —responde Pralina—. Solo trabaja.

No lucía cansado.

—¿Tenemos otra clase? —pregunta Candy, sacando su teléfono.

—Hasta dentro de una hora. —Pralina revisa el horario—. ¿Vamos a la cafetería?

—Me encantaría, pero ahora tengo clase con el doctor Farías. —Sam hace una mueca cansada—. Pedí mi cambio.

—Es la segunda vez que te cambias —bromea Candy.

—Sigo en busca de voces que no me duerman, lo lamento —responde Sam, antes de despedirse con la mano y tomar el elevador.

Pralina se vuelve hacia mí.

—¿Y tú, Danny? ¿Vienes?

—Sí, claro.

Las escucho hablar de los preparativos de su proyecto; ya debería comenzar con el mío.

Capítulo 3

MARCK ALMOND

Corazón, te construyeron con cuatro
recámaras, válvulas, ritmo y fuerza.
¿Olvidaron la salida de emergencia?

La cirugía avanza sin contratiempos.

Cirugía de reemplazo valvular aórtico. Técnica directa.

Tres horas exactas.

Muevo el cuello de izquierda a derecha ligeramente para destensarlo. El anestesiólogo me dirige una mirada satisfecha. Todo está bien.

Retrocedo lentamente desde la mesa de operaciones. Hago espacio para que uno de los residentes tome el relevo y cierre la piel.

Apenas es R1, no necesito ver su gafete para saberlo; sus manos bruscas y su postura rígida lo delatan.

Hace un punto con nerviosismo, sus dedos son rocas.

—Evita tensar tanto esa línea —le indico, señalando el borde del esternón—. Hazlo suave, no es un costal de papas. —Niego—. Toma más suave la pinza. No. Por Dios…

Se paraliza momentáneamente y noto cómo el rojo sube hasta sus orejas. Lo estoy empeorando.

Suavizo de inmediato mi tono al darme cuenta de mi dureza:

—Con calma, ¿de acuerdo? Sutura como si fuera tu cuerpo. No hay prisa, por favor.

El problema con los residentes nuevos es que no puedo salir tranquilo a adelantar las notas posoperatorias. Tengo que quedarme y supervisar cada detalle, pero debo guardar paciencia. Yo empecé igual.

Exhalo profundamente detrás de la mascarilla y un bostezo se cuela.

Durante mi primer año, en una cirugía similar, el doctor Esteban Brückner me arrancó las pinzas con tanta fuerza que las aventó fuera del campo estéril. Antes de que pudiera reaccionar, lanzó al aire una pregunta compleja sobre el procedimiento de Ross que no había revisado aún. Apenas abrí la boca para tartamudear algo, interrumpió bruscamente: «¿Además de tener manos de trapo, también tienes el cerebro vacío?».

Sentí todas las miradas perforándome mientras retrocedía avergonzado.

Esa noche no cené. Llegué al departamento y practiqué nudos sobre una pata de cerdo hasta que se me acalambraron las manos. Las palabras «cerebro vacío» me acompañaron varias noches mientras intentaba convencerme de renunciar.

Y qué bueno que no lo hice. No me imagino en otro sitio.

No quiero ser como él.

Vuelvo al presente y miro la herida ya cerrada.

Lo hizo bien.

—Mucho mejor —digo y hago una seña para que retiren el campo—. Terminamos.

Me quito los guantes y dejo la bata en el contenedor.

Lleno las notas posoperatorias en la computadora. Bostezo y se me nubla la vista. Me equivoco varias veces. Necesito con urgencia un expreso.

Recargo mi peso en el respaldo del asiento, mis párpados van perdiendo la batalla cuando la vibración en mi pantalón me despierta.

Es mi abogado.

Me restriego la cara.

—Doctor Almond, ya puede pasar por su acta de divorcio, la doctora Marziphán ya firmó ayer por la mañana.

Solo eso.

—Gracias.

Cuelgo.

Cierro los ojos.

Trece meses de discusiones, papeleos, evasivas, presiones, excusas y, por fin, oficialmente, soy un hombre divorciado. No sé si sentirme orgulloso de ello, fui el niño más triste cuando mis padres decidieron dejarse. Ambos hicieron lo mejor que pudieron al distribuir sus tiempos para que ninguno me faltara: dos cumpleaños, dos comidas de graduación, dos regalos más en Navidad y en día de Reyes. Sin embargo, nada de eso me tuvo cien por ciento satisfecho. Ahora el divorcio me sabe a fracaso, al menos no hubo niños… bueno, sí hubo, claro que hubo.

Es curioso cómo el fin de algo tan íntimo puede sonar tan administrativo: una notificación, un archivo, un folio y un sello.

Cinco años, cinco años de mi vida reducidos a eso: una última página que costó más que toda la historia.

¿Tiempo tirado a la basura o tiempo invertido en conocimiento? ¿Qué aprendí? Que los títulos no miden el éxito cuando tu casa ha fracasado.

«Otra cosa más que contarle al psicólogo».

Respiro y siento que, por primera vez en mucho tiempo, llega el aire hasta el fondo.

Vuelvo a la nota: «Se traslada a UCI para vigilancia posquirúrgica».

Tecleo la última línea, repaso el informe y lo guardo en el sistema.

—Doctor Almond —me dice una enfermera que se asoma por la puerta—, ya llegó el siguiente paciente. Lo espera en el tres.

—Voy en cinco.

Cinco minutos para tomar un café como fugitivo.

La vida sigue y yo también, aunque a veces no sé muy bien hacia dónde.

CAPÍTULO 4

DANNIELLE MORGAN BLACKWOOD

La célula que no se adapta
muere.

Clase de Patología, hacemos equipos de cuatro personas frente a un microscopio.

Al centro, hay una charola metálica con portaobjetos alineados como si aguardaran juicio. Hay pedazos de cristal con una película tenue color púrpura que parecen no tener nada, pero basta un poco de luz, lente y paciencia para que hablen, no a gritos, sino en núcleos desplazados, márgenes borrosos y estructuras irregulares. Imágenes que se leen como cartas escritas por el cuerpo: daño, intentos fallidos, desesperación, ayuda, renuncias.

—Lo que tienen frente a ustedes —dice el doctor Stive, ya de pie junto al proyector— es tejido necrótico.

Corte transversal.

Se mueve con calma entre las mesas, las manos cruzadas tras la espalda. Habla de memoria, como si recitase el libro de Robbins.

Sam enfoca el microscopio, el lente desciende.

—No se ve nada —murmura.

Pralina la hace a un lado.

—Es porque estás en cuarenta aumentos, necesitas cien.

—Hazlo tú, pues —responde Sam, empujándola con el codo.

—Pasen uno por uno. Ajusten el enfoque y dibujen lo que vean. Descripción anatómica y sospecha diagnóstica —indica el doctor.

Todos comienzan a moverse con lentitud. Lápices, hojas, libretas. Suenan las tapas de las cajas de portaobjetos, abriéndose y cerrándose.

Observo y dibujo; linfocitos infiltrados, pérdida de la estructura. Estudiamos la inflamación hace unos días, pero verla así no es lo mismo; es un idioma con imágenes.

La inflamación es una respuesta. Un intento del cuerpo por contener el daño, repararlo, aislarlo. Como si dijera: «Esto no va a sanar, pero al menos no lo dejaré avanzar».

¿En cuántas partes de nosotros sucede?

Una habitación sin ventanas, luces tenues, un espejo y un vestido color violeta esperándome. Una mujer abre la puerta, me mira con prisa, en su ceño leo un «deja de perder el tiempo».

Me esfuerzo por apagarme, por dejar de habitarme.

Es una forma de contenerme, de encapsularme.

—¿Ya puedo cambiar la muestra? —susurra Candy.

Terminé mi esquema, y ni siquiera noté en qué momento.

Nos sentamos en una de las jardineras grandes, frente al pabellón sur. Es primavera en Hamlëin, lo que significa exactamente ocho semanas de tregua antes del frío. El sol está tibio, anunciando que en una hora se ocultará.

El césped todavía guarda rastros del invierno, pero alrededor de las mesas ya brotan las primeras manzanillas.

Me estiro para cortar una y olerla. Pienso en los tés de Mar, ella siempre quería resolvernos la vida con té caliente entre las manos. Para las náuseas, para dormir, para cicatrizar, para el dolor.

Me gusta mucho esta parte de la facultad; con un poco de esfuerzo, a lo lejos, se ve el océano difuminado.

Los libros se extienden sobre el pasto. Pralina repasa sus apuntes en voz baja. Candy se maquilla las cejas usando la cámara de su celular como espejo, y Sam busca la canción perfecta en su computadora.

Yo tengo un libro abierto sobre las piernas. Subrayo una línea con lápiz: «¿Qué es el infierno? El sufrimiento de no poder amar».

No sé si estoy de acuerdo, pero vuelvo a leerla.

—¿Qué lees? —me pregunta Pralina dejando su marcatextos a un lado.

—*Los hermanos Karamázov*. —Le muestro la portada.

—¿Y por qué no mejor estudias para el examen de Semiología? —añade—. No vaya a ser que mañana te pregunten los signos vitales y salgas con una cita de Dostoievski.

—¿Revisamos para el práctico o solo fingimos que estamos estudiando? —acota Candy sin levantar la vista del celular.

—Lo segundo —dice Sam, tecleando una y otra vez.

—No seas floja —responde Pralina, hojeando sus apuntes—. Van a preguntar historia clínica, interrogatorio dirigido y exploración básica. Hay que practicar.

Candy me mira.

—¿Quieres ser la paciente, Danny?

Asiento.

—Muy bien —dice Pralina, enderezándose como si estuviera en un consultorio real, y se ajusta la coleta—. Buenas tardes, señorita, ¿podría decirme su nombre completo?

—Dannielle Morgan Blackwood.

—¿Edad?

—Veintidós años.

—Motivo de consulta.

—Me duele el estómago.

—¿Por qué?

—No sé, tú dime.

—Muy bien, paciente no cooperadora. ¿Antecedentes familiares de enfermedades? —sigue Pralina.

Risas. Cosas absurdas. Esto ya no parece un simulacro, sino cualquier excusa para jugar a ser médicos sin recordar que tenemos examen.

Las carcajadas apenas se evaporan cuando algo me hace girar la cabeza.

Frente al edificio administrativo, una puerta se abre.

Un hombre sale con maletín en mano.

El doctor Almond.

Sus ojos, aunque están lejos, parecen increíblemente nítidos. Azules, como la base del fuego.

Observa su reloj, y camina de forma apresurada.

—¿Danny? —escucho a Pralina.

—La paciente sufre crisis de ausencia o… —añade Sam, en tono dramático, siguiendo la dirección de mi mirada—. Ahhh… —dice, como quien acaba de resolver un acertijo—. Ya vi por qué te duele el estómago.

—Interconsulta a Cardiología —remata Candy.

—Basta, ya —digo, soltando una sonrisa y echándome el cabello hacia atrás—. ¿Quién quiere ser la siguiente paciente?

Abro mi libreta, buscando una hoja en blanco para anotar.

—Ah, claro —dice Sam—, huye de tu diagnóstico, doctora Blackwood.

—Se sonrojó.

Me río sin responder.

—Ya —interviene Pralina más suave—. No la hartemos, apenas y está comenzando a hablar.

—Mejor vean la hora, es tarde. —Les muestro la pantalla.

Todas nos levantamos casi al mismo tiempo. Nos sacudimos el pasto del pantalón, de los codos, de los apuntes arrugados.

Antes de girar por completo volteo hacia el edificio.

Él ya no está.

CAPÍTULO 5

DANNIELLE MORGAN BLACKWOOD

Quise armar mi mente,
y me sobraron piezas.
¿En dónde van?

Pilas de tareas, exámenes sorpresa, exposiciones, maquetas, prácticas de laboratorio y horas corridas sin apenas veinte minutos libres para tomar un tentempié. Lo bueno de tener tantas actividades, y un montón de artículos esperándome en la mesa, es que tengo menos tiempo para sobrepensar. Me asusta mi mente cuando no estoy ocupada. Por ello, a veces tiendo a lavar la ropa que ya está limpia, reordenar el escritorio, reubicar los muebles, quitarle minúsculas pelusas a mis calcetines o revisar si tengo alguna punta abierta en mi cabello para recortarla.

Últimamente he estado haciendo bosquejos en mis libretas para el festival. No sé muy bien qué espero lograr, pero lo bueno es que aún quedan tres meses.

Es la hora de salida. Los pasillos comienzan a vaciarse. Camino hasta el bebedero cerca de la cafetería para rellenar mi termo. Lo hago todos los días. Cualquier ahorro cuenta cuando vives con una pensión que alcanza para lo justo, si la estiras con cuidado.

Las chicas me llaman desde las mesas de la cafetería. Hoy no compartimos clases y ya las estaba extrañando.

—Dannielle, ¡cariño! —silba Candy.

Al centro de la mesa tienen un plato con frituras, hay granos de sal desperdigados por el mantel.

Pralina me hace espacio y me alcanza un vaso.

—¿Quieres refresco, amor? —me pregunta—. Es de limón, sin azúcar. Algo amargo, pero engaña a la culpa de estar comiendo porquerías.

Nos miramos un segundo. Todas tenemos cara de «no dormí». Ojeras, cabello atado sin ganas, apuntes con manchas de café.

Candy saca una libreta en donde tacha los pendientes que ya hizo y observa los que le quedan.

—¿Ustedes ya hicieron la investigación de…?

—¡Basta, Candy! —bufa Pralina, se deja caer contra el respaldo—. No quiero saber nada de la escuela, de tareas, de rúbricas, ya. ¡Es viernes, por amor de Dios! —Se estira y entrelaza los dedos, haciendo crujir sus articulaciones.

—Y, ¿qué propones? —pregunta Sam—. Un boliche, un bar…

«¿Qué es eso?».

—¿Te gusta bailar, Dannielle? —Se gira hacia mí.

Al escuchar aquello, Candy cambia su gesto, de uno estresado por las tareas a uno eufórico. Golpetea la mesa y añade:

—¡Vamos al Jealous! Este viernes hay dos por uno en entradas para chicas.

—¡Enseguida aparto una mesa! —Pralina teclea en su teléfono. Su rostro revive.

—¿El Jealous? —inquiero confundida—. ¿Es el nombre de un lugar?

—Es un antro.

—Antro —repito la palabra—. ¿Una caverna?

—Adoro a esta chica. —Ríe—. Nunca cambies, amor.

—Discoteca, club nocturno… ¿No? —Sam trata de explicarme con lo que parecen ser sustantivos.

Discoteca.

A mi mente vienen imágenes de discos apilados en repisas. Niego con suavidad, intentando no quedar peor.

—Es un sitio donde se baila y hay bebidas riquísimas, barra libre de cerveza.

Sam ve mi rostro, nota que no comprendo.

—Tú calmada, nosotras te enseñamos.

—Sí vienes, ¿verdad? —Candy estira su mano para tocar la mía. Un gesto que me hace querer decir que sí, pero por otra parte mi estómago se retuerce.

«Tal vez no».

Supongo que debe ser un sitio ruidoso, con mucha gente hablando al mismo tiempo.

—¿Es un sitio muy… grande?

—Más o menos, lo suficiente —añade Pralina despreocupada, sin entender a lo que me refiero.

—¿Van muchas personas?

—Es exclusivo, así que no tantas como en otros. ¿Te preocupa algo? —Se suelta el cabello y se masajea la cabeza.

El ruido. Moverme. Que no sepa cómo actuar.

«Sí quieres, Dannielle».

—Es que no sé bailar.

—Eso es lo de menos. —Candy sonríe—. Yo te enseño.

Me pierdo en el color verde del refresco, en las burbujas subiendo a la superficie.

«Quizá sí».

—¿Entonces? —Pralina busca respuesta con sus ojos felinos en mí—. Es una noche solamente, no es de todos los días.

«No quiero».

—No todo es como lo que conociste, Dannielle, permítete vivir —dice el doctor Cadwell.

«Sí quiero».

—¿Qué ropa se usa? No tengo idea.

—¡Ah! Vida mía, ¿eso era? Tengo un vestido precioso que no he usado.

—¡No se diga más! —Candy da otro golpe en la mesa con emoción, y su alegría me saca una sonrisa sin darme cuenta—. A las nueve en casa de Pralina para arreglarnos.

—Ahorita te envío mi dirección, Danny.

Espera… ¿Dijo nueve? ¿De la noche?

—¿Nueve? ¿No… no es… muy tarde?

—¡Cariño! —Ríe—. ¿De dónde has salido? Relájate. —Se levanta de su asiento, rodea la mesa para quedar detrás de mí y apretarme los hombros—. Estás tensísima.

—¿No es muy costoso? —murmuro inquieta, haciendo cuentas mentales de lo que me queda para la renta y para el pago del gas.

—Querida, no pienses en números, te estamos invitando, yo pago. —Me toma la cabeza entre las manos y con delicadeza me la echa hacia atrás para que la vea a la cara.

Puedo intentarlo.

«Crear recuerdos».

Que después, al menos una vez, alguien diga: «¿Te acuerdas de esa noche?», y yo pueda decir que sí, sin querer que nada se borre.

—Está bien —respondo al fin.

Camino de izquierda a derecha como león enjaulado.

¿Por qué dije que sí?

No sé bailar.

No sé de música.

¿Se ríe? ¿Se grita? ¿Se platica? ¿Y si me veo como estúpida? *No* parezco una. *Soy*.

La luna se asoma por la ventana.

Me detengo frente al vidrio cuarteado y la observo.

—¿Tú qué dices? —le pregunto como si pudiera escucharme.

Respiro hondo y me acerco a la puerta. Toco la manija, la suelto. La vuelvo a tocar, la suelto.

Mejor mando un mensaje, digo que me duele la cabeza, la garganta, el cuerpo. Una excusa amable que no tiene por qué molestar a nadie.

Abro el grifo y me enjuago la boca intentando escupir la ansiedad.

¿Por qué es tan difícil?

Cierro los ojos un segundo.

«No está pasando nada, Dannielle. Mira a tu alrededor: todo está en orden. Es solo una noche. Todo el mundo sale de noche».

Practico en voz baja todas las posibles conversaciones que puedo tener: elogiar la casa de Pralina; quizá, si se atraviesan sus padres por ahí, hacer un saludo correcto; sonreír adecuadamente; caminar entre la gente sin estorbar; afirmar y negar de forma educada. Todo sin sonar robotizada ni cavernícola ni muy tonta.

«A la de tres abro la puerta, salgo y tomo el primer taxi».

«Una…»

«Dos…»

«Tres».

Toco la puerta de Pralina con la esperanza de que no haya nadie, pero Candy me abre de inmediato; trae medio cabello ondulado y medio cabello lacio; lleva puesta una bata de dormir negra y unas pantuflas rosas con orejas de conejo.

—Creí que no vendrías. —Me jala hacia dentro.

La casa me deja sin palabras, mi departamento cabe como quince veces aquí dentro.

Cruzamos un pasillo alfombrado en tono crema para llegar a las escaleras de mármol. Subimos al segundo piso, donde está la recámara de Pralina.

Antes de entrar, me da unas pantuflas parecidas a las de ella.

La habitación huele a perfume cítrico mezclado con tabaco. Las paredes son blancas con detalles morados; junto con el rosa de las persianas, resulta una gama de colores tierna.

Pralina, con un cigarro en el cenicero, me sonríe y corre a abrazarme apenas me ve.

—Llegaste, cariño.

—Tu casa es… preciosa. —Alzo la vista hacia la lámpara dorada en forma de araña que cuelga del techo.

—Oh, no es una casa, es mi departamento, mi padre me lo compró con la condición de que estudiara en la ciudad. Padre aprensivo, ya sabes.

—Tu padre es un sueño —responde Sam desde la esquina y se rocía espray sobre las ondas—. El mío con su mensaje de buenos días acompañado de una imagen de flores cree que ya está cumpliendo con su paternidad.

Todas se ríen y yo también lo hago, aunque no comprendo.

—Al menos te escribe. El mío sigue pensando que estudio Derecho. No he tenido el valor para decirle que me cambié desde hace un año. —Candy se termina de colocar los lentes de contacto.

—¿Y qué nunca te ha visto con el uniforme? —pregunto.

—Eso es lo peor, ¡sí!

Risas. Bromas. Charlas sobre sus padres y de lo complejo que puede ser habitar en familia.

Pralina se levanta del sillón.

—Maquillaje, esmaltes, accesorios, toma lo que quieras. —Me muestra los cajones de su tocador—. Enseguida busco tu vestido.

Me siento frente al espejo sin saber por dónde empezar.

Hay brochas organizadas por formas, paletas de sombras en fila, labiales como soldados en muebles de acrílico.

—¿Te ayudo a maquillarte? —Sam agita una brocha y sonríe.

—Sí, ¿por qué no? —accedo nerviosa.

Recoge mi cabello con una pinza para que mi rostro quede libre. Me dan cosquillas cuando pasa la esponja por mis mejillas. Color por aquí y por allá.

—Abre los labios un poco —me pide al final, sosteniendo un labial rojo oscuro entre los dedos.

Una niña se delinea los labios de rojo, sus lágrimas baten la máscara de pestañas.

Una niña se talla el maquillaje con violencia, sus manos manchadas de carmesí.

Una puerta se abre, y le tiran del cabello por haberse arruinado el maquillaje.

«Basta, Dannielle, basta, deja de pensar, ya no estás ahí».

—¿De quién sacaste los ojos?

Salgo del trance.

El espejo ha vuelto. Mi rostro también.

—No he sacado los ojos de nadie, ¿de qué me hablas? ¿Qué pasa?

—Tranquila, hablo de tus ojos, que si tu padre los tiene de ese color, o tu madre, es que son muy bonitos.

—De mi madre… mi madre. —Un suspiro se me escapa—. Sí, de ella.

—Aquí está tu vestido. —Pralina lo saca de su bolsa, es completamente negro, con unas mangas que parecen hilos, corto, muy corto—. Si no te gusta, tengo más para que escojas, pero creo que este es el ideal.

Lo tomo con ambas manos. La tela es fría. La forma del vestido exige una seguridad que no tengo.

—¡Ah! Y los tacones. —Me da un par.

Entro al baño, un espacio casi tan grande como la habitación. Me cuesta un poco de trabajo ponérmelo, es como una media apretada.

Lo estiro con cuidado y al final lo subo hasta el pecho. Me detengo a medio camino, respiro hondo y acomodo las mangas delgadas sobre mis hombros.

Miro mi silueta en el espejo, el vestido está totalmente ceñido a mi cuerpo, miro las curvas de mi cintura y mi cadera. Se siente como una segunda piel, como no traer ropa puesta.

Veo mis piernas, salpicadas con cicatrices.

Bajo la tela todo lo que puedo.

Miro mi muñeca y acomodo mi pulsera, para cubrir otra marca.

No me reconozco del todo, pero tampoco quiero huir de esta versión de mí.

Me observo. Pongo las manos en mis caderas; son pequeñas. Un cuerpo miserable que me toca habitar. Un cuerpo que me obligaron a portar. Me pregunto: ¿cómo hubiera sido si me hubiesen alimentado mejor? Si nadie me hubiese apretado los pechos para evitar que crecieran, ¿de qué tamaño serían? Si no me hubieran golpeado con un martillo la cadera, ¿tendría curvas más pronunciadas? Si…

Un sonido blanco se interpone en mis pensamientos. Veo a una niña de ocho años en el reflejo, mirándome con el ceño fruncido y el labial corrido. Porta un vestido negro y corto. En sus pies… trae unos tacones altos.

La niña apuña sus dedos, abre la boca, pero no salen palabras.

Cierro los ojos con fuerza y presiono mi puente nasal. El corazón me galopa con frenesí.

«Debo olvidar, debo olvidar. Todo está bien, estoy a salvo».

Pralina abre la puerta y me mira de pies a cabeza con emoción.

—Te quedó bien, ¿eh? Anda, vamos, te falta perfume.

Parpadeo, la niña en el espejo se fue.

—¡Qué bonita, mi Danny! —exclama Candy enternecida, con esa característica voz aguda y cantarina—. Espera. —Acomoda mi escote, lo baja un par de centímetros—. Listo, lúcelas.

—¿Qué dices? Son muy pequeñas.

—Eso no significa que no puedan lucirse. —Me guiña el ojo. Toma un cepillo y me hace el cabello hacia un lado—. ¿Te lo planchas a diario?

—No, así es.

—Qué suerte.

—Madame, madame, por favor, seré buena.

Jala mi cabello, las hebras se rompen.

Mi cabeza se torna en una jaula de gritos. Me presiono las sienes. No debí tirar el medicamento.

—¿Otra vez el dolor de cabeza? —Deja el cepillo a un lado.

—Un poco, casi nada, ahorita se me pasa.

Olas de voces golpean mi cráneo.

«Déjalas pasar. No pelees. Pronto se irán».

Suena un claxon en la calle y Pralina corre a abrir la ventana.

—Ya llegó Jassel.

«¿Jassel?».

Abajo, una camioneta negra nos espera. Un chico baja de ella en cuanto nos ve; es muy alto, de brazos y piernas fuertes. Tendrá unos veintiséis años. Su sonrisa ocupa la mayor parte de su cara. Me revisa. No me mira. Me inspecciona.

Mi primera reacción es asegurarme de que el vestido no se me haya subido.

—¿Y esta preciosidad? —Me toma la mano como si me conociera y me hace dar una vuelta.

No sé si reír, fingir simpatía o apartarme. No quiero ser grosera.

—Me llamo Dannielle. —Retiro la mano con suavidad—. Es un gusto. —Él la recupera para besarla. Siento un picor por su barba afeitada.

—Un gusto. —Su mirada repara en mi pecho sin disimulo.

Quito la mano, en un arrebato con fuerza que no planeo.

—¡Ah! Sí, ella es la nueva, nueva de nosotras, claro. Compartimos algunas clases y decidimos adoptarla —contesta Pralina, suena disgustada, su ceja levantada acompaña el tono de su voz. Su cuerpo se interpone sutilmente entre nosotros. Un gesto protector.

—Y… ¿es el vestido que te regalé? —Jassel se gira hacia ella.

—Ajá —responde ella sin siquiera mirarlo.

—¡Ah! ¡Vaya! Al menos a ti te quedó. Y, un segundo…, ¿tus ojos son grises? —Da un paso más. Su rostro queda a escasos centímetros del mío—. Qué hermosos.

Su aliento golpea mi nariz.

Un calor vergonzoso se apodera de mis mejillas.

¿Qué se responde? ¿Gracias?

—Sí, sí, muy lindos. —Pralina abre la puerta y se sube al asiento del copiloto de mala gana.

Me siento perdida.

El chico nos abre la puerta trasera y subimos.

—Qué tonta y maleducada soy. —La voz de Pralina se tiñe de una dulzura forzada—. Ni siquiera los presenté. Él es Jassel, mi novio.

La atmósfera es un horno, aunque el tablero del auto dice que estamos a once grados centígrados.

No sé hacia dónde dirigir la mirada, cualquier dirección parece incorrecta.

Jassel enciende la radio, pero no dura mucho; su novia estira la mano y la apaga sin decir nada.

Silencio.

Culpa.

Una culpa inexplicable.

Miel amarga cubre mi garganta.

Los ojos de Pralina se deslizan hacia el retrovisor, parecen los de un gato incómodo.

No he hecho nada, ¿qué significa? ¿Por qué los gestos se sienten como una advertencia?

Me quedo quieta, como si al moverme pudiera romper algo.

Sam salva el momento o al menos lo enmascara: saca su teléfono e inicia una llamada. Habla en voz alta, medio riendo, medio discutiendo con alguien que, al parecer, la dejó plantada.

De pronto, un *flash*.

—Sonríe. —Candy me abraza mientras nos enfoca con su cámara.

Parpadeo, confundida.

Ella revisa la foto y ríe.

—¡Mira! —Me muestra la pantalla—. Tú pareces un venadito atrapado en carretera y yo… —Se señala—. Yo ni abrí los ojos. ¡Otra! —anuncia con entusiasmo, sin darme tiempo para negarme.

Candy hace un gesto con los dedos. Alza los dedos índice y medio en forma de V.

El *flash* nos baña de nuevo.

Esta vez, la foto es menos rígida.

—¿Qué significa esto? —Hago la misma señal.

—Ah… nada, son orejitas.

—Orejitas —repito sin comprender.

—Son tonterías sin sentido. —Ríe.

«Tonterías sin sentido».

El auto da la vuelta en una calle iluminada solo por farolas altas.

Jassel se estaciona frente a una mansión con paredes de cristal oscuro.

Un hombre vestido con un traje negro se acerca y abre la puerta. Nos ofrece la mano para bajar.

El aire fresco golpea mis piernas.

Bajo despacio. El suelo está cubierto de una alfombra roja que serpentea hacia las puertas principales. A ras de piso, luces rojas dibujan líneas que guían el camino.

La música retumba apenas, amortiguada tras los muros de vidrio, como un corazón latiendo en la distancia.

Hago mi mayor esfuerzo por caminar con estos zancos. Candy me da la mano, notando que necesito ayuda.

Ya se me había olvidado cómo caminar con estas cosas.

El primer pasillo es un túnel de espejos y luces de neón. Nuestra piel brilla en tonos azul y púrpura.

Sam elogia las piernas de Pralina, las cuales ha trabajado durante meses en el gimnasio. Eso le cambia el semblante, y posa más relajada frente al espejo para tomarse fotos con Jassel. Él le rodea la cintura y le da un beso.

En ese momento, todo está bien entre ellos.

Respiro por fin.

El pasillo desemboca en la zona principal del Jealous, un mundo diferente. Humo blanquecino sin olor flota en el aire.

Las personas bailan, levantan bastones que titilan como luciérnagas. Nadie sigue ningún paso, solo bailan como mejor les parece; saltan, giran, agitan los brazos. Hay risas, cervezas y vasos en lo alto.

Al centro, una pista luminosa reacciona a las pisadas, encendiéndose en destellos de rojo, azul y verde cada vez que alguien la pisa.

En cada esquina hay peldaños en donde bailan mujeres con poca ropa, hacen girar aros con sus movimientos de cintura. Ellas son las únicas coordinadas. Mueven sus cabezas sincronizadas, y sus largas melenas les dan elegancia a sus giros.

No sé si esto es normal. No sé si debería mirar o apartar la vista.

Todo vibra, todo brilla.

Un mesero se acerca con una bandeja y vasitos que contienen un licor rojo.

—Cortesía de la casa, damas.

Todas toman uno.

Cuando la bandeja llega frente a mí, la rechazo.

—¿No tomas alcohol? —me pregunta Pralina, aún hay rastros de fastidio en su voz.

—No, de verdad. —Hago mi voz diminuta, amable.

—¿Nada?

Sacudo la cabeza.

—¿Cerveza? —interviene Sam—. ¿Vino tinto?

—No me… gusta, quizás un agua mineral. ¿La pido allá? —Señalo una barra iluminada al fondo.

Candy respinga sorprendida.

—¿Agua? Danny, mínimo un mojito.

Pralina se carcajea y su ceño se relaja.

—Dejen a la criatura —dice, abandonando su vasito vacío sobre la mesa—. Yo le consigo algo decente.

Cuando ya iba a girarse, Jassel se adelanta, deteniéndola con una mano suave en el brazo.

—Yo traigo las bebidas, no te preocupes.

—Está bien. —Pralina parpadea, como si por un momento dudara—. Tráeme un cosmopolitan.

—Yo quiero otro —piden Sam y Candy a su vez.

—De verdad, yo solo quiero agua con hielo —insisto.

—Entendido. —Jassel entrecierra los ojos y una sonrisa ladeada se dibuja en su rostro antes de perderse entre la multitud, moviéndose al ritmo de la música.

Me quedo mirando hacia la barra. Detrás del mostrador, hombres vestidos de negro y con guantes oscuros se mueven con rapidez, decoran copas con aceitunas, agregan cerezas, mezclan líquidos de colores y flamean algunos vasos.

Es hipnótico.

De pronto, una mirada me engancha.

Un hombre con una copa en las manos y un traje índigo me está observando.

Nuestras miradas se encuentran y sonríe.

Lo reconozco.

Esos ojos. Es el doctor Almond.

¿Qué hace aquí?

Su sonrisa es pequeña, educada, como si supiera que me ha tomado por sorpresa.

Sus labios se mueven, descifro un «hola».

Miro a otro lado, como si eso pudiera borrar lo que acaba de pasar.

No sé qué hacer con la mirada, ni con la cara, ni con los brazos. Intento fingir que nada ha ocurrido, y otra parte de mí quiere volver a verlo.

—¡Por fin! —Candy se entusiasma, su grito me jala de regreso.

Jassel llega con una charola de bebidas raras, copas con líquido rojo y otros en azul.

Pone uno en mi lugar.

—No había agua con hielo, lo lamento.

Sonríe, esperando que acepte la bebida como un premio de consolación.

—No me gusta, de verdad.

—No empieces, Dannielle —interrumpe Pralina poniendo

los ojos en blanco—, esto no está fuerte, es supersuave, ni lo vas a notar.

—Lo lamento. —Me encojo de hombros, sintiendo que el calor trepa por mis mejillas—. No soy buena para esto.

—¡Te relajas y te diviertes! Pasas todo el día como ratoncito de biblioteca, date un respiro. ¡Por Dios!

Miro el vaso. Miro sus rostros implorando que las siga.

«No seas descortés, Dannielle».

Todas toman su vaso y lo beben de un solo trago.

—¿Qué es? —Lo olfateo.

—Semen de pitufo —responde Jassel. Ve mi cara petrificada y comienza a reírse—. Eres un encanto. Te gustará, está ligerísimo.

Lo acerco a mis labios, pero el olor me revuelve el estómago. Candy me da un codazo.

—¡Juntas! —dice, tomando otro vaso de la bandeja—. Vamos, Danny. Una… dos… ¡tres!

No quiero.

Cada fibra de mi cuerpo grita que no.

Llevo el vaso a los labios. El líquido frío toca mi lengua.

Bebo, sabe amargo a pesar de la dulzura inicial. No puedo terminarlo.

El estómago se me revuelve y finjo toser para esconder mi mueca.

El sabor me transporta.

—Bebe, amor, bebe, esto te aliviará el dolor.

Mar me abre la boca, el líquido quema mi garganta, lo escupo.

—Te hará olvidar un momento, hazme caso, te hará dormir.

Así lo hago, soporto el sabor para dejar de sentir.

—¡Eso! —exclama Candy, levantando su vaso en señal de victoria— ¡Otro… otro!

—No, no…

—¡Uy! Paladar delicado. —Jassel se da cuenta de inmediato de mi mueca—. Buscaré qué puede gustarte. ¿Más dulce, quizás?

—No te preocupes... —murmuro—. Estoy bien así.

Alguien silba del otro lado. Es el hombre que me sonrió hace unos minutos. Pralina voltea enseguida y exclama con sorpresa:

—¡Miren quién está aquí! Doctor Almond. —Deja su copa en la mesa y corre a saludarlo, como si se conocieran desde hace años; le da un beso en cada mejilla.

Hablan y se ríen.

—Otra vez esa mirada... —Candy me toca la nariz con una sonrisita.

Parpadeo, desconcertada.

—¿Cuál?

—Esa. Como si estuvieras viendo un eclipse. No sabes si mirarlo de frente o si taparte los ojos.

—No, no es eso, solo me parece extraño que esté aquí. No parece un hombre que frecuente estos lugares.

Ni siquiera su ropa encaja con el sitio. Viste demasiado formal, como si hubiera llegado por error.

—De hecho, sí es raro —añade Sam.

Pralina regresa y me toma la mano.

—Ven, te voy a presentar a alguien.

—¿Al doctor? —pregunto, sintiendo que el estómago se me encoge un poco y el corazón se me sube a la garganta.

El doctor está ahí, apoyado en la barra, con un vaso en la mano y la mirada perdida por encima de la gente. Al acercarnos, se incorpora y sonríe.

—Dannielle, él es el doctor Almond —dice Pralina sin soltarme—. Almond, ella es Dannielle.

Todo a mi alrededor baja de volumen.

—¡Cuánta formalidad! Dime Marck, solamente. —El hombre toma mi mano y la besa con suavidad.

Mi pulso se desordena.

—Bueno, ya sabes, él será nuestro profesor de Cardiología, es cirujano cardiotorácico, el mejor de Hamlëin, por cierto —comenta ella con un tono bufón y a la vez presuntuoso—. Y tengo entendido que quiere postularse para director de Ithil, ¿verdad?

—¿Tan rápido te lo comentó tu padre, Brunswick? —Marck niega suavemente con la cabeza, divertido.

—Le preocupa que renuncies.

—Nunca haría eso.

Muevo la cabeza para seguir su plática de lealtades institucionales y cargos. Pralina, aunque aún es estudiante, lleva años respirando este mundo. Hija de un director, está habituada a los pasillos de los hospitales como quien camina por su casa.

—Los dejo, chicos. —Hace un gesto vago con la mano—. Estaré por allá, Danny.

Se pierde entre la multitud de luces, cuerpos y música.

Me quedo de pie, frente a él. Me sonríe otra vez, y mi pecho se vuelve un remolino en el agua.

—¿Vienes a bailar seguido? —me pregunta ladeando un poco la cabeza.

Dudo por un segundo antes de responder.

—Es la primera vez que vengo.

—También yo —confiesa, dejando su vaso vacío en la barra—. Vengo… por compromiso.

La sinceridad me toma por sorpresa.

—¿Cómo es eso?

—El psicólogo —dice mientras observa la pista— me sugirió salir más, romper la rutina. Dejar de esconderme en el trabajo.

Asiento, como si entendiera, y tal vez sí.

—¿Y le está gustando?

—No. —Ríe—. Ni siquiera sé bailar.

—Tampoco yo.

Por unos segundos permanecemos allí, no sé qué más decir.

—¿Quieres… intentarlo? —me pregunta finalmente, con un gesto casi tímido, extendiendo una mano hacia mí.

Miro su mano, luego la pista abarrotada de cuerpos en movimiento.

Todo en mí grita que no, que de seguro me caeré, tiraré a alguien o me veré muy tonta. Pero otra voz, muy bajita, dice sí.

Mi mano se pierde en la suya. Nos detenemos en un rincón de la pista, un poco alejados del centro donde las luces son más intensas.

No sé qué espero, pero de pronto me hace girar sobre mí misma y, sin quererlo, dejo escapar una risa.

Otra vuelta, y él ríe.

Es alto, muy alto, tengo que verlo volteando hacia arriba. Sus ojos, bajo las luces azuladas, parecen aún más claros, casi líquidos. ¿Cómo alguien tan joven tiene ya tantos títulos?

Un paso por aquí, otro por allá.

Miro de reojo a la pareja de al lado e intento imitar sus movimientos, pero un giro en falso me hace pisarlo.

—Perdón. —Él se ríe, pero no de forma burlona, sino como si encontrara algo encantador en mi falta de talento.

No seguimos el ritmo; la música es estruendosa, rápida, y vamos bastante lento en comparación con los otros.

—No hay cuidado —dice, inclinándose un poco hacia mí para que lo escuche.

No sé cuánto tiempo pasa. Podrían ser segundos. Podrían ser horas.

—¿De dónde eres? —inquiere, rompiendo el silencio.

—Ërish.

—Discúlpame…

No sabe qué es eso. Nadie sabe, ni siquiera figura en los mapas. Un sitio fantasma y olvidado.

—Es un pueblo como a diez horas de aquí. —Vuelve a girarme—. ¿Y usted?

—Oh, por Dios —dice, llevándose una mano al pecho como si hubiese recibido un impacto—. No me hables de usted.

—Eso es imposible.

—¿Por qué?

—Porque es... —me esfuerzo por encontrar la palabra— mayor, profesor, doctor, no sé.

Hay jerarquías que aprendí a no cruzar.

—Solo dime Marck.

Su sonrisa revela dos hoyuelos. La máscara de seriedad que vi en él la primera vez se deshace.

—No puedo hacerlo.

La canción cambia, el tempo disminuye y las luces se atenúan.

—Creo que esta sí la sé bailar, ¿puedo? —me pregunta, pidiendo permiso de colocar su mano en mi cintura.

Asiento, percibiendo que el calor sube hasta mi cuello. Su otra mano busca la mía, y nuestros pasos se vuelven más lentos.

—Soy de Wiltshire —continúa.

—Eso explica el acento.

Intento girarlo a él, pero por su estatura es imposible, así que se agacha. Por un segundo, me doy cuenta de lo cerca que estamos. Mi corazón bombea casi como al compás de la música, lento, a pesar de que siempre suele latir aprisa.

—¿En qué año estás?

—Segundo.

—¿Por qué nunca te había visto?

—Quizá está muy ocupado para voltear a los lados. —¿Qué acabo de decir?—. No, la verdad es que en horas libres suelo encerrarme en la biblioteca o estar en la jardinera del pabellón sur, hasta el fondo.

—Hace tanto que no voy a la biblioteca de la facultad, mira... mira de lo que me estaba perdiendo.

No sé si reír o bajar la mirada, y termino haciendo ambas cosas.

Ya no intentamos seguir ningún ritmo, solo nos balanceamos, casi sin movernos.

—¿Te gusta Hamlëin?

—Llevo dos años aquí y ¿me creerá que solo conozco el supermercado, el rastro y la parte de afuera del centro comercial central?

—De acuerdo..., lo único turbio es lo del rastro.

—Fue un empleo temporal, pero solo me encargaba de etiquetar.

Él asiente divertido. Con esa expresión de quien guarda un comentario en la punta de la lengua, pero prefiere no soltarlo

—Si un día te interesa un tour, me ofrezco.

—Explíqueme.

—Cafeterías, museos, monumentos...

El ventanal se ilumina con los primeros destellos de la pirotecnia. Todos dejan de bailar para mirar el espectáculo.

La luz me lastima y me cubro.

Un dolor se acentúa en mis sienes. Me llevo las manos a la cabeza y suelto un quejido.

—¿Te encuentras bien? —me pregunta Almond, me escudriña el rostro—. A ver, mírame, Dannielle.

—Estoy...

Las formas se vuelven borrosas, y siento cómo mi cerebro empieza a desconectarse, como si algo estuviera haciendo cortocircuito en mi frente.

—¿Quieres que...?

—Enseguida vuelvo —digo. Doy pasos tambaleantes.

El estómago se me revuelve, mis piernas se sienten pesadas.

Al fondo, entre las sombras, distingo a Pralina discutiendo con Jassel.

Me sigo en busca de un baño.

Los sonidos me taladran los oídos.

Sacudo la cabeza, pero la sensación no se va.

Necesito sentarme, o recostarme, necesito mojarme, necesito dormir.

Abro la llave y tomo agua. Escupo.

Me recargo en el lavamanos.

Mi cabeza pesa, amenaza con irse hacia adelante y estamparse.

Arqueo, pero no devuelvo; me aterra vomitar.

«Respira».

«Maldita sea».

Cierro por un momento los ojos.

«No debí tomar eso, no debí tomar eso. *Soy una imbécil*».

Mi cabeza levita, mis hombros dejan de pesar.

—¡Dannielle! —un grito. Un regaño que conozco.

Levanto la cara. No sé si alegrarme o preocuparme.

—¿Valyria? Dios mío.

—¿Estás tomando? ¿Eres estúpida? —Antes de que pueda decir algo más, su mano se estrella contra mi mejilla—. Esto es igual a irte a revolcar al lodo, ¿qué sucede contigo? ¿Ya viste la hora? —grita. Su voz me aturde.

Me froto la mejilla entumecida por el golpe.

Quiero devolvérsela, pero me responderá y terminaremos en un acto ridículo.

—¿Tú qué estás haciendo aquí? —Intento devolverle la pregunta.

—Eso no te importa, lo importante eres tú. ¿Con quién vienes? ¿Cuánto has tomado? —Pone sus manos alrededor de mi cara. Se las retiro con brusquedad.

—No mucho.

—Estás ebria.

Sus ojos palpitan, sulfuran, estallan.

—Por supuesto que no.

—Ya olvidaste lo que pasó, ¿verdad?

—Cállate —repongo—, no tenemos por qué seguir hablando del pasado cada vez que nos vemos.

Su rostro pecoso es el reflejo de la ira, la lástima, la decepción.

—No has aprendido a cuidarte en lo absoluto, qué pena. —Me mira con desdén, como si yo fuera una cosa pequeña y tonta.

Val fue mi mejor amiga cuando vivíamos encerradas, pero, desde que salimos de aquella casa, comenzamos a hacernos mucho daño. Ella nunca pudo superar el pasado, tampoco yo; sin embargo, ella quiso quedarse estancada, mientras que yo intento avanzar.

Tenía tres años sin verla. Sigue sin cambiar.

Suspira, igual que el resoplido de un toro a punto de embestir.

—Déjame en paz. —La hago a un lado.

—Dannielle…

—Ni se te ocurra… —las palabras comienzan a atorarse— seguirme.

Siento su mirada quemarme la nuca.

Intento convencerme de que estoy mejor o al menos de que pronto lo estaré. Fueron un par de tragos que pronto van a desvanecerse.

Mi mejilla sigue ardiendo.

Necesito irme, camino hacia la entrada. Cada paso me parece torpe, y todo lo siento tan lejano.

Quiero regresar a casa, quiero dormir.

—¿Le llamo un taxi, señorita? —me dice un portero.

Abro la boca para responder, pero no sale nada. Mi cabeza pesa más que hace un minuto, mis párpados parecen de cemento. Un zumbido agudo se instala en mis oídos, es como si la sangre que sube a mi cerebro golpeara mis tímpanos con cada latido; un tambor sordo que duele.

—No, no es necesario, la llevaré. Ven —dice alguien detrás.

Me giro.

¿En qué momento llegó él? Jassel me sostiene la mano, su brazo anuda mi cuello.

Quiero soltarme, pero no puedo moverme.

Culpa.

No debí tomar nada, no debí tomar nada.

«Eres estúpida, siempre lo has sido».

—¿Dónde vives? —me pregunta.

Parpadeo, tratando de aclarar mi mente.

¿Dónde vivo? La lengua no me obedece, se ancla.

—No… sé.

Mi cuerpo se inclina hacia un lado, él me sostiene antes de que caiga por completo.

—Es una casa… gris. No, no es gris, es café.

Es…

Todo se vuelve negro.

CAPÍTULO 6

MARCK ALMOND

Pregúntenle al cardiólogo
cómo se cura el corazón roto.

No la veo.

Miro por encima de los demás, escaneo la pista, las mesas, los sillones. No la encuentro.

Me abro paso entre la gente, cruzo hacia la terraza. Hay más ruido, más cuerpos, más humo en el ambiente.

Busco en los corredores que conectan con el salón interior, paso por afuera de los sanitarios como una última oportunidad.

Nada.

¿Se habrá ido ya?

Tal vez fui muy tonto o muy intenso. No sería la primera vez que alejo a alguien sin querer.

Salgo del antro y el aire helado me golpea en la cara. Me detengo un segundo, sorprendido; hace demasiado frío para ser primavera. Miro hacia arriba, la luna está alta, limpia, rodeada de un halo pálido. El viento corta en latigazos breves.

Miro mi reloj, 3:33 a. m.

El vaho se escapa de mis fosas nasales.

Observo la fila de los taxis, escaneo a las personas que entran y salen, busco encontrarme con aquellos ojos grises.

No están.

Empiezo a pensar que quizás debería dejarlo así, que si quiso desaparecer es porque lo decidió, pero algo me inquieta.

Camino hacia mi auto, me encuentro a Brunswick en el estacionamiento. Está hablando por teléfono o, más bien, está discutiendo.

—¡Contesta ese maldito teléfono!

Sus amigas están a su lado, intercambiando miradas incómodas, como si no supieran qué hacer ni dónde meterse.

Me acerco unos pasos, aclarando la garganta para hacerme notar.

—¿Todo bien? —pregunto.

—Claro, ¿por qué no lo estaría? —responde con acidez.

—Disculpen, ¿saben dónde está Dannielle?

Ella suspira, exagerada, como si la pregunta fuera un fastidio.

—Ni idea —dice mientras pone los ojos en blanco—. Yo la dejé contigo, ¿no?

—Sí, pero de un momento a otro salió apresurada —añado, midiendo las palabras—, se veía un poco mal.

Su atención vuelve a su teléfono y da una calada larga a su cigarro. Lanzo una mirada a las otras dos chicas, esperando que puedan decirme algo.

—Marck. —Arrastra mi nombre—. No es una niña. Seguro se fue a su casa a descansar. ¿Vale?

No. Algo no encaja.

Un pensamiento me sacude.

—Pralina, ¿dónde está Jassel?

Su mirada se incinera. El diablo aparece debajo de sus cejas. Tira su cigarro y lo aplasta con el tacón.

—¿Qué te importa?

Me aparta con un empujón, sus amigas la siguen al sitio de taxis y le hacen la parada a uno.

Alcanzo a la chica morena y toco su hombro.

—¿Puedo pedirte algo? —le pregunto, midiendo mis palabras—. ¿Tendrás el número de Dannielle?

Ella duda un instante. Mira a Pralina, que ya está abriendo la puerta del taxi, y después a mí.

Toma su celular, teclea y me muestra la pantalla.

—Es este.

Aflojo mi corbata y me dejo caer al sofá.

Abro una lata de refresco de cola.

«Dannielle, contesta».

Marco su número una vez más. Escucho el tono al otro lado. Uno… dos… tres… buzón.

Apoyo el codo en la rodilla y dejo caer mi cabeza en mi mano. Está bien, lo dejaré así.

Abro mi laptop para revisar los correos del trabajo y las cirugías que tengo en la semana: «Confirmación de cirugía aórtica, lunes 7 a. m. Cambio de turno UCI, favor de firmar autorización. Reunión de coordinadores, viernes 5 p. m.».

Sigo. Abro un correo de mi jefa de enfermeras: «Doctor, el paciente Núñez pregunta si puede suspender anticoagulantes dos días antes de la cirugía, ¿puede confirmarlo?».

Luego, uno de la secretaria de mi psicólogo:

«Buenas noches, Dr. Almond. ¿Confirmamos su sesión del jueves a las 8 p. m.?».

Repaso los asuntos por encima, sin detenerme en ninguno realmente.

Vuelvo a agarrar el teléfono.

Debe ser la llamada número seis que hago. Y en la séptima deja de sonar, me manda directo al buzón.

«¿Qué estoy haciendo?».

Ni siquiera debería pensar en ella. Es una estudiante, y eso ya es un problema. Y, sin embargo, la imagen de su sonrisa tímida, preciosa, no me suelta.

No.

Agito la cabeza, como si el simple movimiento pudiera sacudirme la estupidez, como si pudiera arrancarme su imagen, sus ojos… esos ojos.

No, no puedo meterme ahí.

Diez de la mañana. Me siento crudo y eso que no bebí más que un martini. Es irónico, ¿no? Soy yo quien insiste en que mis pacientes duerman al menos ocho horas, y aquí estoy, con suerte acumulando cuatro en los últimos días. Hace más de diez años que mi propio consejo me resulta imposible de seguir.

Me pongo mi uniforme. Saco el café de ayer, lo vierto en la taza y lo caliento en el microondas. El pitido final suena demasiado fuerte, o quizás soy yo quien no soporta el ruido.

Tomo un ibuprofeno, mala combinación, un atentado a mi mucosa gástrica.

Apoyo la espalda en la pared y me pierdo mirando el reloj. El segundero acusador grita que se me hace tarde. Si no salgo en quince minutos, tendré que cancelar la primera cirugía.

Y si me atraso más, quizás la segunda también.

Una fila de consecuencias que debería importarme.

Me termino la taza, y el sueño se me acentúa todavía más.

Valió la pena.

Quiero hacer otra llamada, pero ahí, con su número frente a mí, me detengo.

Ya fueron suficientes.

Debo dejarlo, tengo que dejarlo, sin embargo, solo quiero saber que llegó con bien.

Busco el contacto de Brunswick, marco y me corta. La llamo otra vez.

—¿Qué quieres, Almond? —Su irritabilidad traspasa el teléfono.

—No quiero molestarte, solo quiero saber si sabes algo de Dannielle, si llegó bien a casa.

—Ya está en su casa, doc, descansa ya.

—¿Estás segura?

—Sí, te dije que se le fueron las copas, de ahí se fue con alguien que conoció en el antro, pero ya está en su casa, tranquila y feliz, supongo.

Su respuesta me deja en silencio por un momento.

—No te creo.

Del otro lado solo obtengo un bufido.

—Ese no es mi problema.

El pitido del corte me golpea directo al oído.

«Tal vez me conviene creer eso».

Capítulo 7

DANNIELLE MORGAN BLACKWOOD

Recurrí tantas veces a dormir para escapar del dolor, que ahora no sé cómo despertar.

Corre aire helado por mi rostro y un rayo de sol me atraviesa los párpados.

Los abro con dificultad, como si de mis pestañas colgaran piedras. La resolana me enceguece.

Levanto una mano para protegerme de la claridad y un calambre me recorre desde la nuca hasta el hombro.

«¿Dónde estoy?».

Me esfuerzo por incorporarme.

Mi columna está adolorida, rígida, la cabeza me punza, siento que el cerebro se me escurrirá por los oídos.

Observo mis brazos: raspones, suciedad, sangre seca, abrojos ensartados.

«¿Qué pasó?». Intento recordar. Yo estaba… ¿Dónde estaba? En casa de Pralina. Después… Nada.

Me pongo de pie con dificultad.

Estoy descalza, la hojarasca cruje debajo de mis plantas.

Intento ver a lo lejos y solo hay hierba alta, sin calles, sin edificios.

«¿Qué hice?».

Miro mis manos; tengo las uñas rotas y los nudillos al rojo vivo.

Una parvada de pájaros vuela sobre mí. Cuervos. Graznan con fuerza, como si se estuvieran burlando.

Sigo caminando sin dirección, hago las ramas a un lado para abrirme camino y varios insectos vuelan; escucho el sonido de grillos, chicharras y mi respiración agitada, es todo.

Me presiono los brazos intentando despertar, porque debe ser eso, un mal sueño, uno real, pero casi todos son reales, en todos duele.

Mi lengua es un papel seco.

Escucho pisadas lejanas, amortiguadas, pero constantes. Un crujido aquí, otro allá, como si alguien estuviera avanzando lentamente, sin prisa.

«Pide ayuda».

«Huye».

Me agacho y me tapo la nariz para aguantar la respiración y no hacer ningún sonido que pueda delatar que me encuentro allí.

Está más cerca, la garganta se me anuda.

Una mujer cae, se levanta, lanza las zapatillas para huir más deprisa, alguien la persigue, la alcanza, la toma por el brazo y la arrastra.

—¡Dannielle! ¡Aquí estás, Dios mío! ¿Qué pasó? ¿Qué te hicieron? —grita Valyria. Me toma de la mano y me ayuda a levantarme.

Me sacude lo que queda de mi vestido.

Sostiene mi rostro entre sus manos. Estudia mi piel.

Me mira.

Sé que estoy destruida.

—¿Cómo supiste que estaba aquí?

—Sé que me dijiste que no te siguiera, pero vi que te alejabas con alguien. Como pude fui tras de ti y… —Le cambia el semblante. El miedo pasa a la ira—. ¡Eres una estúpida! —Me abofetea;

retrocedo—. Estoy harta de estarte salvando cada vez que te arrojas como perro sobre su propio vómito. Dime quién fue, ¿quién te hizo esto? ¡Voy a matarlo! —Me toma del brazo con fuerza, con los ojos incendiados—. ¡Dime!

—No sé, no recuerdo.

—¡Dímelo! ¡Voy a matarlo! —ruge.

Una mano sobre mi boca silencia mis gritos.

Frunzo el ceño, agito la cabeza.

—No lo sé.

—Danny, mírame, no me mientas. ¿Te vio...?

—¡No! ¡No! ¡No! —la interrumpo. No quiero ni que lo diga, no quiero escuchar esa palabra—. No pasó nada.

Valyria me abraza, pero la rechazo.

—No vas a venir a cachetearme y a abrazarme después. —La empujo—. Basta de tu maldito ciclo de golpe y miel.

—Lo lamento, no debí abofetearte, pero, es que, ¿qué esperabas? Eres tan lista para unas cosas y tan idiota para otras. ¿Cuántas veces voy a recoger tus pedazos?

—No soy tu responsabilidad.

—Claro que lo eres —responde—. Eres lo único que tengo.

Cojeo de la pierna izquierda, es la más lastimada, pero en ambas se comienzan a formar varios hematomas.

Valyria se acerca un poco, más tranquila, la rabia en su rostro muta en angustia.

—Déjame ayudarte, por favor. Sé por dónde está la avenida.

No quiero, pero necesito ayuda.

El lodo se deshace con el agua, se mezcla con la sangre y queda un charco sombrío.

Abrazo mis rodillas.

Valyria enjabona mi cabello, frota mi espalda.

—¿Otra vez? *Déjà vu.*

—Val, calla.

—¿Cuántas veces hice esto? Incontables. Una y otra y otra vez limpiando la sangre seca.

—*¡Suéltame, suéltame!*

Sus uñas presionan mi carne, me lanzo por la calle y caigo, me levanto y él viene tras de mí. Corro más rápido, se rompe mi zapatilla, me quito la otra y se la lanzo.

Oscuro, todo se pone oscuro.

—Estas son uñas, Danny. —Toca mis omóplatos—. Tú y yo sabemos de heridas.

—Estoy bien.

No es verdad.

—Siempre estás bien —repite con incredulidad.

—¿Puedes dejarme sola?

El agua sigue cayendo.

Avienta el jabón y se va.

Probablemente soy una malagradecida, pero no quiero ser la mujer a la que puede restregarle el pasado a la mínima oportunidad.

Termino de asearme.

Mis ojos pasean por el espejo; me veo la piel irritada, una herida pequeña en el labio y un hematoma en la barbilla. Casi nada, nada que deje cicatriz.

«No mientas, Dannielle, otra vez eres un cachorro herido, un tonto perro que confió en cuanto le dieron un pan rancio».

Unto crema por todo mi cuerpo, desenredo mi cabello.

Un cuerpo sobre el mío, susurrando a mi oído.

—Dime, ¿esto es lo que querías?

No puedo hablar, soy un hielo estático, asustado.

Tocan la puerta del baño.

—Sé que dijiste que querías estar sola, pero hice té. Aquí afuera crece salvia, ¿puedes creerlo?

Sirve la mesa. Dos tazas y galletas saladas; lo único que había en mi despensa. Le pone azúcar a su bebida.

Alguna vez el dulce fue un premio, por eso le pone más de cinco cucharadas.

—Nunca debí haberte dejado, nunca debí irme. —Su mirada es la de un cordero.

—Yo tampoco fui muy buena contigo, era de esperarse que te fueras.

—Pero debía cuidarte.

—Te equivocas.

—Tú no sabes hacerlo, Dannielle. Nunca lo has sabido, no ves los peligros, crees que la gente puede ser amable y no es así, la gente no es buena. ¿No aprendiste nada de la última vez que confiaste?

«Que confiamos».

—Val, escúchame, ellas…

—No las justifiques.

—Ellas no me hicieron nada.

—¿Sigues alcoholizada, acaso? —La nariz de Valyria se arruga, su expresión demuda de la compasión a la cólera, el hartazgo—. ¿Ya te viste la cara?

—Son raspones, sanarán pronto.

—Danny. —Sostiene mi mano, con más furia que amor—. Ya no estamos encerradas, no tienes por qué fingir que no te han hecho nada. Tú bien sabes de golpes, esos que traes en la cara y el cuerpo, sabes con qué han sido.

Me desarma.

Una lágrima cae a mi taza.

—No todo es como lo que conociste —me dice el doctor Cadwell un día antes de darme de alta.

No pasó, no pasó.

—No fue nada.

Me levanta la cara. Sus pecas infantiles me roban una discreta sonrisa. Siempre he pensado que, si uno traza las líneas con cuidado, podría dibujarse un gato dormido entre ellas.

—Sé que puedes soportar mucho, mucho daño; sé que pueden tirarte una casa encima y te levantarías diciendo que fueron solo cosquillas, pero no, ya no tiene que ser así, ya no más vendas en los ojos, ya no hay nadie para castigarnos.

«Lo sé».

Tocan la puerta con desesperación.

«¿Será la casera?».

No ahora. Me limpio con el dorso de la mano.

Abro. Candy se abalanza sobre mí.

—¡Estás bien, estás bien! Me tenías muy preocupada —grita, me da un beso en la mejilla y vuelve a abrazarme—. Te buscamos por todos lados.

Su abrazo fuerte, tierno, me impregna.

—¿Cómo supiste en dónde vivía?

Mi mirada rebota en Pralina, que baja de su auto. Se acerca rápido, sin maquillaje, sin su aire despreocupado habitual.

—Lo investigué en Control Escolar, lo lamento, pero teníamos que saber si ya estabas en casa. —Ella también me abraza. Hay compasión en su semblante—. Nos sentimos fatal —añade.

Me aparto un momento.

—¿Me pueden decir qué ocurrió? —inquiero.

—¿Cómo? ¿No lo recuerdas? —Candy observa a Pralina con confusión.

—Le pediste a mi novio que te trajera a tu casa. Él dijo que te notaba mal, mareada, diciendo cosas sin sentido. Paró en una farmacia para comprarte algo, saliste del auto de repente. Corrió tras de ti, pero te pusiste agresiva. Decías cosas raras… en otro idioma, creo. No te pudimos localizar después de eso. Nos llamó para ayudarlo a buscarte, pero ya no estabas por ningún lado. —Su voz se quiebra—. Estaba muerta de miedo. ¿Te encuentras bien?

Quiero creerles. Necesito creerles.

Si fue eso, si solo fue eso, entonces estoy bien. Entonces puedo seguir.

—Sí. —El pecho se me estruja al ver sus caras de pesar—. Gracias por preocuparse por mí.

Candy observa mi labio, pero desvía la atención.

—Por cierto, aquí está tu bolsa, están todas tus cosas intactas y, si falta algo, lo reponemos. —Me la entrega, cabizbaja—. En verdad, lo siento.

—También yo —dice Pralina.

—Quien tiene que pedir una disculpa soy yo.

—Nosotras te insistimos en beber —replica Candy—, no debimos.

—Es lo normal, querían que me divirtiera, al final accedí. El alcohol y yo no somos buenos amigos.

—Secundo eso, soy muy mala copa. ¿O no, Pralina? —Ríe.

—Sí, así como ves a esta pioja de santa, suele quitarse la ropa y subirse a las mesas.

—Cállate, eso solo fue una vez.

Ríen, me río con ellas. El hielo se derrite.

Bromean. Recuerdan chuscos de fiestas pasadas. Se carcajean. No pasó nada.

—¿Paso por ti el lunes para ir a la facultad? Vamos, di que sí —insiste Candy entre saltos.

Acepto.

Me dan un abrazo para despedirse.

Cierro la puerta.

Y, al girarme, la jeta larga de Valyria me espera en medio del pasillo con los brazos cruzados.

—¡Ay, por favor! Escuché toda esa mierda, no salí porque de seguro iba a ahorcarlas con mis propias manos; esa rubia es Adolfo Hitler reencarnado.

—No es ninguna mierda, tú y yo sabemos lo mal que me va con ese tipo de sustancias.

—¿Estás segura? ¿Entonces sí te pasaste de copas? Vamos, Dannielle, miéntete.

Lo pienso. Pero mi mente es un cuarto oscuro con puertas mal cerradas, imágenes borrosas, palabras que no comprendo, y luego… nada. Solo un gran agujero. Como si hubieran arrancado una parte de la cinta.

—Hay una gran probabilidad de que haya sido así, Val, lo sabes bien. De que haya estado fuera de mí; quizás aluciné que alguien me seguía, me descoloqué, hui…, no sé.

—Mentira. —Su dedo acusador se levanta.

—Fue mi culpa.

Quizás exageré.

Quizás no midieron la bebida.

Quizás yo no medí mis límites.

—No es verdad.

—Es verdad —replico.

—Así suena más pequeño, ¿no? Más fácil de barrer bajo la alfombra.

—Tal vez.

—Danny, ¿tanto es tu temor a estar sola? Porque no lo estás, me tienes a mí, tienes a… los demás. Ya sabes.

—Deja de hablar con ese tono condescendiente, no tienes idea de lo que en realidad quiero.

—En ese sitio estabas rodeada de gente, pero te sentías sola, ¿o vas a negarlo?

—Estoy bien, Valyria.

—Fingiré que te creo.

CAPÍTULO 8

MARCK ALMOND

Las emociones también tienen su propia carrera.
Y yo, a mis años,
sigo en primer semestre.

Otra vez se me hace tarde, de seguro ya están comenzando la reunión, la décima reunión del mes.

Camino con el maletín colgado del hombro y el celular vibrando con insistencia en el bolsillo de la bata.

No he comido. Solo bebí café. Una, dos, tal vez tres tazas. Perdí la cuenta. Mi estómago gruñe, pero no hay tiempo ni siquiera para escuchar al hambre.

Cruzo la entrada de la facultad como en automático, saludando con la cabeza a quienes me reconocen, sin detenerme.

Los pasillos están teñidos de lila, con las flores de jacaranda volando.

Pienso en pasar a la cafetería por algo rápido, pero mi reloj marca las 6:05 p. m.

Cinco minutos de retraso.

Subo las escaleras. En cada pisada, repaso mentalmente lo que dejé pendiente: firmar dos expedientes, revisar una tomografía, enviarle un audio a una paciente preocupada por su presión y…

No puede ser.

No firmé un acta de defunción. Me van a estar buscando como locos. Terminando esto, me regreso de inmediato.

Doblo por el pasillo largo que conecta con el aula de juntas, paso frente a la biblioteca.

«En mis ratos libres suelo encerrarme ahí». ¿Estará ahora?

6:10 p. m.

La posibilidad me pisa los talones.

Entro.

Camino entre los estantes altos, con sus etiquetas marcadas por categorías. Nadie habla, solo se escuchan los sonidos del pasar de las páginas.

Doblo la esquina de la sección de Patología, y ahí está, sentada al fondo. Algo que no sabía que estaba tenso en mí, descansa al verla con bien.

Los codos apoyados sobre la mesa y el cuerpo inclinado hacia el libro. Una mano sostiene el bolígrafo, la otra le sostiene la cabeza. Sus labios se mueven apenas, como si leyera en voz baja. El cabello negro le enmarca el rostro delicado.

Me pierdo en su parpadeo largo, en sus pestañas proyectando sombra sobre sus mejillas.

No me ve y yo no debería mirarla tanto.

Un grupo de alumnos pasa cerca. Me obligan a moverme, a fingir que estoy revisando algún ejemplar. Tomo un libro viejo de dermatología, lo abro a la mitad y mantengo los ojos en las imágenes, sin dejar de verla a intervalos.

La luz que cae por la ventana le ilumina la punta de la nariz. Quiero acercarme, decirle que me alegra verla, que aquella noche me dejó una inquietud que no consigo sacudirme… pero no lo hago.

6:35 p. m.

Ya me perdí la reunión.

CAPÍTULO 9

ANTHONY CADWELL

Doctor, si las voces me advierten del peligro
¿Por qué insiste en callarlas?

El tren serpentea entre las colinas.

Una mujer empuja el carrito por el pasillo del vagón. Me ofrece una taza de café que acepto por reflejo, más que por gusto. Es un tostado agresivo para mi paladar, con ese dejo amargo que raspa la garganta y te recuerda al licor. Al menos te mantiene despierto, ya sea por el sabor o porque te lo dan hirviendo.

Observo a través de la ventana, el sol está saliendo y los campos, todavía húmedos, guardan los últimos rastros de la madrugada.

Ithil se asoma a lo lejos, aún envuelta en neblina; un pueblo que parece detenido en el tiempo.

Llevo los audífonos puestos con ruido blanco. Me ayuda a pensar sin distraerme, o al menos eso me gusta creer.

Sostengo un libro de poesía entre las manos. Le tomé amor a este género desde que estaba en la residencia. Una de mis pacientes, Margot, escribía sobre sus crímenes con una serenidad perturbadora. No era el horror lo que helaba la sangre, sino la belleza con la que lo narraba. Usaba tantas metáforas que, al principio, uno no sabía bien de qué hablaba. «El cuenco de agua se tiñó de azafrán», decía, y uno pensaba en flores. Luego te miraba a los ojos y te explicaba: «Fue el cuello». Y ahí te replanteabas tu vocación.

La poesía tiene la costumbre de ponerte un espejo enfrente sin preguntarte si estás listo.

Paso la página, doblo la esquina para marcarla, pero antes de cerrar el libro, leo el último verso: «Tenía en los ojos el invierno, y la primavera entre los labios».

Bajo del tren con el abrigo cerrado hasta el cuello.

Cruzo el andén, saludo con un leve gesto de cabeza a la encargada del módulo y tomo el sendero de piedra que lleva a la entrada trasera de la clínica.

Recibo una llamada.

Es Cris, mi paciente.

—¿Sí? —atiendo.

—Doctor Cadwell, disculpe, solo llamaba para confirmar si... si seguimos con la sesión hoy. —Sus palabras tiemblan.

—Por supuesto, a las nueve, como siempre. —Miro mi reloj de mano—. Falta media hora todavía.

—Lo sé, lo sé. Solo quería estar seguro. Es que... anoche soñé que no estaba en la agenda. Que la habían cerrado. Que la habían clausurado.

—La clínica está en pie, Cris, no pasa nada, te veo en un rato sin falta.

—¿Me permite esperarlo en la sala ya? Bueno... ya estoy aquí, esperando.

Antes de que pueda responder, lo veo por el ventanal que da al pasillo.

Levanta una mano y me saluda con los dedos.

Le devuelvo el gesto con una leve inclinación de cabeza.

Él asiente, como si acabáramos de hacer un pacto silencioso.

—Claro que sí, te llamo cuando sea tu turno.

He visto a cinco pacientes y aún me esperan cuatro más.

Cierro el expediente que estaba trabajando, dejo la pluma sobre la mesa y estiro los dedos. Yo y mi necedad de seguir anotando a mano y no usar la computadora.

Me levanto y camino hacia el pequeño refrigerador. Ahí está: la rebanada de pastel que guardé desde ayer.

Quince minutos. Un receso de azúcar y aire.

Tocan la puerta.

No hago caso; estoy en mi descanso, mi momento sagrado.

La segunda llamada no es un toque, es una exigencia.

—Adelante —digo en voz alta sin disimular el fastidio.

Entra el doctor Montoure, el director del Hospital Saint Adofaer, siempre con la bata abotonada hasta el cuello, como si tuviera algo que ocultar.

Su presencia le quita color al consultorio, y eso que es blanco.

Observa el plato en mi escritorio.

Levanta ligeramente una ceja, casi nada, pero lo suficiente para juzgar mi humanidad entera.

—Doctor Montoure, buenas tardes. —Le extiendo la mano y lo invito a sentarse de la forma más cordial posible—. ¿A qué debo su visita?

Ya sé a qué viene.

—Doctor Cadwell. —No se molesta en saludar—. Me falta el último informe de la paciente Blackwood.

—Sí, claro —respondo—. Está en revisión final, lo envío hoy mismo.

Una mentira inmediata. Dannielle no se ha presentado.

—¿Hay algún motivo para la demora?

—No, nada de eso. —Finjo solidez—. Solo quería organizar los datos clínicos de forma más estructurada. Ha sido un proceso… más lento porque las últimas rotaciones en la consulta externa me absorbieron más de lo esperado.

Otra mentira.

Su cabeza se mueve como un ave rapaz que busca una presa entre la maleza.

—Sabes que es grave no subir los reportes a tiempo. El sistema necesita actualizaciones periódicas. Hay auditorías.

—Lo sé. —Asiento—. No volverá a ocurrir.

Montoure se cruza de brazos y recorre con la mirada el consultorio en total silencio.

—Confío en que no estás… encubriendo omisiones.

Ahí está. El dardo envuelto en formalidad.

Mis manos permanecen sobre el escritorio, abiertas, visibles.

—Por supuesto que no.

Sé que no me cree.

Montoure no dice nada más. Da media vuelta y sale con un portazo que suena a advertencia.

Suspiro. No por agotamiento, sino por lo que no dije.

No es uno el que falta, sino tres. Los otros los he falsificado.

Una de las condiciones para otorgarle el alta a la paciente eran las revisiones trimestrales, pero en el último año ha tenido irregularidades.

Si reporto la verdad, si dejo constancia de sus ausencias reiteradas, activaría una revisión clínica.

Y, con ello, la posibilidad de que Saint Adofaer solicite su readmisión.

Me acerco a la computadora.

No responde los correos ni los recordatorios automáticos ni las notificaciones del sistema.

No he querido llamarla. Me dije a mí mismo que debía respetar su espacio, su voluntad, su silencio.

Pero esto ya no es silencio. Es ausencia. Y la ausencia también se atiende.

Tomo el teléfono y abro el sistema de mensajería segura. Hace días le pedí a Elrond que se asegurara, con discreción, de que la paciente estuviera bien.

Su respuesta llegó hace tres días:

«Todo en orden. Salió tarde de la biblioteca y tomó un taxi hacia su departamento».

CAPÍTULO 10

DANNIELLE MORGAN BLACKWOOD

Porque si nadie lo menciona,
tal vez, algún día,
yo también lo olvide.

La profesora proyecta la imagen de una cadena de ARN mensajero en la pantalla principal.

El salón está oscuro, y el sueño quiere vencerme. No he logrado dormir más de tres horas por noche desde hace cuatro semanas. No es por falta de tiempo. Me acuesto, me acomodo, cuento los segundos y nada.

Pero al traidor le da por atacar ahora, justo al mediodía.

Me resisto, pero la voz de la profesora empieza a parecer una canción repetida de fondo.

Apoyo la mejilla sobre la palma.

Solo un segundo.

Corro bajo la luz de la luna, con el pecho hinchado de dolor. Necesito aire, pero no tengo tiempo para detenerme y respirar.

La luna cuelga como un ojo blanco y frío sobre mi cabeza.

Un hombre me persigue.

Mis piernas me traicionan, se debilitan y caigo, mi mejilla se estampa en el suelo.

Él me alcanza, me toma por el cuello y veo su rostro sobre mí. Quiero golpearlo, pero no tengo fuerza, no puedo moverme...

Necesito... necesito...

Gritar.

—¡No! —Mi grito se escapa antes de que pueda detenerlo.

Mi cuerpo da un salto en la silla, como si cayera desde una gran altura.

Todo el salón se gira para mirarme; se ríen y mi rostro arde.

La profesora se detiene. Baja el puntero.

—¿Señorita Morgan?

Me enderezo en el asiento. Mi cuerpo aún quiere correr. El corazón todavía no entiende que ya estoy despierta.

—Perdón... —No sé explicar.

—¿Necesita salir? —pregunta la profesora, con una ceja alzada, ya impaciente.

—No, no hace falta, perdón.

Un par de risitas más se escapan entre los pupitres. Alguien en la fila de atrás dice algo que no alcanzo a oír.

Trago agua y me sabe a metal. Me mordí los carrillos al quedarme dormida. No otra vez. Miro la diapositiva para apurarme a anotar antes de que la cambie.

«Mutaciones por estrés celular».

Qué irónica coincidencia.

La profesora reanuda la clase; los lápices y las teclas se escuchan de nuevo.

En cuanto termina la clase, recojo mis cosas sin apuro.

—Oye. —La voz de Candy surge a mi lado, con suavidad—. ¿Estás bien?

—Sí.

Ella no parece muy convencida, pero tampoco insiste.

—Las chicas están en la cafetería de afuera, ¿vienes?

—No puedo.

—¿Te pasa algo? Has estado extraña.

Extraña. Sí. Quizás esa es la palabra correcta.

Desde aquella noche en el antro, nadie volvió a hablar del tema. Ni ellas, ni yo.

Solamente me repito lo que me dijeron: me excedí, dije incoherencias, fui yo quien pidió que me llevaran a casa, fue un malentendido.

Quiero creerlo. Lo intento cada día. Pero hay lagunas, espacios en blanco. Eso es lo que me atormenta, lo que no recuerdo.

—Solo he estado muy cansada.

Y es verdad.

—Anda, ven, hay dos por uno en malteadas. —Estira una sonrisa adorable, y sus ojos se cierran.

—Pedí permiso una hora para entrar al laboratorio de Anatomía, aún no logro terminar ni la planeación de lo que haré para el festival.

—Te dije que podías incluirte en mi equipo, ya casi está listo.

—Lo sé. Pero quiero hacerlo sola.

Ella suspira con una mezcla de resignación y cariño.

—Si cambias de opinión, sabes dónde encontrarnos. —Me besa la mejilla y se aleja.

Un gesto que me desarma.

No fui capaz de devolverlo, solo me quedé inmóvil.

Y ahora, la culpa me araña desde dentro; Candy tan amable y yo tan fría.

¿Cómo se dan muestras de afecto con tanta facilidad?

El laboratorio de Anatomía está casi vacío. Pantallas interactivas iluminan las mesas de estudio con diagramas rotatorios de torsos abiertos, arterias disecadas y estructuras óseas flotantes. Modelos anatómicos de silicona reposan sobre estantes con la piel removible, revelando músculos, nervios, sistemas.

Estoy intentando algo para el festival. Una propuesta. Una exposición de pinturas sobre el cuerpo humano, literalmente sobre el cuerpo: el mío.

Pinturas anatómicas, como si me quitara la piel y debajo pudiera verse la maquinaria exacta que sostiene esta carcasa.

Me quito la bata y me remango la camisa.

Con una pluma negra comienzo a trazar líneas finas en la muñeca: una vena subcutánea, una bifurcación nerviosa, la insinuación de los tendones flexores.

Una vena radial mal posicionada arruina la proporción. Maldigo en silencio, pero antes de corregirla, alguien entra.

—Solo vengo a dejar… —Una voz masculina. Se detiene al verme—. Ah.

Mi corazón da un salto imprudente. Me giro de inmediato.

—Doctor Almond.

Sostiene un pequeño juego de llaves y una carpeta en la mano.

Su bata blanca impecable se abre apenas, dejando ver su camisa gris oscuro.

—No sabía que ocuparían el laboratorio para dar clase hoy.

—No hay clase —aclaro, tragando saliva—. Pedí solo una hora para trabajar en mi proyecto del festival.

—Interesante, ¿qué harás? —Sus cejas se arquean apenas, y da un paso hacia mi mesa.

—Estoy ensayando bocetos para una serie de pinturas corporales.

Su mirada se posa sobre mis trazos en el brazo, en mi libreta.

Toma uno de los plumines rojos que tengo a un lado.

—¿Puedo?

Asiento.

Me toma suavemente el otro brazo. Su piel se siente tibia contra la mía, y algo en mi interior se contrae.

Dibuja sobre la cara interna de mi antebrazo.

Comienza a recitar las estructuras que ahí se encuentran, inserción de músculos, nervios.

Lo escucho y por un instante me olvido de respirar.

—Y aquí la arteria... si la dibujas con esta inclinación, parecerá que sale por debajo del músculo, no por encima.

Su cercanía me alerta, pero no me incomoda.

—No soy tan bueno —dice con una sonrisa—, pero tú lo harás mejor. Por cierto..., seré parte del jurado del festival.

—Entonces me aseguraré de que valga la pena evaluarlo.

Toco la pantalla de la mesa digital. Cambio a una vista detallada del cuello. El músculo esternocleidomastoideo se despliega sobre un fondo blanco.

—Bueno... —dice, echando una mirada rápida a ambos lados, como si buscara una excusa para quedarse más tiempo—. En realidad, venía solo a dejar estas llaves al cubículo. —Levanta la mano ligeramente, mostrándolas como prueba.

—Claro. —Giro el esquema.

—Y..., Dannielle...

Vuelvo el rostro hacia él con lentitud.

—Sí, dígame.

—¿Todo bien?

No entiendo la pregunta.

—¿Perdón?

—Lo decía por lo del Jealous. Me quedé con la impresión de que... algo no iba bien.

Me toma unos segundos reaccionar.

—Sí... Lo siento mucho, de verdad —me apresuro a responder—. Fui maleducada al no despedirme. Me sentí un poco mal y necesitaba salir.

—Tranquila, no es un reproche. —Se frota la nuca con una mano—. Solo quería verificar que todo estuviera bien y, por cierto…, te llamé… Lo lamento. Le pedí tu número a una de tus amigas, pero era únicamente por eso. Me preocupé.

—¿Era usted? —Suelto una risa breve—. Dios mío, creí que eran los de la tarjeta.

—Sí, lamento haber sido tan insistente como un crédito bancario.

—Gracias por preocuparse, doctor.

Una pausa se cuela.

—Bueno, no te quito más inspiración. Te dejo concentrarte, artista.

—No me molesta.

Se detiene, como si lo hubiese tomado por sorpresa.

—Aun así, mereces silencio para crear, con permiso. —Da un paso hacia atrás, hacia la puerta. Coloca la mano en el picaporte, lo gira con calma—. Y…, Dannielle —añade antes de irse, girando apenas su hombro—, me alegra verte aquí.

También me alegra.

Su perfume se queda en el laboratorio.

Regreso la mirada a mi brazo pintado. Cuánto va a costarme quitarme esto. El zumbido de mi teléfono me hace parpadear. Lo tomo creyendo que es Candy o Pralina. Es un mensaje de Anthony Cadwell.

Dannielle, por favor, preséntate a tu cita esta semana.

He tenido que justificar demasiadas ausencias y se acercan auditorías. Sabes lo que significa si se expone alguna irregularidad.

CAPÍTULO 11

DANNIELLE MORGAN BLACKWOOD

Si te abro el corazón
¿prometes no huir a pesar de lo
que veas?

Años antes

Mar me pone un trapo frío en la frente, y su cara se ve triste, como si estuviera a punto de romper en llanto. De seguro me veo horrible. No suelo recibir golpes en la cara, *Madame* lo tiene como regla para todos los clientes, pero esto me lo hizo ella con uno de sus anillos después de haberle gritado.

—Danny, por favor —me dice con voz suave mientras me acaricia la frente—. Tienes que portarte bien o te van a matar.

—Ojalá lo hiciera. Eso significaría que dormiría mucho mucho, para siempre.

Mar chasquea la lengua, como hace cuando no quiere escuchar lo que digo. Pone mi cabeza en sus piernas y sus dedos oscuros me acarician el cabello.

—No sabes lo que dices, pequeña. Si duermes para siempre, ¿cómo verás a tu mamá?

Mamá.

Ya no recuerdo cómo es mi madre, solo sé que nuestro color de cabello era igual y que tenía lunares en el pecho. Pero ya no sé cómo es su voz, y hace tiempo que dejé de soñar con ella. Ya no sueño nada, cierro los ojos y todo está negro.

Miro el plato que está en el piso, un pan duro, mermelada que huele raro y una taza con agua. Mar me rocía alcohol en el raspón de la ceja. Me arde.

—Tranquila, ya casi termino. —Me levanta, me baja el cierre de la bata y continúa con las heridas de las nalgas; esas no me duelen, me suelen pegar tanto ahí que ya no siento. Con una mano, Mar unta un ungüento que huele a hierbas. Ella misma lo hace en la cocina, a escondidas, para nosotras—. No te quedará cicatriz con esto —me dice.

—No puedo verme allí, no importa si hay cicatrices.

—Mi niña, un día estarás en la playa con un hermoso traje de baño y vas a recordarme. Dirás: «Mar me cuidó mucho la piel». Porque me vas a recordar, ¿verdad?

Asiento y sonrío. Las comisuras me arden al estirar los labios. Me toco, todavía tengo restos de labial.

—¿Qué es una playa?

Me subo el cierre y me siento en el suelo. Mar me deshace los nudos del cabello con sus dedos. Me encanta escucharla platicar sobre cómo es allá afuera. Ella llegó aquí con diecisiete años, usualmente está en la cocina o en el área de lavado, pero suele escabullirse para visitarnos.

—Cierra los ojos y te cuento. —Así lo hago—. Es un sitio en donde hay arena, que es como tierra, no, como granos de arroz redondos; es tibia, a veces calientita; es delicioso sentirla con los pies descalzos. También hay agua por todas partes, es como una tina azul, pero mucho mucho más grande, y el agua se mueve. —Mar hace un ruidito con la boca, un silbido que suena como el viento—. El aire pega en la cara y huele a coco, a veces a pez;

otras veces, a nada. Y, al estar ahí, te sientes pequeña, pero también muy grande, puedes no tener nada en los bolsillos y aun así sientes que todo te pertenece. —Vuelve a hacer ese silbido con los labios—. Si tienes suerte, encontrarás ancianas cocinando a la orilla, suelen ser generosas. Una vez, cuando era niña, unas viejitas que estaban asando pulpos con mantequilla y ajo en una rejilla, me invitaron a comer con ellas. No recuerdo nunca haber comido tan delicioso como esa tarde.

No sé qué es un pulpo, pero no le pregunto para no interrumpirla.

La voz de Mar es como un murmullo dulce, todo lo explica tan bien que hace que dentro de mí se dibujen imágenes.

Abro los ojos, me hizo una trenza. Me gusta mucho cómo me peina, aunque me gusta más cómo se peina ella. Se hace unas trenzas finas y muy pegadas a su cabeza, pero dice que no me las puede hacer porque mi cabello es muy delgado y terminaría por arrancármelo.

—Suena maravillosa la playa, también quisiera ver un día las auroras boreales, Dalí dice que es como si el cielo cobrara vida y bailara solo para ti.

—Esas no las he visto, pero he escuchado de ellas. —Recoge el plato del suelo—. Anda, Dannielle, come.

La comida parece aún menos apetecible que antes.

Niego con la cabeza.

—Mejor dáselo a Blair, se siente mal, ha estado sangrando mucho. ¿Se pondrá bien?

Blair es la mayor de nosotras, las *dolly's*, así nos llama *Madame*. Tiene doce años más o menos. Suele estar sonriendo a pesar de que es la que más piden los clientes por su cabello blanco y sus ojos violetas, pero los últimos tres días solo ha estado recostada, llorando y sobándose la barriga. *Madame* le ha mandado unos trapos para que se los coloque entre las piernas y no manche la cama.

—Estará bien, se le pasará en un par de días más. —Me da un beso en la frente—. Ya tengo que irme. Pórtate bien, por favor. —Me presiona la mejilla.

Cuando la puerta se cierra, me acerco al espejo del tocador. Una lágrima se me escapa. Miro mi reflejo: la piel morada, el párpado hinchado. Por un momento, siento que esa persona en el espejo no soy yo.

Sostengo la respiración, intentando, otra vez, poderle ganar a la vida que se rehúsa a abandonarme.

CAPÍTULO 12
ANTHONY CADWELL

A veces te observo como quien mira un pájaro herido aprender a volar otra vez, sabiendo que no debe tocarlo.

Prendo la vela del sahumerio, el humo comienza a danzar sobre el aceite de lavanda.

Técnicamente, es para inducir calma a los pacientes, aunque la verdad es otra.

Si algo he aprendido en estos años, es que el entorno también puede ser tratamiento.

Me acomodo los puños de la camisa, limpio la superficie del escritorio, ordeno cada cosa en su sitio: las carpetas paralelas, las plumas alineadas, la taza con infusión de jengibre que olvidé beber.

Colgué un cuadro en la pared derecha, a la que desvían la mirada siempre que hago preguntas complejas, solo para darle un poco más de color a este espacio. A veces me pregunto si el blanco no termina por ser un exceso. En su búsqueda de neutralidad, podría volverse opresivo. Por algo existe el síndrome de la bata blanca.

Tocan la puerta exactamente a las 11 a. m.

Enciendo el tocadiscos. Cecilia Bartoli. La cantante favorita de mi paciente favorita.

Abro la puerta y el sol entra con ella.

—Buenos días. —Me extiende la mano firme, siempre tan cordial.

—Oh, vamos, ven acá. —Rompo el protocolo y la rodeo con un abrazo.

La seriedad de su expresión se desvanece.

Ha cambiado tanto. Tiene un poco de más color en las mejillas, ha ganado peso desde la última vez que la vi, ya no se ha cortado el cabello, y veo que sus uñas no están mordidas.

Pequeñas victorias que anoto mentalmente. No puedo estar más feliz.

—Toma asiento —le digo, señalando el sillón frente a mí—. Cuéntame, ¿cómo te has sentido? ¿Qué dice la universidad? ¿Cómo vas con el tratamiento?

Muchas preguntas.

Aguardo a que formule palabras.

—Excelente, increíble, bien.

Tres sinónimos. No escribiré.

Me recargo en el asiento, desarmo mi postura para hacerla sentir cómoda.

—¿Difícil?

Suspira.

—Sí. Adaptarme no ha sido fácil. A veces me organizo, a veces no. A veces como, a veces se me va el tiempo. Dormir sigue sin ser mi especialidad y hay clases con demasiadas personas, ruido, risas, conversaciones que no entiendo. El mundo de los libros parecía más sencillo. —No interrumpo, no tomo la libreta, solo la escucho—. Pero voy bien, académicamente, te lo juro. Es lo único en lo que me siento segura.

—Eso último lo sé sin que lo digas.

—Las calificaciones me hacen ilusionarme sobre quién soy.

—Eres con o sin un número, Danny.

—Lo sé, lo sé… pero los números me devuelven algo de orden.

—¿Sigues tomando el medicamento?

Levanta los hombros y muerde su labio inferior.

—Sí…, a veces.

No lo hace.

—«Sí…, a veces» no figura en las indicaciones médicas, señorita Blackwood.

—Lo olvido… y, cuando no, me hace sentir temblorosa.

—De acuerdo, eso debiste comentármelo. —Saco el recetario—. Vamos a ajustarlo, ¿de acuerdo?

Ella asiente. Juega con la manga de su suéter y se distrae con el cuadro.

—Ese es nuevo, un campo de lavandas.

—Sí, lo puse ayer, lo vi en una feria de aquí cerca, pensé que te gustaría.

Si ella supiera cuántas pequeñas decisiones he tomado pensando en que se sienta a salvo.

Todavía hay secuelas, pero su mejoría es innegable.

—¿Y tú cómo estás? —me pregunta.

—¿Yo? —Alzo una ceja, sorprendido.

—Sí, no puedes preguntarme todo y luego escapar sin responder.

—Soy un adulto funcional, lo cual ya es mucho decir —bromeo.

—Esa no es una respuesta, Anthony.

—Estoy bien. Cansado. Un poco saturado de informes, reuniones y… el doctor Montoure pisándome los talones porque una paciente muy importante desapareció de su agenda sin dar aviso.

Ella baja la mirada de inmediato.

—Perdón…, lo siento mucho —murmura—. No era mi intención meterte en problemas.

—Escribí informes falsos. Sabes lo peligroso que es si se presenta una auditoría.

—Lo sé. Perdí el ritmo de todo… y el tren es muy costoso.

En la universidad me piden libros, materiales, cosas que jamás imaginé que costaran tanto. Siento que el dinero se va como agua. No puedo venir sin pensar qué dejaré de pagar después.

—Danny…

Su nombre se me escapa más como un suspiro que como un reproche. Ya le he ofrecido apoyo y se niega rotundamente a pesar de que me he esforzado por decirle que no será una deuda.

—Buscaré trabajo pronto para poder venir sin faltas.

—Es complicado que encuentres uno que se ajuste al ritmo de tu carrera, y menos uno que no te robe la energía que necesitas para estar bien. ¿Por qué no me dejas…?

—No, Anthony, no. Quiero ganarme la vida sola, no quiero deber ni sentir que tengo cosas por caridad. Algo voy a encontrar; pasear perros por las noches, dar volantes, no sé.

Guardo silencio porque entiendo. Porque la respeto, y su libertad de decisiones también es parte del tratamiento.

—Está bien. —No interfiero en su voluntad—. Pero si en algún momento cambia algo, si en algún momento te agota demasiado… dime, ¿va?

Sus ojos grises se suavizan y sonríe.

«Tenía en los ojos el invierno, y la primavera entre los labios».

—Tu comunicación verbal es más fluida, ¿te das cuenta?

—Supongo. —No está muy convencida—. Contigo siempre ha sido sencillo.

—Me alegra que sigas confiando en mí.

—Es fácil confiar cuando no me miras como algo ajeno a este planeta. —Se levanta sin aviso y camina hacia el librero. Sus dedos acarician los lomos de los libros, sin buscar nada en particular—. Afuera todos parecen tener un manual para vivir, mientras que yo sigo buscando el índice.

Me encantan sus comparaciones.

—Eso es suficiente.

Abro su expediente, voy hacia la hoja en donde nos quedamos y me decido a hacer las preguntas complicadas.

—¿Y Valyria?

Pronuncio el nombre y bajan diez grados en la habitación. Ella deja en su lugar el libro que estaba hojeando.

Se gira y frunce el ceño, sabe que ya lo noté.

—Ha vuelto. ¿Y cómo está?

—Está bien, lo juro.

—Define *bien*.

—Está tranquila.

Intenta convencerme.

—¿Por qué crees que volvió?

—Porque... siempre... Yo. Porque siempre tengo miedo, An, y sabes que ella es muy protectora, me quiere envolver en una burbuja. —Sus palabras se cruzan.

Hay algo que no me dice.

—¿Te ha golpeado?

—No, discutimos poquito. —Comienza a hacer ademanes—. Pero es por celos, creo que está celosa de las amigas que hice.

Una sonrisa se me escapa.

—¿Amigas? Eso es maravilloso.

—No sé si soy su amiga como ellas lo son entre sí, pero... me invitan a salir, me escriben.

—Eso es mucho, Danny, muchísimo.

—No sabes el trabajo que me cuesta. Pensar si lo que voy a decir es tonto o molesto. Sobreanalizo incluso decir «buenos días».

—Es normal, no te mortifiques. Estás aprendiendo a habitar el mundo a tu manera y lo estás haciendo bien. Con respecto a Val, no permitas que tenga poder sobre ti. Eres dueña de tu cuerpo, de tu mente, de tu historia. Y si alguna vez lo olvidas... aquí estoy para recordártelo.

—Así lo haré.

Duda.

—¿Y has salido?

—Sí, fui a una fiesta hace poco y a veces voy a dormir a casa de mis amigas para estudiar.

Ella sigue contando lo que ha hecho, sus rutinas. La forma en que lo dice me da paz, quiero sonreír, pero disimulo para no cargar esta sesión con mis emociones. No ha salido tanto, pero sí lo suficiente. Para alguien que pasaba días completos sin cruzar una puerta, esto es inmenso. Hace años, nadie hubiera creído que ella podría reintegrarse a la sociedad.

—La ciudad es preciosa, las plazas, los parques, el lago, dales la oportunidad. Estudiar está bien, pero no seas como yo, que dejé mi vida de lado por encerrarme en los libros. Después entendí que pude habérmelo tomado con más calma y el resultado hubiera sido el mismo.

Asiente, toma su receta.

—Danny, ¿puedo decirte algo sin que lo tomes como diagnóstico?

—Dime. —Su rostro se nota expectante por escuchar.

—Te ves bien, mejor. Hay algo en ti que… brilla distinto.

—¿Distinto para bien?

—Para mejor que nunca.

«Tenía en los ojos el invierno, y la primavera entre los labios».

Sé que me ocultó cosas, y es normal hacerlo, pero quiero confiar. No siempre se le cuenta todo al psiquiatra.

Viene hacia mí, me abraza.

—Estoy bien —susurra para sí misma.

—Estás bien.

No puedo estar más lleno de ternura. Ni más consciente de que tengo que soltarla e intentar poner mi corazón en su lugar.

—Gracias, doctor Cadwell, te debo muchísimo, algún día te voy a pagar, lo juro. —Sus ojos se cristalizan.

Mi ética se suicida.

—Te diré algo, pero no como tu psiquiatra, mírame. —Me enfoca—. ¿Has escuchado sobre los vencejos? Son unas aves que pueden pasar meses sin tocar tierra y, cuando lo hacen, es para hacer nido, pero lo construyen en los bordes de los acantilados para que así les sea más fácil alzar el vuelo.

»Sé un vencejo, Danny, feliz o triste, sigue volando.

—Lo intentaré.

—Tienes mi número, sabes que puedes llamarme si lo necesitas, no tengo horarios laborales.

—Descuida, no daré problemas.

«Prometo rescatarte si los hay».

—Cuídate.

Lo que daría por intercambiarle la vida, ser yo quien cargue sus heridas, sus demonios. Lo que daría por ir tras ella, protegerla, guardarla en una caja en donde nadie pudiera herirla nunca más, pero las aves no nacieron para las jaulas. ¿En qué momento se me fue metiendo en el corazón de esta manera?

He pensado turnar su seguimiento a otro colega, sentirme libre, invitarla a cenar, a esquiar, a pescar, a un parque de diversiones o a caminar a la arena sin temer que alguien se dé cuenta, me reporte y ella vuelva al hospital.

Saco su papeleo, anoto su evolución. Miento. No anoto las pequeñas irregularidades que observé, no menciono la aparición de Valyria. Dannielle está bien, pero sé que para el consejo no bastaría para darle el alta.

Una llamada entrante.

—Doctor Cadwell, ¿ya tiene la respuesta?

—Sí, es apta.

CAPÍTULO 13

DANNIELLE MORGAN BLACKWOOD

¿Caja torácica o cárcel?

«Sé un vencejo, Danny. Feliz o triste, sigue volando».

Mi respiración está agitada, siento ácido correr por mi torrente, me arde la piel. Caigo, me levanto, caigo. Un hombre me sujeta por el brazo y me acerca con violencia, intento zafarme.

Fracaso, me arrastra tomándome del cabello.

No tengo fuerza en mis piernas. No tengo voz.

Estarás bien, solo…

¡Basta!

Estoy bien. El doctor ha dicho que estoy bien.

«Debiste decírselo».

No.

Anthony siempre me mira como si yo fuese un milagro, él no sabe que yo lo veo de la misma forma, pues si alguien me ha hecho creer que soy más que mi historia, es él.

Abrocho los botones de mi cárdigan. El aire gélido sigue filtrándose a través de la tela. Mi cabello se enmaraña por el viento.

Estaré bien, ya he superado lo peor, podré con esto.

Llego a la estación, compro un boleto para la próxima salida a Hamlëin.

Un tren se detiene, y de él bajan soldados. Reencuentros, llantos. Una mujer lleva a un niño entre los brazos; un hombre lo carga y lo besa con ternura. Lo que daría por ser aquel niño, o tal vez esa mujer. ¿Cómo será tener una familia? Lo que daría por saber qué se siente tener un hogar al que volver.

Veo a otra pareja abrazarse, besarse, como si el mundo se les fuera en ello.

La envidia se mezcla con tristeza, un cóctel amargo que se desliza por mi garganta.

Lo que daría por esa sensación de pertenencia, por sentir más allá del miedo o del dolor.

Estaré bien.

Mi celular vibra, es un número desconocido. Dejo pasar la llamada, pero vuelve a sonar una, dos, seis veces. La pantalla se ilumina insistente.

Miedo. No quiero escuchar que la tarjeta está al límite. No tengo para el alquiler del siguiente mes. No tengo nada en el refrigerador. Me estoy cayendo a pedazos mientras me aferro a creer que estaré bien.

Miro una vez más a la familia, ahora alejándose mientras entrelazan sus manos.

Un día seré feliz. Un día encontraré la manera, lo prometo. Un día cumpliré por lo menos un sueño.

Meto las manos a mis bolsillos, escondiéndolas del frío, choco con algo inesperado.

Un chocolate y una nota: «Cuando quieras, llámame».

¿En qué momento puso esto?

CAPÍTULO 14

DANNIELLE MORGAN BLACKWOOD

Doctor, si las voces son más coherentes que mis pensamientos, ¿a quién debo escuchar?

Algunos años antes

Dalí llora después de la clase, nos pide perdón. Siempre lo hace, aunque le decimos que no hace falta. Sabemos que no quiere hacerlo. Se limpia la nariz con la falda de su vestido. Ella nos enseña danzas para los clientes, nos enseña a desprendernos de la ropa con elegancia, o con violencia si se requiere, nos forma para ser complacientes, soportar el dolor, besar, masajear, acariciar, gemir, gritar, maquillarnos, vestirnos.

Dalí no quiere comer, está más flaca, ya se le ven los huesos de las caderas y las clavículas. *Madame* le ha dicho que, si no come sus raciones, le meterá un embudo con comida hasta que se ahogue. Ella no es de amenazas, así que conviene obedecer. A veces no es tan mala, pero odia que la contradigan, odia que le respondan, que la miren sin permiso; he aprendido a conocerla.

Sé qué le molesta, qué la halaga, a veces siento que me quiere, aunque sea un poco. Me ha acariciado el rostro cuando duermo, bueno, cuando me hago la dormida, y he notado que con nadie más lo hace. También me ha cantado en ocasiones. Hace dos años tuve una fiebre muy alta, y el doctor dijo que podía morir esa noche, y ella estuvo yendo a verme; en el día más oscuro de esa enfermedad, durmió a mi lado.

Otras veces parece que me odia más que a nadie, me castiga sin razones, me encierra en el último piso y me deja sin comer, aunque después se arrepiente.

Las niñas dicen que la han visto hablar sola, que discute y vocifera en su habitación, aunque no hay nadie, pero no es así, yo también escucho las voces que le hablan; intenté decírselo, pero me costó un castigo.

Dalí se echa el cabello hacia atrás y, como polvo, sus mechones cobrizos vuelan. Siempre la vi como un león, y ahora parece un ave vieja que poco a poco pierde su plumaje.

—¿Y Katherine? —nos pregunta Dalí, reponiéndose del llanto. Todas nos miramos, sabemos lo que pasó, pero no lo decimos—. Bien, al menos ya no la golpearán, o quizás ya no tanto.

—Quizás tenga una buena vida —comenta Val.

Tres golpes fuertes a la puerta.

Dalí tiene que irse, su tiempo terminó. Se limpia el rostro con los nudillos y cambia su gesto decaído. Tiene que ponerse una máscara de sensualidad encima de su dolor.

Tocan el timbre, es hora de meternos a la regadera. Nos dan cuarenta minutos para asearnos todos los días a la media tarde. *Madame* nos manda lociones de jazmín y durazno esta vez. Tenemos la orden de limpiarnos hasta el último rincón, perfumarnos bien la piel y humectarnos en aceite.

No quiere mercancía mísera, dice. A veces, con su uña afilada nos raya la piel para verificar que hemos obedecido, que no estamos cuarteándonos.

Terminando el baño, ayudo a Val a vendarse el pecho, intentamos que no le crezca, no se ve tanto, pero, si tocas, se siente una tumoración pequeña. Ella pensó que estaba enferma, pero el doctor nos explicó que es su glándula, que quiere crecer, pero eso no está bien en Gale's Bear House. Ahora la tienen a dieta, le dieron unas pastillas y le ordenaron vendarse lo más apretado posible para retrasar el proceso. Las lágrimas de Val le resbalan por la nariz. Le duele, y a mí también.

Aprecio el cuerpo de Dalí, bueno, lo apreciaba cuando sus pechos eran redondos y firmes. Pero ahora que adelgazó, se ven como globos desinflándose. También el cuerpo de Mar es hermoso, su piel es negra, tiene una cintura muy pequeña y unas caderas anchas; también tiene mucha fuerza en las piernas y los brazos, pues la he visto cargar ollas muy pesadas.

Pero los clientes usualmente no buscan esos cuerpos, dicen que son grotescos, buscan el sudor dulce, la piel rosada, ninguna curva, ninguna protuberancia.

—Dannielle, Valyria, vengan, Blair está muy mal, su… su barriga parece que va a explotar —dice Caroline.

Blair se queja, abre los ojos y se le desvían hacia arriba. Le toco la frente, su piel lechosa se ve irritada, está ardiendo.

Abre la boca, quiere hablar y no puede.

—Grita por la puerta, Carol, pide ayuda.

—*Madame* me va a golpear si hago eso.

—Ella dijo que podemos hacerlo en emergencias, ¡hazlo!

—Déjenme… morir —susurra Blair débilmente.

Valyria le da palmadas en las mejillas.

—Está muy caliente, voy por agua, sé cómo se quita.

La cama se tiñe de rojo, una mancha en forma de flor borbotea de ella. Le quito las sábanas. La sangre brota de su entrepierna, su barriga se mueve, se pone dura, muy dura. Su piel está tan estirada que parece que se abrirá.

Grita.

Va a morir.

Desde hace un par de meses la panza comenzó a crecerle. La hermana de *Madame* nos dijo que tenía una enfermedad desconocida, pero que no moriría.

Otro grito, es un grito que duele.

Nunca ha gritado así, ni ella ni las demás. Se retuerce, se toca entre las piernas.

Las otras niñas están ahí, perplejas, inmóviles.

—¡Ayúdenle a Caroline a gritar!

Una de ellas se pone a llorar en una esquina, cubriéndose los oídos. No la culpo, tiene cuatro años.

La puerta se abre, entra *Madame*, con el ceño fruncido, su bastón puntiagudo golpea el piso de madera.

Ve a Blair y le toca la barriga, maldice.

Nos saca de la habitación a todas.

A los pocos minutos llega el médico. Todas estamos a la espera, inquietas, con miedo.

Mi corazón es el de un ratón asustado.

Quiero a Blair, no quiero que se vaya, no así.

«Déjenme… morir».

Es mejor morir, tiene razón. Dormir, dormir para siempre. Escapar es inútil, lo hemos intentado. ¿Qué ganamos? Latigazos, una espalda al rojo vivo.

—Selene, deja de llorar, te van a encerrar con… con el monstruo, por favor —le pido. Ella mueve su cabeza y se cubre la boca, no puede controlarse.

Es una niña, es una niña.

Val la abraza.

Blair ha sido como su mamá, por eso llora, ambas vienen del mismo pueblo, ambas tienen los ojos violeta y el cabello plateado. Si Blair muere, Selene la acompañará.

Un chillido se escucha dentro de la habitación, un llanto agudo, estrepitoso.

—Es un bebé —dice Val—. Ese es el llanto de un bebé.

La puerta se abre, *Madame* trae a la criatura envuelta en una sábana manchada de sangre. El bebé llora, puedo verlo, es igual a Blair.

—*Madame*, tal vez deberíamos dejarlo con la madre un momento y… —comenta el doctor tras de ella.

—No. —Le lanza una mirada autoritaria y él se calla. El gran doctor se hace pequeño ante la voz de *Madame* Bistró.

¿Cómo lo hace? Ella no es tan alta como el monstruo, no es tan fuerte como el monstruo, no es tan fea como el monstruo, pero ¿por qué da tanto miedo?

Todas entramos, nos acercamos a Blair, quien no deja de llorar, está hundida en su sangre, huele a metal, se rompió el labio inferior a mordidas.

—Mi hijo… —susurra sin fuerzas—, mi hijo… Tuve un hijo… un niño… un niño salió de mí, su cabello era como el mío. Era mío.

Una miel le gotea de los pezones.

—Calma, Blair. —Le quiero ayudar a quitarse la ropa.

—No. —Mueve la cabeza, se sacude con violencia—. Aquí… aquí… yo aquí tenía un bebé. —Se toca el vientre—. Aquí estaba. ¡Tráiganlo! —grita.

CAPÍTULO 15

DANNIELLE MORGAN BLACKWOOD

Él era una jaula con la puerta abierta,
podía escapar en cualquier momento,
pero yo no quería.

No poseo habilidades artísticas. A veces canto un poco en la regadera, hago barquitos y aviones de papel, o pinto sobre hojas usadas para darles una segunda oportunidad, con el único fin de olvidar, nunca con la intención de mejorar o llevarlo hacia algún nivel. Si pudiera escoger un arte, sería el baile, pero no de esos modernos, sino el *ballet*. Usar aquellos vestidos monos y pomposos, las zapatillas rosadas, lucir delicada y con el semblante armonioso, dulce, pacífico.

Sueños obsoletos.

—¿Me tengo que quitar la ropa? —inquiere Val.

—Sí, todo, si no, ¿cómo te pinto?

—Tú tienes menos tetas, ¿por qué no te pintas tú misma?

Entrecierro los ojos. No voy a encenderme.

—Anda ya —la apresuro mientras la ayudo a retirarse el camisón.

El sofá cruje bajo su cuerpo delgado, casi translúcido.

Su piel blanca como yeso está salpicada de pecas y cicatrices.

—Bien, no es como que no me hayan visto cientos de personas antes, ¿verdad?

—No vuelvas a decir eso.

—Es cierto.

Su tórax es terso, blanco, y está lleno de pecas marrones y cicatrices que trataré de cubrir con pintura.

Acomoda sus manos detrás de su cabeza.

—Despiértame cuando termines.

Y, entonces, se queda quieta, tanto que parece que ya no respira. Tomo un pincel para trazar la silueta del corazón en su pecho; se desliza como cuchillo en mantequilla. Su piel es tan pálida que revela un mapa maravilloso en donde se observa el recorrido de las venas.

Las tonalidades rojas de la pintura se funden en el lienzo, parecen ser uno solo. Me pregunto: ¿qué pasaría si el pincel se convirtiera en un bisturí? ¿Qué sentiría ahora? Rasgar, ver brotar la sangre a borbotones, el compás de la contracción del corazón bombeando desesperadamente mientras, iluso, cree que puede mantener el cuerpo con vida. Sangre hacia el exterior, empapando el sillón y el piso, como si se rompiera una botella de vino. La inevitable fragilidad de la existencia.

—¿Estás bien? —En su rostro, dos faroles tiemblan asustados. Me saca de mis pensamientos.

—Creí que dormías…

—Lo hacía, pero te vi de reojo y estabas sonriendo de una manera extraña, por eso pregunto… ¿Pasa algo?

—No quieres escucharlo.

Valyria me observa con curiosidad, levantando una ceja. Sus ojos verdes se tornan filosos, dispuestos a escarbar lo que pienso.

Continúo y me esfuerzo por tener la mente en el presente. De reojo observo cinco cosas que me ayudan a lograrlo: una ventana, un pincel, un pantalón secándose sobre una silla, un mantel rasgado.

El tórax de Val se extiende y se contrae en cada respiración; su piel se eriza.

La tinta roja se me sube a la cabeza, y en mi garganta se forma un nudo que no puedo tragar.

Sed.

—Listo, terminé, vamos, colócate cerca de la ventana. —Corro las cortinas.

Obedece, posa, pero sus ojos siguen escarbando, observando la gota de sudor que pasa por mi frente.

Le tomo fotografías en distintas poses, cuidando que no se le vea el rostro.

Reviso las fotos una por una.

Esta cámara la encontré en una casa de empeño y resultó mejor de lo que costó.

—Te ves hermosa.

—Nada mal, ¿eh? El rojo siempre ha sido mi color.

—Yo creo que tu color es el naranja —replico.

—No, el rojo, sobre todo este. —Toca la pintura, frota sus dedos y me mancha la mejilla.

Esto podría parecer una escena del crimen.

—No hagas eso —le digo cuando extiende la mancha hasta tocarme los labios.

—*Madame* Bistró —pronuncia como se pronuncia una condena.

Esquivo la mirada. Me ahoga.

Su nombre me sigue sabiendo a bilis.

¿Qué es la libertad si sigo con las manos llenas de lo que hice para alcanzarla?

¿Fue en defensa propia?

Sí.

¿Eso lo hace menos real? ¿Me vuelve inocente?

No.

—Yo no quería, ¿sabes? —Me agacho a recoger el tiradero—. Pero si regresara en el tiempo...

—Lo volverías a hacer, Dannielle —dice duramente—, no había opción.

—Quiero pensarlo así.

—Deja de culparte; gracias a eso eres libre, somos libres.

Aprieto los dientes.

¿Qué es la libertad? Si cuando quiero creer en ella, vienen los sueños, las imágenes, las voces, las manos.

Todo vuelve.

—Lo disfruté —confieso. Respiro.

Fue dulce. El mejor bocado que pude probar fue haberle arrebatado la vida.

—¿Te refieres a que te gustó hacerlo?

—Sí, es decir, sí y no. Una parte de mí lo soñó por años; cada noche pedía que mis brazos alcanzaran la suficiente fuerza para atreverme a ahorcarla. —Mi mandíbula se tensa, mi garganta es el infierno—. Y, aunque fue en *defensa propia*, también siento que lo hice por placer.

Val se cubre el torso desnudo con su camisón.

—Vaya, ¿que lo hayas disfrutado te pesa? Vamos, Danny, ella te obligó a hacerlo. Te convirtió en eso.

Lo hizo.

¿Lo hizo? Porque a veces tengo miedo de creer que no fue su maldad la que me impulsó.

No fue una puñalada. Cuatrocientas cuarenta y tres veces. Y para la séptima, ella ya había muerto.

Entro a la regadera para quitarme los restos de pintura antes de que se sequen y sea más complicado retirarlos. El agua cae por mi cuerpo. Se va formando un charco parecido a la sangre debajo de mis pies. Me hipnotiza verla irse por el desagüe. Visualizo el rostro de súplica de aquella mujer sobre el agua. Una súplica intensa, y una expresión que arde en ira.

Cuánto me odiaba, aunque a veces me quería. O fingía quererme.

Me cuidaba el cabello y el rostro por sobre las demás. Procuraba mi estudio dentro de la casa, así como el número de clientes que podían tenerme. A veces me cantaba cuando enfermaba… sí, para arrojarme de nuevo a los lobos.

Casi puedo oírla, tarareando esa melodía mientras me limpiaba la sangre de la boca.

Ella decía que era por mi bien. Que así debía ser, que esta era mi vida.

«Si viviera, lo haría otra vez».

Pisoteo el reflejo con ira, me invade un odio tenebroso que paraliza mis folículos pilares.

Ella me robó la vida. Yo le quité la suya.

No estamos a mano.

Ojalá que se esté pudriendo en la peor parte del infierno, ojalá que le hagan todo lo que me hizo multiplicado por mil. Ojalá que la traspasen lanzas e intente curarse las heridas con saliva. Ojalá que mis ojos sigan siendo su tortura.

—¡Te odio! —rujo—. ¡Te odio tanto!

Dos golpes crudos en la puerta me interrumpen.

—¿Danny? —Val abre.

—Ojalá tuviera poderes nigromantes para revivirla y volverlo a hacer, pero esta vez mucho peor, muy lento.

Me pongo una falda blanca, lisa y un tanto coqueta; pasé la noche entera planchándola para que estuviera impecable. También me pongo una camisa de manga larga y mi bata.

Me recojo el pelo en una cola de caballo alta. Me suelto unos mechones para no verme tan impecable.

Llego a la facultad con las manos llenas: las fotos impresas, las pinzas para colgarlas y una bolsa con lo que logré comprar. Encuentro el espacio que me asignaron y, mientras acomodo las imágenes, me siento una galerista improvisada.

Conseguí en el supermercado un vino rosado —barato, pero es vino—, un frasco de aceitunas sin hueso y galletas saladas con quesillo.

Titulé mi exposición *De humani corporis fabrica* en honor al libro de anatomía ilustrado por Andrés Vesalio, quien estudiaba los cuerpos de reos ejecutados. Tengo la idea ferviente de que aún deberían utilizarse esos medios de estudio.

Ahí viene Pralina de la mano de… Jassel.

La piel de mi cuello se eriza, siento que el aire se me va.

No pienso, solo reacciono. Me volteo y me entretengo acomodando mi mesa, sirviendo las copas, fingiendo que no los he visto.

Se acercan.

Mi saliva se hace espesa, me cuesta tragar.

«Huir».

Una mano en mi muslo, otra en mi nuca, un cuerpo pesado me impide moverme.

—Qué hermosa exposición. —Escucho a Pralina, que está detrás—. No se me hubiera ocurrido.

Mi corazón late como si estuviera corriendo.

Evito ver a su novio, su presencia me asfixia.

—Apuesto a que traes algo mucho mejor.

Ella toma una copa de mi bandeja. Sus ojos gatunos estudian las fotografías.

Sonrío, pero mis labios parecen papel seco.

—¿Eres tú?

—Oh, no, es una amiga —titubeo.

—Parece que eres tú. —Jassel se adelanta. Su dedo delinea el pecho de la imagen—. Muy profesional la pose, seductora.

—Las tomé con una cámara vieja. En un sofá cualquiera —respondo.

—Pues hay talento, es como un estilo *boudoir*.

Se me revuelve el estómago.

—Jassel es fotógrafo, Danny —agrega Pralina.

—Seguro gana. —Ríe en voz baja, se muerde los labios, su novia lo nota.

Su mandíbula se vuelve hierro.

Respiro tensión.

—Sí, creo que mi proyecto de la hipoacusia infantil se verá opacado al lado de un par de tetas. —Sus cejas delatan molestia.

—No, no. No digas eso.

¿Qué hice mal otra vez?

—Claro que sí —insiste ella—. A los médicos esto les va a fascinar. Sabes muy bien cómo llamar la atención. Cómo… provocar.

«Provocar».

La palabra se cuela por mis poros como un parásito.

—Suerte, querida, ya tengo que prepararme. —Pralina sonríe mecánicamente y aprieta la mano de Jassel.

Se aleja, como si nada, como si no me hubiera desnucado con sus palabras.

Regreso a ver la foto. ¿Esto puede provocar?

Será que me acostumbré a ver cuerpos sin mirarlos realmente, sin notar la delgada línea entre arte y exhibición. ¿Es eso?

No entiendo. No comprendo por qué Pralina es tan linda y a la vez tan cruel.

La gente va y viene.

Se me acabó el vino, el cartucho de socialización y solo quedan dos galletas. El evento está por terminar.

El zumbido en mi cabeza no se ha detenido en horas, y ya ni siquiera estoy segura de qué dije frente al público, a los médicos, a los jurados. Mis manos se mueven por inercia, doblando manteles, guardando copas.

Escucho la «primera llamada» para dirigirnos al auditorio, en donde será el programa para anunciar a los ganadores, que hace cinco horas dejó de importarme.

Hora de irme.

—*De humani corporis fabrica* —exclaman detrás de mí con una pronunciación casi perfecta—. *Cor meminit quod mens obliviscitur*. ¿Qué significa?

Mi corazón se estrella contra el esternón.

—Doctor Almond. —Casi me ahogo con la última galleta—. Es un poema en latín: «El corazón recuerda lo que la mente olvida».

—Vaya. —Se frota la barbilla—. Si un día me tatúo, tiene que ser eso.

—Le ofrecería vino, pero llegó tarde.

—No llegué tarde, estaba por allá. —Señala el edificio de enfrente—. Viéndote.

—Viéndome.

—Sí, pero solo un poco.

Segunda llamada.

Los pasillos se vacían cada vez más.

Él da un paso hacia el tablón. Su atención está en la fotografía central.

—¿Eres tú?

—¿La de la foto? —Suelto una carcajada—. No sé por qué preguntan eso. Pero no, es una amiga.

El silencio se alarga, la luz del pasillo se refleja en sus pupilas.

—No quiero pensar que lo han hipnotizado los pechos. —Río—. Porque parece que aquí nadie ha visto unos nunca —suelto, abrumada, ofuscada por tanta interrogación a un desnudo.

Almond parpadea sorprendido y se sonroja.

—No es eso. —Sacude la cabeza, su piel se ruboriza; está avergonzado—. Pensaba en que en mi consultorio se vería preciosa. *La imagen, quiero decir*. Ya sabes, un corazón. ¿La vendes?

—Oh, llévesela.

Despego la imagen con cuidado, la enrollo y la coloco en sus manos.

Sus dedos rozan los míos. Una descarga eléctrica, un pequeño sol justo debajo de mis uñas.

El tiempo deja de correr.

¿Qué me pasa?

Tercera llamada.

—¿No irás? —me pregunta mientras ve cómo cierro la caja con cinta adhesiva.

—No.

—¿Por qué no? Vas a ganar.

—No diga tonterías.

—Es cierto. Vengo del salón donde estaban deliberando.

—Pues que se lo lleve otro, hay mejores proyectos.

Me ajusto la mochila.

Él se adelanta un paso y toma la caja como si no pesara nada, con una facilidad que ofende a mis brazos agotados.

—¿Qué vas a hacer ahorita?

—Ir a mi casa, ¿por qué?

Lo veo mirar hacia ambos lados, con una discreción que lo traiciona.

Se escuchan aplausos lejanos desde el auditorio, entonces vuelve a mí.

—¿Te gustaría tomar un café? —murmura—. Sé de uno a las afueras, te encantará, preparan excelentes postres y… —Hace una pausa abrupta como si se arrepintiera de lo que dijo—. No estás obligada. Puedes decir que no, en serio. Debes estar cansada.

Los aplausos se hacen más fuertes.

—No más cansada que usted, eso es seguro.

Debería decir que no.

Debería.

Pero… ¿por qué no puedo?

—¿Entre esos postres hay helado?

Él sonríe.

Me abre la puerta de su auto… creo que se le sigue llamando auto, es… ¿un deportivo?

Huele fuertemente a café, tanto que creo que ya no es necesario tomarlo para despertar, el puro aroma concentrado es suficiente. No creo que sea un aromatizante, más bien debe de pasar mucho tiempo aquí bebiendo expresos.

Al entrar, mueve el espejo retrovisor. Siento su inquietud, su necesidad de arrancar y desaparecer.

—Usted también sabe que esto está mal —digo sin anestesia. Enciende el motor, y su risa llena el espacio—. Dígalo.

Voltea a verme con esa mirada zafírea y profunda. Mi atención se ensarta en ella, impidiéndome ver cualquier cosa que esté a nuestro alrededor.

—Dannielle, no me digas eso.

—Venimos al estacionamiento como fugitivos.

—Está bien, creo que está mal —confiesa con dificultad.

—Lo supuse.

—Pero me agradas.

Se enciende la piel de mi rostro.

Cuando me sonrió la primera vez en la fiesta me causó un cosquilleo en el estómago. Y ahora lo siento de nuevo.

Es extraño.

Una vez que estamos lo suficientemente lejos de la facultad, por fin baja los vidrios, como si ya estuviéramos a salvo.

Huele a lluvia, a frío, a un próximo otoño.

Observo su forma de manejar; es muy respetuoso con los señalamientos, no como el transporte público, en donde a veces he estado a punto de perder el cuello.

Me descubre observándolo, y vuelvo la vista al colgante de su retrovisor: un estetoscopio de juguete.

Minutos después, me encuentro mirándole el cuello, tiene dos lunares pequeños, parece la mordida de un vampiro.

—Dannielle, vamos a chocar si sigues haciendo eso.

—Lo lamento, ¿qué… qué estoy haciendo? —Me enderezo en el asiento.

Ríe. Ríe y la música queda obsoleta.

—Mirarme así.

—Perdón.

—No, no te disculpes. Solo te estoy avisando, puedes seguirlo haciendo, pero no respondo si chocamos.

—¿Lo estoy viendo mal?

Vuelve a reír.

—Eso dímelo tú —dice con una risa suave y cambia la canción.

«Amarilli, mia bella,
Non credi, o del mio cor dolce desio,
D'esser tu l'amor mio?».

Reconozco la pieza.

—¿Le gusta Caccini? Qué interesante. —No disimulo mi asombro.

—¿Interesante? ¡Ja! ¡Mi vida, interesante es que tú lo conozcas! ¡Ni habías nacido!

—¡Tampoco usted!

—Dannielle, por Dios, háblame de tú, me quemas cada vez que eres tan perfectamente cordial.

—No puedo, doctor. Será mi futuro catedrático de Cardiología, ese chip ya se incrustó en mi cabeza. Ese y también que es mayor que yo.

—¿Mayor? Tengo treinta y dos años, no soy tan mayor.

—¿Treinta y dos, y es jefe del piso de Cirugía?

Él se encoge de hombros

—Cosas de la vida.

—Suena irreal.

—Salí de la prepa antes. Entré a la universidad con dieciséis. Padre cirujano cardiovascular y madre internista. Supongo que era eso… o decepcionarlos.

—Así que usted… viene de una dinastía médica.

—No lo digas así, suena a secta.

—Pues casi. —Me río, cubriéndome la boca con los dedos—. No, lo lamento, estoy sorprendida, debió ser muy complicado llegar hasta donde está.

—Sí, pero acepto que tuve privilegios. Mucha gente me empujó a no fallar.

—Y así fue.

—Supongo… —Eso último me suena a incertidumbre.

«Amarilli, mia bella,
Non credi, o del mio cor dolce desio,
D'esser tu l'amor mio?».

La música suena.

Él sigue la canción, debo decir que canta muy bien; tiene una voz grave pero dulce.

Las cosquillas se despiertan en mi abdomen, en mi pecho.

—*Sei così adorabile* —me dice en cuanto se estaciona.

«Eres tan adorable».

—*Un giorno penserà diversamente* —contesto.

«Un día pensará distinto».

Me maravillo por completo del lugar al que hemos venido, es un sitio pequeño, pero distinguido, con suelo de madera, paredes color mármol y lámparas parecidas a las que había en la habitación de Pralina.

Amo los ventanales, y aquí hay uno, abarca la pared entera y permite ver el océano; a lo lejos hay un barco de petróleo estacionado, inmóvil, tan atrapado como yo en este instante.

—Permíteme. —Aparta la silla para que me siente—. Cuéntame, ¿qué más monerías llevas escondidas? Eres inteligente, misteriosa, escuchas a Caccini, hablas italiano, te gustan los poemas en latín, tienes buenas calificaciones y…

Levanto las cejas, sorprendida.

—¿Cómo sabe de mis calificaciones? ¿Se puso a espiarme?

—Dannielle, estoy en Control Escolar, reviso las calificaciones.

—Y justo se fijó en mi kárdex, ¿eh?

—Me he fijado en otras cosas, pero también en tu kárdex.

Sus ojos sobresalen por encima de la carta del menú, reflejando el océano a nuestras espaldas. El mismo tono, la misma profundidad, la misma calma inquietante.

Observo las venas de sus brazos, cómo sobresalen y lo rodean como ríos bajo la piel.

«No, detente. ¿Qué es esto que me pasa?».

CAPÍTULO 16

MARCK ALMOND

Me mira, olvido incluso el juramento hipocrático.

Me siento como un adolescente nervioso, con la mandíbula temblorosa y los pensamientos golpeando en mi frente, porque no sé qué decir para no parecer un idiota.

Una mujer de un metro sesenta y cinco me tiene casi de rodillas.

—Pida usted, porque no tengo ni la menor idea de lo que sean todos estos nombres —dice, refiriéndose al menú.

—Déjamelo a mí.

Pido dos de los mejores *affogatos*, tomando en cuenta que mencionó helado hace un rato.

Mira por encima de mi hombro, perdida en el ventanal. Apoya su rostro anguloso sobre su mano.

—Debiste haberte quedado a la premiación.

Niega, se encoge de hombros, sus labios dicen que no le interesa, sigue enfocada en la ventana.

—¿Y alguno de tus padres es médico? —inquiero.

Se cambia de posición, mira el candelabro sobre nosotros. Todo lo examina.

—Puede que sí, puede que no, la verdad es que no sé de ellos, así que, en estos momentos, pueden ser cualquier cosa.

Idiota.

—Lo siento tanto, no tenía idea, no quise preguntar lo que no…

—Oh, no se preocupe.

—En serio —repito—. Lo lamento.

Su rostro, pequeño y frágil, es como el de un hada exhausta.

—No lo lamente, no estoy triste.

—Entonces, ¿vives sola?

Ella parpadea y hace un conteo con las manos.

—Tengo un montón de ratones entre las hendiduras de la casa y, en ocasiones, una familia de mapaches asalta mi alacena. Muy organizados todos, creo que tienen horarios.

—Solo tú haces chistes cuando acabas de decirme algo serio, Dannielle.

Ella sonríe, y esa sonrisa… tiene el valor exacto para comprarme la vida.

—¿Y usted? ¿Vive solo?

Otra vez el *usted*. Cada vez que lo dice, siento que envejezco una década.

—Sí, no me visitan ni los ratones.

—Tiene suerte, acaban con las casas. ¿Sabía que sus dientes nunca dejan de crecer? Por eso los condenados se la pasan mordiendo cosas, la ropa, los muebles, incluso los plásticos.

—No tenía idea —digo entre risas, fascinado por escucharla.

—Usted ríe mucho, es muy feliz.

—No me había percatado de ello, tal vez me siento cómodo.

Y es cierto, no suelo reír con tanta facilidad.

—Y, ¿ha vuelto a salir a bailar?

Niego con la cabeza.

De inmediato me vienen los recuerdos: mis pasos torpes en aquella pista, el ridículo elegante de intentarlo…

Y luego ella.

—Para nada. Me di cuenta que esos sitios no son para mí. Como te comentaba esa noche, el psicólogo solo me recomendó intentar ir a un sitio donde no pudiera hablar de trabajo ni pensar en él.

—¿Y lo logró?

Quiero decirle la verdad. Que no. Que pensé en el trabajo todo el tiempo. En pacientes, en papeleo, en cirugías que me esperaban. Hasta que la vi.

—Lo logré, un poco, un setenta por ciento.

—Tenga cuidado con el vacío de una vida muy ocupada.

Me detengo.

Eso fue…

—¿Sócrates?

Asiente.

Me vuela la cabeza.

—Es que tú hablas y… —Las palabras se atropellan en mi boca. Lo que quiero decir es que habla y me encanta.

—¿Hablo y qué?

«Me encantas».

—Me intrigas.

La charla se pausa porque su celular vibra. Una llamada, la desvía. Otra llamada, la desvía.

Capaz y tiene novio. Claro que debe de tenerlo.

—Si tienes que contestar, no hay problema.

—No, no sé ni quién es. —Presiona el botón de apagado.

—Tu novio tal vez.

—Oh, por Dios.

—Solo decía.

No lo niega, tampoco lo confirma. Pero no trae anillo, así que casada no es.

Entonces, al carajo si tiene novio. ¿De qué más le hablo?

—¿Te gustan las flores?

¿En serio, Marck Almond? ¿Flores? ¿No había otra pregunta mejor?

Ella parpadea, pensativa, como si nunca se hubiera preguntado si le gustan o no.

—Me encantan las lavandas, pero mi favorita se llama *Bartzella*, es una especie de peonía amarilla muy rara y difícil de encontrar, me recuerdan a cuando era niña.

Mi mente es una especie de pizarrón que anota todo lo que le gusta. *Bartzella, amarillo, infancia.*

Quiero saber más, quiero saberlo todo.

El mesero regresa pronto con las dos copas.

Ella se acerca la suya a los labios, pero la huele primero.

—Esto no tiene alcohol, ¿verdad?

—No, no, para nada, huele fuerte, es café *Jamaica Blue Mountain.*

Me mira desconcertada, como si no supiera si creerme.

—¿Y lo blanco es coco?

—Es *tartufo bianco*, no temas.

Es una delicia.

Lo prueba y cierra los ojos.

Le encantó, yo lo sabía.

Su expresión, al principio de disfrute, se suaviza hasta el punto de romperse.

—Dannielle. —Se cubre la boca—. ¿Estás llorando?

—Es que esto es muy rico. —Se limpia la cara—. Es… dulce, muy dulce, muy amargo, muy bueno.

De verdad está llorando.

—Ignóreme, no me haga caso. —Se abanica con la mano, secando sus mejillas.

—No podría ignorarte.

Desliza sus dedos por su frente y se echa el cabello oscuro hacia atrás.

—¿Quieres hablar? ¿De verdad es la bebida o sucede algo? —Extiendo mi mano, la toco. Presiono con gentileza su mano.

—Perdón. —Su voz se corta—. Actúo como una mujer que estuvo encerrada la mayor parte de su vida.

Carraspea.

Otra vez habla para sí misma.

—¿Y lo estuviste?

Ella se ríe. Pero parece más una defensa, un ruido de fondo para borrar una verdad.

—Dios, no, claro que no. —Abruptamente cambia su semblante y vuelve hacia el helado, soltándose de mí.

Revuelve su bebida con la cuchara, evitando mirarme; su mentón tiembla.

No sé si decir algo.

No sé si ya dije demasiado.

Busco una salida blanda, un regreso seguro.

—¿Sabes? Yo nunca he probado algo tan bueno y extraño al mismo tiempo —digo, levantando mi copa—. Es como si el café y el postre decidieran discutir.

—Creo que lo veo más como una canción triste, de esas que al final te hacen sentir mejor.

—Buena analogía.

—¿Puedo pedir otro? —pregunta, como si nada hubiera pasado.

—Los que quieras.

Sé que esto está mal, pero crucé la línea desde el primer *hola*.

CAPÍTULO 17

DANNIELLE MORGAN BLACKWOOD

¿Cómo tendré un final feliz
si mi historia nunca comenzó?

Mi mirada está en el techo, y mis manos todavía siguen sobre las de él, aunque las haya soltado hace horas.

Me dejó en la casa y se despidió dándome un beso en la mejilla. Aunque no es la primera vez que alguien se despide así de mí, fue diferente.

Me paralicé.

Actué como tonta.

¿Llorar por un postre? No lo entendería. Todo el tiempo que viví en esa casa, no supe lo que era una galleta, un pastel, un helado, un caramelo. La primera vez que probé una tarta fue a escondidas en el hospital. Cadwell llevaba rebanadas como quien trafica droga. Nunca olvidaré ese sabor tan fuerte, a vida, vainilla, un poco de esperanza.

—Oye, Danny. —Valyria chasquea sus dedos delante de mí—. ¿Qué tanto piensas? Ah, sí, ya sé. En ese hombre que te trajo a la casa ¿verdad?

—No.

—Ni siquiera sabes mentir. Has estado ida por horas.

—Está bien, sí, pensaba en él.

Tuerce los labios y rueda los ojos.

—No me digas que te gusta.

Me quedo callada. Me giro hacia la pared y me cubro con la sábana.

Me destapa.

—No me ignores, quiero saber qué hicieron.

—Nada, un café y ya, nada de lo que estás pensando.

—Dannielle... ¿Ya te olvidaste de todo lo demás? ¿De lo que hacen los hombres que parecen decentes?

—No me hizo nada, fue una conversación solamente, confía en lo que te digo.

—No confío en nadie que se acerque a ti. —Me palmea la pierna como si fuese una niña tonta—. ¿No lo viste bien? ¿Crees que él se fijaría en ti? —Hace una mueca—. ¿Sabes cuántas mujeres se le deben de pasear por los hospitales? Mujeres con cuerpos esculturales, de revista.

—Hablas como si yo fuera horrible.

—No, pero, vamos, eres diferente. Eres rara, esa chica a la que miran con curiosidad, no con deseo.

Trago saliva. Duele, no por sus palabras, sino porque es algo que ya había pensado.

—Por eso no me gusta contarte nada.

—Entiende, eres la estudiante; debes de ser una fantasía.

Le lanzo una almohada con fuerza.

—Cállate.

—Él solo quiere cogerte, lo sabes, tiene toda la cara.

Levanto una mano con la intención de soltarle una cachetada, me detengo, cierro el puño y lo bajo.

No, no voy a volver a golpearla.

Prometí no hacerlo.

—La verdad duele. —Sigue picando. Palmea ahora mi mejilla—. Y ya cámbiate, ya casi son las cinco de la mañana.

¿Qué? ¿Las cinco? ¿Se me fue la noche?

Subo corriendo las escaleras del hospital. Uno, dos, tres, cuatro pisos.

Clase de Cirugía, se me hizo tarde.

Me da vergüenza tocar la puerta.

Escucho unas pisadas rápidas, otra chica viene casi tirando el café, se le hizo tarde como a mí, pero sonríe como si nada.

—¿Ya tocaste? —me dice, reponiéndose.

—Me da pena.

—No pasa nada. —Toca sin problema—. Si nos dicen que no podemos pasar, ni modo.

El doctor, por suerte, nos deja entrar.

En el pizarrón veo los tipos de curaciones de heridas.

Encuentro un asiento libre detrás de Candy, quien tiene los ojos cerrados. Le toco el hombro y da un brinco.

—Me espantaste —susurra.

—Lo lamento. ¿Han avanzado mucho?

—No, bueno, no sé. —Bosteza—. No te quedaste a la premiación, ¿qué pasó? ¿Migraña otra vez?

—Tenía cosas que hacer.

Entrecierra los ojos y ladea una sonrisa.

—Ganaste, pero, como no fuiste, le dieron el premio al segundo lugar.

—¿Y qué era el premio?

—Un reconocimiento, una cena para dos personas y los tres tomos de la *Anatomía* de Quiroz.

Suena bien.

Por parejas, seguimos a un residente en su ronda de revisión a los pacientes postoperados. La chica que llegó tarde es asignada para acompañarme.

—Me llamo Lauren —me dice al momento que caminamos hacia la primera cama, donde un anciano se queja de dolor.

—Soy Dannielle.

El residente destapa cuidadosamente su herida y nos explica lo que debemos observar. Apenas los dedos del médico tocan su piel, el hombre suelta un grito desgarrador.

El aire se condensa.

—¿No hay familiares? —pregunta el doctor.

—Un vecino suyo viene cada tanto, pero no es el responsable —responde una enfermera, quien está colocando un nuevo suero al paciente contiguo.

El residente se inclina hacia el hombre.

—¿No tiene hijos, señor?

El paciente se queja, no responde.

El médico repite la pregunta levantando la voz para hacerse oír por encima de su sordera.

Las enfermeras, entre susurros, comentan que el vecino mencionó que tiene cuatro hijos, pero no se hizo cargo de ellos, y ahora le pagan con la misma moneda.

—Es tan triste —murmuro.

—El señor tomó sus decisiones, estas son las consecuencias —susurra Lauren.

Nos ocupamos de hacerle el cambio de gasas como nos indicaron.

El anciano tiembla bajo nuestras manos. Cada movimiento, por más suave que intentamos hacerlo, le arranca un gemido.

Un recordatorio de la fragilidad del cuerpo.

Una lágrima rueda mientras humecta su piel arrugada.

—Tranquilo, señor —dice Lauren en voz muy baja.

Ruega por analgésico. La enfermera le dice al médico que ya le administró más de lo suficiente.

Cubro su cuerpo con la sábana.

Hay un sitio en el que el analgésico no puede entrar.

¿Qué curamos en realidad?

Termina el pase de visita, mis pies me llevan a la máquina de café.

Saco mi teléfono mientras espero que el chorro tibio caiga en el vaso.

Veo un mensaje:

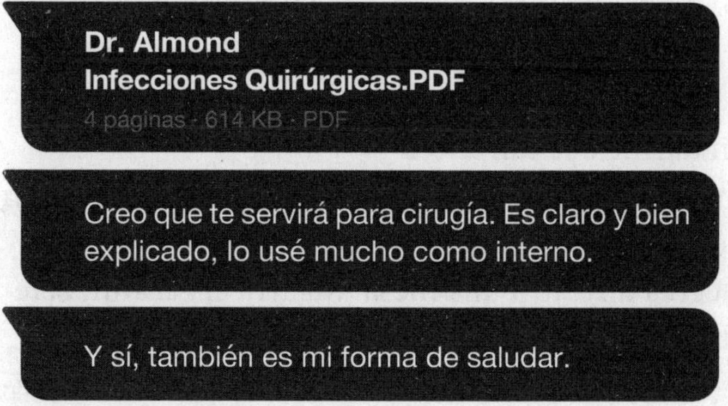

Sonrío sin querer.

—Pero ¿por qué esa sonrisa? —dice Pralina a mi lado, presionando el botón de su café.

Guardo el teléfono.

—No es nada. ¿Cómo estás?

—Menos feliz que tú, seguro. —Toma tres sobres de azúcar y los vacía sin mirar—. Felicidades por haber obtenido el primer lugar. Debiste quedarte.

—Me ocupé en otras cosas.

—Ya veo. —Sorbe un poco—. Me transfirieron tu lugar, por cierto.

—¿Cómo?

—Tu premio. —Hace una pausa breve, como si esperara que yo reaccionara—. Como no estuviste, lo asignaron al siguiente. A mí.

—Oh. —Parpadeo, procesando—. ¡Felicidades, Prali! Tú lo merecías.

—¿Te estás burlando?

Su cara cambia. Como si no supiera si reír o escupirme el café.

—No, ¿por qué?

—Claro. Porque debe ser divertidísimo ver cómo te dan algo que no ganaste. Fue humillante, espero no haya sido a propósito.

—No, no tenía idea de que eso estaría mal, lo lamento, yo...

—Olvídalo. —Levanta la mano como si no quisiera escuchar—. ¿No quieres el pase de la cena? Tal vez quieras invitar a alguien.

Culpa.

¿La herí sin darme cuenta?

Sam y Candy aparecen al fondo del pasillo, saliendo de un cubículo con expresión agotada.

Candy se acerca directo a una mesa y agarra el gel antibacterial como si su vida dependiera de eso.

—¿Tienen perfume? Huelo a muerte, literalmente. Jamás había visto un *Fournier*.

—Solo una atomizada. —Le dice Pralina a Candy.

El pasillo se impregna de cereza negra, su esencia.

—¿Todo bien? —Sam inquiere al verme.

«No».

—Sí.

—¿Ya vieron que vamos a tener tres clases a las siete de la mañana? —Candy se abanica con una hoja de evaluación—. Estoy pensando cambiar una: tener Cirugía a las siete es una tortura medieval.

—Yo voy a tener cuatro, quiero adelantar la clase de Endocrinología —comenta Pralina.

Mi celular sigue vibrando y me aparto un poco para ver. Otra vez estos números desconocidos llamando, contesto.

—¿Sí, diga?

—Doctora, buenas tardes —carraspea la voz.

—¿Doctora? Está equivocado.

—¿Equivocado en qué? ¿En que todavía no lo es? Descuide, es mera cordialidad.

Un acento nasal, parecido a…

Mi piel se eriza.

—¿Qué es lo que quiere?

—Le tenemos buenas noticias, hemos leído su currículum y estamos interesados en que sea parte de nuestro corporativo.

Cuelgo.

«¿Currículum? ¿Corporativo? ¡Qué mierda!».

El corazón se me sube a la garganta.

El acento, el acento. Pero, Xalimar está en la cárcel, Juliette está muerta.

—¿Quién tanto te llama? —pregunta Sam entre risas.

—De seguro alguien importante, desde hace rato vi que traía cara de boba con esas teclas —dice Pralina con media sonrisa.

Un zumbido de oreja a oreja.

La voz sigue retumbando.

—¿Danny? —Candy me toca la nariz—. ¿Estás aquí?

—Disculpa. —Apago la pantalla, pero se enciende de pronto con otro mensaje.

—Sí que la perdimos.

Número desconocido
¿Tiene miedo, doctora? Creí que usted ya no conocía el miedo.

CAPÍTULO 18

DANNIELLE MORGAN BLACKWOOD

Pregúntenle al psiquiatra
cómo callo el silencio
que no deja de gritarme
en la cabeza.

Años antes

Selene lleva ocho horas abrazando el cuerpo rígido de Blair. No deja de mecerse.

Tiene la cara pegada al cuello sin vida de la que decidió adoptar como madre.

Val ha intentado quitarla de ahí, pero se ancla, empeñada en que va a despertar.

—Va a despertar —susurra—. Solo está dormida. Está cansada. Me dijo que estaba cansada.

—No, bonita, no pasará. —Acaricio su cabello blanco y enredado.

Más de veinticuatro horas después nadie ha venido por ella.

Selene sigue adherida sin importarle el olor que comienza a despedir.

—Por favor, no me dejes sola. No tengo a nadie más, despierta… despierta.

Hace años que no me entristece la muerte de ninguna niña. Muchas entran y salen. A veces no pregunto sus nombres para no recordarlas.

Val se asoma por la rendija de la puerta, esperando que alguien venga a dejarnos alimento.

Madame está molesta porque, cuando intentaron llevarse el cadáver, Selene mordió a uno de los encargados.

El comportamiento de una lo pagamos todas.

Caroline está hecha un ovillo junto a la pared.

Se muerde los dedos, pues ya se comió todas las uñas.

—Dannielle, estoy asustada —murmura Val—. Creo que ya sé cuál es el castigo.

—No te entiendo.

—¿No lo ves? No han venido a dejar comida desde ayer. —Sus ojos apuntan al cadáver.

Mi estómago se retuerce.

Ya entendí.

CAPÍTULO 19

DANNIELLE MORGAN BLACKWOOD

Doctor, no es pesadilla
si, cuando despierto,
estoy sangrando.

Una niña sangra en el suelo, un ovillo de carne y dolor. Suplica por una madre que no ha visto en años, suplica por un padre que nunca conoció.

La vida se le escapa y puede verla verterse en la madera. Perdió la cuenta de las veces en que ha terminado de la misma manera.

Respira con lentitud, pide morir, que su infierno se apague.

Una mujer entra en la habitación y le toca el rostro casi sin vida. Ella grita por un médico, grita pidiendo al responsable.

Suben a la niña a la camilla, sus manos presionan con una fuerza inútil su abdomen.

Dannielle, Dannielle.

—Dannielle. —Me mueve Valyria. Abro los ojos. Respiro hondo—. Otra vez tienes pesadillas.

Me toco el abdomen y recorro la cicatriz vertical desde mi ombligo hasta mi pubis; queloide, terrible. Un mensaje en braille que me recuerda mi miseria.

Valyria me acomoda en su regazo. Sus dedos se enredan en mi cabello, como si pudiera peinar el miedo.

—Es la segunda noche de la semana que lloras mientras duermes.

El medicamento nuevo no hace nada. No como el otro, el que tiré en el inodoro. Al menos ese me dejaba dormir.

No soñaba o, si lo hacía, no lo recordaba.

El semestre comenzó pesado, ya tenemos Clínica, exámenes semanales, y necesito dormir por lo menos cuatro horas de calidad.

Y luego están esas llamadas, los números desconocidos. Ayer marcaron seis veces, bloqueé el número y llamaron de otro.

Lleno de aire mis pulmones.

Son las tres.

¿Le llamo a Anthony?

Busco su número, pero pienso que sería inoportuno.

—Llámalo —dice Val—, que te dé algo para no soñar.

—Debe de estar dormido.

—A él no le importará si lo despiertas.

Suena el timbre de llamada.

Uno.

Dos.

Tres

—¿Danny?

Su voz suena adormilada, con esa textura grave que deja el sueño reciente.

—¿Estás bien?

—No estoy sangrando, si es lo que preguntas.

Intento sonar como si fuera una tontería.

—¿Pesadillas?

Siempre sabe.

—No tan malas como otras veces. Es solo que… el nuevo medicamento no me gustó. No me funciona. Prefiero volver al anterior.

—De acuerdo —responde con la voz ya más despierta—. Lo cambiaré. ¿Quieres que te lleve la receta a algún punto cercano a ti?

—No hace falta, yo voy a la clínica.

—De verdad, puedo ir a dejarla a tu universidad la semana entrante.

Me cuesta aceptar cuidados sin sentirme una carga.

—No, dámela en la consulta.

—Está bien.

No cuelga.

Yo tampoco.

—¿Sigues ahí? —pregunto, bajito.

—Claro, nunca cuelgo primero… ¿Qué soñabas, Danny?

—No sé si era un sueño, un recuerdo o ambos, pero no quiero hablarlo. ¿Tú soñabas algo? ¿Te desperté a la mitad de algo importante?

—Creo que estaba soñando con una cafetería en donde las personas tenían pastillas en lugar de ojos.

—Estás fatal.

—Necesito vacaciones.

Río bajito.

—Espero te las den pronto.

—¿Quieres que te cuente algo aburridísimo en lo que vuelves a dormir? —Escucho cómo mueve algo—. *Tratado general de enfermedades infecciosas*, edición de 1906. Lo leo cuando no quiero pensar en nada. Es perfecto para dormir profundamente.

—Perfecto. Quiero las dos cosas.

—Muy bien. —Lo escucho hojeando páginas—. A ver… aquí está: «Capítulo IV: Gangrena hospitalaria».

»La gangrena hospitalaria puede comenzar con una modesta decoloración…».

Capítulo 20

DANNIELLE MORGAN BLACKWOOD

¿Cómo va a defenderse la peonía
si no tiene espinas?

Terminan las clases, camino hacia las jardineras para ir a estudiar. Cuento mis pasos. Vigilo mi sombra, las calles, los pasillos.

Tengo la sensación de que algo me persigue, volteo la vista. Lauren está ahí, me saluda con la mirada.

Calma, no sucede nada.

—Dannielle, hola —dice al alcanzarme—. ¿Tienes los apuntes completos de la última clase de Cirugía?

—Claro.

Saco una hoja de mi carpeta, me tiembla la mano y me suda la frente.

«Cálmate».

—¿Te encuentras bien? Te ves pálida. —Saca de su bolsillo una caja de dulces—. Toma. —Los vacía en mi mano.

—Capaz y es hipoglucemia, ¿verdad?

Muerdo uno de los caramelos y lo dejo disolverse con lentitud. Tal vez sí me faltaba glucosa.

—¿Quieres que te acompañe a casa?

—Estaré bien, voy a estudiar en las mesas de las jardineras, ¿vienes?

Lauren mira en dirección a ellas y, al ver a Pralina, endurece su rostro.

—Mejor en otra ocasión. Nos vemos luego.

Se aleja. Dejo mis cosas en una mesa vacía. Abro la libreta y escucho el chasquido de la lengua de Sam.

—Ven acá, ¿por qué quieres estar sola? —me llama.

—Pásate para acá, estudiemos juntas —Pralina secunda.

Sigo sin entender los cambios de ánimo de esa mujer, pero les hago caso.

Candy repara en la silueta de Lauren, quien baja hacia el estacionamiento.

—No soporto a esa mujer —exclama con desdén—, iba conmigo en Enfermería, es una prostituta.

—¿Prostituta?

—Así es, querida, era novia de uno de mis mejores amigos. Pero él la encontró con otro, y encima se hizo la víctima.

Mis labios se aprietan.

—¿Eso es ser una prostituta?

—Le sacó cuanto pudo al pobre, hasta la fecha no se repone. Dime tú, ¿de qué otra forma puedo llamarle?

—Oh, mejor cállate —dice Sam—, ya es amiga de Danny.

—No hay problema, solo que tenga cuidado, ella puede decidir tener cualquier amistad de dudosa moral.

«Prostituta».

La palabra flota en el aire como una maldición, como una quemadura.

Yo fui una prostituta.

Candy sigue hablando, pero ya no la escucho.

Me encierro en mí, sumergiéndome en el *Manual de Dermatología*, intentando poner mi mente en blanco.

Trato de olvidar las llamadas, las pesadillas, la palabra.

—Danny. —La voz de Pralina interrumpe mi letargo—. Hagámonos preguntas, ¿sí? En forma de ronda. Una tú, una yo.

Me agarra en curva.

Veo la primera imagen del tema de pediculosis.

—¿A qué velocidad se mueve el piojo?

—¡Oh, por Dios, Dannielle! —Pralina suelta un bufido exagerado, tirándose hacia atrás en la silla con teatralidad.

—¿Qué? Sabes cómo es el doctor; hará preguntas así.

—¿Veintitrés centímetros por minuto?

—Has ganado una galleta, bueno, media. —La parto, ya que solo me queda una.

—Mi turno —dice, hojeando su manual—. Veamos… —Detiene el dedo en una página, pero no mira el libro. Me mira a mí—. ¿Qué hay entre tú y Almond?

Me atraganto.

Literalmente, la galleta se convierte en astillas dentro de mi garganta.

—Pralina. —Sam me da palmadas en la espalda—. La pobre se nos va.

—Eso no vendrá en el examen.

—Ya dinos —insiste, golpeando suavemente la mesa con las uñas.

—No hay nada.

—Mentirosa. —Pralina amusga los ojos, intentando ver a través de mí.

Mi pecho se comprime.

No hay nada realmente.

—Juro que no. —Odio la falta de firmeza en mi cadencia.

—Te vimos —comenta Candy.

—Bueno… *te vi yo* —agrega Sam, jugueteando con su mechón rojo—. ¿A dónde fueron?

Siento que me atraparon cometiendo un crimen.

—Está nerviosa —canturrea Pralina—. No está mal, Danny. Solo sé precavida, no te vayas de boca.

—¿Por qué? ¿Pasa algo?

—¿Ya ves que sí te interesa? —Se ríe Candy empujándome el hombro.

—Solo pregunto. ¿Precavida en qué? ¿Cuál es el peligro?

Sam le da un leve codazo a Pralina.

—Tiene que saberlo, díselo ya.

—¿Saber qué?

Me tensa el secreto, el misterio.

—Es casado —suelta, como un vómito que no soportaba contener—. Oh, quita esa cara, amor. ¿No te lo dijo?

Niego con la cabeza.

Mi estómago se hunde.

—Ya le rompiste el corazón a la niña. —Candy me abraza por la cintura.

—Era necesario, perdóname.

Una risa nerviosa se me escapa.

Tomo mi botella de agua, bebo, duele, la garganta se me cierra.

Mi corazón late más lento, se apaga.

¿Por qué habría de importarme?

Quizás yo… yo malentendí todo.

«¿Crees que le interesas?», la voz de Valyria hace eco en mi mente.

—Realmente no importa, de verdad, no hay nada entre él y yo.

—Chicas, basta, Dannielle quiere llorar. —Sam me sostiene la mano.

—¿No me digas que te acostaste con él? —Pralina se cubre la boca.

—No.

—¿No? —escarba.

—No.

—Pues qué tonta —dice Sam y sorbe el sobrante de su refresco. Candy la reprende con la mirada—. ¿Qué? Yo no hubiera perdido la oportunidad.

Todas hablan al mismo tiempo.

Se ríen como si yo no estuviera ahí.

Hablan de la mujer de Marck; una mujer alta, con una cabellera abundante y dorada, hematóloga en el Vincent Warren. Hablan de su cuerpo precioso, de sus pechos gigantes, de los premios por su investigación de la leucemia infantil. Hablan de que son una pareja guapísima en el hospital.

—Una vez la vi en una charla —dice Sam—. Daba miedo de lo elegante que era.

Yo sonrío como si no pasara nada, pero me duele, lo acepto.

«¿Crees que le interesas?».

—Así son los doctores, ven carne fresca y allá van con palabrería bonita. Es mejor que sean claros, que digan: «Oye, quiero sexo solamente, ¿aceptas?» —añade Pralina.

Solo muevo la cabeza diciendo que sí.

—Dannielle, ¿eres virgen? —inquiere Sam.

«Virgen. ¿Qué es ser virgen?».

«Inmaculada. Pura».

«No».

—Se sonrojó… Dannielle, ¿eres virgen en serio?

—No creo —dice Pralina—. ¿No vieron las fotos de su galería?

—Ni siquiera era yo.

—Lo que digas.

Un calor sube por mi pecho y se me instala detrás de los dientes para encender mi lengua.

Las uñas se me clavan en las palmas.

—¿Y si hubiera sido yo? —Mi voz se revuelve con bilis—. ¿Cuál es el problema? ¿Crees que eso me haría menos? ¡Es arte, Pralina! ¡Arte, no tu maldito concepto de decencia!

—Vaya… así que sí hablas. —Amplía una sonrisa de muñeca maliciosa—. Cariño, relájate. No pensé que algo tan simple te alterara de esa forma, nadie te juzga por posar desnuda para ganar un premio.

—Esa es la molestia —repongo—. ¿Tu problema es ese concurso, Pralina?

—Para nada, he ganado mejores cosas sin quitarme la ropa.

Y ahí está, el dardo a la altura perfecta.

—Pues qué lástima que, con todo lo que has ganado, te comportes de una forma tan vacía. —Me levanto de golpe, se escucha el chirrido de la silla—. Que pasen buena tarde.

Recojo mis cosas.

Salgo de ahí con el corazón en la mano goteando miel amarga, con los pómulos ardiendo y sintiendo que hago todo mal.

Camino por la avenida, esperando ver a lo lejos el transporte. Nada. La banqueta se siente demasiado larga; la ciudad, demasiado ruidosa.

«He ganado mejores cosas sin quitarme la ropa».

Aprieto los puños.

No debería afectarme, pero lo hace. Y lo peor es que una parte de mí le da la razón, porque ¿quién soy yo para hablar de dignidad?

Se nublan mis pensamientos, mi vista; la lluvia me abrasa.

Soy una hoguera que se rehúsa a apagarse.

«Esta es tu vida».

El sol se va metiendo, encuentro una piedra y la pateo. La ciudad se siente más ajena de lo habitual. El único destello es el de los negocios que todavía no cierran y las luces intermitentes alrededor de una tienda de vestidos de noche.

Un grupo de chicas sale de ahí, hablando del baile de graduación. Siento el día muy lejano, como si no fuera a llegar a él.

Estoy cansada, cansada de hablar, de forzarme a comportarme, y fracasar; cansada por el simple hecho de querer ser humana; cansada de que cuando doy cinco pasos al frente es porque tarde o temprano retrocederé diez.

Y entonces lo veo.

Un vestido rojo en la vitrina, largo, elegante, con un escote pronunciado.

Acerco los dedos al vidrio sin darme cuenta, rozando la superficie fría con la punta. El cristal entre nosotras no es lo único que me separa de él. También está mi cuerpo, mi historia, mi incapacidad de caminar por este tonto mundo.

—Es seda, es lo último que nos ha llegado —me dice la chica de la tienda con la voz cargada de amabilidad—. ¿Quieres probártelo?

Muevo la cabeza negando.

No quiero sentir la decepción de saber que no me queda.

—Tal vez otro día. —Me esfuerzo por relajar mi tono, la señorita no tiene la culpa de lo que acabo de pasar.

—Apuesto a que te verías hermosa —dice una voz a mi espalda.

Es Lauren. Sin maquillaje, con el cabello húmedo por la lluvia. No había notado que tiene un montón de pecas.

—Lo dudo, pero gracias.

—Pruébatelo, ese color resaltará tus ojos. —Lauren mueve su nariz de una forma encantadora.

Miro la etiqueta del precio.

Qué miedo estropearlo, qué miedo quererlo.

—Se me hace tarde, no sé qué hago aquí.

—Te llevo —dice Lauren sin darle importancia a mi evasiva—. También ya me voy.

Al bajar del auto de Lauren, veo en mi entrada una canasta. Una gran canasta.

Me agacho, una fuerte fragancia abraza mi nariz, cierro los ojos y por un momento me siento en los brazos de mi madre. El nudo que tenía hirviendo en la boca del estómago se deshace.

Peonías amarillas.

—¡Oh, Dios! ¿Es tu cumpleaños? —Cierra la puerta de su auto.

Muevo la cabeza en negación, incapaz de apartar la mirada de las flores, perdida en el perfume espeso y dulce que se eleva de los pétalos.

Leo la postal:

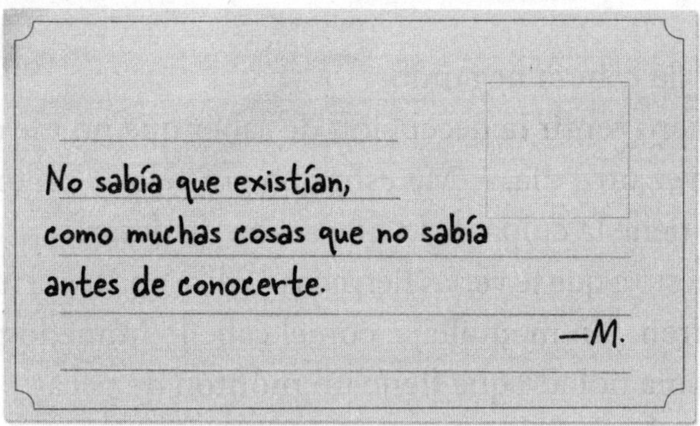

¿Por qué hace esto? Pienso en la mujer exitosa de cabello dorado que dicen que es su esposa. ¿Qué pensaría al respecto?

La nota me quema.

Las peonías ya no parecen tan hermosas.

Mi nariz se congestiona, no sé si por la fragancia, no sé si por la rabia que regresa con más intensidad.

—Danny, ¿estás bien? —Lauren se acerca.

—No es nada, estaré bien.

—¿Mal de amor?

—¿Qué es el amor? —pregunto, disparando.

Sus pecas se mueven junto a su nariz. Se sienta a mi lado, pasa su mano por mi hombro.

—Una enfermedad crónico-degenerativa, muy olvidada en las sesiones académicas, por cierto.

Su respuesta me apacienta el coraje. Una pequeña tregua en medio del caos.

—Tienes razón.

—Vamos, ¿qué pasó? Digo, si es que quieres hablar.

—Al parecer un hombre casado se me metió al corazón.

Lauren suelta un silbido largo y bajo.

—No me digas que es cirujano.

Mi silencio lo dice todo.

—Esos son los peores. No, Danny, huye. Huye ahora que puedes. Esos son bacterias farmacorresistentes.

—¿Experiencia?

—Sí. —Sonríe—. Si sirve de algo…, podemos hacerle vudú con las espinas.

—Las peonías no tienen espinas.

Lauren se lleva una mano a la frente, dramatizando.

—Perdón, reprobé Botánica. —Observa la nota—. Dios. Y son de Mirror's Garden. Sí que quiere pedir perdón, es un vivero carísimo.

—Ni siquiera sabe que lo descubrí.

—¿Y es guapo al menos?

Dudo un momento, pero mi respuesta es inmediata.

—Lo es.

—A ver, cuéntame, ¿guapo como «por ti aprendo a cocinar» o guapo como «podría perder mi dignidad en dos segundos»?

Suelto una carcajada breve, agradeciendo en silencio su humor.

CAPÍTULO 21

DANNIELLE MORGAN BLACKWOOD

Una vez pinté el miedo,
tenía el mismo color de tus ojos.

Estoy bocabajo sobre la alfombra, con la mejilla pegada al suelo frío.

La canasta con flores está frente a mí.

Una parte de mí quiere aplastarlas, otra… solo quiere que duren. Que se queden, que no me dejen tan rápido como todo lo demás.

La nota está en la basura.

¿Qué significa realmente? ¿Pensó en mí? Y luego, ¿qué hizo? ¿Volvió a casa? ¿A su esposa? ¿A su vida normal?

Un mensaje entrante:

Dr. Almond
Hola, Danny.

No quiero responder, pero mi corazón sí quiere.

Dr. Almond
Solo quiero saber si recibiste las flores ayer, la florista me comentó que las dejó afuera de tu casa.

¿Está todo bien?

No, no lo está.

No estoy bien, porque siento cosas aquí adentro para las cuales no tengo adjetivos, pero que sé que no debería sentir. Estoy mal porque me gustas, porque sentirlo me duele, Marck Almond.

Me pierdo en la pantalla. Escribiendo, borrando.

El cursor parpadea como si esperara a que me decida.

Y, entonces, otro mensaje.

Número desconocido
Doctora Morgan.

Dannielle
¿Quién eres? ¿Qué quieres?

Llamada entrante.

—¿Qué es lo que quieres, eh?

—Buenas noches, doctora.

—Basta, ¿qué quieren? Ya fue suficiente.

—Ya le hemos dicho, que sea parte del corporativo. Piénselo, ¿o quiere seguir buscando fruta magullada de remate en los supermercados?

El aire se queda atrapado en mis pulmones.

¿Qué?

—¿Acaso tiene miedo, doctora Morgan? Creímos que usted no conocía el miedo después de salir viva de Gale's Bear House.

Cuelgo el teléfono.

Me levanto, miro cada rincón de mi departamento, sintiendo que alguien me ve.

—¿Val? ¿Estás ahí?

Vuelve a sonar mi teléfono.

Insiste.

Insiste.

Insiste.

«Gale's Bear House».

El nombre es como un puñal de hielo enterrándose entre mis costillas. ¿Quién más sabe?

Xalimar está en la cárcel.

Xalimar está en la cárcel.

Alguien que quiere vengarse, alguien que quiere seguir el negocio de las Bistró, alguien…

Llaman de otro número.

Mis dedos tiemblan alrededor del teléfono.

—¿Quiénes son? ¡¿Quiénes?!

La respuesta llega como un susurro gélido.

—¿Puede abrir la puerta para hablar formalmente?

Un tintineo en mi cabeza.

El mundo se detiene.

Miro al picaporte.

—Doctora, ¿puede abrir la puerta?

El celular se me resbala de las manos, cae y la pila se sale. Es una broma, debe de ser una maldita broma.

La habitación parece encogerse hasta apretarme.

En silencio me acerco a la puerta, pongo mi oído sobre el metal.

No escucho nada. Ningún auto, ninguna voz.
No sé cuánto pasa, una hora, dos o toda la noche.
Yo me mantengo absorta en el picaporte inmóvil.
Debe de ser una maldita broma.
Lo giro y la puerta se abre.
La calle está vacía, los árboles se mueven con el viento.
Silencio.
No hay nadie, pero huele a que hubo alguien.
Giro a la izquierda, a la derecha y…
—Doctora Morgan, no nos dejó otra opción.

CAPÍTULO 22

DANNIELLE MORGAN BLACKWOOD

No soy una, soy todas las que fueron necesarias para sobrevivir.

Estoy cubierta con una capucha, tengo las manos atadas.

Todo es abismo.

Mi mente corre en círculos.

¿Qué quieren?

Tal vez llegó la hora, la muerte que siempre huyó de mí viene por la revancha.

Una canción suena como una burla.

«L'amour est enfant de Bohême
Il n'a jamais, jamais connu de loi
Si tu ne m'aimes pas, je t'aime».

Francés. Son ellos.

—¿A dónde me llevan?

Debido a la capucha, solo percibo susurros deformes entre ellos; torsiones de palabras que no alcanzo a entender.

Y luego, una voz clara, gentil.

—¿Se le ofrece un poco de agua, doctora Morgan?

Es una trampa.

El veneno siempre se ofrece con cortesía.

—Si van a matarme, háganlo ya, terminen con este ciclo.

Siento la vida escaparse por mis fosas nasales.

—Doctora, tenga calma —dice alguien más.

Calma es un idioma que no hablo.

—¿Quién los envió? ¿Fue ella? ¡Díganlo!

—Nadie va a hacerle daño.

—¡Ya me lo están haciendo!

Me agito, desesperada por la oscuridad.

Me quitan la capucha.

Frente a mí hay tres hombres vestidos de negro. Una pequeña luz en el techo alumbra sus miradas.

—¿Qué necesitan de mí?

—No queremos nada de usted, señorita.

—Tal vez sí —comenta otro, y el más alto le da un golpe.

—No lo escuche, no es lo que cree.

No puedo ver nada hacia afuera, los vidrios están completamente negros.

Los ojos se me quieren llenar de lágrimas. Sé lo que me harán. Xalimar me odia; maté a su hermana, su única familia.

—Ya casi llegamos —interviene uno de ellos con un tono monótono, casi robótico—. En un momento hablará con el *Loff* Elrond, él le explicará todo.

—¿Él es quien quiere matarme con sus propias manos?

Se miran entre sí, intercambiando miradas fugaces, nerviosas.

—Sería incapaz —dice el más joven de ellos, sus ojos amarillos se hacen pequeños.

El camino hacia ningún lugar se siente eterno.

De pronto, la camioneta se detiene, y corren la puerta.

Me cargan para bajar, como si fuera un paquete importante que tienen que entregar.

Del suelo remueven un pedazo de césped y una compuerta se desliza.

Siento la piel arder bajo la libertad recién recuperada, pero ni siquiera tengo tiempo de frotarla. Dos hombres se colocan a mis costados, fijan sus miradas en mí, como si estuvieran preparados para cualquier intento de huida. Un tercero se coloca detrás, como una señal de que no hay salida.

—Baje, por favor —me indican.

Van a sacrificarme.

Recuerdo los subterráneos del Gale's Bear House, los restaurantes, la sangre que vertían en las fuentes profundas, los brindis en los rituales.

—Por favor, no.

—Doctora, baje, le prometo que está a salvo.

«Baja y muestra fortaleza».

Doy un paso al infierno.

Cuento cada escalón hasta llegar al cincuenta y tres. Las luces se encienden conforme avanzo.

El largo pasillo que se extiende frente a mí está cubierto de una alfombra roja, gruesa y silenciosa; todo huele a incienso de romero y lavanda.

Veo pinturas en las paredes, son de ángeles y demonios. Sus pupilas parecen seguir mis pasos.

Van a matarme.

Miedo, ansiedad, pánico, enojo. No pondré resistencia, moriré digna, levantaré la cabeza.

«Nosotros no tenemos miedo».

Abren una reja.

Otra más.

—Pase.

Abren la última reja.

Hay un escritorio negro y un sillón de espaldas. Dos hombres a cada lado. Es una oficina. Las luces rojas bañan las paredes con su resplandor sofocante, transformando las sombras en monstruos al acecho.

Mis piernas amenazan con temblar, con arrodillarse, pedir piedad.

«Nosotros no tenemos miedo».

Respiro, guardo la compostura.

«Si morimos, morimos de pie».

Doy dos pasos al frente.

El sillón gira y aparece un hombre de ojos verdes intensos y cabello canoso, con esbozos de que alguna vez fue rojo. Se quita el puro de la boca mientras exhala un interminable humo.

Nos miramos un momento, parece un reto.

El silencio traza una línea entre los dos, el corazón del infierno se abre entre nuestras respiraciones.

No me desvanezco, me mantengo erguida, fingiendo ser valiente.

—Dannielle Morgan… —desliza entre su lengua—. *Bienvenue.* —Extiende sus manos.

Francés.

Van a matarme.

«Nosotros no tenemos miedo».

—¿Qué quiere de mí, señor? ¿Venganza? Pues aquí estoy, me encontró —espeto con la voz firme, sin tartamudear—. Si va a matarme, hágalo de una vez, acabe conmigo ya.

Su rostro se mantiene serio por un instante, una quietud insoportable. Y luego, se rompe. Una sonrisa ancha, despiadada.

Apaga el cigarro de un golpe en el cenicero.

—*Mademoiselle*, calme su ira, estoy de su lado. —Aprieta sus manos y se truena los nudillos—. Le tengo una admiración inefable, usted es leyenda en nuestro mundo.

Las arrugas de las comisuras de sus ojos se acentúan con su sonrisa. Sale de detrás del escritorio con una elegancia estudiada.

Da dos pasos al frente e instintivamente retrocedo uno.

Alguien me detiene.

El señor estira su mano para decirle al hombre detrás de mí que se aparte.

—No tiene nada que admirarme.

—¿No? —Ladea la cabeza como si le divirtiera mi resistencia—. A la niña que desmanteló uno de los corporativos más grandes de tráfico infantil, ¿estás segura de que no tenemos nada que admirarle? —Otro paso al frente.

Retrocedo, estoy casi tocando la última reja.

—Bien, usted sabe mucho de mí, pero estamos en desventaja. ¿Me puede decir su nombre?

—Soy el dueño de esta organización, llámeme Elrond. —Me extiende su mano, pero se queda en el aire—. Oh, Dannielle, ¿tengo una cara tan terrible?

Estudio cada línea de expresión en su rostro, cada grieta en su piel curtida. Hay algo en su mirada que grita «peligro», pero también... admiración.

Mis latidos siguen siendo rápidos.

Le doy la mano por cortesía, casi titubeante.

—Cuántas ganas tenía de conocerte. —Me jala hacia él y me da un abrazo.

Mis brazos cuelgan a los costados, tiesos.

«Conocerme».

—Señor, no..., no entiendo.

—Elrond, solo Elrond, por favor. Toma asiento, Dannielle. ¿Quieres algo de beber? No tomas alcohol, lo sé, ¿jugo de manzana?

«¿Lo sabe?».

Uno de sus hombres me sirve. Observo el vaso con desconfianza.

Tanta amabilidad, ¿por qué?

—Dannielle, no pienso hacerte daño.

—¿Por qué estoy aquí?

—Quiero ayudarte.

—Yo no necesito ayuda.

—Está bien, cambiémosle la palabra, quiero *pagarte*. Verás, mi dulce niña, hace diez años, mis hombres y yo comenzamos a planear la estrategia perfecta para derribar el negocio de Juliette Bistró. Y cuando estuvimos a punto de dar el primer paso, nos enteramos de que había muerto… y a manos de una de sus niñas. Me dijeron que era su preferida.

La imagen viene a mi mente.

Juliette entre mis manos, su sangre brotando como una fuente interminable, manchando la alfombra.

—Su preferida —ironizo—, no me imagino si no lo hubiera sido.

—Así que un bisturí, ¿eh? Elegante. ¡Qué exquisito! Nosotros íbamos a llegar con armas, qué pasados de moda —se mofa—. Escuché las cosas terribles que les hacía pasar y cómo las trastornaba para que no escaparan. Por eso, *petite fille*, que tuvieras la fuerza mental de superarlo y asesinarla… ¡JA, JA! *Touché*, querida. ¡Merecías más reconocimiento! Más que solo ocultarte en un psiquiátrico por unos cuantos años. Los medios ni te nombraron, y todo el mérito se lo quedó el bastardo presidente. Pero de nuestra parte, mereces solo aplausos. ¡Aplausos, muchachos, por favor! —Todos aplauden de manera enérgica tras su orden.

—*Loff* Elrond, no pueden aplaudirme por haberme manchado las manos con sangre.

—Sangre de una delincuente, recuérdalo.

Sacudo mi cabeza.

—Yo también lo soy.

—Sí, pero una delincuente inocente.

—¿Qué más sabe de mí?

—Lo suficiente para quererte con nosotros.

—¿Y este secuestro qué propósito tiene? ¿Es reclutamiento? ¿Una prueba?

Abre su boca con sorpresa, casi con indignación.

—Querida, ¿secuestro? Perdona si mis muchachos fueron bruscos, les dije que fueran gentiles con mi invitada de honor. —Resopla y junta ambas manos sobre el escritorio—. Iré al grano, tú *no* necesitas ayuda, sin embargo, yo sí. Te anticipo que no aceptaré un no por respuesta. —Saca una carpeta y la abre—. Tengo aquí tu currículum: veintidós años, excelentes notas, una recomendación por parte de uno de nuestros miembros, dicen que eres promesa para la medicina; por lo visto, también necesitas plata para solventar tus estudios, pues la beca que te otorga el Gobierno es una miseria. Casualmente, nos hace falta un médico, ya sabes, un médico de cabecera para mis hombres. ¡Ah! —Pone un dedo delante de mis labios—. No digas más, sé que te faltan unos cuantos años, pero ese no es un problema, a mí me interesan las personas valientes y con talento; podemos brindarte personal que te capacite, los libros que desees, el material que necesites. Es una ventaja para ambos, un intercambio, un negocio, llámale como gustes: yo tengo quien cuide de la salud de mis hombres, y tú te acercas más al área clínica, adquieres más experiencia y te sustentas, ¿qué dices?

—¿Puedo ver eso? —Me refiero a su carpeta.

Me la da sin problema.

Una fotografía mía, mis notas académicas, recortes de periódico, parte de mi expediente médico. Todo está aquí…

—¡Ey! ¡Ya no peso cuarenta y ocho kilos! ¡Peso cincuenta y cinco! ¿De dónde ha sacado esto?

—Lo corregimos, no hay problema.

—¿Un miembro les ha dado esto? ¿Quién?

—No podemos revelarlo.

Niego.

—Debe de ser una broma.

—¿Acepta? —dispara al grano.

No sé mucho todavía.

Algunas suturas, curaciones, vendajes.

—No creo ser lo suficiente…

—¿Capaz? —interrumpe Elrond—. Dannielle Morgan Blackwood, saliste ilesa de uno de los sitios más oscuros del mundo, y estás aquí, viva y esplendorosa. ¿Capaz? Niña, ¿dudas de lo que eres capaz? Te aseguro que hay más fuerza en ti que en esos tres tipos juntos. —Apunta a sus tres hombres—. ¡Ja! Lo único que te falta es salir de tu zona de confort, y yo estoy dispuesto a ayudarte. —Elrond saca una maleta y la abre, hay paquetes de billetes apilados, una cantidad inimaginable—. Este sería tu primer pago por las molestias causadas y el hecho de venir hasta aquí. Y por acá está el documento en donde firmas que aceptas trabajar con nosotros. Te buscaremos una nueva casa que tenga los requisitos que buscamos para que puedas atender a nuestros hombres, la acondicionaremos. Te daré a dos de mis mejores miembros. Grand Simon y Little Perry. ¿Qué dices? ¡Oh, mierda! Quita esa cara de damisela encarcelada. ¡Propón, bella dama! —Levanta las cejas, moviendo la pluma entre sus dedos—. ¿Te parece poco? Podemos negociarlo.

¿Poco? Con lo que hay en ese maletín me alcanzaría para toda la vida y hasta para heredarlo, es demasiado.

—¿No van a matarme?

—*Mon Dieu! Viens!* —Me toma la mano—. Belleza mía, primero me matan a mí antes de que te toquen un pelo. —Observo sus ojos boscosos, vibrantes, pidiendo un *sí* ahora—. Dannielle, has tenido una vida dura, no estoy aquí para dañarte, daríamos nuestra vida por cuidarte. Confía.

«Confía».

Solo se oyen nuestras respiraciones en la sala.

—¿Piensas seguir solo con esa ayuda del Gobierno que no te permite comprar las frutas que deseas?

Toca fibras sensibles.

—De acuerdo, está bien. —Firmo.

—¡Ja! Sonríe, belleza, es tu oportunidad, ambos nos beneficiamos, seremos socios, ¿suena bien? Siéntete parte de una familia, no la familia que soñaste, pero mejor que muchas que conocerás allá afuera en un mundo de hipócritas, lo cual no somos; nosotros disparamos en cuanto es necesario, sin rodeos, sin amores falsos. —Elrond hace una señal de disparo con las manos.

—Armas. —Arrastro la palabra con la lengua.

—De todo tipo, y de eso no te preocupes, te capacitaremos para usarlas.

—¿Las usaré algún día?

—Espero que no, pero, de ser necesario, allí estarán. ¡Armas magníficas! Y por los cuerpos, no te preocupes. —Elrond le da un trago profundo a aquel vaso cristalino.

Armas, cuerpos, muerte.

—Quiero preguntar algo, ¿ustedes a qué se dedican?

El hombre tose y se da golpes en el pecho.

—Eso es asunto mío —entona con seriedad—. No es algo bueno, no te diré mentiras, pero tampoco es tan malvado. Con niños no nos metemos, eso lo juro. *Ma douce fille*, no se preocupe. Lo sabrá en su debido momento.

Malo, pero no tan malo, suena bien, ¿no? Total, me estoy quedando sin fondos. ¿Qué más se puede perder?

La vida la perdí hace mucho.

—No haré más preguntas —aseguro.

Aprieto su mano; es un trato.

¿A quién me estoy vendiendo?

Capítulo 23

DANNIELLE MORGAN BLACKWOOD

Témanle a esta profecía:
me voy a reparar.

Me abren la puerta de la camioneta para dejarme frente a mi casa. Otra camioneta se estaciona detrás, de ella baja un hombre gigante.

No hay otra palabra para describirlo. Mide dos metros fácilmente. Robusto, ancho de hombros, de piel clara como la leche y una barba… no, una nube espesa de color zanahoria.

Se quita las gafas oscuras.

—Doctora Morgan. Mi nombre es Simon, me llaman Grand Simon y desconozco la razón. —Se ríe de su chiste—. Aquí tiene, su nuevo celular, allí vienen nuestros números, el de Little Perry y el mío, siempre estaremos cerca, aunque no lo parezca.

—Son como… ¿guardaespaldas?

—Es un título elegante, pero puede llamarnos así.

Asiento. Él me da dos maletines. Ambos muy pesados. Antes de ingresar a mi departamento, Simon añade:

—En cinco días pasaremos por usted para ayudarle a empacar.

—¿Tan pronto? ¿Ya tienen la casa?

Me guiña el ojo y hace un saludo militar.

Estos de verdad no esperaban un no de mi parte.

¿Qué hice?

Estoy sentada en mi cama con las piernas cruzadas, mirando ambos maletines.

No dejo de sobrepensar en que me estoy metiendo a la boca del lobo.

Me doy dos cachetadas esperando despertar.

No, no es un sueño.

¿Qué se supone que haré?

Quizás… quizás estoy a tiempo de arrepentirme.

Miro a mi alrededor: ventanas con cristales rotos, una puerta mordisqueada; paredes cuarteadas, el techo con manchas de humedad y los pisos con losetas despegadas.

Suspiro y abro uno de los maletines. No terminaría esta noche de contar los billetes que hay ahí.

No sé si llamar a esto buena suerte, recompensa o estupidez. Pero lo que sí es cierto es que tengo en mis manos lo que podría resolverme la vida junto con un contrato de trabajo.

—¡Vaya! Hasta que llegas, ¿qué estás haciendo? —Valyria abre la puerta. Yo cierro de inmediato el maletín.

—Ya sabes que debes tocar la puerta.

—¿Tocar? ¿De cuándo acá? ¿Qué es eso? A ver.

Le detengo la mano.

—¿Qué traes ahí, Dannielle? —Me apunta con el mentón—. ¡Qué cosa hiciste! —Me arrebata uno de los maletines.

—Tengo un nuevo empleo y no quiero que opines.

—¿Y por eso te pones así de extraña? —Lo abre y lo deja caer al suelo al ver las armas. Da un paso hacia atrás.

—¡¿Qué es esto?! ¿En qué te metiste? Esto es... ¿un... arma? ¿Qué eres? ¿Narcotraficante? Mierda, Dannielle, ¿qué estás tramando?

—Solo atenderé enfermos. —Levanto las cosas del piso.

—Ajá, ¿y dónde? ¿En qué trabajo necesitas una pistola para tratar enfermos? ¿Es acaso el aparato para medir la fiebre?

No tengo ni una maldita idea.

—Lo sabremos pronto. Vamos a mudarnos.

—Espera, mujer, ve lento, ¿cómo que a mudarnos?

—Lo que escuchaste. Seré médico de un corporativo, y nos iremos de aquí.

Valyria toma el arma con temor.

—Salimos de Sodoma y Gomorra... ¿y estás buscando otra vez la entrada? ¿Corporativo? ¿Te buscó un maldito corporativo?

—Eran enemigos; por lo que sé, el líder era enemigo de Juliette.

—¿Y le creíste así de fácil? ¿Qué más te dijo? ¿Que siembran uvas y rescatan gatitos?

—Parecen sinceros.

—¿Cuántos de los que parecen algo bueno nos dañaron antes? Cuéntalos, te harán falta dedos.

Me estallan las sienes al escucharla.

—¡No todos son monstruos, Valyria!

—Pues perdón por aprender eso después de vernos sangrar a diario por casi diez años. Piensa: ¿de dónde crees que sale su dinero? ¿De vender paletas de hielo? ¿Y si se dedican a lo mismo? ¿Y si es trata disfrazada de otra cosa?

—¡No! Es decir, son malos, pero no tanto. —La mirada que me lanza podría fulminarme—. Me dijo que no se metían con niños... bueno, no parecen malos.

—¿«No parecen malos»? ¡Oh, qué alivio, Dannielle! —Su sarcasmo me araña la piel.

—Se siente en deuda conmigo, Val. Lo que quieren de mí solo es lo que yo sé… ser su médico, cuidar de su gente. Es un trato… un trueque.

—Ni siquiera sabes qué son, ¿no lo ves? ¿Y si los mandó Xalimar? No te olvides de que ella sigue con vida.

—Encerrada. Xalimar está encerrada.

—Las cárceles no retienen demonios, Dannielle. Lo sabes mejor que nadie.

—Ya di mi palabra.

—Pues tu palabra nos va a enterrar a las dos.

—¿Y cuándo estuvimos vivas?

—A la mierda —masculla—. Espero que sepas lo que estás haciendo.

Yo también lo espero.

CAPÍTULO 24

DANNIELLE MORGAN BLACKWOOD

Cuando me veo al espejo
mi reflejo baja la mirada.

Años atrás

Las lecciones de matemáticas terminaron antes. *Madame* me hace estudiar, cosa que no hace con todas, pero tampoco da razones de por qué eligió a unas y a otras no.

Solo dijo una vez que hay mercancía para todo tipo de clientes, y a algunos les gusta que sepamos mantener una conversación.

Abro la puerta de la recámara.

La luz del baño está encendida.

Escucho un sonido ahogado.

—¿Val?

Empujo.

Está de rodillas frente al inodoro, escupiendo un líquido oscuro.

Su espalda sube.

—Ayúdame, ayúdame a quitarme esto. —Intenta retirarse las vendas del pecho—. Quiero respirar.

Cuando se las quito, su pecho se expande con un jadeo desesperado.

Apoya la frente en la cerámica dejándose ir por un momento.

—Estoy cansada —dice con la voz rota—, estoy harta.

—Un día saldremos, no sé cómo, pero lo haremos. —Beso su cabeza.

—¿Y si no? —Las lágrimas bajan por sus mejillas y caen al suelo como gotas de plomo—. A veces… a veces desearía que por fin alguien me comprara. Al menos le pertenecería a alguien. Un solo rostro, un solo nombre. Un par de manos. Estando aquí, puedo ser de tres, de cinco o de diez en un solo día. Y todas sus caras están aquí, no olvido ninguna. —Se arquea, ya no vomita—. ¿También los recuerdas a todos?

—Yo… yo casi no recuerdo a nadie. Procuro… apagarme.

—¿Cómo haces eso?

—No sé explicarlo, solo cierro los ojos y me desconecto, es como si me ocultara en otro sitio oscuro.

Val mira la mancha roja en el agua.

—Qué suerte tienes.

Capítulo 25

DANNIELLE MORGAN BLACKWOOD

Mi cuerpo no es mi enemigo,
solo está confundido.
Como yo.

Observo una última vez la que había sido mi casa.

Mi corazón está galopando cual caballo al que le dieron con las púas en el abdomen.

Mi vida cupo en solo seis cajas y una mochila. Tres con ropa, una con libros, una con artículos de cocina y una más con documentos.

Ayer fui a comprarme un par de uniformes, sin dobleces, sin etiquetas arrancadas, sin la marca del uso ajeno en el cuello. Totalmente nuevos.

Es tonto, lo sé, pero me sentí orgullosa. Nunca había tenido algo así: mío desde el inicio.

Me amarro las agujetas cuando escucho que llega un motor.

Llegaron antes de las seis.

Abro y veo esa melena rubia. ¿Qué quiere?

—Dannielle, guapa, ¿está todo bien?

Sam y Candy se bajan también del auto.

—Llevas desaparecida varios días. Ya no sabemos qué decir

a los doctores —dice Candy tras darme un abrazo—. Ni las llamadas contestas.

—Lo lamento, cambié de número —digo sin más. No quiero dar explicaciones.

Pralina ladea la cabeza, escaneando mi puerta, las cajas abiertas y las selladas.

—¿Te mudas? —pregunta con una amabilidad forzada—. Nos hubieras pedido ayuda.

—Oh, no, ya renté una mudanza, de hecho, los estoy esperando.

—¿Faltarás también hoy? Hay examen de Farmacología —menciona Sam mirando su reloj.

—Veré cómo me las arreglo.

—¿Es solo eso? —Pralina da un paso adentro sin permiso y toma la cinta del suelo—. Te ayudamos.

—No es necesaria tu ayuda —intervengo.

Ella levanta una caja y se abre por debajo. Como un chorro de agua, caen las hojas al suelo.

Nos agachamos al mismo tiempo, mis manos, de costumbre torpes, se mueven con agilidad intentando juntarlas.

—¿Saint Adofaer? —Lee una de ellas. El cuerpo se me electrifica.

Mierda.

—Dame eso. —Le arrebato la hoja, y su mirada me atraviesa mientras sus labios murmuran de nuevo:

—¿Sanatorio Mental Saint Adofaer? —Sus palabras craquelan el aire.

—Un sanatorio, Pralina, ¿jamás habías escuchado la palabra?

—Lo lamento, solo que es raro.

—Raro es que te aparezcas como si no me hubieras ofendido.

—Oye, querida, contrólate. Sí, sé que estás molesta por lo de la otra vez, solo venía a hacer las paces.

—¿Paces? ¿En serio?

—Sí, Danny, sé que fui dura, pero tú también te lo tomaste muy a pecho. Sabes cómo soy.

—Sí. Eso es lo peor, que ya sé cómo eres.

—¡Está bien! ¡Ya! —interviene Sam, levantando ambas manos entre nosotras—, no hagamos esto aquí. Prali, cállate un segundo. Y, Danny…, por favor.

—No, Sam —replico—, ya no puedo entender más ese humor.

—Oh, por favor —salta Pralina, ofendida—, solo intentaba arreglar las cosas. No soy tu enemiga.

—No se nota.

—¿De verdad vas a ponerte así? —dice Candy ahora—. ¿El venir a buscarte porque nos preocupa tu ausencia en clases no te dice nada?

—No somos perfectas —añade Pralina, cruzándose de brazos—, pero siempre hemos estado para ti.

—¿Y crees que eso te da derecho a…?

—A cometer errores —me interrumpe—. A ser imprudente, impulsiva. Pero también a intentar remediarlo. ¿O tú nunca te has equivocado?

Cruje mi coraza.

—Lo lamento.

Sam suspira como si hubiera esperado ese gesto todo el tiempo.

Pralina se agacha y cierra la caja con la cinta.

—Nos vemos en clase después.

Se dan la vuelta.

A Candy se le apaga el gesto con decepción.

Y ahí me quedo yo, con el perdón colgando de mis labios y con la culpa.

Otra vez me equivoqué.

Simon toca el claxon y se baja de su camioneta.

—¿Lista, doc?

«No».

—Sí.

El portón se abre. Mi boca también. No tengo un adjetivo para describir lo monstruosa que es la casa. Un jardín tan amplio que se podría plantar un montón de árboles, tener ganado y hasta una cancha de tenis. Alrededor solo hay pinos, muchos pinos. Es una gran casa escondida entre la espesura del bosque a las afueras de la ciudad.

Bajo de la camioneta. Los pinos se menean con el viento. Simon se quita su chaqueta y la coloca sobre mis hombros. Luego, toma mi mano y la pone frente a un escáner de la puerta principal.

El portón se desliza.

—Bienvenida a su nueva casa, señorita —dice Little Perry.

Tiene losetas azules, paredes grises y columnas blancas. Paso por una cocina espaciosa, con horno y refrigerador. La sala luce un ventanal enorme desde donde se aprecia todo el patio. Una escalera en forma de caracol lleva al segundo piso, en donde hay cuatro recámaras, pero cada una parece un departamento promedio.

—Esta será su habitación, señorita, coloque su dedo.

Se desliza la puerta.

Las paredes son de color lavanda, y hay un balcón. Una cama con sábanas blancas, una mesa de noche con una lámpara en forma de luna y un tocador con luces.

Veo una charola con galletas de colores con una nota: «*Bienvenue*».

Esto es un sueño. No, no lo es, todos mis sueños son horribles.

—El *Loff* Elrond la mandó a decorar específicamente para usted.

—¿Cómo supo mi color favorito?

Perry se encoje de hombros.

Abro el armario: ropa, mucha ropa, vestidos, zapatos, suéteres.

A Val se le hacen agua los ojos.

Toca las telas con precaución, como si temiera estropearlas y que se las fueran a cobrar.

—¿Desde cuándo comenzaron a arreglar esto? —pregunto, mirando la lámpara del techo.

—Hace meses.

Observo varios perfumes sin abrir, acomodados en repisas a los lados del tocador.

—Esperamos que le gusten mucho, no sabemos mucho de tallas, pero conocemos un sastre por si quiere hacer ajustes —dice el gigante.

Se escucha que llega otra camioneta.

—Deben de ser las cosas para el sótano —comenta Perry, viendo desde el balcón.

—El sótano —repito.

—Su área de trabajo. Acompáñenos.

Salimos de la habitación, cruzamos el pasillo, bajamos por la escalera principal. En una pared lateral, casi oculta tras un marco con una ilustración botánica, hay una puerta más pequeña.

Perry la abre y nos invita a bajar.

La luz se activa con sensores.

Siete camillas están instaladas, cada una con sus monitores.

Dos hombres bajan casilleros, cajas con medicamentos, trípodes para sueros.

Otro revisa el sistema de aire acondicionado.

Hay una habitación más al fondo. El quirófano. Aún sin luces, pero con los soportes y lámparas desmontadas.

Todo huele a nuevo.

—Puede hacernos una lista de cosas que crea que se requieren y las conseguiremos enseguida —añade otro.

No puedo creer que esto esté pasando.

—¿Y cuándo... comenzaré a trabajar aquí? —pregunto al aire.

—Pronto. Las emergencias no avisan, doc. —Perry se acomoda los lentes.

—¿Y... estaré sola?

—Jamás —responde Simon—. Además... —añade, apoyando su mano enorme sobre el hombro de su compañero—, este pequeñín es enfermero intensivista.

—Especialista en terapia —aclara Perry.

—Así que aprenderá muchísimo de él. No se deje engañar por su tamaño.

Un alivio en medio del vértigo.

Toco la camilla más cercana. Paso los dedos por la tela plástica como si temiera despertarla.

—¿Y Elrond?

—Está de viaje, señorita —responde Simon—, pero pronto vendrá a darle la bienvenida. De momento ha dejado instrucciones para que comience su entrenamiento.

—¿Entrenamiento?

—Con Yueng, nuestro maestro de armas. ¿O pensó que le daríamos un arma sin antes enseñarle a usarla?

CAPÍTULO 26

MARCK ALMOND

Los síntomas
son las metáforas del cuerpo.

Pase de visita, piso de cirugía.

El interno arrastra el carro de expedientes como si fuera la factura de todas sus malas decisiones, ya está sudando y aún no es ni mediodía. Su trabajo es seguirme, anotar sin error todo lo que digo en voz alta; le enseño a revisar a los pacientes, dar indicaciones, y él debe aprender cuanto pueda.

—Paciente 204, Carlo Montalvo —anuncio sin mirar atrás—. Posoperatorio de esternotomía media. Ha respondido al diltiazem.

—¿QT corregido? —pregunta sin mirar el monitor.

Mal.

—Cuatrocientos veinte. Anótalo. —Reviso su letra. Fea. Torcida—. Hazlo legible. No quiero errores cuando lo subas al sistema.

Seguimos caminando.

La enseñanza, cuando se hace bien, vuelve a la medicina más humana. Pero también la vuelve más lenta.

Cada vez que tengo un interno a mi lado, como hoy, la jornada se estira. Un pase de visita que podría tomarme noventa minutos se convierte en dos horas y media de dictado, correcciones, explicaciones. Es repetir lo que ya está escrito en los libros.

Y no me quejo, me gusta enseñar, me gusta formar. Pero me revienta cuando el que tengo al lado no lee, no pregunta, no muestra la más mínima señal de haber estudiado el caso. Eso ya no es torpeza, es desinterés, falta de respeto por el paciente.

Me acomodo en la central de enfermería para firmar unas solicitudes.

—¿Paciente 207? —le pregunto al interno que no se molesta ni en ver lo que estoy haciendo—. ¿Edad? ¿Diagnóstico de ingreso? ¿Comorbilidades?

Titubea.

—Eh… varón, setenta y algo…

—¿Sabes al menos por qué lo operamos?

—La verdad… no terminé de leer la historia clínica, doctor.

Me harto.

—Entonces salte. Vuelve cuando sí puedas tomarte diez minutos para leer el expediente.

El chico rueda los ojos, sin darle importancia a mi exhortación.

Alguien chasquea la lengua.

Leena llega al piso con su procesión de estudiantes detrás de ella. Este es el problema, que no puedo evitar encontrármela.

Las enfermeras y los estudiantes nos observan, como si esperaran ver una escena de telenovela. Todos saben lo que pasó entre nosotros. No importa que lleves un día trabajando aquí, te enteras apenas pones un pie en el piso de cirugía.

—¿Amedrentando internos a plena luz del día, Marck?

Silencio.

Sus pupilos contienen la respiración. La enfermera junto a la mesa de soluciones baja la mirada, fingiendo revisar las constantes.

—En fin, hay quienes prefieren formar desde el miedo. —Sigue picando.

—¿Ya terminaste?

—¿Ya vas a enojarte? —Muestra una sonrisa divertida, como si aún tuviera algún derecho sobre mí.

Me tienta a contestarle algo que arañe, pero respiro. Alguien tiene que ser el adulto.

—Que tengas buen turno, doctora Marziphán.

Camino hacia el cubículo, masajeando mis sienes.

Este hospital era mío antes de que ella decidiera convertirlo en una arena. No tengo por qué huir.

Y, sin embargo, lo hice. Dejé de entrar al consultorio de la esquina porque allí solíamos reírnos mientras tomábamos café. Evito el restaurante a dos cuadras porque era «el de los viernes». Abandoné canciones, películas, perfumes.

No puede seguir quitándome más cosas.

Mis ojos se detienen en una silueta a lo lejos del largo pasillo.

Dannielle va siguiendo a un residente hacia el área de curaciones.

Avanzo esperando que se gire, solo un momento.

No ha respondido mis mensajes.

No sé si las flores fueron demasiado.

No sé si cometí un error.

CAPÍTULO 27

DANNIELLE MORGAN BLACKWOOD

Mi necedad de buscar amor
en los lugares donde hay candados.

Pido seis libros en la biblioteca, intento sumergirme en la vorágine de mis problemas para evadir el resto de mis preocupaciones. Manuales de medicina de urgencias, reanimación cardiopulmonar, suturas y cirugía menor, semiología y propedéutica, trauma. Mis dedos pasan las páginas con una urgencia febril, quiero beberme los capítulos, metérmelos con un embudo por los ojos, pero mi mente está con un pie en otro sitio.

Simon me habló de lo que me espera: heridos de bala, fracturas, infecciones en heridas, politraumatizados. Me dijeron que no me preocupe y haga cuanto pueda, pero despreocuparte cuando se trata de salvar vidas no es posible.

Leo con velocidad, escaneo las palabras, anoto frenéticamente.

Todos los escenarios catastróficos llegan a bombardear mis pensamientos.

Sacudo la mano adolorida por tanto escribir y en ese momento escucho una voz conocida.

—¿Y esta torre? ¿Quieres hacerle competencia a Babel? —Lauren toma asiento.

—Es mi meta —respondo, alzando mi termo de café, caigo en cuenta de que no me queda ni una gota, y era de medio litro.

—Faltaste a la clase de Gineco. ¿Quieres los apuntes? —Saca su libreta antes de que pueda responder.

—Te agradezco. —Mi mirada cae en el libro que trae entre las manos—. ¿Y qué lees? —No es de medicina.

—*Madame Bovary*, ¿lo conoces?

Levanto la cubierta.

—No.

—Es la segunda vez que lo leo, llévatelo si quieres, tengo otros en espera. —Me enseña el interior de su bolso, de donde se asoman más cubiertas coloridas.

Me parece curioso.

—Ya sé qué te estás preguntando —añade antes de que abra la boca—, debería estar estudiando, sí, ya voy, pero es que mis esposos literarios no me sueltan. Me da miedo que la vida no me alcance para leer todo lo que quiero leer, ¿no te pasa?

—A menudo. —Justo ahora.

Lauren rellena mi termo con el suyo.

Unas pisadas resonantes interrumpen el momento.

Reconozco esos zapatos.

Almond entra a la biblioteca, y su perfume le precede. Inunda mis sentidos antes de que sus ojos encuentren los míos.

Lauren me toca la barbilla y alza las cejas con una sonrisita maliciosa.

—Te veo luego —susurra. Menea sus dedos delgados diciéndome adiós.

Siento un pesar por lo evidente que soy, pero me reprendo al recordar que está casado.

Finjo no verlo, aunque ya lo haya hecho.

Vuelvo al tema de cirugía vascular.

Mi concentración fracasa.

Paso la página, leo, no sé qué leo. Dejo de entender las palabras, su aroma sigue flotando en el aire y dándome palmadas en la cara.

Almond está en la barra, pidiendo un libro.

Mi celular vibra sobre la mesa.

Dr. Almond
¿Qué lees?

Con el rabillo de los ojos leo su mensaje, pero no tomo el teléfono. Sigue vibrando.

Dr. Almond
¿Tienes examen?

Los alumnos de las mesas contiguas observan mi celular resonar contra la madera.

Guardo mis libros, me dispongo a salir.

«Es casado».

Solo tengo que atravesar esa puerta sin voltear atrás. Huir, huir de lo que siento, huir de él.

Me decido, camino hacia la salida mirando el suelo.

Estoy a punto de tocar el botón del elevador.

—Dannielle. —Su mano envuelve mi muñeca con suavidad, deteniéndome. Su piel arde con la mía.

«Es casado».

—No me digas que te estás escondiendo de mí.

Su voz vence todo intento de frialdad. Me vuelvo un pez perdido en su océano.

Quiero decirle que sí, que me estoy escondiendo porque esto no está bien, que lo que siento no debería existir, que estoy construyendo muros que él sigue derrumbando con una sola mirada. Pero en cambio, lo único que logro hacer es bajar la cabeza y susurrar:

—Tengo prisa.

—Siempre tienes prisa cuando me ves últimamente. —Su vista recae en mi bolso repleto—. Déjame ayudarte con todo eso.

—No. Hay personas aquí, van a pensar otra cosa.

—Van a pensar que estoy ayudándote, anda deja que te alivie el peso. —Sus dedos rozan con los míos, un contacto lleno de intención—. ¿Vas a leer todo esto esta noche?

—Tengo examen.

—¿Cirugía?

—Sí —miento.

Tengo que aprender cuanto antes a suturar heridas, sacar balas y solo Dios sabe cuánto más.

Entramos al elevador. No lo miro, no lo respiro.

—Haberlo dicho antes —dice con una chispa en la mirada—, es mi especialidad, te ayudo. —Guiña el ojo y enciende algo en mi interior.

«Es casado, es casado».

—No quiero molestarlo.

—Tú jamás vas a molestarme, Danny. —Dice mi nombre con dulzura—. Dime qué quieres aprender y te doy clase, mira que es una oferta que no se puede rechazar.

Es tentador.

Es casado.

Mi corazón sube hasta mi garganta queriendo gritar que sí, que es todo lo que desea: estar cerca.

—¿Qué dices? —insiste.

Los números en el panel avanzan lentamente, una agonía

interminable. Mi reflejo en las puertas metálicas me devuelve la imagen de alguien que está a punto de perder una batalla.

Solo se trata de estudiar.

Solo es estudiar, a nadie daño con que me explique un tema.

—Está bien. —Dos palabras, una rendición.

Él pulsa el botón del estacionamiento para descender aún más.

Solo es estudiar. Solo es Cirugía. Solo es él.

Esto está mal, pero lo necesito. Necesito cada cosa que pueda enseñarme, cada lección, cada consejo.

Me abre la puerta de su casa, una especie de cabaña moderna con grandes ventanales que reflejan las luces cálidas del interior.

Tiene un patio amplio con árboles frutales, y una parrilla para asar una vaca entera, tan impoluta que parece más decorativa que funcional.

Pero lo que realmente atrapa mi atención es el columpio que cuelga de una de las ramas más gruesas de un roble.

¿Hijos?

—¿Quién juega en el columpio? —pregunto.

No debería importarme.

Marck cierra la cajuela con un suave golpe.

—Nadie, quizá algún día haya quien lo haga —dice tras un largo suspiro que revela más que sus palabras.

—¿Entonces lo usaba usted?

Mi corazón y mi boca se unen en rebeldía.

—No. —Ríe—. Fue… larga historia. Hace frío, ¿no? Entra, prenderé la calefacción.

Una esposa, un posible hijo.

—No, estoy bien así, gracias. —El piso es de madera, por lo tanto, el olor está en todo su esplendor.

Todo está perfectamente ordenado, como si nadie habitase aquí nunca, parece más un museo que un hogar. Cuadros de flores arriba de la chimenea, y más flores en los azulejos de la cocina, donde se exhibe una vajilla frágil en un mueble cerca de la mesa, todo tan delicado y femenino.

Mi mente sigue jugando con la idea de una mujer perfecta moviéndose por este espacio, colocando cada cosa en su lugar. Qué cínico.

Almond saca cosas de su alacena: condimentos, tablas de picar. Del refrigerador, saca verduras.

—¿Qué hace?

—Preparando la cena. Mi idea es que rellenemos un pollo y lo sutures. Así te doy teoría y práctica, y también comemos.

La culpa se anuda en mi cuello.

Es amable y encantador, pero también es un cínico.

—¿No vendrá su esposa a cenar? —Se me escapa la pregunta que estaba colándose como mantequilla entre mis dientes.

Silencio, uno, dos, tres segundos.

—¿Mi esposa? —Suelta una risa breve, preocupada, divertida, como si acabase de entender algo. Su mano frota su frente—. ¿Quién te dijo eso?

—No cambie el tema. ¿Cenaremos con su esposa?

Se inclina un poco, acortando la distancia entre nosotros.

—¿Era eso lo que te tenía ignorándome? —Su aliento abrasa mi oído.

Mi cuerpo traiciona a mi boca.

—Por supuesto, no puedo estar hablando con usted, respondiéndole mensajes por la noche cuando tal vez hay una mujer del otro lado de esta historia sin saber nada. Sin tener idea de que usted y…

—No estoy casado, Dannielle.

—¿No?

—No. ¿En qué concepto me tienes?

Me callo por un momento.

—No lo sé… no.

Qué pena.

—Debiste decírmelo si esto te preocupaba. No quiero malentendidos entre nosotros.

«Nosotros». Suena como *un algo*, una composición.

Mi corazón camina por la cuerda floja.

—¿De verdad?

—No lo estoy. Lo estuve.

Maldita mentirosa.

Mis pulmones vuelven a tener oxígeno.

—¿Qué pasó?

Mueve su cabeza, negando.

Sigue con lo suyo, partiendo zanahoria en cubos.

—No funcionó. Así que no, no hay nadie, nadie va a llegar. No te traje en secreto ocultándote una doble vida.

Vergüenza y alivio giran en mi cuello.

—*Amarilli*, deberías aprender a preguntarme las cosas de frente.

—Es que son cosas que no deberían importarme.

—Pero te importan.

Olvido como se respira.

—Entonces, ¿comenzamos la clase?

Marck sonríe satisfecho, como si acabara de ganar algo. Y tal vez lo hizo.

CAPÍTULO 28

MARCK ALMOND

Cuando me persigue el pasado,
tengo que hacerme el muerto
para que pase de largo.

Dannielle está concentrada observando cada movimiento de mis manos mientras le doy los primeros puntos al pollo. Hace una anotación en su libreta al mismo tiempo que aprieta sus labios en una mueca de concentración que me parece irresistible.

Su boca tiene un letrero de «peligro»; y yo, la curiosidad de saber a qué me arriesgo.

Alto.

—Este es el punto de Sarnoff, útil para zonas abdominales y torácicas —le explico, mostrándole la técnica con cuidado. Me detengo un segundo para asegurarme de que entendió y luego le paso las pinzas—. Ahora tú.

Veo cómo sus manos comienzan a moverse cual araña.

—¡Oye! Tranquila, llévalo con calma.

—Entonces, ¿para los intestinos puedo usar el surgente sencillo? Pero, supongamos que…

—¿Por qué tan apresurada? —la interrumpo—, perdón, quiero decir: no corras.

—Tiene razón. —Continúa con el siguiente punto. De pronto levanta la vista y pregunta—: Disculpe, ¿usted ha cerrado piel y después se le han botado puntos internos? ¿Qué se hace en esos casos?

«Usted».

—Es información delicada, eh. Pero sí, claro, al principio un par de veces.

—¿Terminó mal? ¿Murió alguien? No lo creo, o no estaría ejerciendo —dice con una franqueza que me anuda el estómago.

Toso nervioso y río, tratando de desviar la atención.

—¿Esto acabará en una noche de confesiones sobre mis yatrogenias? —bromeo, pero su mirada me dice que no me dejará escapar.

—Por favor, no le diré a nadie. —La curiosidad le enciende el rostro.

Ni cómo negarme a esa cara tan inocente y a la vez seductora.

—Estaba en la residencia —comienzo—. Entré de primer ayudante a una anastomosis de intestino delgado debido a la ausencia de un compañero; el R4 me dejó hacerlo, me vio sumamente capaz, y yo no quise verme nervioso. Lo hice mal, murió.

—¿No lo demandaron? —Su rostro adopta una seriedad que no esperaba.

—Aquí viene la parte difícil, nadie les dijo a los familiares que fue culpa de uno de los cirujanos. No lo hacemos. Estas cosas pasan, no somos Dios, nos equivocamos. —Veo su rostro entenebrecido—. Lamento decepcionarte, así es la carrera, y te equivocarás algún día.

Ahora me arrepiento de haber sido tan honesto.

—No quiero equivocarme nunca.

—Lo harás, Dannielle. Tal vez no de una manera tan grande como yo, pero todos nos equivocamos, no conozco ni a uno solo que no haya metido la pata.

Veo su cara de desilusión, me pregunto si ahora me ve como un criminal que mata y puede seguir adelante como si nada.

—Tú insististe en que te contara —añado, sintiendo la necesidad de justificarme, no sé si con ella o conmigo mismo.

—¿Y se sintió mal?

—¡Por supuesto! Guardo en mi memoria nombre y apellido de todas las personas con las que me he equivocado.

—Todas.

—Todas. No es algo de lo que pueda huir, Danny. Te persigue, se queda contigo cuando las luces del quirófano se apagan.

—¿Y cómo sigue adelante?

—Tienes que hacerlo. Porque hay alguien más esperando en la mesa, alguien que confía en ti para salvar su vida, y no puedes dejar que el miedo te paralice.

—Debe de ser horrible.

—Lo es. Pero también es hermoso cuando todo sale bien. Cuando sabes que tu mano hizo la diferencia. —Intento sonreír, pero la tristeza se cuela en mi voz—. No me mires así, ha sido una cantidad pequeña en comparación con todo lo que ha salido perfecto, o casi perfecto.

Una corriente de aire helado entra por el ventanal, las cortinas se azotan y la casa parece enfriarse de golpe.

Voy a cerrarla.

Le ofrezco un suéter, pero ella se niega.

Dejo escapar aire de mi boca observando cómo el vaho se disipa en el ambiente.

Déjà vu.

Como el día en que la conocí.

Pongo leños en la chimenea y la enciendo, las llamas cálidas se reflejan en la madera de la casa.

—Sí que eres buena —le comento al ver sus últimas suturas, tratando de reconducir la conversación a algo menos denso.

Dannielle levanta una ceja con suspicacia, como si le estuviera mintiendo.

Un trueno retumba en la distancia. La luz se va. Solo nos quedamos con el parpadeo de la chimenea. Abro un cajón y saco una vela. Al encenderla me doy cuenta de que Dannielle sigue en lo suyo.

—¡Eh! ¿Tienes visión nocturna integrada?

—Estoy acostumbrada a no tener luz. —Levanta el pollo y lo agita—. Listo, no se le sale el relleno.

Ahora se sigue con el otro.

Coloco la vela en el centro de la barra.

Sus pupilas se dilatan, y justo ahí puede caber mi universo. Es hermosa, tan concentrada, tan ajena a lo que me está haciendo sentir. Siento que poco a poco caigo en este juego kamikaze. No sé qué pretende ella conmigo, pero no importa, me conformo con esto, con tenerla así de cerca, aunque mi corazón me pida más.

Salgo al patio en busca de la caja de fusibles y a enfriar mi cabeza, pues solo estoy pensando en todos los posibles desenlaces que ocurrirían si me atrevo a besarla.

No sé nada de electricidad, pero no quería verme como un gran idiota sin hacer nada y solo llamar a la comisión de luz.

Bien, haré como que muevo algo.

Un rechinido de bisagra me distrae.

Volteo enseguida, el columpio se mece, pero el aire ya no corre, ni siquiera las ramas de los árboles se mueven.

Percibo una quietud extraña. Mi piel se eriza.

Sacudo mi cabeza. Yo no creo en cosas paranormales.

Me acerco al columpio y lo detengo con una mano firme, quizás fue una corriente ligera que pasó justo por aquí.

Toda la cadena reproduce el sonido que escuché.

Bajo la mirada. Hay marcas, como huellas de zapatos pequeños, como si un niño se hubiera impulsado.

¿Es posible o fue un gato?

Me agacho un poco tratando de entender estas pisadas cuando una risilla ahogada se escucha al fondo.

—¿Está todo bien? —La voz de Dannielle me sobresalta.

—¡Dios Santo, Dannielle, vas a causarme un paro! —exclamo, llevándome una mano al pecho; mi corazón late a un ritmo desbocado.

—Lo siento, quería saber si puedo ayudarle en algo. ¿Qué hacía ahí?

—Nada —miento.

Me vería muy bobo explicándole que me pareció ver algo aquí.

—¿No pudo arreglarlo?

—Sé sacar corazones y ponerlos en otro sitio, pero creo que esto de los fusibles me supera.

—Estamos acostumbrados a resolver problemas tan grandes que ya no entendemos qué se hace con los pequeños... eso o no prestamos atención a las cosas pequeñas, no nos importan mucho. ¿Por qué deberían importarnos si hay algo más grande como sacar corazones? —responde con una lógica aplastante que me deja sin palabras.

—Va, me has humillado con elegancia, lo acepto.

—No, no fue mi intención —comenta apenada, moviendo la nariz—, no quise ofender.

—Nunca me ofenderías. —Me siento en el columpio y me balanceo suavemente.

—Entonces lo instaló pensando que algún día habitaría un niño aquí.

—O una niña... quiero decir, no es delito soñar con una familia, ¿verdad?

—Para nada.

—¿Te pasa?

—¿A quién no? —Danny se frota un brazo—. Le diré un secreto: es mi mayor sueño, pero no le diga a nadie.

—Lo juro —respondo, y las palabras salen solas—. También es… el mío. O era el mío.

—Usted tiene más posibilidades —me dice convencida.

No sé si suena a consuelo o a condena.

—¿Y tú eres una anciana? Dannielle, tienes… ¿cuántos años tienes?

—Veintidós.

—Te queda una vida. Yo ya eché a perder un intento.

—Platíqueme de ese intento.

Me humedezco los labios. ¿Qué tan prudente es hablar de esto con ella?

Niego con la cabeza.

—¿Le duele? —Su pregunta me impacta.

No… o quizás. Pensarlo me causa migraña. Leena dejó una herida incurable. El psicólogo cree que el ardor que siento al nombrarla puede ser cariño, sin embargo, yo creo que es resentimiento.

—Verás, Danny… Estuve casado hace un par de años; sí, me casé deprisa, ni siquiera había terminado la especialidad, pero creí que era la indicada, o puede que haya sido mi afán de soñar con el matrimonio.

—¿Fue un matrimonio formal? ¿Votos? ¿Juramento en un altar?

Me río.

—Sí, todo el paquete.

—Y, cuando dijo sus votos…, ¿los sentía de verdad?

—Danny…

—Por favor, si no me lo cuenta su boca, sus ojos responden.

—Exhalo, no voy a mentir.

—Lo sentía.

—Le duele.

—¿Sabes qué es lo que duele? El haberme sentido fracasado. Mis padres se divorciaron cuando yo tenía nueve años, envueltos en pleitos, demandas e injurias que parecían inmaduras. Así que yo quería casarme un día y demostrar que no todas las parejas terminan así, y me di contra la pared.

Las palabras salen de mí más fácil de lo que esperaba, como si mi garganta hubiera estado esperando la mínima pregunta para desahogarme y entender lo que estaba ahí, enterrado, pero estirando la mano.

Leena fue una daga filosa a mi corazón, me juré nunca llorar por ninguna mujer. Ni siquiera fijarme en ninguna otra, solo dedicarme al trabajo, llenarme de títulos, éxito, dinero. Y ahora he roto esa promesa, pues aquí estoy, con los latidos a un ritmo inusual, a una distancia peligrosa de una mujer de ojos grises frente a mí.

—Su cocina tiene toques femeninos. ¿Los decidió ella? ¿Leena?

—Sí. Aguarda… Entonces, ¿ya sabes mi historia?

—Supongo que todo se sabe, con distorsión, pero sí.

—Pues sí, Leena. —Su nombre me astilla la lengua.

—¿Y qué pasó? Quiero decir… ¿Qué los separó? Habla de ella como si se hubiera muerto.

—Ojalá… —Suspiro, al mismo tiempo que me arrepiento de mi respuesta.

—¿Ojalá?

—Lo que quiero decir es que no, no murió, pero ojalá que las personas solo se fueran cuando mueren, dejan mucho embrollo cuando se van porque sí. Sin decir nada, sin una buena excusa, solo que se le hace lindo el dermatólogo que tiene su consultorio frente al mío y, claro, más tiempo libre que yo. Se va y me deja con el citatorio de divorcio y sin conocer a ningún abogado. Y así te das cuenta de que el amor es algo que puedes dejar colgado en una percha antes de salir de casa, como un abrigo viejo. Lo usaste, te sirvió, pero ya no.

Me sobrepasé.

Vómito de confesión.

—El lado bueno es que ahora es feliz con el señor de piel perfecta, *tips* de belleza y tratamientos gratis que le dan en sus congresos… No sé ni por qué estoy hablando de esto.

Otra imprudencia.

Dannielle se ríe, y esa risa, esa preciosa risa hace que todo sea menos pesado.

Estira su mano helada sobre la mía.

—Bien, esa es la buena noticia para ella, ¿y para usted? ¿Es feliz?

—En el hospital, sí.

—No entendí. ¿Ahorita no es feliz? —La cadencia de su voz baja, más suave, más íntima.

—Ahorita sí lo estoy, pero porque estás aquí.

Lo dije, no hay vuelta atrás.

Mueve la nariz otra vez.

—¿Qué le falta para ser feliz? Aquí hay de todo, está en un paraíso, sano, con estabilidad. ¿Solo porque ella no quiso quedarse?

—Tienes razón, pero vamos, no estoy triste, la superé hace mucho —respondo y parece que miento, que me convenzo.

—No pasa nada, las heridas del corazón también tienen su proceso, bueno…, entiende la metáfora.

«Sí».

—Es tarde, Dannielle. No deberías estar analizando la vida amorosa de tu profesor a estas horas.

—Necesitaba hablarlo, lo vi. —Regresa a ver a la caja—. No se mueva, voy a revisar los fusibles.

—¿Sabes de electricidad?

—Cuando vives en lugares complicados, aprendes a arreglar las cosas por tu cuenta.

Un chasquido, sus pequeñas manos intervienen aquellas partes de las cuales desconozco su nombre.

Otro chasquido.

La luz regresa.

—Magia —dice con una sonrisa en el rostro.

Pareciera que su sonrisa reparó algo, no la caja de fusibles, sino a mí.

CAPÍTULO 29

DANNIELLE MORGAN BLACKWOOD

Perdón por contarte
mi historia otra vez,
quiero repetirla
hasta que no duela.

Despierto con la luz suave del sol filtrándose a través del ventanal y pintando líneas doradas sobre el suelo. Mi cabeza descansa sobre las piernas de Marck y, por un momento, me quedo inmóvil, sintiendo su proximidad, la tranquilidad de este lugar.

Pasamos casi toda la noche hablando de principios quirúrgicos. Del síndrome de Brugada sobre todo, una enfermedad rara del corazón que puede causar arritmias fatales.

Pero lo que más disfruté no fue eso, sino los lapsos en que hablaba de cosas ajenas al trabajo.

Me habló de su infancia, de veranos en la casa de su madre, de sus hermanos peleando en la arena, de la sensación del agua helada en la piel cuando su madre lo obligaba a meterse al mar, aunque él odiara el frío. Me describió las noches de tormenta en su casa, cuando todos los niños terminaban amontonados en la cama de su mamá porque el sonido de los truenos era demasiado fuerte para fingir que no los asustaba.

Me reí tanto que me dolió el estómago.

Casi pude soñarlo, pero la realidad comienza a filtrarse, saco el teléfono de mi bolsa y me doy cuenta de la hora.

Urgencia.

No puedo suplicar por quince minutos más.

—Doctor, se nos hizo tarde. —Lo muevo.

Marck abre los ojos lentamente y se talla la cara tras un bostezo.

—¿Tarde? ¿Por qué me llamas doctor tan temprano?

—Ya van a dar las ocho de la mañana, ya perdí la primera clase —respondo, aunque la preocupación se mezcla con la satisfacción.

Veo los mensajes de Grand Simon preguntándome en dónde me encuentro.

Respondo rápidamente: «Estoy bien, nos vemos más tarde».

Mi mirada se desliza por la barra, los platos, los vasos que dejamos anoche. Sin pensarlo comienzo a recoger y llevar las cosas al fregadero.

—Ey, ey, ¿qué haces? —Se levanta del sofá. Su voz, teñida de autoridad y ternura, me hace sentir como un caramelo en punto de ebullición.

—Ni modo de dejar su casa hecha un tiradero.

—¿Qué dices? Es la primera vez que tiene vida desde hace años, deja eso ahí, entra a bañarte si lo necesitas.

—¿Bañarme?

—Sí, pasa, te traeré unas toallas.

Bueno, sí lo necesito.

Me dirijo al baño sintiendo que mi corazón late con una fuerza desmedida.

El agua caliente me relaja, pero lo que realmente hace que hierva es pensar en él.

En la noche.

En sus ojos.

En sus manos.

En que dormí sobre sus piernas en la posición más incómoda posible, pero que mi cuerpo grita por repetir.

Toca la puerta.

—Te dejo aquí también un uniforme, es mío, de cuando estudiaba, es el más pequeño, para que vayas con algo limpio. Estaré en mi habitación.

Salgo y me lo pongo; me queda grande, pero huele a él, a su piel. A su vida.

Escucho que hace unas llamadas pidiendo disculpas por no asistir a la cirugía, inventa que estuvo enfermo toda la noche. La culpa me corroe al pensar que puedo ser la razón de que pueda meterse en un problema.

Cepillo mi cabello y lo trenzo torpemente.

Veo el reloj: ocho y media. Debería estar preocupada por la segunda clase que me estoy perdiendo, pero solo me preocupa pensar en si esto volverá a suceder.

Voy al sofá y guardo mis cosas; al girarme noto que la puerta de su recámara está entreabierta. Él se está poniendo su uniforme. Veo su torso desnudo, su espalda fuerte y definida, sus brazos. Me reprendo, pero no puedo dejar de verlo. Siento que quiero tocarlo, que quiero acercarme, en una mezcla de deseo y culpa.

No debería mirar.

Me obligo a no hacerlo.

Sale de ahí, peinándose con los dedos, oliendo fresco, marítimo. Sus ojos se encuentran con los míos y, por un momento, la mañana se detiene.

«Vuelve a la realidad».

—Déjeme un par de calles abajo, yo subo caminando porque ya hay muchísima gente y esto será extraño.

—Dannielle, basta, deja de hablarme de usted. —Me toma con delicadeza por los hombros—. Eso es de mala educación, pasaste la noche conmigo.

Sus palabras me hacen dar pasos cerca del abismo, me hacen sentir vértigo, el deseo inminente de saltar.

De su boca solo salen alertas sísmicas.

—No puedo.

—Me pondré la meta de lograr quitarte esa cordialidad.

Dice en voz baja.

Una advertencia y una promesa al mismo tiempo.

Baja la mirada, como si analizara mis dudas, mis miedos. Como si pudiera hacer que se dobleguen en un segundo.

Sus ojos reparan en mi nariz, bajan a mi boca.

Su cabeza se mueve en negación, como si luchara contra algo o alguien. Parece combatir lo que quiere y no debe hacer.

Una sonrisa se forma en sus labios, como si también lamentara no dar ese paso, o como si lamentara que yo no se lo pidiera.

—Vamos, señorita, se hace tarde para su clase.

CAPÍTULO 30

DANNIELLE MORGAN BLACKWOOD

Extraño a los hijos
que no tendré.

Algunos años atrás

Me miro la cicatriz debajo del agua. Abultada, sin sensibilidad. Atraviesa mi abdomen en dirección vertical.

Mar machaca unas hierbas, aguardando que salga de la tina.

—Sal ya, Danny, te pondré esto.

—¿Para qué es?

—Disminuirá la cicatriz.

—Huele mal.

—Pero funciona, anda ya. —Me da la mano para salir y me pone una toalla encima.

Sus dedos oscuros frotan en círculos, haciendo calor.

—¿Por qué habrá quedado así?

—Cuando el cuerpo sufre algo grande, intenta protegerse.

«Algo grande».

—¿Qué fue lo que realmente me hicieron?

El movimiento de sus manos se detiene por un segundo.

No me responde de inmediato. Pone el frasco sobre el lavabo y busca un cepillo.

—¿Recuerdas a Blair? ¿Cuando se hinchó su vientre y salió de ella una bebé?

Nunca voy a olvidarlo.

Desliza las cerdas por mi cabello y lo exprime.

—Eso ya no te sucederá a ti.

Tardo en conectar las piezas.

—¿Nunca crecerá nadie dentro de mí?

—Es lo mejor, nena. —Besa mi frente. Levanto mi vista, me acuno en sus ojos negros.

—¿Por qué?

—No nacimos para ser madres.

CAPÍTULO 31

DANNIELLE MORGAN BLACKWOOD

Hay algo cruel en el amor:
su capacidad de tocar
lo que aún no había dolido.

¿Qué es el amor?

Me lo pregunto como una criatura desconcertada que acaba de descubrir el fuego y no sabe si acercarse o salir corriendo.

¿Qué es esto que siento cuando se ríe? ¿Este impulso absurdo de querer tocarle la cara solo para saber si es tan cálida como parece?

¿Qué es esto que siento en el estómago cuando dice mi nombre?

¿Es amor querer quedarse un segundo más cuando ya se te hizo tarde? ¿El amor se parece al miedo? Porque tengo miedo de que esto termine antes de empezar.

Y si no es amor, ¿qué nombre le pongo?

CAPÍTULO 32

MARCK ALMOND

¿Quién usurpó
mis sueños para crearte?

Lleno formatos, reviso calendarios, autorizo prácticas. Nada que requiera más de dos neuronas. Y, sin embargo, siento que he olvidado cómo funciona mi cuerpo, porque la tengo en la cabeza otra vez.

Dannielle.

¿Qué es esto?

No sé cómo lo hace. Solo basta con que exista a unos metros de mí, sin decir nada, sin siquiera mirarme… y ya estoy imaginando formas de detener el tiempo para que no se vaya.

Quiero cinco segundos más.

Cinco.

Como los que me bastaron para saber que quería besarla.

Como los cinco en los que me arrepentí de no haberlo hecho.

Cinco en los que me descubrí cayendo en un lugar al que juré no volver.

Esto está mal, esto es un error… pero me quiero equivocar.

CAPÍTULO 33

DANNIELLE MORGAN BLACKWOOD

El juramento hipocrático no incluye preguntar por la sangre que traen encima.

Estoy acostada bocabajo, con las piernas cruzadas en el aire y las palmas sosteniendo el celular, que ilumina mi cara.

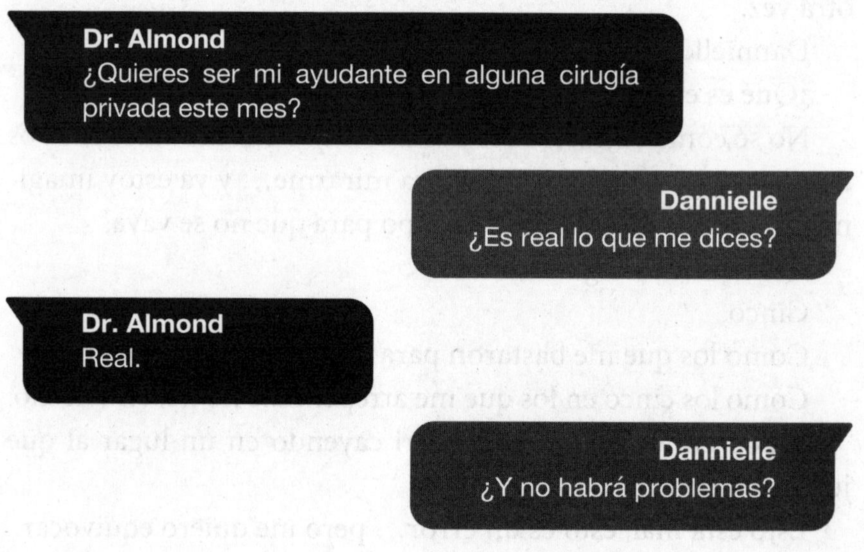

Dr. Almond
Ninguno.

Desde el balcón, Valyria observa la luna.

No la veo, pero escucho su voz:

—Esta primavera está durando demasiado. ¿No te parece raro?

Dr. Almond
¿Tienes hora libre mañana?

Dannielle
Sí, casi a las seis.

Dr. Almond
Estaré en las jardineras al lado del edificio en construcción. Por si decides pasar casualmente.

Val vuelve a hablar desde la ventana:

—¿No lo notas, Danny? Todo está demasiado… calmado.

Sonrío. Me muerdo el labio y me cubro medio rostro con la almohada, como si él pudiera verme.

—Pareces idiota con ese aparato.

—Val…

—Das pena.

—¿Te molesta que esté feliz?

—Me molesta que estés empeñada en tomar cada vez más decisiones estúpidas.

Dejo el teléfono a un lado, me acerco al balcón junto a ella.

Su expresión se oscurece.

—¿Te estás escuchando?

—¿Y tú? ¿Te estás enamorando de verdad?

—Ni siquiera sé qué es eso.

—Estás caminando a una trampa y lo peor es que vas con los ojos abiertos. Él no es lo que crees, nadie lo es.

Sus manos se aferran al barandal.

—Él no me ha hecho nada —digo.

—Todavía.

Las pecas de su rostro parecen haberse encendido, brillan bajo la luz de la luna como si también estuvieran furiosas, como si gritaran junto a ella.

Tres golpes secos retumban en la puerta principal, y ambas nos quedamos quietas.

Escuchamos otro golpe, más firme. Entonces, pongo mi dedo en el sensor para escuchar:

—Doc, su primer cliente, en el sótano.

El hombre, recostado sobre la camilla, está semiinconsciente, jadeante y el rostro perlado de sudor.

Tiene el rostro curtido, como si llevara encima demasiados años y demasiadas vidas.

Su pecho sube y baja con esfuerzo.

Lleva una herida en el costado izquierdo, una perforación limpia entre la quinta y sexta costilla.

No parece haber órganos vitales comprometidos, pero toda su ropa está empapada de sangre; es tanta que los estragos en el cuerpo no coinciden con la pérdida.

Me detengo. Ya tengo mis guantes puestos, pero no sé muy bien cómo empezar.

—Perry… Esta sangre no es de él.

—En su mayoría, no. —Lo dice con calma mientras abre un paquete de gasas.

—¿De quién es?

—De alguien que no volverá a hacer daño nunca más —responde el paciente entre dientes.

CAPÍTULO 34

MARCK ALMOND

Sé que no debería mirarla así.
Pero ella tampoco debería tener esa manera
de quedarse en mi cabeza.

Saco de la máquina un paquete de donas y un café embotellado. No es la mejor comida del día, pero apenas pude escaparme del hospital.

Sorbo y revivo. La glucosa hace lo suyo.

Cruzo el pasillo lateral del campus y me interno por el sendero de grava al que nadie va nunca.

Todavía no se habilita esta zona de las instalaciones, las cámaras no funcionan y la universidad sigue discutiendo si talar o no los sauces que bordean el perímetro del edificio en construcción.

Me siento en una banca de madera vieja.

Espero y, cuando estoy a punto de revisar el reloj, unas manos suaves cubren mis ojos.

—Bu…

El calor de sus palmas me detiene el pulso.

—Si no eres Dannielle, tendré problemas —digo sonriendo, sin apartarlas.

—¿Y si sí lo soy?

—Entonces tengo problemas… más grandes.

—¿Por qué dice eso?

La miro, y su expresión es de completa seriedad. No está jugando. No me entendió. Me río.

—Era una broma.

—Oh… —Baja la vista, un poco avergonzada—. Pensé que había tenido un mal día o algo así.

—No, para nada. —Le sonrío—. De hecho, el día acaba de arreglarse.

Tampoco entendió el halago.

Se sienta a mi lado y recoge sus piernas mientras observa a la redonda.

—¿Qué come?

—Mi dignidad, en forma de donas de máquina.

—¿Me invita una? —La toma con confianza, antes de que le responda que sí. No tiene que pedir permiso para tomar algo de mí.

—Te daría la bolsa entera si eso garantiza que vas a venir siempre.

Parpadea, como si no supiera qué hacer con el halago.

—Bueno, dime ¿cómo estuvo tu día?

Tarda en responder, como si tradujera su mente antes de hablar, y me encanta ver cómo se concentra para platicar de lo más natural.

—Raro —dice, sin moverse—. ¿Qué pasa si una bala entra por el hemitórax izquierdo y no hay salida?

—¿Hay RX?

—No. Solo un estetoscopio. El paciente está consciente, pero la saturación es baja.

—Si hay timpanismo en ese lado y el paciente está inestable, lo primero es pensar en un neumotórax. ¿Dónde viste el caso?

—Solo lo imaginaba.

Hace una pausa y mira la corteza del árbol. Noto que quiere seguir preguntando.

—¿Y si no encuentro la bala, y el paciente mejora?

—Entonces, probablemente está encapsulada. Si no está afectando órganos o estructuras, no siempre hay que sacarla.

Asiente muy despacio, como si acabara de tomar nota en un cuaderno invisible.

—Danny…, ¿pasa algo?

—No, no, suelo plantearme escenarios para siempre estar prevenida. —Ríe al ver mi cara—. En verdad.

—Ajá. ¿Y tu siguiente pregunta será sobre cómo amputar una pierna en campo sin anestesia?

—¿Lee mentes?

—No, solo me estoy preparando para cuando me pidas una motosierra y un torniquete.

Se ríe.

Dios… No estoy enamorado, pero si se sigue riendo voy a tener que empezar a admitirlo.

—Tengo que irme, ya casi es mi clase —dice Dannielle, echando un vistazo a su celular.

No quiero que se vaya. No todavía.

—¿Cuánto dura?

—Cuarenta minutos.

—Perfecto, puedo esperar.

—No entiendo.

—Te invito a cenar.

—¿A cenar?

—Sí. No donas de máquina, lo prometo.

Le abro la puerta de cristal para que pase primero.

Sus grandes ojos escanean el lugar.

Una vez en la mesa, le retiro la silla y me agradece en voz tan baja que parece un pensamiento.

El menú llega.

—Siempre nombres raros. —Le da la vuelta.

Pido un tinto y ella agua mineral. Su mirada cae sobre mi copa.

—¿Te gustaría probar?

—No, no, solo la observaba.

Noto que se baja la manga varias veces, como si quisiera cubrir sus manos.

—¿Te pasa algo? —pregunto con cuidado.

—Siento que... no traigo la etiqueta para este lugar. Todos están demasiado formales y yo hasta una mancha de café tengo en la blusa.

—Danny... —susurro, asegurándome de que me mire—, tú haces que este lugar parezca más elegante. No al revés. —Estiro una mano con calma hacia su hombro, hacia la trenza que le cae por un lado. Toco su lazo y lo deshago. Su cabello lacio se despliega. No necesita más accesorio que él —Así estás perfecta...

Sus mejillas se tiñen.

—No juegue.

—Lo digo en serio, ¿ya te viste?

Se muerde el labio, como si quisiera tragarse la sonrisa que amenaza con escapársele.

No me cree. Ella no es consciente de lo hermosa que es. Por eso cierra el menú y cambia de tema.

—Confío en lo que usted pida.

Perfecto.

—Por cierto, busqué Erish en Google y no encontré nada.

—No, nunca va a aparecer en los mapas.

—Cuéntame de él.

Mira hacia arriba y después cierra los ojos como si se esforzara en recordar.

—Está entre montañas, es mucho más frío que aquí, no hay luz ni tecnología.

—¿Y qué comen? ¿Tienen algún platillo típico?

Frunce el ceño, como si le costara trabajo asimilar la pregunta.

—No lo sé. Cosas crudas, raíces, carne fría. No hay nombres para las cosas, solo formas de usarlas.

Platica con dudas. No está segura de dónde viene.

—Despertaste mi curiosidad, quiero conocerlo. ¿Algún tren sale para allá?

Niega con la cabeza.

—No hay trenes ni caminos marcados. Solo se llega si alguien de ese lugar lo guía.

—Y tú, ¿me puedes guiar?

—¿Por qué quiere conocer un sitio así?

—Porque eres de ahí, y tienes unos ojos muy diferentes, quizá sea algo común en ese pueblo.

—Oh, ¿quiere ir a buscar a alguna chica con ojos como los míos?

—No quise decir eso… —me apresuro a explicar.

—Es broma.

Su risa cubre el último trago de esa frase.

—Y, antes de venir a Ithil, ¿dónde estudiaste?

—Es… en… —titubea, traga saliva—. ¿Por qué quiere saber?

Su voz no suena molesta, sino descolocada.

—Danny, porque quiero conocerte. ¿Pasa algo?

—No, no, solo que es una pregunta complicada.

—Oh, está bien… Tal vez otra cosa…, ¿siempre quisiste estudiar Medicina?

Niega con la cabeza.

—¿Cómo fue que lo decidiste?

Se muerde el labio. Sus párpados se presionan como si las respuestas vivieran en un lugar al que no quiere volver.

—Lo lamento, no quiero incomodarte.

—Está bien. —Hace algo que no esperaba: estira su mano sobre la mesa y roza la mía—. Solo que son cosas que no sé responder.

El mesero llega con los platillos, y ella retira su mano; yo, el aliento. Las tapas de plata se levantan. El vapor danza en espirales suaves.

—Te encantará, se llama *vranak*. Cordero marinado en anís, clavo, canela, hierbas… pétalos de rosa negra.

Ella no responde. Toma la cuchara, hunde apenas la punta, revuelve con lentitud. Ni siquiera pestañea. ¿Qué escondes, ojos tristes?

—Puedo pedirte otra cosa si no te parece atractivo.

—Discúlpeme.

La miro. Ya no se trata del platillo.

—No pasa nada. Quizá… podemos ir a otro sitio. Esta comida es un poco extraña, lo admito. Debí preguntarte antes por tus gustos.

Sus ojos empiezan a brillar por humedad. Se limpia una lágrima con el dorso de la mano.

—Perdón.

—¿Quieres que salgamos un momento?

—Solo deme un segundo, ya pasará.

Sacude su cabeza, y las lágrimas brotan de ella.

Se pone de pie y corre hacia afuera.

Me levanto enseguida y cruzo la sala, ignorando las miradas alrededor.

Dannielle respira agitada, como si saliera del agua tras estar a punto de ahogarse.

«¿Qué hice? ¿Fue algo que dije?».

Me acerco en silencio, como quien se acerca a un ave, temiendo que vuele asustada.

—Perdón —dice de nuevo, atropellando la palabra.

—Discúlpame a mí, creo que estuve siendo muy invasivo, hablando de más, es que a veces…

—No. —Su voz me alcanza antes de que termine—. No es su culpa. Soy yo. Lo siento por salir así, por no responderle, por no saber cómo hablar de mí.

—Está bien —digo sin acercarme más—. No tienes que explicarte si no quieres.

—Pero sí quiero. —Su voz se corta, y noto que aprieta los puños—. Solo que… no sé cómo. A veces ni yo sé quién soy. ¿Cómo contarle algo si no puedo contármelo a mí?

Las estrellas comienzan a asomarse, discretas, como si también quisieran escuchar. Ella está tan cerca y tan lejos.

—Danny, sé que no nos conocemos tanto y ya me di cuenta de que no podré hacer que me quites el *usted*, pero soy Marck Almond, tengo treinta y dos años, trabajo en el hospital Vincent Warren, que es mi segunda casa. Odio que me llamen *doctor* fuera del hospital. Antes de estudiar Medicina, pensé en ser cantante, pero mis padres dijeron que me moriría de hambre. Mi color favorito es el gris, aunque casi siempre me visto de negro. Me encanta el café, como has visto, y los pasteles. No como quesos ni pan integral; soy alérgico a las almendras, irónico, lo sé. Le temo a las alturas, a la total oscuridad y, cuando tengo un sábado libre, suelo dormir todo el día y toda la noche.

Sus orbes grises y dilatadas me quitan toda armadura. Me embeleso en su nariz, en su surco nasolabial, en sus bermellones en forma de un pequeño corazón.

—¿A qué va todo esto?

Tomo su mano.

—A que espero que me permitas ser tu amigo, solo si quieres. No sé qué me pasa contigo, quiero… quiero estar cerca, no de mala manera, como amigos está bien, y soy bueno escuchando, hay quienes dicen que doy buenos consejos. Siempre traigo el teléfono en el bolsillo, así que, si un día quieres llamarme, contestaré; no importa la hora, ni lo ocupado que esté, si me dices «ven», voy. Conozco todas las cafeterías de Hamlëin y de los pueblos cercanos, podemos recorrer una por una los sábados. Ya sé que dije que duermo todo el día, pero podría usarlo en otras actividades, o en ti.

Presiona mis dedos.

—Creo que el *vranak* no es lo único que conocí hoy.

Acerco mi pulgar a su mejilla para limpiarle una lágrima.

CAPÍTULO 35

DANNIELLE MORGAN BLACKWOOD

El aroma de ciertos platos despierta el hambre,
pero también los fantasmas.

Algunos años atrás

Hay luna roja en octubre. Eso significa banquete en la Gale's Bear House.

La mansión se viste de terciopelo granate, las velas resplandecen como lenguas de fuego.

Valyria me ayuda a ajustarme el vestido y después yo la ayudo a hacer lo mismo. Nos dieron la orden de entretener, complacer, servir y sonreír.

Tomo una jarra de vino y camino entre los invitados. Me estiran sus copas, me miran de pies a cabeza. Manos cubiertas de anillos me rozan el brazo, el dorso de la mano.

Otro toma a Valyria para sentarla en sus piernas.

Hombres con máscaras.

Mujeres en piel sintética.

Retrocedo.

Dos pasos.

Tres.

Una orquesta de cuerdas comienza a tocar desde la galería superior y yo me escabullo entre cuerpos, cortinas y risas. No quiero que me toquen.

El aire huele denso, a canela, clavo, sal y azúcar.

Llego a las cocinas, donde no hay terciopelo ni candelabros, solo metal, vapor y un calor que abrasa los ojos. Las mujeres van y vienen, sudorosas, con las mangas arremangadas hasta el codo y con la frente perlada. Cargan ollas que hierven y bandejas cubiertas de especias, cebollas, ramas.

Nadie me ve.

Nadie me detiene.

Me acerco a uno de los grandes cazos en el centro.

Su contenido burbujea, espeso, de color rojizo oscuro, como barro con sangre.

El vapor me golpea.

Observo la forma del animal ahí dentro… el torso, el…

El brazo.

La cabeza.

Las manos.

CAPÍTULO 36

ANTHONY CADWELL

¿Qué clase de profesional soy, si cada latido que me provocas me aleja de mi propio código?

Me asignaron para cubrir el turno nocturno. Mientras tanto, una enfermera duerme en la sala de descanso y el celador juega ajedrez contra sí mismo.

Reviso expedientes en el archivo clínico, veo sus nombres, rostros y sentencias:

«Veinticinco años, acusado de abuso en dos ocasiones, libertad condicional».

«Cuarenta y ocho, feminicidio».

«Treinta y nueve, homicidio múltiple».

Mi celular vibra y contesto.

—¿Ya tienes información del 317?

—Sí. Cumple criterios —respondo—. Alta reincidencia, sin remordimiento. El informe ya está cerrado.

—¿Y el 514?

—Aún hay muchos ojos encima, habrá presión mediática.

—*Rien à faire.*

—Le envío la información completa más tarde.

Respiro.

Frente al escritorio, el café caliente y la lámpara de mesa son mi compañía.

¿Qué es justicia? ¿Un sello? ¿Un código penal?

La vida me ha enseñado algo cruel: algunos hombres no cambian, no porque no quieran, sino porque no pueden, porque tienen las manos manchadas hasta los huesos. No saben tocar sin destruir.

Yo solía creer que podía salvar al mundo, pero hoy entiendo algo más útil: hay piezas podridas que deben retirarse antes de que infecten el sistema entero.

Abro la puerta a las once de la mañana, puntual como cada vez, pero hoy noto algo distinto. Dannielle viste diferente. Trae ropa nueva: un vestido color crema, un suéter rojo, zapatos que aún no han pisado el polvo, y lleva el cabello recogido con un accesorio de cristales pequeños.

—Cambiaste de perfume —comento, aunque ha cambiado más cosas.

—Es rico, ¿verdad? Fue un regalo.

Sonríe.

No pregunto más.

Sé que está con Elrond, y no hay mejor sitio en donde pueda encontrarse.

—¿Cómo te has sentido con el ajuste del medicamento? ¿Menos episodios?

—Sí —dice después de pensarlo—. De hecho, ya volví a dormir, al menos un siete de diez.

—¿Algún episodio de disociación o lagunas de memoria?

—Un par de horas, el miércoles, pero estaba en casa. Nadie salió herido.

Lleva las uñas pintadas de color vino. Ningún rastro de mordidas. Ningún pellejo arrancado.

La ansiedad no ha masticado su cuerpo.

—¿Y tu energía? ¿Puedes concentrarte, seguir rutinas?

—En orden.

—¿Y emocionalmente? ¿Hay algo que sientas que está cambiando?

Sus ojos miran el cuadro de lavandas, como si recién lo descubriera.

—He estado intentando… estar mejor.

—¿Qué significa *mejor* para ti ahora?

Mastica la pregunta y suspira.

—Pues ha habido problemas, como todo en la vida, ¿verdad? Pero trato de sobrellevarlos, ponerle interés a lo que importa, a dar pequeños pasos hacia adelante. Aunque el pasado a veces ataca sin que lo espere, hay olores que desencadenan recuerdos… —Pausa unos segundos e inhala para continuar. La siguiente frase llega como una pequeña piedra lanzada desde lo más alto, sin gran peso, pero con la fuerza suficiente—. He estado saliendo con alguien, lo cual no sé si esté bien. Pero me gusta estar con él. Me hace reír.

Asiento y sigo escuchando. Continúa contándome: un café, un restaurante, un baile. Me mantengo dentro de mi rol. No dejo que nada en mi rostro delate el estremecimiento que me atraviesa: «Me gusta estar con él».

—Eso está bien, Danny, me alegra mucho. ¿Te sientes segura con esa persona?

—Sí, pero es muy difícil abrirme, verás, no sé hasta dónde hablar de mí. Puedo escuchar a los demás hablar de su familia, sus pasatiempos, sus estudios, pero no sé qué decir de mí. Sé poco de mis orígenes, solo lo que escuché y ni siquiera sé si es verdad. Por eso me detengo al hablar, porque es como si no tuviera identidad, como si solo fuera un borrador de alguien. Y me apena que los demás, o él, puedan verme así.

Pienso en tantas cosas que quisiera decirle. Que el amor no necesita un currículum, que los cimientos más fuertes a veces se construyen sobre ruinas, que, si ella es un borrador, entonces es el más valiente que he leído. Pero eso... eso no está en el protocolo.

—Danny..., no necesitas tener todas las respuestas. Lo que eres no se define por lo que no sabes. Hay personas con una historia clara que no saben vivir, y otras, como tú, que están aprendiendo a nacer mientras caminan. No hay vergüenza en eso.

Con ella, mi imparcialidad se siente como una mentira elegante.

—¿Crees que tenga que contarle mi pasado?

—No, si no estás lista, no. No debes explicar sobre ti para ser alguien, hoy ya eres. Nadie puede exigirte hablar de más.

—No, él no me exige, es amable, tanto que a veces mi cabeza dice «huye». No sé por qué.

La mía también.

Me esfuerzo por no escapar de esta sala, de esta conversación, de esta absurda debilidad que ella no sabe que me causa.

Me trago las preguntas que no me corresponden, las imágenes que no quiero imaginar, los nombres que no quiero escuchar. Podría ser un compañero o alguien que conoció en alguna plaza. No me duele que hable de él, me duele que me hablé de él mientras yo debo fingir no tener corazón y sin que me tiemble la voz preguntar: «¿Y con eso cómo te sientes?».

—¿Y es alguien de la facultad? —Procuro sonar profesional, como si la respuesta fuera parte de una historia clínica.

—Sí… algo así.

—Podemos dejar aquí la sesión de hoy si lo deseas —le digo con la misma voz que uso para calmar crisis. Porque ahora yo estoy en crisis.

—Gracias, Anthony. —Se levanta del sillón y me rodea con sus brazos—. Siempre me haces tanto bien —susurra contra mi hombro.

Cuando cierra la puerta, me doy cuenta de que no he respirado desde su abrazo. Qué ironía: la paciente es ella, pero el que necesita terapia soy yo.

CAPÍTULO 37

DANNIELLE MORGAN BLACKWOOD

No, el pasado no regresó:
nunca se fue.

Estoy contando mentalmente los pasos que faltan para llegar al laboratorio.

«Ochenta y tres».

«Ochenta y dos».

A mi izquierda, las flores secas de los macizos se han desprendido con el viento. Las veo girar entre mis zapatos, atrapadas en sus propias órbitas.

Pulso el botón del elevador, el plástico está tibio, como si alguien más lo hubiera tocado segundos antes.

Una figura se cruza por mi campo visual, es una mujer en traje y tacones altos.

—Morgan Blackwood, ¿verdad?

—Sí, dígame, ¿cómo puedo ayudarla?

—El rector la espera en su oficina.

—¿Pasa algo?

—Lo desconozco, señorita, quizá le falta algún documento a su expediente.

Toco dos veces y abro con cuidado, mirando a ambos lados porque temo interrumpir alguna reunión.

—Rector Hale, ¿me mandó llamar?

—Señorita Blackwood, buenos días. —Me da la mano—. Disculpe haberla sacado de sus valiosas clases tan de repente, pero quería hablar acerca de algunas inconsistencias en su papeleo de inscripción.

Una carpeta con mi nombre rotulado está en el escritorio.

El hombre se reclina en su silla entrelazando las manos detrás de su cabeza.

Su ceño fruncido enciende mis alarmas.

—¿Falta algún documento? —Mantengo la calma.

El doctor se lame los labios y fija su mirada en el techo antes de volver a mí.

—Aquí en su certificado médico dice: «Sana», pero revisando su historial médico en la web, veo que estuvo internada en el hospital Saint Adofaer.

Mierda, quiere decir: «¿Estuvo en un sanatorio?».

Las imágenes de los papeles cayendo al suelo vienen a mi mente.

—Así es, pero fui dada de alta por mejoría.

—¿Y por qué no anexó algún documento en sus antecedentes personales o por qué no lo comentó en la entrevista?

—No pensé que fuera importante.

Ríe como si yo hubiese dicho la cosa más absurda del mundo.

—Aquí dice que se trata del Hospital de Salud Mental Forense Saint Adofaer. Un sitio de alta seguridad. Es decir, no estamos hablando de una crisis pasajera. ¿Tuvo problemas legales? —Hace una mueca apretando sus dientes amarillos.

—Sí, pero es un caso que se cerró a mi favor. —Su mirada me come viva—. Mire, le traeré mi hoja, es más… —tomo un pedazo de papel; mis dedos me juegan mal, vibran al toque de la pluma con la hoja—, aquí está el número de mi psiquiatra, puede hablar con él.

—De acuerdo, señorita Morgan, yo me comunicaré con él. Pero antes, me gustaría que pase a una evaluación con la psicóloga de la escuela.

Mis pulmones se cierran.

—¿Qué? —Me echo para atrás—. Quiero decir, ¿por qué? Estoy bien, no he tenido problema alguno desde que entré aquí, ni en conducta ni en mis notas, puede… puede preguntarles a los doctores.

—Es por seguridad —responde con frialdad.

«¿Seguridad?».

—¿Cree que soy un peligro?

—Acate indicaciones, señorita.

Su tono no necesita aumentar para ejercer poder.

Mi sangre hierve y mi garganta sufre las consecuencias.

Tengo ganas de patear algo, la pared, una silla, destrozar un vidrio.

Sin hacer contacto visual salgo de ahí, mis pies son una aleación de ira y plomo.

¿Evaluación psicológica? ¿Abrir un expediente nuevo, hablar de mis antecedentes, repetir una historia? No.

¿Debo decirle al doctor Cadwell? No.

Me dio un voto de confianza para sacarme de ese encierro y parece que solo estoy buscando situaciones para hacer que se arrepienta de haberme ayudado.

Me dejo caer en una banca y me cubro la cara.

«Pralina, Pralina. Maldita sea. ¿Por qué?».

Respiro hondo, tengo que calmarme o la cabeza me explotará.

Cierro los ojos, cuento hasta diez o hasta lo que sea necesario para no terminar gritando en medio de la facultad.

—Y esa cara tan bella, ¿por qué está enojada? —La voz de Almond me saca del trance.

Sorbe su taza extragrande de café. Él tan relajado y yo siendo un tornado.

—¿Enojada? Yo no estoy enojada.

—Oye, tranquila —dice mientras se sienta a mi lado—, pero si vienes echando chispas, te vi desde lo lejos, saliendo de la oficina de Hale. ¿Te portaste mal?

La bomba atómica explota dentro de mi cráneo.

—Pues sí, resulta que soy una terrorista que está construyendo una bomba para acabar con esta institución y por ello tengo que ir a una evaluación psicológica.

Mi voz se desborda en sarcasmo mientras me encojo de hombros.

—Es broma, ¿verdad? No te puedo creer eso, ya dime qué hiciste. —Me pone su café en las manos.

—No es broma, vaya y pregúntele. Al rector le encanta meterse en la vida ajena y buscar en Google los nombres de sus alumnos, por lo visto. —La frustración se cuela en mi voz.

—No te estoy entendiendo. ¿Qué dice Google de ti?

—Olvídelo.

Mis párpados se fruncen.

—Si me explicas, podré entenderte. —Se encorva un poco, perdiendo la formalidad con la que llegó.

Él ha sido sincero conmigo, me toca serlo.

—Estuve un tiempo en un hospital psiquiátrico. —Las palabras salen de mi boca pesando toneladas. Al ver la expresión de su rostro me apresuro a añadir—: No me mire así. ¿Por qué me miran así cuando pronuncio la palabra?

—Dannielle, no te estoy mirando de ninguna manera, cálmate.

Mi cerebro ya ha inventado el juicio en su mirada.

—Lo lamento.

Mi mente se llena de humo negro.

—Sea lo que sea, *alguien* debió de venir a hablar con él, no es casualidad.

—Hagamos algo: te tranquilizas, te vas a tus clases y yo hablaré con el viejito para ver qué averiguo de la situación.

—Gracias, Marck, perdón —corrijo—, doctor Almond.

—¡Eh! —Aplaude—. Un avance. Me gusta que me llames Marck solamente.

—Pero aquí no, estuvo mal.

Su sonrisa se amplía con algo que no sé si es picardía o desafío.

—Entonces después vamos a otro lugar donde no esté mal.

CAPÍTULO 38
MARCK ALMOND

Doctor, ¿cómo me alejaré de lo
que me hace daño?
No puedo salir de mí.

Toc, toc.

—¿Puedo pasar, doctor Hale? —Abro lentamente la puerta para no tirar mi taza de café que está hasta el tope e hirviendo.

—¡Adelante, Almond! —entona con voz ronca—. Estaba pensando en llamarte para acordar lo de la campaña para el puesto administrativo… ¿ya estás preparado? —Hale se echa hacia atrás y sube los pies en el escritorio soltando un jadeo de cansancio.

Nunca entiendo qué le cansa, considerando que ya no ejerce y siempre está en este cuarto, quejándose, durmiendo o viendo películas de antaño en la computadora.

—Más que listo. —Dejo una carpeta en su escritorio para que revise los documentos—. Por cierto, hace un rato vi a una estudiante salir de aquí refunfuñando. ¿Todo bien?

—La chiquilla pálida. —Se carcajea—. Quiero pensar que sí. —Hace una pausa para toser sin cubrirse la boca—. Esa chica… Morgan —pronuncia con desagrado.

—¿Qué pasa con ella?

—¿Conoces el hospital Saint Adofaer?

Niego con la cabeza.

—Tampoco yo… hasta hace unas horas. Revísalo en internet, es un sitio sacado de una película de terror. Es un hospital psiquiátrico de alta seguridad, dicen que todo paciente ingresado allí sobrepasa la razón. —Busca una imagen del hospital en la web para mostrármela—. Es este, hay testimonios donde aseguran que los pacientes de ahí hasta levitan y mira aquí… —Señala la pantalla—. Enfermeros y médicos se han suicidado durante sus guardias… ¡Cosa tenebrosa!

—No tenía idea de que creía en cuentos paranormales.

—No es así, pero tampoco ignoro lo que la gente repite con tanto énfasis. Algo debe de haber.

—De acuerdo. ¿Y qué tiene que ver eso con la alumna Morgan? —Intento no sonar muy interesado en el tema, aunque mi mente está corriendo a mil por hora.

—¡Ah! Pues esa señorita —puntualiza— estuvo internada ahí. ¡Lo que nos faltaba! Ahora tendremos que considerar reevaluar los procesos de admisión con más rigor psicológico para evitar que vengan con sorpresitas.

—¿Internada? ¿Está seguro? —pregunto más para mí mismo que para Hale.

Leo los titulares sobre el hospital en la pantalla, deslizando uno por uno.

«El infierno está vacío, los demonios se encuentran en el Saint Adofaer».

«Paciente asesina a psiquiatra intentando escapar».

«Testimonios de gritos en los ductos de ventilación».

—Totalmente seguro —afirma con una convicción que me inquieta—. Ahí, en la pestaña izquierda, puedes leer; su nombre está en la lista de pacientes.

No quiero leer.

—Tal vez su madre fue paciente y ella estaba ahí ingresada, como en las cárceles, ya ve que en algunas les permiten tener a sus hijos pequeños con ellas. —Trato de encontrar una explicación que suene menos alarmante.

—No. Ella aceptó que estuvo ahí y que fue dada de alta por mejoría. Como sea, por si las moscas, yo ya la mandé con la loquera de la facultad, no sea que tengamos suelta a una maniaca, y uno sin saber.

—Pero la dieron de alta.

—Sí, por *mejoría* —replica con sarcasmo—, a los locos les encanta decir que están mejor. Por cierto, aquí está esto que me dejó la niña esa. —Me extiende un papel—. Es el número de su doctor.

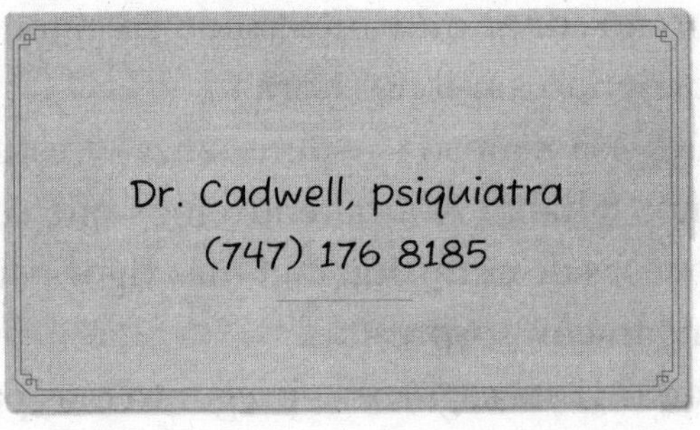

Lo conozco. Estuvo un año en el Vincent Warren.

—No tengo la menor idea de quién sea, pero está en la clínica Elenwë. ¿Le puedes llamar, Almond? Pregúntale a ver qué te dice, tengo unas cosas que hacer ahora.

«Dormir, por ejemplo».

—Yo lo llamo. —Me guardo el papel.

Hale se incorpora y me da unas palmadas en el hombro.

—Te confío la tarea. Realmente no me preocupa lo que haya hecho, sino lo que pueda hacer.

—Claro…

—¿Ya haciendo méritos para el puesto directivo, doc? —se burla.

—Algo así.

No me gusta el humor ácido del viejo. Lo bueno es que le queda poco para retirarse.

Llego a mi cubículo y tomo el teléfono. Me pongo nervioso, mi aliento se detiene. ¿Por qué habrá sido paciente? La veo tan bien, es inteligente, disciplinada, educada…

No.

Pienso en la cita en el café, el llanto con aquel bocado.

«Parece que estuve encerrada la mitad de mi vida».

El restaurante. La comida. Las lágrimas sin explicación.

«No sé cómo hablar de mí».

En cuanto escucho el tono se apoderan de mí los nervios, realmente no quiero llamar, pero es mejor que investigue yo a que lo haga Hale u otro profesor.

La primera llamada no tiene éxito.

Vuelvo a intentar.

Mi mente vaga hacia la noche que fue a mi casa: desperté antes de que amaneciera, juré ver a una mujer sentada a su lado con una mirada desafiante apuntándome, midiéndome. Parpadeé y ya no estaba. Pero el aire frío era pesado, como la noche en que la conocí, como el aire soplando en el columpio.

Hago un tercer intento con la llamada.

—Buenos días, atiende el doctor Cadwell. ¿En qué puedo ayudarle? —Una voz familiar sale del teléfono.

—Buenos días, ¿Anthony Cadwell?

—Él habla, dígame.

—¡Anthony! —Me alegra—. Eres tú. ¡Viejo, cuánto tiempo!

—¿Perdón? ¿Esto es una extorsión? Que quede claro que no tengo ningún familiar en los Estados Unidos —dice con seriedad. Siempre tan ceñudo el hombre.

—No. ¡Soy Marck Almond! ¿Recuerdas? Del Vincent.

—¿Marck? ¡Qué sorpresa! ¿A qué se debe esta maravilla de hablarme? ¿Qué puedo hacer por ti?

—Algo difícil, serio, verás… —Cambio mi tono de voz—. Estoy trabajando en la Facultad de Medicina de Ithil en Hamlëin, doy clases de Cardiología y soy… —¿Miento?— Soy asesor de segundo año… y tengo… una alumna, paciente tuya… eh… —comienzo a balbucear, no sé cómo ordenar mis palabras.

—¿Está dando problemas?

—No, no, al contrario, solo es para saber qué tan apta es ella para estudiar aquí.

—Si no está dando problemas, ¿por qué quieres saberlo? —Su pregunta directa me hace titubear.

Buen punto.

—No soy yo, es el consejo quien quiere saberlo, al parecer hay un problema debido a rumores de su estancia en el hospital Adofaer, se trata de…

—Sé de quién hablas —interrumpe con brusquedad—. Danielle Blackwood es muy apta, muy muy apta —remarca con un tono hosco, como si la defendiera.

—De eso no tengo duda, sino que…

—Yo mismo la di de alta, Almond —corta con firmeza—, ¿crees que la hubiera dejado ir si fuera un peligro? Eso temen, ¿no? Quédense tranquilos y, si algo pasa, demándenme todos, yo me hago cargo.

—Amigo, cálmate, no quiero ofender tu práctica y, repito, no es cosa mía, es del consejo. Apóyame, perdón… apoya a tu paciente. ¿Existe la posibilidad de que hablemos de su caso en persona y me expidas un documento? Es para calmar las aguas y que puedan dejarla en paz. ¿Qué dices?

—¿Pues en qué clase de escuela discriminatoria, fóbica e imbécil estás trabajando? ¿La quieren privar del derecho a estudiar por un problema de salud de hace años? ¿Qué? ¿Todos ahí están mentalmente saludables? Hazme el maldito favor.

—Yo no pienso nada malo de ella, en absoluto. Escúchame, solo te pido esto y no por mí, por ella. ¿Podrías hablarme de su caso?

Se hace el silencio.

—¿Hola?

¿Me colgó?

—Sí, ven a verme a la clínica Elenwë, toma el tren directo, llega antes de las cinco o no te atiendo. —Cuelga.

Me quedo mirando el teléfono, absorto por la situación y su tono colérico.

Me intriga la fiereza con la que pareció defenderla. ¿Por qué reaccionar tan intenso?

CAPÍTULO 39

MARCK ALMOND

Solo un cirujano
pudo haber desarmado el corazón
con tanta precisión.

Música clásica flota en el aire del consultorio.

—Pasa. Creí que no llegarías, pero volaste, sí que te urge. —No oculta su ironía.

Pensé que nos abrazaríamos como viejos compañeros, de esos que se preguntan si ya terminaron la especialidad, pero este no es un reencuentro amistoso, me lo deja en claro.

—Sí, también me da gusto verte.

Él me mira con desaprobación, no me ofrece sentarme.

—Viejo, quita esa cara, me incomoda —comento con voz apacible—. Quiero ayudar a Danny tanto como tú.

—¿Dijiste «Danny»? —Sus cejas se sobresaltan—. Vaya, qué propio.

Entrelaza sus manos sobre el escritorio, me observa.

Que no acabe con mi maldita paciencia.

—Es cariño, solamente.

—Cariño —repite con los ojos bien fijos, como si quisiera leerme la mente—, en fin, doctor Almond, ¿tu ojo clínico no es bueno para ver la estabilidad de un paciente y poder darle un veredicto a tu discriminativo consejo?

Sus palabras son ácidas.

—¿Acaso son una mesa redonda de incompetentes?

No se detiene, no me deja abrir la boca.

—Dime, ¿cómo obtuvieron su puesto, eh?

Me lleno de oxígeno, me contengo las ganas de responderle con la misma agresividad.

—Vamos, ninguno es psiquiatra.

—Es una pena —interviene—, un cardiólogo que no sabe nada del corazón. Qué trágico... esperaba más de ti, Almond —reprocha clavando sus palabras como cuchillos.

—Basta de hacerme sentir inútil. ¿Vas a ayudarnos o no? —Enderezo mi espalda intentando proyectar autoridad.

—No tendría por qué decir nada. ¿Sabes lo que es confidencialidad médica?

—No vengo aquí a pedirte un chisme, Cadwell, vengo a que me hables de un caso, de médico a médico, eso no es falta de ética, y la estancia de tu paciente en la universidad puede estar en juego.

No miento. Es cierto.

—Solo dime, ¿está bien? —pregunto.

—Está mejor.

—¿Mejor que qué?

—Mejor que antes.

Esa *no respuesta* es la que me hace ruido.

—¿Qué tan grave fue?

En su escritorio tiene algunos juguetitos para el estrés; son unas bolas metálicas que se pegan entre sí, toma una y la deja caer sobre las demás.

—Anthony, el rector puede hacer que expulsen a Dannielle si la cree inestable, ayúdame.

Restriega su rostro. Escucho su suspiro, lo suficientemente largo para dar a entender que se ha rendido.

—Es complicado. Pero si quieres entender, voy a tener que llevarte muy atrás.

—Escucho.

—Hice la mitad de mi residencia en el hospital Saint Adofaer. Siendo honesto, los casos allí son graves: asesinos, violadores, feminicidas, secuestradores. Pacientes que, si bien parecen actuar con plena conciencia, están amparados por un diagnóstico. —Hace una pausa, aprieta los labios, sus ojos se centran en aquellas esferas que se golpean—. Dannielle llegó ahí cuando era adolescente.

Cada palabra suya me retuerce el estómago.

—¿Ella estaba en ese pabellón?

Me responde con su mirada.

—¿Por qué llegó ahí?

—Porque mató a alguien para sobrevivir.

Mi cerebro quiere rechazar lo que escucha.

—¿A quién?

—A la persona que la secuestró.

¿Cómo es posible eso? No quiero creerlo. La dulzura con la que sonríe, con la que mueve la cabeza al escuchar una canción, la admiración con la que observa su entorno…

—Ella salió de una red de trata de menores. —Frunce los párpados como si no quisiera recordar—. Cuando llegó, todos querían tomar su caso porque era un buen tema para tesis, pero al ser menor de edad quedó a cargo el doctor Josafat, el director.

—Escuché de él, se suicidó.

—Lo hizo dos meses después de tratarla.

Mis manos se entumen.

—¿Y luego?

—Quedó a cargo de la doctora Ivonne. —Otra pausa—. Se

colgó en el baño del hospital después de un mes. Así que comenzaron los rumores.

—La culpaban.

—Sí, pero era imposible, siempre estaba con las manos atadas. El problema era lo que les decía. Las enfermeras entraban con orejeras para no escucharla —continúa Anthony—. Cuando intentaban dejarla con las extremidades libres, hacía todo por matarse, se golpeaba, buscaba algún objeto que enterrarse o se apretaba el cuello. Así, el nuevo director del hospital dio la orden de mantenerla bajo sedantes mientras investigaban alguna terapia que pudiera ayudarla.

Cinco segundos de silencio.

—¿Cuánto tiempo pasó así?

—Dieciocho meses. Dieciocho meses sin ver el sol, sin hablar, solo existiendo entre los límites de un cuerpo que no tenía permiso de moverse. Era una niña, Marck. ¿Dieciocho meses adormilada? ¿Y antes de eso? ¿Diez años encerrada? ¿Cómo podíamos tener el valor de dejarla así? Por eso supliqué que me dejaran su caso. Me puse a estudiar de todo por todos lados; quería ayudarla.

El mareo es insoportable.

Anthony me tiende un vaso de agua.

—Bebe.

Lo hago, el agua es áspera, siento que bebo fuego líquido.

—Debió de tener mucho odio dentro de sí.

—Ojalá solo hubiera sido odio. Había más cosas.

—¿Y bajo qué diagnóstico estuvo ahí?

—Primero con esquizofrenia desorganizada, trastorno de conversión, estrés postraumático… Una lista larga.

—¿Y pasó ahí cuántos años?

—Cuatro.

—Qué difícil.

—Más que eso, pero porque pensaba de forma racional. Probamos cambiar medicamentos, terapia electroconvulsiva, pero solo eran gritos, gritos. Todos me pedían dejar el caso, incluso en una sesión plantearon la eutanasia. Cuando escuché eso, medité un momento y pensé: «¿Qué le faltó a Dannielle todos estos años?». ¿Tú qué crees?

—No lo sé.

—Amor.

La vida, la cordura abandonan mi cuerpo.

Mi estómago se retuerce, cada respiración me duele más que la anterior. Sabía que ocultaba algo, sin embargo, pensé en otros escenarios: que había vivido en una casa hogar, que sus padres habían muerto en un accidente, pero esto, esto…

Sé que existe la maldad, el tráfico humano, pero lo veía tan lejos de mí, en documentales, películas, series, en el periódico o notas de internet, mas nunca esperé tener frente a mí a alguien que lo hubiera vivido en carne propia.

Los dedos me tiemblan, la camisa se me empapa de sudor.

—No me permitía acercarme, así que detrás de los cristales comencé a mostrarle fotografías del mundo, paisajes. También le hacía obras de teatro.

—¿De verdad?

—Con títeres de calcetines.

—No puedo imaginarte haciendo eso.

—Yo tampoco. —Se encoge de hombros—. Pero fue la primera vez que vi algo parecido a una sonrisa en su cara.

»Un día le mostré los pinceles, la pintura, y embarré el cristal. Con mucha paciencia, me dejó dar pasos hacia ella.

Sus ojos se llenan de lágrimas.

—Lo lamento —dice en cuanto una lágrima brinca.

—No lo lamentes.

Y, entonces, entiendo. No era una paciente más, fue su batalla. Algo más que medicina.

—Hay una cosa que no entiendo. Si a ese hospital llegan criminales, ¿por qué la mandaron ahí? Si ella mató a alguien para sobrevivir, fue en defensa propia. ¿Eso no la hace inocente?

Parezco imbécil.

—Apuñaló a su captora, *Madame* Bistró, con un bisturí cuatrocientas cuarenta y tres veces, le quitó la mandíbula, le abrió el tórax, desconocemos cómo, y escapó. La forma, la precisión, la saña... no encajaba en ningún relato de víctima. No la vieron como una menor rescatándose. La vieron como un riesgo.

Y yo hablándole de divorcios y flores, como si su dolor pudiera compararse con el mío.

—¿Y con qué diagnóstico la diste de alta?

—TID. Trastorno de identidad disociativo. Era esperable, su mente se fragmentó para protegerla. Seis identidades. Logramos controlar cinco, pero esa única que aún se manifiesta es la más noble, Valyria, ella solo la protege de...

Me llevo las manos a la cabeza, la sangre que circula por mis sienes golpea con fuerza.

—¡Espera! ¿Qué dijiste? ¿Valyria? No, no. —Una gota fría de sudor cae de mi cabeza—. Valyria es su amiga. —El pecho se me agita. Hago hacia atrás el asiento, dejo caer mi peso en el respaldo después de haberme mantenido casi una hora erguido.

—Valyria es una identidad.

—No, aguarda, viejo, yo vi una fotografía de ella, Danny le tomó fotos para un concurso.

—Temo que no es real.

Todos los vellos de mi cuerpo se erizan.

Recuerdo la silueta que vi en mi casa, la que vi entre sueños, la de una chica con el cabello rojo.

—Dime algo... A ver, Valyria es pelirroja. —Trato de articular las palabras—. ¿Blanca? ¿Ojos verdes? ¿Pecas? Muchas, muchas pecas por la cara y los hombros.

Anthony asiente con una sonrisa, como si habláramos de lo más natural del mundo.

—¡No juegues conmigo! ¿Qué es gracioso? —Doy una palmada en el escritorio. Me estoy desesperando, todo me da vueltas, estoy seguro de que la vi.

—La viste. —Su mirada retadora vuelve—. Así que has salido con Dannielle.

—Joder, hermano, esto es serio.

—¿Qué haces saliendo con ella?

—Mierda, ¿podemos proseguir con el tema principal? Esa joven, Valyria, yo la he visto dos veces.

—Entonces, ya lo sabes, ya la has visto. ¿Quieres agendar una cita conmigo? —Saca una pequeña libreta y quita la tapa de su pluma.

—¡Déjate de estupideces!

—Es una broma, relájate, también lo sé.

—¡¿Relajarme?! ¡Me acabas de decir que la amiga de Dannielle es una identidad! —Niego con la cabeza—. Yo vi a esa chica y una persona con TID no puede lograr que las identidades salgan de su cuerpo, eso no es un trastorno.

—Te doy la razón. —Me apunta con su lápiz, como si disfrutara mi desconcierto.

—Ella no tiene TID.

—Es correcto, ella no tiene eso.

Qué ganas de soltarle un golpe en la cara, no estoy entendiendo nada.

—¿Me estás diciendo que tiene un trastorno para después decirme que no?

—Almond, respira, estás en lo cierto. Dannielle no tiene TID.

—¿Y por qué dijiste que sí?

—¿Y cómo más la iba a dar de alta? ¿Qué iba a poner en su expediente? ¿Que la siguen seis entidades que solo Dios sabe de dónde provienen?

—¿Mentiste en su diagnóstico?

—¿Y quién iba a creerme si decía la verdad? De decirlo, me internan también. Preferí colocar un diagnóstico funcional, algo ante lo que el comité dijera: «Esto se puede manejar».

—Entonces, ¿qué es?

—No hay nombre para lo que ella tiene. Pero te lo diré en términos más simples: no es un peligro.

—Valyria y los demás son como ¿almas?, ¿fantasmas? Eso no existe.

—Existe más de lo que los libros nos dicen. Pero comprendo, estuve en tu lugar, preguntándome: «¿Qué es real? ¿Qué es mentira? ¿Qué es enfermedad? ¿A dónde vamos cuando morimos?». No tengo las respuestas, pero sé que lo que hemos visto todo este tiempo en los libros y artículos es limitado. Nadie nos va a contar toda la verdad del universo en seiscientas hojas. También fui como tú, escéptico, creyendo solo lo que nos enseñan en la escuela, pero existen cosas que superan toda razón y lógica. Valyria es una de ellas. Tú me estás diciendo que la viste, ¿no es así? Si no me crees, alucinaste, ¿eso es más razonable?

—¿Y las otras identidades?

—Negocié con ellas. No están. No la hubiera dado de alta si en ella habitaran todas. Te doy mi palabra, te firmo un documento donde avalo que no dará ningún problema; ella se controla a sí misma, saca a Valyria cuando lo decide.

Me quedo con dudas, intento escrutar sus expresiones.

—Pero… ¿pueden volver?

—Tendría que pasar un suceso catastrófico en su vida, un detonante inmenso y nuclear. Tranquilo. Mientras ella esté bien, las identidades no entran. —Me da un documento recién impreso—. Listo, aquí está lo que tanto querías.

El documento no me deja tranquilo, nunca debí saber esto.

No sé cómo voy a verla ahora. No sé qué le voy a decir.

—Lleva mi nombre, cédula, firma, sello de la clínica. Demándame si sucede algo, doy la cara. —Anthony se guarda la pluma en el bolsillo.

Tomo la hoja.

—Te creo. Lo creí antes de venir a verte, esto fue solo protocolo. La conozco.

—La conoces. —Su semblante cambia, y pone las manos juntas sobre el escritorio—. ¿Hablan mucho? ¿No eres solo un asesor? ¿Qué quieres? ¿Cuánto tiempo pasas con ella?

—Sí, soy asesor —miento—. Pero la conocí antes de saber que sería alumna. Descuida, no soy como tú crees.

—Aléjate, Almond, mantente lejos —me amenaza.

—No le haré daño.

—Tienes otras intenciones, se te nota, es más, lo huelo —escupe con desprecio.

—¿Y si es así? No es superficial lo que siento.

Pone los ojos en blanco con desdén.

—¡Qué poco ético, señor! Toma tu maldita distancia, conozco a los cirujanos como tú.

La acusación me golpea como un puñetazo en la cara.

—¡Ah! ¿Qué? ¿Porque un cirujano sea un mujeriego lascivo todos seremos así? Podría también sacar lo que sé de los psiquiatras, y no tienen buena fama.

—Ya te lo advertí. —Su dedo juzgador me señala.

—¿Por qué? ¿Acaso no tiene derecho a hacer una vida? Creo que ella más que nadie lo tiene.

—Sí, pero no contigo.

«No contigo».

Esa frase retumba en mi cabeza. Anthony no solo está tratando de protegerla. La respuesta es obvia: siente algo por su paciente.

—¿Son celos, Cadwell? Hablas como si sintieras celos. Tú —me burlo—, tú no solo la ves como paciente. ¿Me equivoco? ¿En serio me hablas de ética a mí? Mi estimado, esto no es muy correcto de tu parte.

Su mirada vulnerable confirma mis sospechas.

Él también está atrapado.

—Creo que sería todo, ¿no? ¿Algo más que te falte?

Patético.

—No, gracias. Quédate tranquilo por lo que me has contado, sabré ayudarla.

—Saca cita con mi asistente allá afuera, la necesitas urgentemente. —Es mordaz y cruel, no me mira—. Y… ¿Almond? Sé discreto.

Salgo de la clínica sintiéndome de plomo.

¿Qué se supone que haré ahora?

CAPÍTULO 40

DANNIELLE MORGAN BLACKWOOD

A veces, todo lo que necesitas es un olor,
una palabra, una mirada… para regresar,
y estás de vuelta en el peor día de tu vida.

La psicóloga me pide dibujar una niña debajo de la lluvia, un árbol, una casa, a mí misma. ¿Con esto va a evaluarme? ¿Estoy perdiendo dos clases por esto?

Me siento harta, cansada. Son sesiones tontas e inútiles. Espero a que Simon venga por mí. Elrond insiste en que debo aprender a manejar ya, pero la primera y última vez que intenté tomar la camioneta de Perry, la choqué, ahora el pobre anda en motocicleta. No sé qué me pasa cuando me pongo al volante, tiemblo, mis pies no se coordinan, se me olvida con cuál acelero, con cuál freno, se me nubla la vista y también olvido los colores del semáforo.

Manejar es un talento con el cual evidentemente no nací.

Escucho un claxon y levanto la vista, creyendo que ya llegó.

Reconozco el auto.

Una mujer corre por la hierba, los abrojos se le ensartan en los pies. Su vestido se desgarra, un hombre la toma por el cuello, la muerde.

Jassel baja el vidrio y me saluda.

Me doy la vuelta, intento ignorarlo, pero el motor ronronea hasta estacionarse frente a mí.

—Dannielle, tiempo sin verte.

No respondo, solo camino, y su mano rodea mi muñeca.

—Oye, te estoy hablando. ¿Te vas a hacer la difícil ahora?

La bilis sube por mi garganta.

—¿Qué quieres?

—Hablar de esa noche.

—No hay nada que decir. —Intento retirarme y me toma de la otra muñeca, acercándome a él hasta que su aliento golpea mi nariz.

«Suéltame, ¡por favor!».

Sus dedos sujetan mi cuello, el aire no entra.

—No quise lastimarte.

—Me estás lastimando ahora. ¡Suéltame! —Tuerzo la muñeca, me zafo de su mano.

—Estábamos ebrios.

Mis piernas tiemblan de rabia. Le doy la vuelta con pasos firmes, mi cuerpo pide huir.

—Dannielle, espera. —Me detiene por los hombros, me acorrala contra una pared. No puedo avanzar.

—Jassel, no quiero tener problemas con Pralina, por favor. Olvida lo que pasó ese día, yo lo haré.

Nunca lo haré.

Volteo de izquierda a derecha. Nadie. No hay nadie.

—¿Segura que quieres olvidarlo? Porque yo no.

—Qué asco me das…

—Sabes bien que lo deseábamos.

«Mátalo».

—¡Mentira!

Su sonrisa se estira como si disfrutara verme así.

—¿Por qué te arrepientes ahora? ¿Y lo que me decías esa noche?

Un golpe seco corta el aire; su cabeza se sacude hacia un lado. Jassel cae de bruces, con medio cuerpo contra el cofre del auto. Un hilo fino de sangre resbala desde la comisura de su labio hasta su cuello.

Simon aprieta los puños.

—No va a reconocerte ni tu madre, imbécil —gruñe. Está por darle otro golpe y detengo su mano.

—¡No, Simon! —Le atrapo la muñeca.

«Débil».

—Me dieron órdenes claras. Cualquier amenaza… —Él me observa. La vena de su sien late—. Este no es un hombre, señorita —masculla.

—Pues yo te doy otra orden, y es que no lo hagas.

Le imploro. No quiero más problemas.

Simon le arrebata las llaves de su camioneta a Jassel y las lanza.

—Que camine, que sangre y que piense el idiota.

Jassel se gira, trastabillando, cubriéndose la boca y dejando marcas de sangre en el pavimento.

—Suba, señorita —dice sin rodeos—. Ya no tiene nada que hacer aquí.

—Simon…

—Suba, por favor.

Un portazo. Sus manos sujetan el volante con tanta fuerza que sus nudillos empalidecen por la presión.

—¿Estás enojado?

No responde.

—Simon…

—No —responde al fin, sin apartar la vista del camino—. No estoy enojado.

—¿Qué pasa?

—Pasa que debimos darle un tiro a esa basura… o dos.

Me estremezco.

—Estábamos cerca de la universidad, alguien podía pasar y ya tengo muchos problemas, posiblemente el golpe que le diste me cause otro.

—Muerto no causaría problemas.

—Simon, por favor…

—He faltado a mis reglas, doctora, ese hombre ya no debería estar respirando.

Toma una curva rápida y el movimiento me balancea ligeramente en mi asiento.

—Lo lamento —digo.

Sus cejas se fruncen un poco, y dirige su mirada a mí.

—¿Por qué se disculpa?

—Porque siento que te has molestado, no es mi intención causar problemas tan pronto, perdón.

—Doctora, ¿sabe qué me molesta? Que piense que tiene que disculparse conmigo por lo que hacen otros. Elrond me dio la orden de protegerla y de obedecerla, así que en estas situaciones me pone entre la espada y la pared. Si lo vuelvo a ver cerca, la desobedeceré por primera y única vez.

—Está bien.

—Solo dígame, ¿ese tipo le hizo algo más?

La culpa, la culpa. Fui cómplice de mi desgracia, y eso acapara mi alma.

—No.

Apaga el motor, estamos frente a la casa. Su expresión determinada se vuelve hacia mí.

—No está sola, doc. Nunca más, nos tiene a nosotros, dígame «dispara» y doy la vida.

CAPÍTULO 41

DANNIELLE MORGAN BLACKWOOD

No me llamen valiente.
La valentía implica elección, y yo nunca tuve una.

Años atrás

El consultorio del doctor Paul me marea, huele mucho a desinfectante. Estoy sentada en la camilla, vestida solo con una bata blanca que me llega hasta las rodillas.

Antes nos revisaba cada tres meses, pero, desde que comenzaron a morir más niñas, lo hace cada dos, por órdenes de *Madame,* que odia perder mercancía.

Paul no es como los otros, no grita, no me toca, no sonríe mucho, y su mirada no me duele.

Una lámpara apunta a mis ojos y parpadeo, anota algo en su libreta y después revisa mis oídos.

Un libro en su escritorio llama mi atención, su cubierta es roja y está desgastada: *Atlas de anatomía humana*.

—¿Te gusta? —pregunta él.

Asiento con lentitud.

—¿Quieres aprender?

—Sí.

Me baja de la camilla y me dice que vaya hacia el escritorio, en donde abre el libro y explica:

—Esto es el sistema circulatorio. —Señala una figura que parece una red roja dentro de un cuerpo transparente—. Mira cómo viaja la sangre. Desde aquí —toca el corazón— hasta los dedos.

Con su mano toma mi índice y lo lleva a su cuello.

—¿Sientes? —me pregunta. Un tambor está debajo de mi dedo.

—Sí, es un latido.

—Se llama carótida, es una arteria muy importante. Si la cortamos, la sangre sale con fuerza, por lo tanto es peligrosa, pero también… hermosa. El cuerpo humano tiene puntos clave, este es uno.

Vuelve a tomar mi mano, pero esta vez para que toque mi propio cuello.

—Tú también tienes una ahí. Siente.

Él pasa otra página del libro. Una imagen del cerebro aparece, de él salen raíces blancas.

—Aquí se guardan los pensamientos, las palabras y los recuerdos. Todo lo que ves, lo que escuchas, lo que tocas pasa por aquí.

—¿Y los recuerdos se pueden sacar?

—A veces.

CAPÍTULO 42

DANNIELLE MORGAN BLACKWOOD

Quisiera que la gente se despidiera
y no solo me dejara el trabajo de asumir
un adiós.

—Dannielle, buenos días, querida. —Lauren detiene la puerta del elevador con el brazo para entrar.

—Se te hacía tarde, ¿eh?

—El reloj y yo nunca hemos sido buenos amigos. —Ríe—. ¿Ya leíste el libro que te presté?

—En eso estoy, aquí lo traigo. —Le muestro la mochila—. Me está gustando mucho.

—Prepárate para el final. No vas a perdonar al autor.

Suena el timbre, nos detenemos en el piso de ginecología.

Maniobras de Leopold, cuatro acciones que nos ayudan a evaluar la posición y la presentación del feto. Aquella mujer deja su vientre abultado al descubierto. Su piel blanca está marcada por estrías rojizas que se extienden como las raíces de un árbol. Pongo las manos en ella, y la vida late: dos corazones en un cuerpo.

Nunca lo experimentaré. Nunca sentiré algo moviéndose dentro de mí, estirando mi piel desde el otro lado, anunciando su existencia con un latido compartido. Porque soy muerte, y la muerte no produce vida.

Coloco un Doppler y la madre sonríe al escucharlo.

—¿Está bien? —inquiere con la voz cargada de esperanza.

Su universo depende de mi respuesta.

—Sí.

La mujer vuelve la mirada a su madre, quien la acompaña.

Miro su expediente, las imágenes del último ultrasonido. Anoto un resumen para entregar en mi práctica.

«Mi sueño es formar una familia».

Mi cuerpo es un terreno estéril. Me importa más de lo quiero admitir; aunque me repita que es lo mejor, la verdad es que me quitaron algo sin preguntarme, me despojaron de algo que nunca sabré si quería.

Me pierdo. No sé ni qué escribí. Me limpio el lagrimal con la manga de mi bata.

—¿Te encuentras bien? —pregunta Lauren apenas salimos de la habitación.

«No».

—Estoy bien. —Extiendo una sonrisa.

Antes de abandonar el piso, olfateo el olor a la vida, a la inocencia. Escucho unos llantos al fondo y otros en mi interior.

—¿Quieres ir a mi casa a terminar la práctica? —Tintinea sus llaves—. Traigo auto.

Tres de la mañana. ¿Qué hemos hecho? Nada.

Lauren tiene una infinidad de temas por hablar, un océano nada por su cabeza: espacio, infinito, vidas pasadas, vida después de la muerte, fantasmas, aliens, hadas, sirenas; de cualquier cosa tiene algo que decir; lee mucho, como si su vida dependiera de ello: ficción, romance, terror. Un estuche de monerías.

Trato de perderme en la galaxia de sus pláticas, aunque cada tanto vuelvo a la pantalla de mi celular, esperando una respuesta, pero nada.

Lleva tres semanas sin contestar, ni siquiera me lo encuentro en la facultad, es como si se lo hubiera tragado la tierra.

—¿Tomas café? —Lauren prepara la cafetera.

—Me encanta, en casa le pongo lavanda, es como una forma de contrarrestar el efecto ansioso.

—¿Receta de la abuela?

—Muy ancestral, sí.

Me acerco a su librero, tiene como doscientos libros. Saco uno y otro, me doy cuenta que están subrayados, llenos de pegatinas y notitas en algunas páginas.

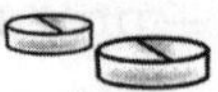

Abro un ejemplar pequeño y desgastado de *El principito*, leo una frase que tiene resaltada: «Al primer amor se le quiere más, al resto se le quiere mejor».

—No tenía idea de que eso seguía existiendo en mi casa —comenta Lauren—. Mi primer novio me lo regaló en secundaria.

—Marcaste la frase entre corazones.

—Era una adolescente enamorada.

—¿Y después quisiste a los demás mejor?

—Pues al menos ya utilizo cabeza y corazón, supongo que sí, mejor. —Sirve las tazas—. ¿Y tú?

—No he estado en esa situación.

Doy un sorbo al líquido caliente y amargo.

—Ajá, ¿y qué con el cardiólogo?

Me atraganto.

—¿Cuál?

—¿Cuál? Uno con el que platicas en los jardines del último edificio.

Mierda.

—Lauren, por Dios, ¿cómo sabes eso?

—También voy a esconderme por allá cuando me canso del mundo. Pero tranquila, no pasa nada, yo no juzgo. —Me da dos toques juguetones en la nariz.

—Es solo… nada —murmuro—, una tontería.

—Espera, ¿él es el que te mandó las peonías?

Mi rostro responde antes que yo.

—Sí.

—¿Él era el casado?

—Pensé que sí. —Me encojo de hombros.

—Pero no lo está, de eso estoy segura.

—Ya lo sé, pero es que Pralina… —se me escapa el nombre—. Alguien me dijo cosas de él y le creí.

—Pralina… ¿Tu amiga la rubia?

—Ya no sé si somos amigas… Es… es extraña.

—He visto cómo te mira y cómo mira al resto del mundo, como si le debiéramos algo, creo totalmente que es extraña.

—Quizá lleva muchas cargas sobre sí misma, un padre importante, todos esperando que ella brille más que él.

—No la justifiques, su padre no tiene nada que ver con que ella se comporte como basura. ¿Has visto cómo les habla a los profesores? ¿Sus delirios de superioridad? Ella decide ser así.

Resoplo sobre el vapor, dándole la razón.

—¿Entonces el doctor Almond y tú sí son algo? —curiosea con un gesto de travesura.

—Ni siquiera puedo entender qué pasa entre él y yo, pero, Lauren, por favor, no vayas a decir nada.

—Puedes confiar en mí.

«Confía en mí».

Siento un nudo formarse, latiente, queriendo deshacerse, quiero explotar, quiero escupir, saber qué me pasa, saber por qué ahora me siento un fantasma al que ese hombre no le contesta.

—Todo comenzó en una fiesta, con un juego de miradas. Me lo presentaron, bailamos; nos hemos escrito y salido, pero el próximo semestre será nuestro profesor, según mi planilla, y me da el presentimiento de que ese es el problema ahora.

—Terreno minado.

—¡Sí! Eso temo, ha dejado de contestarme los mensajes, no lo he visto, es como si me evitara.

—Pues qué imbécil.

—Justo eso pienso. Viene, se me mete al corazón y se va, no sé nada más. Y pienso y pienso si yo hice algo, dije algo, que quizás no me di cuenta y… —Suspiro. Todo se me aplasta por dentro.

—Mira, te voy a decir algo con todo el amor y toda la mala palabra que tengo: si ese tipo no es capaz de hablar contigo como un adulto, no merece ni un poco de espacio en tu cabeza.

—Pero…

—No es tu culpa. La gente normal habla, si él se hace el fantasma ahora, basta. Él se lo pierde y, si el próximo semestre te quedas en su clase, que te vea brillar desde su escritorio y se arrepienta todos los días.

—Vaya… Siento como si me hubieras cacheteado con palabras.

—Sí, a veces me falta un poco más de tacto, pero ¿sí me entendiste?

—Por supuesto, Lauren, gracias.

—Ven, vamos a ver una peli de adolescentes confundidos que resuelven su vida en una hora y media, ¿sí?

CAPÍTULO 43

MARCK ALMOND

El amor y la medicina tienen algo en común: si no eres cuidadoso, puedes hacer más daño que bien.

La cirugía fue un éxito. Una niña de seis años seguirá viviendo. El monitor presagia buenas noticias.

Mientras me lavo las manos y dejo que el agua fría limpie el talco de los guantes, no puedo evitar pensar en los niños como ella, que en alguna parte del mundo sufren cuando deberían estar en casa, resguardados, no teniendo que enfrentarse al lado más inhumano y cruel del hombre.

¿Cómo se cura el alma?

No me arranco las palabras de Cadwell, cada detalle está sembrado con nitidez en mi cabeza, como si lo hubiese visto presencialmente; una película que se repite en bucle. No puedo dormir, no puedo comer. No sé cómo manejar la información, no puedo verla a la cara, no puedo acercarme, me siento torpe, absurdo, temo que cualquier cosa que diga o haga pueda dañarla. Tengo miedo de mí, de no ser lo suficientemente delicado con ella.

Hablé con el doctor Hale, omití casi todo, solo le dije que Dannielle estuvo internada por un estrés postraumático mal manejado al presenciar un asesinato, perdió a su familia a temprana edad, el caso fue malinterpretado y estuvo en ese sitio hasta su resolución. Pareció quedar satisfecho con mi mentira.

Reviso mi teléfono y veo un par de mensajes de colegas. Hay uno de Dannielle.

Dannielle
Doctor, ¿ha estado muy ocupado? Tengo la impresión de que me ha estado evitando.

Me restriego la cara.

Cierro los ojos y la imagino de niña, encerrada, asustada. Imagino sus manos llenas de sangre y siento culpa.

Veo su nombre en la pantalla y lo que quiero decir es «No puedo contestar, me aterra no ser lo que mereces».

El sonido de unos pasos me saca de mis pensamientos, y entro en mi papel nuevamente, dirigiéndome a la computadora a dejar indicaciones.

—Excelente trabajo, doctor —dice el residente con admiración.

—Sí, gracias, se recuperará muy bien —agradezco, aunque mi voz suena distante, lejana.

El residente se va y yo me quedo frente a la computadora, mis palabras me dan una estocada.

«Se recuperará».

¿Y Dannielle está recuperada?

Me levanto del escritorio, deambulo por los pasillos, esperando que den las tres de la tarde para mi pase de visita, trato de sacudir la ansiedad que enmaraña mi cuerpo.

Doblo una esquina y veo a Leena hablando con el médico de Oncología. Su cabello rubio cae sobre sus hombros, el cabello de mis pesadillas. Su sonrisa se desvanece al verme, por un momento parece que va a decir algo, pero me alejo.

Saco una bebida energética de la máquina y la miro con desprecio, odio estas cosas, pero al diablo el potasio… al menos por hoy. Doy un trago profundo y estrujo la lata. Cambio mi semblante y sonrío al entrar al primer cuarto.

—¿Cómo está, señor Carlos?

CAPÍTULO 44

ANTHONY CADWELL

Ante ti, me convierto en paciente:
obsesivo, dependiente, incapaz de entenderme.

Cuelgo la bata en el perchero, sintiendo cómo el cansancio del día se desliza por mis hombros.

El silencio de la casa me da la bienvenida. Camino hacia la cocina. Al abrir la nevera encuentro el bacalao que mi madre me regaló por mi cumpleaños, lo saco y lo coloco en el sartén caliente.

Enciendo la contestadora, la voz de mi enfermera me recuerda los pacientes que tenemos agendados durante la tarde. Pero antes debo hacer una llamada, un tema me da vueltas por la cabeza.

—Grand Simon, soy Anthony.

—Doc, ¡qué sorpresa! ¿Todo bien?

—Todo en orden, solo llamaba para saber cómo va todo con Dannielle.

—Excelente, es una chica maravillosa, he estado en sus sesiones de tiro, va mejorando. También estamos tratando de que le pierda el miedo al volante, eso no es sencillo —responde, siempre práctico, directo al punto.

—Entiendo —murmuro, me pone muy feliz, pero lo que quiero saber es otra cosa—. ¿Y la ves diferente? ¿Quizás más cerca de alguien?

Mis músculos se tensan.

Simon guarda silencio unos segundos.

—Mire… hace unos días un chico intentó pasarse de listo con ella. No llegó a mayores porque intervine, he estado yendo por ella a la universidad.

—¿Ella te dijo algo?

—No me dio detalles, solo no quiere hablar del tema.

Cierro los ojos. El sartén cruje a lo lejos. El bacalao está hecho cenizas, y ni siquiera me muevo ante la humareda y el olor amargo.

—¿Cómo era?

—Veintitantos, cabello castaño, ojos cafés.

No es Almond. ¿Quién es ese bastardo?

—Investiga quién es, Simon.

—La señorita me dio órdenes de no hacerlo.

—Oh, vamos.

—Doc, todo el mundo me da una orden diferente. Ella me dice «No preguntes», usted me dice «Averigua todo», y yo aquí en medio.

Aprieto el puente de mi nariz. Simon no tiene la culpa.

—Solo… mantente alerta.

—Siempre lo hago

La llamada termina, y dejo caer el aparato sobre la mesa.

Quiero estar cerca, protegerla, pero ¿eso es lo mejor para ella o para mí?

CAPÍTULO 45

DANNIELLE MORGAN BLACKWOOD

No soy sobreviviente porque fui fuerte.
Soy sobreviviente porque nadie logró matarme
antes de que pudiera escapar.

El día fue largo. Mi cuerpo cobra factura. Mis párpados quieren cerrarse, así que solo tomaré leche y me iré a la cama.

Dejo las llaves en el recibidor, me quito los zapatos, pero el alivio de liberar mis pies dura poco.

Se escucha ruido en la cocina: pisadas, movimiento de platos.

Me detengo en seco.

Simon se quedó afuera cambiando una llanta, se supone que adentro no hay nadie.

Otro sonido.

Alguien entró.

Se me enfría la sangre.

Me pego a la pared y me deslizo lentamente. Mis latidos son como tambores en mis oídos mientras mis ojos recorren el departamento. Nada parece fuera de lugar, pero el instinto me grita que algo está mal.

Alguien revisa los cajones; escucho una respiración recia seguida de una tos.

No corro ni grito para no delatarme. Estiro mi mano por detrás de una alacena, tomo el arma. Su peso me da una falsa sensación de control.

Debo ser fuerte, debo hacerlo. Mi dedo está en el gatillo.

¿Y si grito? No, si grito, esa persona podría reaccionar y, si trae un arma, dispararme.

Xalimar. ¿Podría ser ella? ¿Mandó a buscarme?

Doy un paso adelante y luego otro.

—Levante las manos o disparo —amenazo con voz severa.

La figura de la penumbra se gira.

—*Douce fille!* No te hacía aquí tan pronto.

Bajo el arma confundida.

—¿Elrond? ¿Qué está haciendo? Estuve a punto de matarlo.

Me acerco a la barra.

—Hubiera sido una muerte digna. —Sus arrugas marcan su sonrisa. Trae en la cabeza un sombrero de panadero ladeado. Se sacude la harina que trae en el bigote.

—¿Qué hace?

Veo vainilla y canela: ¿es un pastel?

—Me has descubierto. —Me abraza fuertemente, casi me truena las vértebras, cierro los ojos, absorbo su olor a tronco—. Nunca se me dieron bien las sorpresas, pero… ¡Feliz cumpleaños, Dannielle!

Lo olvidé.

«Cumpleaños». Una palabra familiar y ajena. Una fecha que tengo tatuada en la nuca como el código que le ponen a los animales de granja. Un cumpleaños podía ser el motivo para que un hombre me comprara por una noche, para que un grupo de bastardos nos alquilara para bailar en una de sus fiestas o para elegir a alguna de nosotras como alimento para su banquete.

Elrond toma el pastel, cubierto de un betún blanco y con un

montón de chispas de colores en la superficie. Le inserta una vela con cuidado, como si fuese un ritual sagrado.

—No tenías que hacer esto… —La voz se me entrecorta.

La luz cálida de la vela alumbra su rostro cansado y satisfecho.

—Sí tenía, ahora eres de nuestra familia.

«Familia».

—No me gustan los cumpleaños.

—Ahora es diferente.

Sin previo aviso, comienza a cantar. Los demás hombres aparecen, unos bajan por las escaleras, otros salen de las habitaciones, todos estaban aquí.

Uno de ellos rasguea su guitarra y acompaña la canción «Happy Birthday To You».

Mi mejilla recibe la tibieza de una lágrima solitaria e inesperada.

Tomo el pastel en mis manos, todavía caliente.

La casa se vuelve una celebración.

«Familia».

—Pide un deseo, Dannielle —dice Little Perry.

¿Qué se puede desear?

¿Qué es una familia? Una madre, un padre y los hijos. Cambiaría mi vida por una noche recostada en el pecho de una madre, sintiendo que por una vez duermo confiadamente sin pensar siquiera en que alguien usurpará la puerta; es decir, que alguien cuida de mí por completo y yo puedo soltar el peso. Pero ¿esto también lo es? Debe serlo. La amabilidad de Simon, el cuidado de Elrond, la calidez de la voz de Perry y las risas de los demás, todos son como un montón de hermanos, esta es una familia, atípica, como las células o las enfermedades atípicas, pero no por eso menos real.

Me adoptaron y yo a ellos.

Vibra mi teléfono; es un mensaje de Anthony.

Dr. Cadwell
Feliz cumpleaños, Danny.

Dannielle
Te acordaste, ni yo me acordaba.

Dr. Cadwell
Nunca lo olvidaría.

Dannielle
Nunca he entendido estas celebraciones.

Dr. Cadwell
Porque existes. Y eso, Dannielle, ya es digno de celebración.

¿Ya comiste pastel?

Dannielle
Más de lo que debería, el azúcar del betún corre por mis venas y no me deja cerrar los ojos.

Dr. Cadwell
De vez en cuando no está mal.

Dannielle
Recuerdo cuando me llevabas pastel a escondidas.

Dr. Cadwell
Sigue manteniendo el secreto.

Dannielle
Está a salvo.

Tres desesperados toques a la puerta irrumpen el silencio. Antes de abrir, escucho un toque más.

Veo a Little Perry con su sombrero entre las manos pidiendo con urgencia:

—Doctora Morgan, ¿puede bajar?

Bajo al sótano. Simon está allí, recostando a un hombre en la camilla. La sábana blanca bajo sus brazos se tiñe de rojo.

—Nuevo cliente —anuncia Simon.

El hombre se retuerce y con una mano trata de cubrir su herida.

Me pongo guantes enseguida. Corto la camisa con tijeras y presiono la herida haciendo hemostasia.

Perry me ayuda a canalizarlo, le pasamos líquidos, antibiótico y analgésico.

Un grito desgarrador llena la habitación en cuanto extraigo la bala. Su frente está perlada de sudor.

Le aseguro que está bien, y al mismo tiempo mis rodillas tiemblan sin creerlo.

Perry está junto a él, diciéndole que todo estará bien, que confíe.

Ni siquiera yo estoy confiando en mí.

—Es un hombre importante —me dice el gigante.

«"Importante". Entonces yo también tengo que serlo».

Miro el monitor; la frecuencia y la saturación están en orden. Pero eso no me calma, me siento una impostora. Un capullo lacerado que no sabe si va a eclosionar algún día.

Lavo mi cara con agua fría en el baño de mi recámara, el maquillaje de pestañas se corre por mi rostro, mis mejillas se ensombrecen.

—¿Qué hiciste, Dannielle? —escucho desde la puerta.

—Creí que dormías.

Me seco, ella se posa en mi hombro. Sus ojos esmeralda irradian desconfianza, quiere que me impregne de su temor.

—Si ese hombre muere, ¿sabes lo que te harán? —Su voz es un susurro venenoso.

—No va a morir, está bien.

Me pongo mi bata para meterme a la cama.

—¿Y si un día alguien muere?

—No dejaré que suceda.

—No eres Dios, quiero que lo tengas en cuenta. Puede suceder y ¿qué harán ellos contigo? Te tirarán a la basura.

—Ellos no son lo que tú crees.

—¿Y tú sí sabes? ¿Por qué traen hombres heridos a menudo?

—No lo sé y no me importa.

—¡Un pastel y una ridícula fiesta no dice nada acerca de qué personas son! —grita—. Es una trampa, nadie es amable porque sí, nadie recoge niñas de la calle sin pretender nada más. —Me da una cachetada.

Un ardor me arrebata el cansancio. Ella está temblando; yo me congelo.

—Perdón…, perdón, perdón, es que me orillaste.

—Lárgate —ordeno—. ¡Lárgate!

Me miro al espejo, sus manos están marcadas en mi piel.

CAPÍTULO 46

DANNIELLE MORGAN BLACKWOOD

No gastes tu amor en mí,
¿por qué regar un jardín marchito?

Meto una moneda en la máquina expendedora. Compro dos botellas de agua y dos sándwiches para soportar la última hora de clase, la última del semestre.

—Dannielle Morgan Blackwood. —Una voz profunda y familiar me llama desde atrás.

Me doy la vuelta y lo veo, el doctor Cadwell. Sin uniforme blanco, vestido de negro.

—¿Doctor Cadwell? ¿Qué haces aquí? —Su abrazo no tarda en rodearme.

Siempre me dio la impresión de que él solo vivía entre paredes blancas.

—Vi en la página de la facultad que solicitaban psiquiatra para dar clases. —Observo su carpeta bajo el brazo—. Así que traje mis papeles, quizás y califico para el empleo.

—Yo creo que sí.

Él sonríe con los ojos más que con la boca.

—¿Cómo estás? ¿Ya vas a casa?

—No, todavía me queda una clase.

—Y… —Hace una pausa, nervioso—. Pensaba… si te nace, si tienes un hueco después de sobrevivir a tus clases… podemos ir a celebrar que fue tu cumpleaños.

—¿Estás seguro de que no es una trampa para hacerme hablar y analizarme?

—Juro que no. Solo quiero compartir una comida contigo sin preguntarte por tus mecanismos de defensa.

Me quedo mirándolo unos segundos. Él espera, sin urgencia.

—Está bien —respondo por fin—. Espérame afuera cuando termine mi clase. Solo será una hora o… —río— pueden ser ocho.

—Te esperaría las ocho horas.

Lo abrazo por la cintura y después corro al salón, pues voy tres minutos tarde.

CAPÍTULO 47

ANTHONY CADWELL

Te esperaría la vida entera.

Frente al mar, estacionados justo en la línea donde el asfalto se rinde ante la arena, observamos cómo el último hilo de sol se hunde.

Estamos sentados en la cajuela de mi auto.

Ya tenía en mente tres restaurantes, pero a última hora pensé estar aquí. Ella siempre ha amado el agua, las olas y la brisa.

Le paso el hot dog y lo sostiene con las dos manos.

—¿Estás seguro de que es la mejor cena de la vida? —Lo observa como si fuera un extraño artefacto—. ¿Y cómo se come esto?

—Con determinación. —Le doy una mordida. Ella me mira con asombro y algo más que no comprendo—. ¿Por qué me ves así, Danny?

Baja la mirada, juega con el pan entre los dedos.

—Es que es muy extraño verte fuera del hospital o la clínica, antes creía que vivías ahí, sin una vida aparte.

—¿Y qué piensas ahora que ya te diste cuenta de que no soy un ser mitológico que se oculta detrás del recetario?

—Que eres… normal.

Viniendo de ella, ser *normal* es un elogio inmenso.

—Gracias —le digo con una sonrisa—. No todos los días me llaman normal con tanta ternura.

Da un mordisco tímido y sus ojos se agrandan.

—¿¡Qué demonios es esto?! —dice con la boca medio llena—. Es increíble.

—Te dije que sería la mejor cena.

Me habla de sus clases con ilusión. Nombra materias y conceptos, habla de sus prácticas en el hospital, los pacientes, la tristeza que le da el piso de medicina interna.

Menciona que en clase de Pediatría los niños sonríen, pero a veces los padres no. Le impresiona cómo, incluso frente a diagnósticos terminales, logran reír, como si una parte de ellos fuera ajena a la enfermedad.

Que en Ginecología ha aprendido más sobre la vida que en cualquier otra clase y que hay algo profundamente animal, y por eso sagrado, en ver parir a alguien. Me da la impresión de que aparte de la enfermedad y el funcionamiento del cuerpo, estudia el comportamiento humano. Es como si se preguntara: «¿Así se responde al dolor? ¿Así se llora? ¿Así se quiere a un hijo?». Tengo muchas interrogantes en la punta de la lengua que no suelto para no hacer de esto una sesión al aire libre.

Después surge un silencio largo. Ella mira cómo las olas chocan entre sí, como si pelearan y se reconciliaran al mismo tiempo. Peces saltan a lo lejos, y un hombre en una barca tira una red.

Sin apartar la vista del agua, expresa:

—La primera vez que vi el mar no me sorprendí, ya lo conocía. Mar, una mujer de la Gale's Bear House, me hablaba de él con tanto detalle que lo podía ver en mi cabeza.

—¿La mujer que les curaba las heridas?

—Sí, ella. —Suspira con nostalgia—. Ojalá en donde esté pueda verme, ver que lo logré. Ella, de alguna forma, me hacía creer que saldría de ahí, aunque todo apuntara a que no.

—Sé que puede verte.

Sin aviso, se inclina hacia mí. Apoya la cabeza suavemente sobre mi hombro y su respiración se hace lenta.

—¿Tienes sueño? —pregunto.

—Sí, pero quiero escuchar las olas un poco más.

Asiento, sin moverme, sin querer romper el hechizo.

La temperatura empieza a descender con lentitud y la luna desaparece entre las nubes.

Qué extraño.

CAPÍTULO 48

DANNIELLE MORGAN BLACKWOOD

En mi mundo,
elegir era un lujo que
no podía permitirme.

Años atrás

Encienden las luces, mueven las sombrillas, el reflector está sobre mí, me encandilo, he estado tres días en total oscuridad. Un vestido blanco me recubre, tan limpio y brillante; tan pulcro, tan esplendoroso, tan ajeno a lo que pasará aquí dentro. Hay un espejo frente a mí, lo primero que me saluda es la sombra de mis clavículas.

Hay una cama, hay una silla.

Un hombre extiende su dedo, un gesto que me pide acercamiento. No sé su nombre, aunque lo dijo; apagué mi mente, no quiero aprenderlo, ni el de él ni el de ninguno.

—Ven aquí, muñequita.

«Obedece, obedece».

Me acerco porque así tiene que ser. Porque el guion ya está escrito.

Me toca el brazo, me sienta sobre él. Sus dedos acarician mi mentón, mi mejilla, el sitio que hirió la última vez.

—Si te portas bien, seré gentil, lo prometo. La última vez no fue bueno.

¿Qué hice mal?

No lloré, pero temblé. No grité, pero me quedé inmóvil, demasiado rígida, demasiado muerta, demasiado aburrida. A ellos no les gusta lo muerto, o no a todos, no a él.

—Espero que hayas aprendido la lección —dice, como si yo fuera una alumna difícil y él, un profesor paciente.

Me toma de la cintura, no con fuerza, no con violencia, pero eso no lo hace menos cruel, toca mis caderas, las desaprueba.

—Mírame.

No quiero, pero lo hago, porque el guion dice que lo haga. Porque si obedezco será gentil, terminará antes, me iré a bañar antes, comeré antes. Si obedezco, quizás no duela, quizás no haya moretones.

Su aliento a cigarro y alcohol choca con mi cara. Su otra mano aprieta mis mejillas, pulgar e índice.

Me besa. Siento asco, ganas de vomitar, pero sé que si no me controlo me costara el aire.

—Nena, mírame.

Una orden difícil. Mirarlo. No quiere que cierre mis ojos, no quiere que me vaya de ahí. Quiere que pretenda que esto es real porque hay una cámara grabando, un público que espera ver mis gestos, porque los que miran pagan para creer que yo quiero esto.

—Sí, señor.

Sonríe, satisfecho. Ha ganado.

Me beso con la muerte, con el silencio, con la nada.

Mi mente huye antes de que mi cuerpo pueda hacerlo. Mi cuerpo nunca me ha pertenecido. Porque ahí, en este momento, no soy humana, soy una muñeca, como él dijo; una a la que mueves, doblas, sacudes, utilizas.

La cámara parpadea en la penumbra. Me enseñaron a no mirarla, a ignorar que, cuando todo acabe, mi cuerpo seguirá atrapado ahí dentro, en una pantalla, repitiendo esta escena una y otra vez para cualquiera que quiera verla.

—Eso es, muy bien —murmura.

Y me veo desde una esquina, nunca sé cómo sucede esto, observarme con la mirada vacía, fingiendo que lo que me ordenan es lo que deseo.

Una especie de soldado. Piel para satisfacer. Una mente que se oscurece para sobrevivir, porque en el fondo es todo lo que me queda: morir por dentro antes de que ellos me maten por fuera.

CAPÍTULO 49

DANNIELLE MORGAN BLACKWOOD

El conocimiento puede hacerte libre,
pero también puede convertirte en prisionera.

Después del verano y del otoño que parecía no tener fin, el invierno azota la ciudad, los copos de nieve caen ligeros y lentos, cubriendo las calles y los hombros de las personas que caminan apresuradas en su rutina.

Las vacaciones terminaron sin hacer ruido. Cuatro semanas en donde pasé la mitad del tiempo dormida y la otra entrenando con Simon.

Ahora inicia el nuevo semestre también, y la primera clase es Cardiología. El salón está repleto de alumnos que quieren tomar clases con el doctor Almond.

La verdad me duele el estómago, me da nervios verlo, porque nunca volvió a contestar mis mensajes.

Entro al aula. Pralina está sentada en primera fila, flanqueada por Candy y Sam. Intento sonreír, pero la mirada de la rubia se gira apresurada, ignorándome.

«Debí pedir un cambio».

Lauren se abre paso con dos chocolates calientes en la mano.

—De seguro no desayunaste, ¿verdad?

—Me atrapaste otra vez —acepto el vaso.

—Hablaremos seriamente de estas malpasadas, señorita.

El doctor Almond hace su entrada, y mi corazón se sobresalta, todavía. Él se sacude la nieve del cabello perfectamente peinado y disculpándose por la escandalosa demora de cinco minutos. Su presencia llena el aula, imposible no notar la perfección de su uniforme, el orden meticuloso de su apariencia. Todo en él grita control y precisión.

Se presenta amablemente.

No sabe cómo conectar un proyector ni su USB.

Para variar, su archivo se dañó. Pobre, su trabajo perfecto se le ha estropeado.

Se rasca la cabeza, intentando averiguar qué hizo mal.

—Marck, no te preocupes, habla así, sin diapositivas, ¿o las necesitas mucho? —interviene Pralina con un tono que esconde burla.

El doctor le brinda una sonrisa cortés, pero leo incomodidad en sus ojos. No obstante, acepta la sugerencia. Toma un plumón y dibuja un corazón anatómico. Su clase comienza con un repaso de la anatomía y fisiología del órgano.

Su forma de explicar es preciosa, todos guardan silencio, nadie anota, solamente lo observan.

Su mirada se cruza con la mía un segundo y titubea, me evita, se aleja de donde me encuentro.

Una puñalada fantasmal.

Su clase termina, y él sale con velocidad, demasiada velocidad.

¿Por qué verlo me duele si nadie me está lastimando?

Pralina se acerca con una sonrisa maliciosa.

—Vaya, Dannielle, andas un poco distraída hoy.

—No comprendo, ¿te refieres a algo en especial?

—Nada, nada —canturrea—, solo veía tus ojitos hace un rato, moviéndose de aquí para allá, bailoteando; es fácil perder la concentración cuando uno tiene la cabeza en las nubes o en otra parte.

Otra vez viene a picarme.

«Destrúyela».

—Hay días así.

—Por supuesto, qué fortuna la tuya, no todas tenemos la suerte de tener al doctor Almond tan pendiente de nosotras, ¿verdad? —Suelta una carcajada seca.

—Déjame en paz.

—Oh, vamos, Danielita, no hace falta ser tan modesta. Es evidente que hay algo entre ustedes. —Acomoda su cabello en una cola alta.

Sam, que ha estado apreciando la escena, decide sumarse.

—¿Por qué siempre quieres decir que no a todo cuando es evidente? Tú y tus grandes misterios.

—Chicas, no es para tanto. —Candy intenta calmar el ambiente, tan tímida, con la mirada gacha.

—Amanecimos jodonas, ¿eh? ¿Tan aburrida es tu vida, Brunswick, que vienes a amedrentar tan temprano? —dice Lauren, en un tono áspero; sus ojos lanzan dagas.

—En fin, Dannielle. —Pralina decide ignorar las palabras de Lauren y vuelve su atención a mí—. Ojalá que con tanta atención dejes de buscar a Jassel, sería bueno, ¿no crees?

Sus palabras balean.

—Qué estúpida eres —exclama Lauren.

—¿Perdón? —Pralina afila su ceja.

—Lo que escuchaste, babosa. —Lauren da un paso hacia al

frente, desafiante—. Solo alguien realmente miserable fastidiaría a otra persona sin motivos.

—Sus acusaciones son reales —interviene Sam.

—Es tu novio quien no para de buscarme, ve y canaliza tu odio hacia él, yo no te he hecho nada —escupo.

Su máscara de arrogancia se desquebraja.

—¿Esa es tu mentira para justificarte? ¿Qué pasó entre él y tú, Blackwood? —Guardo silencio. Mi voz se mete a una burbuja—. Me sorprende lo mosca muerta que puedes ser.

—Oh, no. —Lauren intenta abalanzarse sobre ella y le detengo las manos.

—Te meterás en problemas.

—Que me corran, no me importa. ¡Ven para acá, imbécil!

Me siento inútil, estúpida por mi silencio, por tener la verdad en la boca y callar.

—Lauren, por favor.

Pralina se ríe y se da la media vuelta.

—Déjame partirle la cara, mujer, ¿no la escuchaste? Ya pongámosle un alto.

—Mírame, por favor. No vale la pena.

Nos dejamos caer en el césped nevado, repasando lo que acaba de ocurrir.

Intento poner la mente en blanco.

—Danny —empieza suavemente—, no sé tú, pero yo quiero venganza.

—Yo no.

—¿Cómo de que no? —Se incorpora un poco sobre un codo—. Esa víbora no va a detenerse porque seas buena. No es de las que se cansan si las ignoras. Créeme, ese consejo me lo daba mi madre y aprendí que es absurdo.

Me quedo mirando el cielo un momento. Las nubes se mueven lentas, como si también dudaran hacia dónde ir.

—No soy como ella, no quiero maldad.

Yo ya estuve del otro lado, en donde odiar es fácil y se vuelve costumbre.

«Cobarde».

—Danny, ¿a qué se refería Pralina con lo de su novio?

«No hables. Si no hablas, no existe».

—Un malentendido.

—Si hay algo que quieras decirme, sabes que puedes confiar.

Confiar. Quisiera confiar.

Aproxima su mano a la mía y la presiona.

El silencio pesa por unos minutos. Quizás en otro momento pueda hablar. Pero opto por cambiar de tema, cualquier cosa que cubra lo ocurrido.

—¿Ya terminaste de leer el tema para la siguiente clase?

—Sí, pero no entendí.

CAPÍTULO 50

MARCK ALMOND

¿Y si en lugar de encerrar
a los monstruos, aprendo a
convivir con ellos?

Me escondo en mi oficina para liberar la tensión que se instaló en mi cuerpo durante toda la clase. Esa tensión de cabello largo y ojos grises.

Desvié cada mirada, ignoré cada latido que me pedía atención, todas mis palabras se forzaron a dirigirse a un grupo entero y no solo a ella.

La migraña amenaza con llegar, justo en la sien izquierda, como cada vez que me esfuerzo demasiado en fingir que todo está bien.

Intenté con todas mis fuerzas concentrarme en la lección, el esquema, pero ella estaba ahí, volviéndome pequeño, haciendo que se me olvide lo más básico.

No quiero ser otro error en su vida y al mismo tiempo… no puedo soportar ser ausencia.

Me dejo caer en la silla del cubículo, el respaldo me sostiene. Mi migraña comienza.

Evitarla me está matando.

CAPÍTULO 51

DANNIELLE MORGAN BLACKWOOD

Hay quienes crecen soñando con
conquistar el mundo.
Otros solo sueñan con salir de él.

Bajo del auto de Lauren y el viento arrastra pequeños copos de nieve. Todo es un paisaje en tonos fríos, desde las ramas de los árboles desnudos hasta el lago congelado. El hielo brilla como cristal bajo la luz tenue del sol invernal.

Lauren me trajo a patinar. No tengo ni la más remota idea de cómo se hace.

Baja dos pares de patines de su cajuela.

—Toma, son del cinco, me imagino que calzamos similar.

—Cuchillas en los pies… ¿esto de verdad divierte?

Pone los ojos en blanco con dramatismo.

Nos acomodamos sobre un tronco caído, cubierto con una capa delgada de nieve. Mis dedos ya están entumecidos, y apenas tengo destreza para ajustar las agujetas. Lauren, en cambio, se abrocha los patines con la facilidad de quien ha hecho esto mil veces.

Me pongo de pie de forma inestable.

—¿Nunca has patinado? ¿Con rueditas?

Niego.

—¿Patineta?

Niego.

—¿Algo que requiera coordinación?

—¿Sujetarte en el bus con una mano mientras llevas libros en la otra?

—No cuenta.

Poco a poco, me guía sobre la superficie resbaladiza. Miro a mi alrededor, niños girando sin esfuerzo, mujeres deslizándose con gracia.

—Relájate, Danny. No voy a dejar que te caigas.

Lauren suelta una risa, pero no afloja el agarre en mi muñeca.

Escucho el hielo crujir.

—Lauren esto se va a romper.

—Nunca se ha roto.

Uno, dos, deslices ligeros. Lauren me libera con cuidado, como si probara cuánto puedo sostenerme por mi cuenta. Ella avanza rápido, con una facilidad insultante, gira, da un pequeño salto y cae con elegancia.

Lo intento, avanzo más, muerdo mi labio inferior como si eso me diera equilibrio, miro un punto, quiero llegar a él.

—¡Eso es, Danny! —Lauren aplaude—. ¡Mírate! ¡Ya pareces un pingüino en su primer día de trabajo!

Me río. Grave error. Un descuido me hace apoyarme mal y mi cuerpo cae de lado, con todo y mi dignidad.

Me quedo tendida, como una estrella de mar.

—¡Eso fue increíble, puntuación perfecta! —Lauren llega en un segundo.

—¡Deja de reírte y ayúdame, pecosa!

Se inclina y me ofrece la mano.

Lauren no calcula bien la fuerza y, en lugar de levantarme, termina perdiendo el equilibrio conmigo.

Un segundo de silencio y luego la carcajada más estruendosa de mi vida.

Nos quedamos recostadas, mirando el cielo pálido.

—Vengo aquí todos los años desde que tengo cuatro —suspira con satisfacción, con las manos apoyadas detrás de la cabeza.

Me giro para verla, sus mejillas están rojas, lastimadas por el frío.

—Yo quería ser patinadora sobre hielo, pero para mi madre no era una carrera decente. ¿Tú soñaste con ser algo distinto?

¿Soñé con ser algo más? Nunca me planté pensar «cuando crezca».

—Nunca lo pensé.

—¿Cómo que nunca? ¿Pirata? ¿Astronauta?

Niego.

—Quizá algo más simple… ¿Aprender repostería? ¿Casarte con un príncipe y no preocuparte por trabajar? Oh, vamos, todos lo pensamos cuando veíamos películas en la tele.

Pienso en algo. ¿Qué deseaba?

—Soñaba con ir a un baile, ¿sabes de cuáles? De esos elegantes, con vestidos largos o esponjosos. —Me río.

—¿Y por qué?

—Con una amiga lo platicábamos, decíamos que si crecíamos —quise decir «salíamos»— iríamos a un baile.

—Las cenas con baile de Ithil son muy elegantes, el rector alquila el salón principal de la ciudad, donde se casó el presidente. Desde el momento en que llegas, te recibe una alfombra roja iluminada con faroles dorados. Las paredes están decoradas con cortinas de terciopelo y candelabros que parecen sacados de una película.

Cierro los ojos un momento, imaginándolo.

—¿Ponen vals? —pregunto.

—No creo, no es boda, ya nadie baila vals, pero si lo ponen, bailo contigo.

Abro los ojos justo cuando una sombra cruza sobre nosotras.

—¡Cuidado!

Un chico nos salta por encima con una pirueta perfecta, aterrizando con elegancia unos metros más allá.

Ambas nos quedamos congeladas, apenas procesando lo que acaba de pasar.

CAPÍTULO 52

DANNIELLE MORGAN BLACKWOOD

Nunca soñé con ser doctora, ni bailarina, ni princesa.
Soñar con el futuro implicaba creer que había uno.

Años atrás

Estoy sobre los hombros de Valyria. Ella está sobre una silla, concentrada para no dejarme caer.

—¿Qué ves?

Un agujero del tamaño de una moneda, nuestro portal al exterior.

—Veo una calle, a lo lejos hay ladrillos viejos, charcos. Una niña camina tomada de la mano de un señor.

—¿Qué más?

—Tiene un vestido rosa, es muy esponjoso, como tu cabello cuando lo cepillas en seco.

—¿Tenemos alguno que se parezca?

—No, este es muy bonito.

El hombre la carga para pasar el charco.

—¿Qué más? ¿Qué pasa?

—Tiene alrededor de su cuello algo como una manta. Y en

su cabello una corona… Algo tiene en la mano, pero no sé qué es, es como un palo rosa con morado.

—Déjame ver, quiero ver, no me cuentas bien.

—Espera.

Saltan el charco, ella le da un beso en la mejilla. Salen de mi visión y una tristeza galopa en mi pecho.

—Nunca había visto ese tipo de vestimenta, ¿para qué será?

—Un baile, una fiesta. Una vez fui a uno con mi mamá, era de su trabajo y llevaban vestidos esponjosos.

Me imagino a mí misma en aquella ropa, con aquella corona, con aquella sonrisa.

—¿Cómo está el cielo?

—Nublado.

—¿Puedes describirlo mejor, por favor? —pide Val.

CAPÍTULO 53

DANNIELLE MORGAN BLACKWOOD

Cuando una presa aprende a morder
la llaman amenaza.

—¡Derecha! Apunta bien, Morgan. La mira centrada en el alza. ¡Oye! ¡Concéntrate! Con el dedo bien fijo en el gatillo. —La voz del maestro Yueng raspa el aire con autoridad.

Tengo en las manos un arma que pesa más que mi cabeza.

Disparo y fallo.

—¡No titubees! ¡Con rabia, con coraje, Morgan! ¡Tu vida depende de ello! —grita. Su voz me desespera.

Aprieto los dientes forzando la concentración. Disparo y ensarto en el blanco. Vuelvo a disparar y acierto.

—¡Excelenteee! —Yueng abre la rejilla del área de disparo, se acerca a mí y pone sus grandes manos en mis hombros intentando trasmitir confianza—. Mírame, el arma nunca, escúchame, nunca se usa para amenazar, ¿eh? Si apuntas, disparas, no hay tiempo para arrepentirse.

Da dos aplausos fuertes.

—¡Otra vez! Pero esta vez, corriendo. ¡Vamos!

¿Correr?

Yueng suelta de una jaulilla a dos animales, lo que veo me congela. ¿Qué es eso? ¿Cerdos? Comienzo a correr. ¡Son jabalíes!

—¡Mátenla! —ordena como si le entendieran.

Y sí entienden. Corro, disparo y fallo.

—¡Apunta!

La bala se incrusta en la cabeza de una de las bestias y cae chillando, la sangre sale de su cabeza. El otro jabalí se acerca, cargo el arma y, en cuanto abre la boca, disparo.

Cae. Se retuerce en el suelo, la sangre borbotea.

Mis manos tiemblan. ¿Qué hice? Los maté. Maté a esas cosas.

Me desplomo e intento recuperar el oxígeno que me hace falta.

¿Qué pasaría si…?

«Mátalos a todos».

No.

—Morgan. —Yueng llega a mi lado, jadeando—. Perfecto. Dame esos cinco.

—¿Cinco? Yueng, ¡pude haber muerto!

—Pero no pasó, esa es mi soldado. —Me palmea la espalda, orgulloso de su alumna.

¿Qué es un soldado sino una máquina de matar?

Me siento sobreestimulada, excitada hasta cierto punto. La imagen de la sangre saliendo de las cabezas de esos cerdos me causa algo raro, como si quisiera ver más. Un impulso de querer ver cómo se tiñen mis manos.

Agito la cabeza.

—¿Estás bien? —me pregunta Grand Simon, aproximándose con su figura enorme. Trae una botella de agua helada.

—Sí, el gran maestro de armas casi me mata. ¿Ves esas cosas? Ve esos dientes, me destriparían en un segundo.

—Yueng no te habría puesto la prueba si no estuviera seguro. Elrond lo mata si te pasa algo. —Saca del bolso de su saco una manzana y me la ofrece.

La muerdo y no siento su sabor. Todo huele a hierro.

—¿En serio este hombre es el mejor para enseñarme?

—Es el mejor, Danny, créeme, él ha entrenado a los mejores hombres y sabrá cómo hacerlo contigo.

—Yo no quiero usar armas nunca.

—En este negocio, pequeña niña, nunca se sabe.

—Prometí nunca preguntar, pero ¿qué es este negocio, Simon? ¿Por qué tanta preparación en defensa personal?

Simon suspira.

—Lo sabrás en su momento.

Abandonamos el campo de tiro, sigo sin recuperarme, huelo a sudor, a carne cocida, a metal.

Miro mi brazo, mi piel sigue erizada.

—¿Sentiste mucho miedo?

—Por supuesto, eso no se pregunta.

—El miedo no es malo. El miedo nos mantiene vivos.

—No sé en qué me estoy convirtiendo.

Simon se detiene y posa sus ojos verdes sobre mí, una mirada que parece haber visto más de lo que otras personas podrían.

—Te estás convirtiendo en alguien fuerte, en alguien que puede protegerse.

¿Realmente es lo que quiero?

«Mátalos a todos».

El susurro interno vuelve, y escucho los cascos de los caballos, como si quisiera evocar una batalla.

El hombre en la camilla se aferra a la vida. La herida en su abdomen es profunda, y la amputación abrupta de su mano izquierda empeora el estado. Su piel palidece con el paso de los segundos, su respiración irregular apenas se escucha por encima de las máquinas.

—¡Oye! Quédate conmigo. —Palmeo su mejilla—. Perry, necesitamos tres unidades de sangre O negativo ya, urgente.

Reponemos el volumen, pero la situación nos sobrepasa.

—Resiste —susurro, preocupada. El hombre comienza a perder la batalla con la inconsciencia. Le hablo sin detenerme, como si mis palabras pudieran atarlo a la vida.

Las unidades de sangre llegan y comienzo la transfusión. Suturo la herida abdominal con más calma, cada puntada es un respiro; cada nudo, una promesa de que él saldrá bien.

La paz vuelve con pasos lentos.

La intensidad de mi cuerpo se normaliza y creo, creo que disfruto esto, esta sensación de control sobre la muerte. La certeza de ser útil.

Valyria me observa desde una esquina con desaprobación, cruzada de brazos, con los labios tensos y el ceño fruncido.

Dicta una sentencia sin pronunciarla.

—¿Hay regulador de temperatura aquí? —pregunta Perry mientras sustituye la bolsa vacía de sangre con otra.

—Está a 17 °C.

—No creo, está helado.

—Ve a ponerte un suéter, amigo.

Después de cinco horas, termino. Le coloco una manta caliente al joven, esperando que lo reconforte. Sus signos vitales son estables, la coloración de los tegumentos retorna, pero está algo inquieto, su rostro aún está marcado por el dolor. Le administro un medicamento para ayudarlo a descansar.

Llevo veinticinco pacientes atendidos desde que se instaló este sitio clandestino, todos han salido de aquí vivos, caminando y sonriendo. Esa es mi mayor recompensa, verlos con vida. No sé a qué se dedican, nunca les pregunto; no sé en qué situación estaban, no sé si son culpables o víctimas. Se trata de una vida, y yo no soy un juez. La palabra *médico* etimológicamente proviene del latín *medicus*, «cuidar, curar, medicar». Nunca ha significado «decide si el paciente merece la vida».

Primum nil nocere o primum non nocere se traduce en castellano como «lo primero es no hacer daño». Es una frase atribuida a un precepto hipocrático para los médicos, *no hacer daño*, si él hizo daño, es su problema, y su juicio le llegará tarde o temprano. Hay distintas opiniones: quienes creen que lo que se hace en vida en vida se paga, y quienes creen que se paga después de morir, cuando son lanzados al infierno eterno. Ambas creencias me parecen buenas, pues qué injusto sería que alguien te dañe y viva como si nada, victorioso, con la frente en alto, y se vaya a la tumba en un plácido descanso mientras a ti te asesinaron y te dejaron con vida.

—Doctora, ¿ya puedo comer?

El hambre es una buena señal. Estará bien.

Nunca me he sentido tan útil, tan viva, tan humana como aquí. Tal vez sí necesitaba ayuda, como dijo el *Loff* Elrond. No era el dinero lo que necesitaba, sino mi propósito de existir.

«¿Qué harás cuando alguien muera, Dannielle?».

CAPÍTULO 54

DANNIELLE MORGAN BLACKWOOD

La peor traición es aquella que llega disfrazada de preocupación.

Cuatro meses después

La primavera todavía no llega. Se ha retrasado como si el invierno no quisiera soltar el mundo todavía. Pero, aun así, la escuela se pinta de rosas y rojos desde la entrada, como si el amor pudiera obligar a la estación a apresurarse.

Hay flores enredadas entre los barrotes de las rejas; la mayoría son artificiales, de tela o plástico brillante, pero dispuestas con tanta dedicación que casi engañan a la vista.

El lugar deja de parecer universidad, para convertirse en un sitio sacado de *Alicia en el país de las maravillas*. Hay pétalos regados por las aceras, mujeres con flores en las manos y cajas anudadas en listones. Un globo se le escapa a una chica. Su pareja, en solidaridad, suelta el suyo, ahora dos corazones se funden en el cielo.

—«San Valentín» —leo en un cartel pegado en el portón: habrá un baile del día de los enamorados en el auditorio a partir de las ocho de la noche.

Leo las frases de amor y amistad en los globos. Hay quienes compran dos, tres y hasta ocho. El vendedor anota nombres en ellos con un marcador negro. Una mujer llega en un carro a vender ramos de rosas, girasoles y gerberas. Todos traen las manos tan llenas que mis dedos se sienten vacíos.

¿De dónde vendrá esta festividad? Nunca me he puesto a investigar. Parece un intercambio de regalos.

Recuerdo a Lauren, debo darle algo.

—¿Me da una gerbera, por favor? —pido. La señora le ata un listón.

Al pasar junto a la fuente, veo que está adornada con coronas de rosas rojas escarchadas en diamantina. Las rozo ligeramente para jugar con sus destellos. Se me pegan en los dedos. Diminutas partículas difíciles de erradicar en la lavadora, pero en estos momentos son estrellas atrapadas en mis manos.

Dos personas murmuran entre sí al verme jugar con la diamantina.

Me debo de ver como una tonta. Me sacudo las manos.

Las risas, sin embargo, comienzan a converger en mí. Me detengo. ¿Por qué me están mirando? Quizás estaba prohibido tocar las flores o... Bajo la mirada, buscando alguna mancha en mi uniforme; al no encontrar ninguna, me paso la mano por la boca en caso de que mi labial esté corrido.

Un sonido serpentario sale de las bocas de varias personas.

—¿Estás disponible a las nueve, guapa? —grita un chico desde el barandal del tercer piso y, antes de que pueda reaccionar, un papel hecho bola cae en mi cabeza. Lo levanto para abrirlo, pero siento que me golpean con otro y otro más.

—Mamita, ¿cuánto por un...? —Un chico hace una seña con su boca y su mano.

—¿Perdón? ¿De qué hablas?

La confusión y el pánico se arremolinan en mi estómago. Las risas se hacen más fuertes, más hirientes.

Otra bola de papel me golpea en la nariz, y la alcanzo a agarrar.

—Vete, por favor, vete. —Candy me arranca el papel con brusquedad y lo tritura—. Vete, Danny.

Me empuja para que salga. No estoy entendiendo nada.

—Candy, ¿qué sucede?

—Vete, por favor, hazme caso. —Me tira del brazo con más fuerza.

—Deja de hablar así, me das miedo, dime, ¿qué pasa?

Ella voltea hacia atrás como si alguien viniera.

—Por favor, no puedes estar aquí, date la vuelta, te explicaré luego —me ruega, tratando de sacarme de ahí.

Otra chica que desconozco totalmente me acaricia el cabello y me olfatea. Una expresión de asco y diversión.

—¿Y ya para qué quieres estudiar medicina, zorrita? —bufonea.

Le quito la mano de encima haciéndola a un lado.

—Golfa barata —espeta, haciéndome gesto de asco y limpiándose las manos en su uniforme, como si el roce de mi piel la hubiera contaminado.

—Danny, tienes que irte —me suplica Candy, pero no puedo concentrarme en su voz, todos nos observan. Traen papeles en la mano.

Retrocedo cinco pasos.

Agua helada me cae por el cuerpo, empapándome de pies a cabeza. Un ardor insoportable corre por mi piel, un dolor familiar.

Miro mis manos, mi bata está empapada. Lejía. El olor quema mis fosas nasales.

—¡Eres una plaga! —gritan desde arriba.

Los ojos me arden.

Candy está llorando, pidiendo que paren.

—¡Déjenla, por favor! —chilla. Ella se saca la bata para cubrirme.

—Putita, ¿en qué lupanar te busco? —un chico dice mientras me lanza una moneda a los pies.

—¿Qué dijiste?

Aquella palabra me retumba en los tímpanos.

La piel se me eriza. Debe ser una pesadilla. Debo estar a punto de despertar, ya he soñado esto antes.

Aprieto los párpados, pero escucho un sonido fuerte y los abro.

La multitud se convierte en un espectáculo. Dejo de ser humana para volverme un objeto.

Lauren aparece como un vendaval, su mano choca con el rostro de Candy con tal fuerza que la deja tambaleando. Las marcas de sus dedos se hinchan de inmediato. Ella se lleva una mano a la cara. Las lágrimas salen de sus ojos.

—¡Tú sabes quién hizo esto, malnacida! —profiere furiosa—. La vi, la vi con aquellas otras arañas atrás, riéndose.

Me interpongo entre ellas cuando veo que va a volver a golpearla.

—¡Lauren!

—¡Ella sabe quién hizo todo esto! Habla antes de que te estrangule, asquerosa gusana. —Lauren se enciende, el infierno se posa en las pecas de su nariz.

Entonces lo veo, en una pared hay un cartel grande.

Una foto enorme, un anuncio macabro. Mi estómago se hunde. Es una foto mía, sonriendo, con los labios rojos y los ojos cargados de maquillaje. Adjunto está mi número de celular con una leyenda: «Aparta tu espacio: servicios sexuales a muy bajo costo para esta noche de enamorados».

Me quedo allí, impávida, viendo la foto cara a cara, la de una vieja amiga que quiero con todo el corazón desconocer. Mi foto y yo. Se parece a mí, pero a la vez es tan diferente. Me gusta pensar que nunca fui ella.

«Esta es tu vida».

Dejo de escuchar los ruidos externos, dejo de ver a los demás, el tiempo se detiene, solo quedamos ella y yo. Una niña vestida de mujer, una cara sonriente, una muñeca en alquiler adiestrada para dar placer con elegancia, pero ambas sabemos que fue obligada, que su corazón llora, que sueña con no volver a abrir los ojos, que teme al hombre que sostiene la cámara porque la ha golpeado hasta hacerla devolver lo que no comió. Una sonrisa bien actuada y el cabello ondulado para lograr un aspecto tierno y seductor. Un cuerpo envuelto en una tela rosa, infantil, pero muy ceñida.

Ya no nos parecemos.

No soy yo, no soy yo.

Arranco la hoja, una de entre decenas por todos lados. Voy arrancando una a una y las rompo, pero parecen no terminarse, vuelan por los aires.

—Cariño, ¿tienes disponible a las diez? —No sé quién lo dijo. No quiero voltear.

«Mátalos a todos».

Me veo desde otro ángulo, como si me hubiera salido de mi cuerpo y pudiera observarme desde una esquina; un video en blanco y negro, en cámara lenta. Esa chica mojada de pies a cabeza, con la máscara de pestañas batida, esa estúpida niña que creyó que el pasado había quedado obsoleto. Nadie le dijo que se arrastraba lentamente, pero llegaría.

«Esto es lo que eres, esta es tu vida».

—¡No! ¡No! —grito. Esta no puede ser mi vida.

Sigo arrancando las hojas, rompiéndolas, pero, como espuma, lanzan más. Cada imagen en mis manos es una alarma, un recordatorio de lo que fui. Una sombra oscura me persigue, me toma del cuello y me repite que nunca escaparé.

Entre las olas de mi pasado, las bullas y el odio, veo al doctor Almond levantar una hoja, su rostro se empalidece.

Retrocedo.

«No vengas».

Lauren me toma de la mano.

—Vámonos.

—Tú quédate, yo me voy.

—¡No! Vámonos, a la mierda todos.

Mi mente grita en silencio, la niña se levanta de ese asiento, las alarmas suenan.

Esa niña no está enterrada, vive en mí.

CAPÍTULO 55

LAUREN ROSE

La herida por cirugía (para vivir),
la herida por puñalada (intentando morir):
duelen igual.

Hay un silencio mortuorio entre nosotras, como si la misma parca viniese sentada en el asiento del copiloto. Mi respiración sale en ráfagas calientes. Conduzco hasta mi casa; Dannielle inerte, empapada, con su mirada pérdida, vacía, moviendo los labios sin sonido, como si una parte de ella se hubiera quedado entre aquellos muros.

Abro la puerta.

La miro, y toda mi palabrería se reduce a nada, siempre encuentro qué decir en los momentos más caóticos, saco chistes hasta en los velorios, pero ahora no lo sé.

Me acerco para abrazarla, pero ella se aparta.

—Voy a arruinarte la ropa.

Es lo que menos me importa ahora.

La rodeo, pero sus brazos están rígidos sobre su tronco.

—¿Puedes darme permiso de bañarme? —me pregunta con tanta fragilidad que me parte el alma. Asiento antes de responder. Le doy una toalla y un cambio de ropa.

Su vista sigue vagando en alguna parte lejos de aquí.

Con movimientos pesados entra al baño, siento que va a desplomarse, pero no sé cómo ayudarla. Pongo a calentar agua y la comida que dejó mi madre antes de irse de viaje.

Veo las manecillas del reloj, una distracción en lo que el chiflido de la tetera me da aviso.

Danny siempre ha sido tan silenciosa, muchas veces lejana a mis conversaciones, como si la gran mayoría de las veces no entendiese de qué le hablo. No dice mucho de sí misma, y yo jamás he intentado indagar; siento que está dentro de un caparazón que cada vez se hace más pequeño, y necesita salir de ahí.

Pasa una hora, dejo de escuchar el agua de la regadera.

Pasa otra hora, y el temor se hace presente.

—¿Dannielle? —Toco, pero no tengo respuesta, pienso lo peor y me siento la más estúpida por dejarla tanto tiempo sola.

Giro la manija y está atorada.

«¿Y si…? No, no puedo permitirme pensar eso».

Busco la llave de repuesto, casi arrancando los cajones del buró. El miedo me atenaza el estómago, corro hacia la puerta del baño.

Ella está ahí, sentada en el suelo, con la espalda contra la pared, mirando hacia la nada. Mi alma vuelve a su lugar.

Me acerco despacio y me siento a su lado.

—Ella no soy yo —dice, como si intentara convencerme.

—Te creo —paso una mano por su hombro—, yo creo que no eres ella.

Las lágrimas se juntan en sus cuencas, una tras otra se forma esa gota temblorosa que se rehúsa a soltar.

—No mientas.

—Si tú dices que no eres, no eres.

Dannielle aparta mi brazo.

—Estoy sucia, no me abraces.

Desobedezco.

—Voy a abrazarte, aunque no quieras.

—Sí soy yo la de la fotografía —dice con rapidez.

—No me interesa quién es la chica de la foto, no me importa, me importas tú.

Su mentón tiembla.

—Era una niña.

—No te veas obligada a contarme algo que no quieres, ven. —Le tomo la mano para que se ponga de pie—. Levanta ese rostro, Danny.

—Esa sonrisa es falsa, yo… —Su voz se quiebra cual cristal que está a punto de cortar su garganta.

—No tienes que decir más.

—No sé qué hacer, no sé qué más hacer para que el maldito pasado no me alcance, estoy… ¡Estoy cansada! —Se presiona el rostro con las manos.

Se cubre los oídos como si quisiera bloquear al mundo entero.

—No estás sola.

Deja caer su peso sobre mí, de su boca emerge un llanto doloroso que jamás había escuchado; su cuerpo se sacude como si tuviese ligeras convulsiones. La sostengo con fuerza, sintiendo que estoy envolviendo un huracán.

—Lo siento —repite una y otra vez.

—¿Por qué? No digas eso. Aquí estaré el tiempo que sea necesario.

La lluvia empieza a ceder. La fuerza del tornado decae. Me devuelve el abrazo, y me doy cuenta de que es la primera vez que lo hace.

CAPÍTULO 56

MARCK ALMOND

Me duele más su tristeza que
cualquier herida que puedan hacerme a mí.

Entro a la oficina de Hale. El cuerpo me hierve. El viejo está sentado tomando su café, reclinando su silla, completamente indiferente. Sus ojos pequeños me observan con una superioridad asquerosa.

—Qué cara traes, doctor. —Da un sorbo a su café con total despreocupación, como si lo que acabara de suceder fuera una simple anécdota.

—Quiero saber quién inició este desastre, así que le pido de la manera más atenta que se revisen urgentemente las cámaras.

Mis ojos lo destripan.

—Me temo que no es posible. —Deja su taza en el escritorio—. Debe haber una orden por una denuncia para tener acceso a las cámaras.

—Lo que pasó en esta escuela es inhumano, es ilegal, se necesita sancionar a la persona que ocasionó esto, es un crimen. —Sin querer, golpeo el escritorio. La taza salta y el líquido caliente se derrama.

—Fue la alumna quien permitió esa falta de respeto —añade sin una pizca de empatía.

—¿Cómo caraj…? Perdón. —Bajo mi tono—. En esa foto está una niña.

Mis dientes se tensan, mientras él sigue con su gesto indiferente; no está entendiendo la magnitud de lo que todos esos delincuentes acaban de hacer.

—Almond. —Chasquea los labios—. ¿De dónde salieron esas fotografías si no de ella? ¿Una señorita en lencería? Esa no es una niña, discúlpeme. Es la factura de los errores.

—¡Es una niña! —remarco la palabra con dolor—. Y esos imbéciles que participaron en este acto merecen una sanción, necesito entrar al cuarto de vigilancia en este momento.

—Aguarde un momento. Dannielle Morgan… ¿no es la misma que salió del psiquiátrico? Usted me aseguró que no causaría problemas, pues mire cómo ya comenzó.

Mi garganta arde con cada palabra que me guardo, con cada verdad que debería salir, pero Cadwell me ató las manos.

—Eso no es justificación para lo que sucedió esta tarde.

—Estudiantes siendo estudiantes. —Se encoge de hombros—. Cada año hay disturbios, chismes indecentes de las novatadas, ¿no? En su generación sucedía.

Mi mente explota. Mis nudillos arden por las ganas de plantarse en su jeta.

—Es un delito, un delito grave, no un chismerío. Están dañando la integridad de una estudiante… ¿y usted solo está ahí, aplastado en su silla con indiferencia?

—Almond…, por favor —dice con voz calmada, saboreando el desdén—. Los errores del pasado, tarde o temprano, tienen consecuencias, y lo que esa niña haya hecho es su responsabilidad, todos cargamos con nuestros actos, ¿no?

—Ella no tuvo la culpa de lo que pasó —grito, mi control abandona mi cuerpo—, era una niña. ¡Maldita sea! No es responsable de nada. ¿Cuál culpa, señor?

—Yo la veo muy feliz en esas fotos.

—No puede ser. —Parece que hablo con una inútil pared.

No puedo ni pensar que este hombre fue en su tiempo un respetable cirujano general, pero a sus setenta y tantos, y por la forma de expresarse, de seguro ya se olvidó de la ética médica y, por lo visto, de la humanidad.

—No estoy aquí para debatir moralidades, Almond. —Saca una cigarrera de su bata percudida por los años, casi un reflejo de su ética—. Si las fotos salieron —dice levantando las manos, un gesto de falsa inocencia—, ella ya sabrá por qué.

—Porque alguien de esta universidad cometió una atrocidad que usted está consintiendo.

Hale da una calada al cigarro.

Un brillo destila de sus grises ojos, como si hubiese estado esperando este momento.

—¿Por qué habría de importarme? Que se preocupen sus padres o… ¿Por qué le importa tanto a usted, Almond? —Su pregunta guarda burla—. Parece que ha cruzado una línea, ¿no?

Mis palabras se congelan. Todo lo que diga a partir de ahora podrá ser usado en mi contra.

—Eso no tiene nada que ver ahora.

—Almond… Almond —repite con ese tono que enerva—, en todos sus años aquí nunca vi que le importara tanto una estudiante. —Antes de que pueda pensar qué decir, me lanza unas llaves—. Ahí tiene, vaya al cuarto de cámaras si tanto le importa, haga su investigación, que no cambiará nada. La vida sigue, los estudiantes siguen. Mañana todos habrán olvidado este incidente.

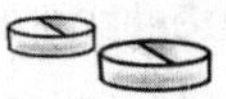

Ninguna cámara sirve.

CAPÍTULO 57

LAUREN ROSE

Amor también es entender cuando el otro en silencio pide que te quedes.

Duerme, despierta, llora. Parece una niña y a la vez un animal herido. Mi garganta tiene una sed letal de venganza.

Acaricio su largo cabello mientras está recostada en la cama contando una y otra vez las cuentas de una pulsera que encontró sobre mi almohada. Desde aquí veo las venas serpenteantes y azulosas en sus sienes y su frente.

—¿Tienes sed? —me animo a preguntar después de tres horas de silencio.

Mueve la cabeza para decirme que no.

Ella apunta al cuadro frente a nosotras, donde estoy con mis padres sobre una lancha.

—¿Son tus papás?

—Sí, Danny, espero presentártelos pronto.

—¿Cuántos años tenías?

—No recuerdo bien... Calculo que unos cinco. —Una sonrisa discreta se forma en ella y parece que es la primera vez que la veo.

—Nunca he tocado el mar, solo lo veo de lejos, me da miedo.

—Podemos ir —le ofrezco, aunque sé que mi invitación no es más que un pequeño parche entre su oleaje de heridas.

Vuelve a las cuentas.

—¿Te gustaría conocer algún sitio más?

—Noruega —murmura—, siempre ha sido mi sueño.

—Allá se pueden ver las auroras boreales —intento conectar con ella de alguna manera.

—Sí, es lo que quiero, verlas.

Jala aire con lentitud y lo deja salir, como si se preparara para algo.

—Me secuestraron cuando yo tenía alrededor de cuatro años, viví en una casa de prostitución.

Mi pecho se paraliza.

Se sienta en la cama, su mirada sigue enfocada en las cuentas y, aunque parece que no hay más agua dentro de ella, otra lágrima resbala.

—Desde niña aprendí a actuar como mujer, viví entre cuerpos con y sin vida, viendo niñas llegar y desvanecerse; dormí con cadáveres, vi madres comerse a sus crías para evitar que las obligaran a vivir una vida como la nuestra.

Danny sigue hablando, cuenta aquella historia como si no se tratara de la suya, no titubea, lo dice en una línea dura, como si llevara tiempo queriendo vomitarlo.

—No sé de mí porque casi no soy muchas cosas; no sé de mis padres, tengo apenas escenas borrosas del lugar de donde provengo. Todos mis recuerdos son en esa maldita casa, me vendían día y noche, tres, cinco, siete veces. En esa foto —sus palabras se enciman— yo sonrío, pero atrás de esa cámara había un hombre con un pedazo de cuero, esperando que yo hiciera un gesto de disgusto para golpearme hasta cansarse. Yo me comporté cual soldado para esa sesión. Y ahora…, ahora esas fotos están por todas partes, por todos lados, no sé quién las encontró, no deberían estar, no deberían existir.

Proceso lo que estoy escuchando. Mis tripas se anudan, la acidez llega a mi esófago. Cada palabra me apuñala. ¿Cómo puede ser el mundo tan cruel?

Por eso no habla de ella, por eso ha evadido cada pregunta, todo cobra sentido: «¿Qué es el amor, Lauren? ¿Qué es *skincare*? ¿Qué es esto? ¿Qué es lo otro? ¿Qué es *Cinderella*? Nunca soñé con ser nada de grande». Su inocencia, su desconocimiento ante cosas básicas, su necesidad desesperada de normalidad.

—No tenía idea, no sabía, cuánto lo siento, Dios mío, Danny. ¿Qué puedo decir después de esto?

—Debí morir, debí haberme matado, yo tuve la oportunidad muchas veces, pero quería vivir… ¿Para qué quería vivir? A veces creo saberlo, y otras, como hoy, pienso en si vale la pena o si me autoengaño al creer que sí.

Sostengo su rostro entre mis manos.

—Danny, no digas eso, por favor, no vuelvas a decir eso. Hay motivos, vas a ser médico, vas a ser grande, quieres ser cirujana, ¿eh? Vas a ser la mejor y… vamos a viajar por el mundo y hay mucha mucha vida, muchas cosas que te juro que valen la pena.

—Mi psiquiatra me lo prometió también. A veces encuentro una cosa buena, pero después hay cinco que me arrebatan la posibilidad de creerlo por completo.

—Yo te prometo que sí, que hay más.

Sus hombros bajan, como si se hubiese quitado peso de encima.

—Nunca he hablado de esto con nadie que no haya sido el doctor Cadwell. Es un secreto que siempre está hablando aquí adentro… —Se señala el pecho—. Hay un cuento, uno que se llama «Los tesoros de Sofía», y trata de una niña que guarda secretos, pero todos son buenos, me pregunto entonces, ¿por qué yo debo guardar algo tan siniestro?

Le quito el cabello de la frente, se lo paso detrás de la oreja.

—No deberías, pero quizás en oídos equivocados puede ser peligroso —digo, con miedo ante lo que sé.

—¿Tus oídos son equivocados?

—Dannielle, puedes hablar cuanto quieras conmigo.

—¿No va a cambiar la forma en que me percibes?

—En absoluto. —Aprieto su mano con fuerza—. Agradezco que hayas podido salir de ahí.

—Maté a la mujer que me secuestró.

El mundo se detiene. Y yo me siento tan tonta que no puedo decir nada, me desarma. Pasa las cuentas de allá para acá, como esperando que yo dicte una sentencia o que no la juzgue, que no la rechace.

No lo haré.

—No estás sola, ¿eh? Me tienes, te lo prometo. —Levanto un meñique y lo entrelazo con el suyo.

—¿Qué es eso?

—Significa «antes muerta que fallarte».

CAPÍTULO 58

DANNIELLE MORGAN BLACKWOOD

La infancia es el cimiento de todo lo que seremos,
aunque a veces construyamos sobre ruinas.

Años atrás

Mi comportamiento es aun más mecánico, siento que he dejado de habitarme; mi mente ha aprendido a apagarse, la mayor parte del tiempo estoy en un sitio oscuro, no existe noche ni día, solo sé que me apago, me desconecto, escucho voces a lo lejos y, de vez en cuando, vuelvo a la realidad un par de días para después sumergirme en una pantalla negra.

Me veo al espejo, tengo un golpe en el hombro y marcas de uñas encajadas en las clavículas, pero no recuerdo nada. Duele, pero es un dolor distante, como si le perteneciera a otra persona.

Valyria está a mi lado, cepillándose el cabello con movimientos meticulosos. Se ciñe el vestido que usará esta noche; es verde oliva, su favorito, resalta su cabello y sus ojos.

El sonido de los tacones de *Madame* por el pasillo nos pone en alerta. Ambas nos enderezamos de inmediato cual muñecas de cuerda. Sabemos que no podemos mirarla hasta que nos lo indique.

—Buenas tardes.

—Buenas tardes, *Madame* —respondemos al unísono.

—Pueden voltear, esta noche habrá un banquete en el piso subterráneo, las quiero en la entrada, listas. —Con dos dedos señala primero a sus ojos, luego a nosotras. Es su manera de recordarnos que nos mantendrá vigiladas—. Tomarán las jarras y servirán vino a los invitados. ¿Está claro?

Ambas afirmamos al mismo tiempo, sumisas ante sus órdenes. Hace tiempo que dejamos de repelar, y eso nos ha dado un mínimo de paz.

Se queda observando a Valyria, desde la cabeza hasta los pies.

—Val…, si ya casi te ves como una mujer —acaricia las palabras con un toque de malicia.

El corazón se me encoge. Ella en breve cumplirá dieciséis años, y ambas sabemos lo que significa.

Ya no la necesita.

La pondrá en subasta, y no la volveré a ver.

—*Madame* —murmura Val con una voz temblorosa porque sabe que lo que diga a continuación podría resultar en una bofetada—, ¿podré salir?

Juliette juguetea con uno de sus rizos naranjas, enrollándolo alrededor de su dedo.

—Por favor —me atrevo a intervenir, una plegaria—, hemos sido buenas, no hemos dado más problemas.

Madame chasquea su lengua contra su paladar, como si saboreara el control.

—Oh, mi Danny —dice mientras su mano fría acaricia mi mejilla—, voy a pensarlo.

—Se lo ruego. —Val junta sus manos en una súplica, sus ojos encuadran toda su esperanza.

—Posiblemente.

Sale de la habitación, no sin antes lanzarnos una última mirada y una sonrisa que no sé muy bien qué significa, sus labios se mueven y entiendo claramente: «Pórtate bien».

Mi sangre se torna helada.

—Lo hará, Dannielle —dice Val apenas escuchamos sus tacones desvanecerse.

—Dijo «posiblemente».

—Lo hará, viste su cara, sí lo hará. Está contenta con nosotras; te acarició, lo hará —lo dice convencida.

—No sé qué pensar. —Me muerdo una uña.

—Danny, no hagas eso. —Me da un manotazo—. A *Madame* no le gusta que traigas las uñas así, por favor, Dan, pórtate bien, por favor, no la hagas enojar. Leíste sus labios, que te portes bien.

—Eso hago.

—Has causado la mayoría de los castigos, por favor, esfuérzate más.

—Lo intento, lo sabes perfectamente.

—La última vez…

—La última vez te lo juro que no fui yo, no sé qué sucedió… algo —aseguro mientras sacudo la cabeza—, no sé ni explicártelo.

Val me mira como si no me creyera.

—Solo mantente callada lo más que puedas —me guiña el ojo.

Tocan la puerta, una de las sirvientas aparece.

—Dannielle, el doctor Paul te manda a llamar —dice fríamente. Parece un cadáver con un vestido gris.

—Pórtate bien —susurra Val antes de que salga.

Una sirvienta me escolta mientras camino hacia el ala izquierda de la casa, al fondo está el consultorio. Toco.

—Adelante.

El doctor Paul está sentado en su escritorio con un cuaderno abierto frente a él. Con un dedo indica que me acerque.

Me sienta en su pierna y observo un nuevo libro: *Cirugía de cabeza y cuello.*

—Nueva lección.

Muevo la cabeza, no emito voz hasta que se me ordene.

Toma un marcador negro de su cajón, me pone de pie y marca una línea en mi pecho.

—¿Cómo se llama esto? —me pregunta.

—Esternón.

—¿Se conecta con…?

—Las clavículas.

Toca mi cuello.

—¿Y este músculo?

—Esternocleidomastoideo.

No me muevo, no respiro. Hace a un lado parte de mi vestido para seguir dibujando.

—Esto es importante, Dannielle, pues si comprendes el cuerpo, sabrás cómo manejarlo, cómo cuidarlo.

Sigue moviendo sus dedos.

—Aquí está el hueso hioides —llega a mi garganta—. Y lo rodea…

—La arteria lingual, tiroidea superior, facial.

—Has estado estudiando. —Sonríe, satisfecho—. Eres más lista de lo que crees. Si pones mucha atención, puedes llegar a ser alguien importante, alguien a quien respeten. —Presiona—. ¿Sientes esto? —Pone uno de mis dedos en mi muñeca—. Es el pulso, la vida. Yo también lo tengo. —Lleva mi mano hacia su piel—. Tener el control de la vida es de las mejores cosas que pueden pasarte.

De su bolsillo saca un collar, tiene un dije de corazón. Lo abre y saca un objeto. Es afilado, como un cuchillo diminuto.

—Esto se llama bisturí, lo utilizamos siempre en cirugía, es pequeño, práctico y poderoso. Es amigo y es enemigo, depende de cómo se use. —Lo guarda nuevamente.

Me pone el collar.

—¿Me lo dejará puesto?

—Es tuyo, te lo ganaste. —Me toma por lo hombros, sus ojos alargados observan mi cuello—. Recuerda esto, Dannielle: un corte en el cuello, si es preciso, no solo abre la piel..., también puede abrir la puerta a la libertad.

CAPÍTULO 59

ANTHONY CADWELL

En el ajedrez del destino,
hay piezas que creen moverse por voluntad propia,
sin saber que han sido jugadas desde antes de nacer.

El cigarro de Elrond humea entre sus dedos mientras se inclina ligeramente sobre el escritorio de madera maciza. Tabaco, coñac y lavanda en el salón. La luz del candelabro arroja sombras largas sobre la alfombra persa, donde su gato negro rueda con indiferencia, como si la conversación no le incumbiera.

—¿Cómo la han visto en su nuevo hogar? —Huelo el vino que sirvió en mi copa.

—Excelente, *docteur*, es lo que me informan Perry y Simon. Aprende muy rápido.

—¿Con los pacientes?

Asiente.

—*C'est ça.* —Da una calada a su cigarro—. Es un alma hermosa. Los escucha, los cuida. Casi nunca cocina para ella, pero a sus pacientes les hace sopa y pan con miel.

—Entonces no se arrepiente de haberla contratado.

—Jamás. Yo quería que ella se sintiera parte del mundo, que supiera que su presencia, sus manos importan. Quizás opté por una cosa descabellada, hubiera podido mantenerla sin pedirle nada a cambio, pero siento que así se da valor ella misma. —Su tono tiene un dejo de orgullo.

Asiento.

—Me dijeron que le ha costado el volante.

—Aprendió más rápido a usar armas que a manejar, pero ahí la lleva.

—No me termina de convencer lo de las armas.

—Tiene que, sabes cómo es este mundo, doc.

Desde que Elrond supo que llegaría al Saint Adofaer, me llamó cada día para preguntarme por su estado, ofreciendo pagos por darle un mejor trato, pagos que nunca hicieron falta.

—Siempre me has dicho que estás agradecido con ella por haber asesinado a Juliette, pero ¿qué más hay? ¿Por qué tanta protección?

Elrond quita la aguja del tocadiscos, y la música se apaga con un crujido.

Un largo suspiro. Pasa una mano por su rostro cansado.

—¿Quieres escucharlo?

—Por favor.

Juega con su cigarro, sus labios se fruncen y lo apaga contra el cenicero de cristal.

—Dannielle es la hija del hombre al que Juliette más amaba. —La frase golpea como un disparo en una habitación cerrada—. Y Juliette fue la mujer que yo más amé. —Aprieta la mandíbula—. Y el hombre del que te hablo mató a mi hija. —Una sonrisa amarga—. Qué trabalenguas.

—¿Qué venganza es esa?

—Ninguna. Yo no soy como él. Él me arrebató a mi niña, yo protegeré a la suya.

—¿Nunca se lo dirás? A ella le gustaría saber de dónde viene.

Sus ojos verdes opacos me perforan.

—No, no quiere saberlo.

Su gato salta a mi regazo, creo que él también escucha mi corazón desbocado.

—Tiene derecho.

—No necesita más ceniza en su vida, yo conocí a su padre y no quiere saber quién es. —Aprieta la boca formando una línea firme.

—Podemos buscar la forma de contárselo para que lo procese bien.

—Lo pensaré...

—Si decide hacerlo, por favor dígame antes. —Mueve la cabeza para decirme que sí—. ¿Y su madre?

—La he buscado. No sé mucho de ella como persona, pero si encuentro algo rescatable, te lo haré saber, de momento… —su dedo se acerca a sus labios— silencio.

Entiendo.

Vuelve a encender la música y así da por finalizado el tema.

Se inclina hacia atrás en su silla de cuero, con una expresión que cambia de melancolía a practicidad en cuestión de segundos.

—Ahora dime, ¿has hablado con el doctor Montoure? Me ha hecho esperar demasiado con esa *foutue* mercancía.

CAPÍTULO 60

DANNIELLE MORGAN BLACKWOOD

Mientras aseguro que todo estará bien,
a veces me pregunto si yo también lo estaré.

Poner tu mejor cara cuando quieres derrumbarte es de las cosas más cansadas que he experimentado.

Tengo a un paciente en el sótano con amputación de mano derecha y una bala en el abdomen. Lo dejé estable, mientras que yo estoy al borde de desplomarme de cansancio.

Ya en mi recámara, me quito el listón que amarra mi cabello y masajeo mi cuero cabelludo.

Me dejo caer en la cama y me pierdo varios minutos en el techo.

«Estoy bien, estoy viva».

¿Estar viva debe festejarse? Vivo aunque pese, vivo aunque duela, vivo ¿a qué costo?

—¿Qué te traes ahora, eh? Traes la cara hecha un desastre.

La voz, escucho esa voz. Es él.

Me incorporo de golpe, lo enfoco. Maldita sea.

—Yurien… —susurro. Val detrás de él, usándolo como un escudo—. Valyria, ¿qué hiciste?

—Protegerte, Dannielle. ¡No estás pudiendo sola! —Un berrinche sale de sus labios.

—¿Qué mierda te han hecho?, ¿eh? —gruñe Yurien, avanzando hacia mí. Cada paso suyo hace vibrar el suelo—. ¿Cómo se te ocurre dejar que te hagan esto? Siempre igual, débil, sumisa, descuidada…

—No necesito que nadie intervenga —ordeno con más fuerza de la que siento, me encojo ante su cuerpo, pero mantengo la mirada.

—Danny, deja que él lo maneje —suplica Val.

La mano de Yurien se aproxima a mi cuello, me enreda, me enfoca con rabia, con llamas.

Parpadea y escucho el chirrido de la esclerótica seca de su ojo blanco. Su ojo bueno se contrae.

Es un hombre que parece ser de papel y al mismo tiempo de hierro. Huele a sangre, a metal, a enojo. Las cicatrices en sus brazos vibran con enfado.

—Nunca, nunca más —respondo.

—Eres un ser despreciable. —Me lanza contra la pared.

—¡Para, Yurien! —Llora Val. Él la avienta con todas sus fuerzas contra la pared.

—¿Para eso nos sacaron del juego ustedes dos? ¿Para convertirse en basura? Estúpida. Tú no mereces este cuerpo. ¿No te da vergüenza ser tú? Eres y siempre has sido las más débil. ¿Superviviente te dicen? ¿Quién se atrevió a llamarte así? Sin nosotros estarías bajo tierra, esparcida entre los mares como incienso; vives y tienes todo esto por nosotros. —Me levanto como puedo, meto la mano al bolsillo, esculco, saco el bisturí—. Vete o te mato.

—Esa reliquia, ¿me lo encajarás como a Bistró? Vamos, hazlo, total, eso eres: una asesina. —Se ríe, sus carcajadas me carcomen.

—No soy eso.

—Lo eres, tú y todos nosotros lo somos. ¿Por qué me apuntas a mí y no a los demás? —Se acerca descubriéndose el pecho, dispuesto a ser ensartado con el filo—. Así deberías ponerte con ellos, tonta.

Se lo encajo. El sonido de la carne crujiendo, el golpe sordo me hace jadear. Su rostro no refleja ni un atisbo de dolor.

Presume una sonrisa mientras se arranca el bisturí como si fuese una astilla; la sangre chorrea de su torso y mancha la alfombra, pero él no se inmuta.

—Esto no hará que me vaya —dice en un tono más tranquilo—, pero por mucho que te deteste, no soy como tú, Dannielle.

Se gira y desaparece entre las sombras, dejando tras de sí ese olor a humo, a metal frío, a muerte.

Me quedo allí, paralizada, recobrando el aliento, el miedo atenazado sigue aquí.

La puerta se desliza y salgo del trance.

—Dan, ¿qué son esos gritos? —Al verme, sus ojos disparan—. ¡Dannielle!

El bisturí en el suelo, la alfombra se ha vuelto herrumbrosa.

—¡Nena! ¿Qué te has hecho?

Simon se abalanza sobre mí, se quita la playera para presionarme la herida, la sangre sigue brotando.

—No es nada, Simon, estoy bien… —Pero mis palabras suenan huecas, me siento fuera de sí, de mí, como si un casco estuviese cubriendo mi cabeza, mi vista.

—No… no, esto no es estar bien. —Sus manos siguen presionando.

CAPÍTULO 61

LITTLE PERRY

El invierno lo trae dentro.

Dannielle tiene los ojos cerrados, respira lentamente. Está recostada en su cama. Sus sábanas lilas tienen gotas de sangre.

Aplico lidocaína en su piel, se hizo una herida profunda justo debajo de la clavícula derecha. Por fortuna no tan honda como para atravesar algo.

No hace gestos de dolor, no emite sonidos.

—De doctora a paciente, ¿eh? —Atravieso su piel con la aguja, afronto la herida.

Agita la cabeza.

—No es para tanto —murmura—. Esto se cerrará solo, sin necesidad de hilo.

—No cabe duda de que los doctores son los peores pacientes.

Pienso en lo que el doctor Cadwell nos contó de ella. De las entidades; herirse a sí misma. No había sucedido.

—¿Hace cuánto que no te lastimabas?

No hay respuesta. Simon nos observa desde un rincón; está asustado, tiembla, parece que el termostato se descompuso, está congelado.

—Listo —digo al terminar. Recorto el hilo y limpio el área—. Ya sabes los cuidados, señorita. Descansa.

—Lo haré.

Observo las venas de la mano de Dannielle, sobresalientes. Estas no son sus manos. Abre los ojos y no son de ella. Su pupila se ve revestida de un color verde oliva.

Salgo de su habitación junto con Simon. Trueno los dedos y un hombre se acerca.

—Si escuchas algo…, lo que sea, interrumpe —ordeno en voz baja.

Me quito los guantes, voy a un lavabo a restregarme la cara.

—¿Y? —Los globos oculares de Simon están por estallar.

—Fue profunda, pero no es grave.

—No hablo de eso. ¿Escuchaste, Perry? —Está helado—. ¿Las voces? Escuchaste las voces antes de que deslizara la puerta. El doctor nos advirtió que estuviéramos alertas a las señales. Debemos llamarle.

La casa cruje.

—¿Escuchas? —Se encoge. Tiene miedo, y también yo.

Saca su teléfono. Me quedo a su lado escuchando los tonos de llamada.

—¿Pasó algo? —pregunta Anthony, una llamada nuestra indica que algo malo sucedió.

Él traga saliva antes de responder.

—Es Danny, se… se hizo daño.

El silencio del otro lado de la línea se prolonga.

—¿Qué se hizo?

—Se clavó un bisturí.

—¿Dónde está ahora?

—En su habitación.

—No se alejen mucho.

CAPÍTULO 62

DANNIELLE MORGAN BLACKWOOD

No quiere mi refugio, no quiere mi escudo...
pero aun así, me quedaré cerca,
por si algún día se cansa de pelear.

Estoy encogida en la cama, con la frente apoyada en mis rodillas.

No sé cuánto tiempo ha pasado, no veo el reloj. Ni el hambre ni la sed me levantan. Me siento desconectada, como flotando.

Las sombras de las ramas que se reflejan en la pared se alargan y la luz se filtra como un recordatorio de que el mundo sigue dando vueltas, mientras yo estoy aquí, como una muñeca a la que se le zafó una pierna.

«Esta es tu vida».

No quiero que sea así.

—Sé que no debí llamarlo. —Aparece Val, se lamenta, su rostro está herido—. Pero no puedes seguir así, necesitas defenderte. Alguien debe pagar.

Me giro lentamente, sus ojos verdes brillan con la luz.

—No quiero —susurro—, no quiero violencia, yo no soy así, yo no quiero ser mala. No soy como ellos.

Me toca el pecho justo donde está la herida, lo hace con compasión, con lástima.

—No entiendes, Danny, el mundo no es justo, Yurien puede ayudar.

—¡Él me odia! Lo viste.

—Lo corriste a él y a los demás, es obvio que están molestos.

—Fue un trato.

—Fue un despido. Todos dieron la vida por ti, te protegieron para que tú no sufrieras y los desechaste.

—Era necesario para poder seguir con mi vida.

—Vida que él cuidó. Él aguantó cada golpe por ti.

—Y ahora me lo cobra casi matándome, ¿debo estar agradecida?

Yurien llegó a mi vida un día que me retorcía del dolor. Me habían golpeado en el estómago, y él me ofreció su mano, cambiamos de lugar. Me ofreció entrar cada vez que alguien me tocara, para que yo no volviera a sentir.

—Ellos deben pagar.

—Quien necesita pagar está muerta, y la otra en la cárcel.

Val mueve la cabeza, negando.

—Tú sabes quiénes merecen pagar. Nosotros podemos hacerlo.

—No —sentencio—. No soy una Bistró, no soy como ellos, no quiero moverme por el odio.

—Entonces vete de esa escuela, no regreses. ¿Para qué quieres estudiar?

—Porque quiero cumplir un sueño, quiero ser alguien, estoy a más de medio camino, ¿es difícil entenderlo?

—No vas a poder.

—Puedo.

—No.

—¡Vete! —grito, y la herida me punza.

Val desaparece, justo en la dirección en que se desvaneció Yurien.

El aliento bailotea entre mis pulmones. Quiero levantarme, quiero ser fuerte, quiero salir de esto, quiero… Quiero…

Puedo. Sé que puedo. Sé que se puede, ya avancé y puedo volver a hacerlo.

Susurro casi una plegaria, una repetición, quiero creerlo.

Mi teléfono suena, la luz ilumina el techo.

Lauren
Danny, dime que estás bien. No me dejes colgada, por favor. Llámame.

Otro mensaje aparece en la pantalla.

Leo su nombre una y otra vez antes de abrirlo, me parece hasta desconocido.

Dr. Almond
Sé que necesitas tiempo, pero si quieres hablar, aquí estoy.

Una parte de mí quiere responderle, la otra quiere desterrarlo de mis pensamientos.

«No confíes en ellos».

«Te fallarán».

Dejo el teléfono a un lado. Me cubro el rostro con las manos. Debo salir de esto, ya he pasado por cosas peores, puedo superarlo, puedo seguir como si nada hubiera pasado, puedo actuar bien sobre el dolor; bailé con llagas, sonreí con derrames en los ojos, salí de donde nadie había salido, sobreviví.

Debo controlarme.

Control.

Control.

Decido enviar un mensaje.

«Estoy bien, solo necesito un poco más de tiempo».

Es todo lo que logro escribir.

Una semana más sin salir de casa. Simon ronda como un león frente a la puerta, obligándome a comer. Perry viene como enfermero en turno. No me dejan sola.

—Dannielle, perdón por interrumpir. —El pelirrojo asoma la cabeza por la puerta—. Elrond está en la terraza, quiere hablar contigo.

Mi rostro se ilumina, el nombre me anima. Hace tiempo que no lo veo.

—Voy.

Subo deprisa. La puerta de la terraza está abierta y veo a aquel hombre con traje oscuro y sombrero de ala ancha mirando al horizonte. La luz de la tarde le da un matiz dorado al perfil, como si el sol mismo le rindiera respeto.

Me acerco despacio, con pisadas silenciosas.

—*Belle*. —Me escucha, espantarlo no me sale.

Gira con lentitud; en las manos trae un ramo de rosas rojas, como el vino, como la sangre.

—*Bon après-midi, petite*. —Su voz es un ronroneo grave. Se acerca un paso y me ofrece las flores—. Son para ti.

—¿Y esto por qué es? No se festeja nada.

—Porque estoy agradecido contigo, con tu trabajo y tu apoyo.

Bajo la mirada.

—Sigo siendo muy torpe y tonta. Nada que agradecer.

—¿Por qué te dices así? —Se quita el sombrero, lo sostiene contra su pecho—. No eres ninguna tonta y no te llames así enfrente de mí.

—No lo sé. Así me siento.

—Te subestimas demasiado, *petite*. Y eso es peligroso.

—No soy la gran cosa, no sé ni para qué me trajo aquí, debe de tener mejores hombres a los cuales darles este privilegio.

Mis dedos se aprietan alrededor del tallo de las rosas.

—*Non*. Ninguno como tú. Crees saber lo que eres, pero te equivocas.

Elrond da un paso hacia la mesa de la terraza y se sienta en uno de los sofás de mimbre.

—Siéntate. —Apoya los antebrazos en los muslos y entrelaza los dedos.

El cojín está helado por el sereno.

—Eres fuerte, Dannielle.

—Yo no quería ser fuerte.

—Eso no cambia que lo seas.

El viento arrastra hojas secas a la terraza, pequeños remolinos danzan entre nosotros.

—¿Sabes qué es lo peor de la fuerza? Que nunca es una elección. Nadie se despierta un día diciendo «quiero ser fuerte». La vida te lo impone. Te arrastra hasta el borde de un precipicio y te obliga a decidir entre caer o resistir. Tú resististe.

—No me quedaba de otra.

—Siempre hay de otra. Pudo haberte vencido. Pudo haberte tragado entera y, sin embargo, aquí estás. No me vengas con que no eres nada, porque nadie sobrevive al infierno y sigue en pie por accidente. —Me observa, toma nota con su semblante añoso pero también joven—. Fortaleza es elegir la vida cuando todo te ha llevado a la muerte.

Mis ojos se nublan y soy lluvia hacia dentro.

—No tenías por qué ser fuerte. Ahora, no permitas que el mundo te haga olvidarlo.

Estira una mano para atraerme hacia él.

Y lloro, lloro con el corazón y me imagino que así se siente tener un padre. Al menos una dosis.

CAPÍTULO 63

DANNIELLE MORGAN BLACKWOOD

Ser fuerte no es un don,
es una herida que no te permitieron cerrar.

Dos semanas más sin salir. Mis intentos de acercarme a la puerta fallan. Apenas pongo la mano en el botón, y mi estómago se enfría. Mi sitio seguro: estar bajo las sábanas respirando mi dióxido de carbono.

Hoy Simon ha intentado ayudarme, planchó mi uniforme, me desenredó el cabello, me hizo una cola de caballo y, como pudo, me pintó los labios de color cereza.

Mis ojos están hundidos, lo noto en el espejo del pasillo cuando paso rumbo a la cocina. Parecen de alguien que no ha dormido en días y, sin embargo, no hago más que dormir. Mi cuerpo se apaga, pero mi mente sigue girando.

Fueron catorce horas seguidas anoche.

—¿Qué pasa, Dannielle? —pregunta Simon, mientras corta naranjas para someterlas al extractor.

—No lo sé, no me entiendo.

Las palabras para hablar de lo que pasó siguen estancadas en el fondo de mi alma, escondidas tras palabras de olvido.

—Prométeme que te tomarás esto. —Me da una botella en la que mezcló el jugo con otras cosas verdes.

—¿Le pusiste cilantro?

—Ya sé que no te gusta, pero te hará bien.

Tomo aire, veo el jardín a través de la ventana; el exterior.

Simon me abre la puerta y se apresura a encender la camioneta.

Apenas me acerco, la luz me encandila y vuelve a mi cabeza aquella fotografía que todos vieron con mofa. Los insultos, los murmullos hacen fiesta en mi cabeza.

«Yo puedo».

«Te lo dije, esta es tu vida».

Frunzo los ojos y aprieto los dientes.

«No, esa no es mi vida».

Me sostengo del muro, vacilante, temblorosa, es como si me sintiera desnuda; miro hacia abajo, no traigo ropa, me veo sucia, con lodo, con estiércol, con sangre.

Me dejo caer.

Simon viene a mí y me sujeta. Lo empujo. No quiero que me toque, no quiero que nadie se ensucie conmigo.

—Suéltame, suéltame, soy un asco, ¡suéltame!

—Danny. ¡Ey, ey! —Me da palmadas en las mejillas para hacerme regresar en mí.

—¡Suéltame! —Lo hago a un lado con fuerza, me quito sus manos de encima; no quiero que me toque, va a ensuciarse.

—Soy una basura, Simon. ¡Aléjate! ¡Aléjense! ¡Váyanse! —grito, me pongo las manos en los oídos y un zumbido me aturde. Me hago ovillo en el suelo.

—No me iré.

Simon se sienta a mi lado.

Tararea una canción suave que me mece. Y qué estupidez la mía: quiero volver, luego no quiero. Necesito terminar lo que empecé, es la regla. En el sanatorio era la regla con el medicamento, con las actividades. Cuando llegaba Cadwell con un bastidor y pintaba un tronco, me decía que le faltaban hojas, el pasto, el arroyo, el cielo; no debía dejar las cosas a la mitad.

Cuando era hora de comer, un bocado de puré no era suficiente, porque el plato tenía proteína y vegetales, y debía terminar lo que empezaba.

Respiro. Quiero vivir, lo juro, pero doy un paso y me equivoco, doy cinco pasos y los demonios brincan a mi presente.

«No todo es como lo que conociste».

—¿Sabes? —Simon rompe el silencio—, cuando supe de ti, cuando el *Loff* Elrond nos contó tu historia, imaginé a una niña muy menuda y asustada, y cuando te vi por primera vez pensé que no me había equivocado, pero después vi tu mirada frente a él, con esa furia, esa determinación, y me di cuenta de que no había una niña frágil, sino un león rugiendo en tu interior. No dejes que nada te detenga. Eres un roble de un metro sesenta y cinco.

Mis lágrimas escurren por su brazo; sus manos siguen acariciando mi cabello. El latido firme de su corazón me tranquiliza, me centra en el ahora.

Cinco cosas: su barba roja, su chaqueta negra, su reloj deportivo, sus botas altas, la argolla en su oreja derecha.

—Si no quieres volver, no pasa nada. Nadie te obliga —me asegura.

—Sí quiero, quiero terminar lo que empecé.

Simon me ayuda a levantarme del suelo, despacio, como si temiera romperme.

Me recoge los cabellos sueltos por la cara.

—No sé qué es lo que está pasándote, pero no estás sola.

Con la puerta abierta ante mí, el aire gélido y los pájaros revoloteando en mi garganta, por fin salgo.

«No estoy sola».

Mis manos tiemblan.

Camino por el pasillo, aún siento las miradas en mi piel. Solo miro mis zapatos, mis pasos. Sé que los insultos siguen en el aire.

«Ya pasaste por cosas peores».

Estoy llegando a las escaleras que van a mi salón, pero antes de subir el primer peldaño, mis manos se tornan de un color oscuro, terroso, sucio.

Veo lodo en mi piel, moho extenderse por todo mi cuerpo.

Soy un asco.

No puedo.

Corro, escapo hacia el último edificio. Subo y subo los escalones, huyendo. Aquí solo hay polvo, ladrillos sueltos, varillas amontonadas, paredes grises inacabadas, nadie que me escuche.

Me encuentro en el piso veintiuno, el último, desde donde se ve todo Hamlëin, una ciudad al fin del mundo, triste, opaca, gris. El único lugar donde pudieron acomodarme para vivir. Las gotas se precipitan, pero parecen no tocar el suelo. Es como si la lluvia temiera caer por completo, como si temiera ensuciar lo que ya está sucio.

Quiero rasparme la piel, quitarme el cuerpo, sacar las imágenes de mi cabeza con las uñas.

¿Qué tan fácil es correr del pasado?

«Esta es tu vida», me repetía *Madame* Bistró, y yo me negaba a creerlo, mas ahora no lo sé.

Ella decía que hay quienes nacen para ser alguien importante y otros para andar entre el barro seco mientras esperan que la muerte tenga un poco de benevolencia y se los lleve. Ella aseguraba que a mí me había tocado ser de los segundos.

Elrond dice que soy fuerte, pero ¿qué es eso?, ¿a quién le sirve serlo? Yo no quiero.

«Esta es tu vida».

No quiero, por favor, no quiero que sea mi vida.

¡Maldita sea, vete Juliette!

¡VETE DE MÍ!

«Débil, eres tan débil».

«Te dije que sin nosotros no ibas a poder, ridícula».

Todas las voces hablan dentro de mí. Gritan, lloran, braman y discuten.

Me presiono los oídos automáticamente, como si eso fuera a disminuirlas, pero están adentro y solo aumentan.

Miro hacia abajo: la altura y el vértigo me piden avanzar. ¿A quién le importo?

Doy un paso al frente y veo aquellos rostros que se apagaron en la Gale's Bear House llamándome, sonríen, menean las manos, quieren que vaya hacia ellos.

Me pregunto qué pasaría si me lanzo en este momento: ¿dolería o me apagaría de inmediato?

«Solo cuenta hasta tres y lánzate».

Uno.

Dos.

Tr…

Unos brazos me rodean por la espalda, me sujetan fuerte y me arrastran hacia atrás.

—¡Dannielle! —grita una voz—. ¿Qué haces? ¿Qué pretendías? —Es Almond.

Sus brazos me arden. Lo empujo, pero me atrae hacia él. Caemos, yo sobre su pecho y él en el concreto.

Lloro, lloro con desesperación. Me desbordo. Me duele el cuerpo, me duelen sitios que no sé dónde están.

—¡Suéltame! ¡Déjame ir! ¡Quiero morir, Marck, quiero morir!

Lloro como no había llorado en años, lloro y la bilis se me sube a la garganta. Quiero morirme, dormir, no saber de mí. ¿Qué tiene de importante estar viva? ¿Quién soy? ¿Quién fui? ¿Qué estoy haciendo?

Almond pone sus manos en mi rostro y me obliga a mirarlo.

—No vuelvas a decir eso, Danny.

—¿Por qué? ¿Qué problema tienen con la muerte? ¿Por qué se aferran a tener a alguien con vida si uno ya no quiere?

—No sabes lo que estás diciendo.

—Si supieras lo que siento aquí adentro —susurro, golpeándome el pecho suavemente—, solo clavándole algo se iría.

Almond cierra los ojos un momento, como si mis palabras lo atravesaran.

Si tan solo supieran lo que hay detrás de mi máscara, si se pusieran en mis zapatos un minuto. No quiero odiar, no quiero odiarlos, ya no quiero odiar a nadie, quiero perdonar, pero no puedo, quiero usar mis manos, quiero destruir, pero me aferro a creer que soy diferente al sitio donde crecí.

—Sí, lo sé, Danny.

CAPÍTULO 64

MARCK ALMOND

Si pudiera, tomaría tu corazón
y te daría el mío,
menos roto, menos cansado.

El cuerpo de Dannielle pesa inerte en mis brazos. Su respiración es ligera, pero constante. El llanto la agotó, la dejó inconsciente. La sostengo con firmeza mientras cruzo la escuela, escapando de las miradas curiosas.

Empujo la puerta del consultorio con el pie, la recuesto sobre la camilla. Su piel está pálida y sus labios resecos. Tomo su mano siempre helada, observo las cicatrices en su muñeca y un nudo aprieta mi garganta.

Siento mi vida depender de la suya.

Preparo todo y la canalizo. Entra una enfermera sugiriendo apoyo, pero le digo que yo me encargo y se retira.

El goteo sigue.

¿Por qué regresó? ¿Por qué volvió a este lugar? Me siento un estúpido, ni siquiera pude ayudarle. Las cámaras, inútiles. La seguridad, de adorno. Mi denuncia, sin movimientos, durmiendo en algún escritorio bajo una pila de papeles que nunca serán revisados.

Hale no hizo más que decir: «Cosas que pasan», «Ya le dimos mantenimiento a las cámaras, por si vuelve a ocurrir».

Dannielle mira el techo, pero no habla.

—¿Estás mejor?

Ella niega suavemente con la cabeza, como si ese movimiento le doliera.

Vuelve a cerrar los ojos.

—¿Hace cuánto que no tomas agua? Espero que no haya sido cierto eso de que quieres morirte.

Le quito el cabello de la frente.

—No digo mentiras.

—Tienes un gran futuro, Danny; hubiera querido tener tu capacidad de memorizar y entender las cosas tan rápido cuando estudiaba.

—Memorizar es malo, olvidar puede ser un don —me contesta con una voz gutural de quien no ha dormido en días.

Antes de que pueda reaccionar, se sienta en la camilla con brusquedad y se arranca la canalización, la sangre brota de su vena. Me apresuro a tomar una gasa para presionar su brazo.

—Dannielle, ¿qué estás haciendo?

Su sangre chorrea, pero su gesto es inexpresivo, como si no sintiera dolor.

—¿Qué haces hablándome? —pregunta, un reclamo directo—. He sido un fantasma para ti desde hace tiempo, ¿por qué te apareces ahora, cuando no te necesitaba?

—Vuelve a la camilla, puedes caerte.

—No respondes mi pregunta. —Sus ojos vuelven a tener vida, por lo menos para gritarme.

Me trago todo lo que quisiera decir. Todo lo que siento y no puedo decirle. Todo lo que sé y no debo confesar.

—Lo lamento —murmuro.

Es lo único que sale de mí, y sé que no me alcanza.

Se quita la gasa, la hemorragia se detuvo.

—¿Eso es todo? —pregunta con una sonrisa amarga—. Primero me buscas, insistes, me pides salir, hablas de confianza, de amistad, te metes al corazón con insistencia, ¿y después?

—Danny…

—¡No! —me corta con fuerza—. ¿Te acordaste de que ahora eres mi profesor y eso te incomodó? ¿Temiste que alguien te señalara?

—Tenía miedo de…

«Mentira».

—… meterte en problemas.

—Hazme el maldito favor de hacerte a un lado.

Su voz se eleva, me fractura. Es fuego y ceniza.

—Hablé con Anthony.

Sus dedos se tensan sobre la sábana blanca, y parpadea un par de veces.

—¿Por qué?

Veo mi reflejo en el gris de su iris.

—El rector, ¿recuerdas? Preferí hablar yo con tu doctor a que lo hiciera él.

—¿Y qué sabes?

—Lo suficiente.

Ella da un paso atrás. Su cuerpo se contrae como si la frase la hubiera arañado por dentro.

—¿Y decidiste ignorarme? ¿Te decepcioné? ¿No era lo que creías?

Las palabras me perforan.

—¡No! No fue así. —Avanzo un paso hacia ella—. No sabía qué hacer con tanta información, tuve miedo, no sé.

Niega con la cabeza mientras dirige sus pasos hacia la puerta, tambaleante.

—Dannielle, escúchame —suplico. Ella detiene su mano en el picaporte, pero no lo gira—. Lo siento —susurro—. Lo siento por haberte evitado. Lo siento por haberme asustado. Lo siento por ser un cobarde.

Detengo su mano, necesito que me vea, que me crea que no fue indiferencia.

Se ríe, pero no hay humor en el sonido.

—¡Quítate! —Me empuja—. No me busques más, no me sigas con esa mirada culpable, no me hables como si esto fuera algo que puedes arreglar con un «lo siento».

—Dannielle…

—¡No quiero tu lástima!

—¡Jamás sentiría lástima por ti!

—Pero sí miedo, ¿verdad?

Dannielle me sostiene la mirada un segundo más, como si buscara algo en mí, algo que le diera una razón para quedarse.

—No es miedo a ti, es miedo a ser torpe, a tocar una herida sin darme cuenta.

—Tonterías.

—No sabes lo difícil que ha sido… no mirarte en clase, no explicarte directamente a ti. Pretender que no te veo cuando eres lo único que miro.

—Pues lo hiciste excelente, Almond —dice como quien escupe un corazón a medio tragar.

Y entonces, la miro de verdad, con todo el arrepentimiento que me habita, con todo el cariño que no dije a tiempo.

—Danny…, mírame, por favor. —Lo hace, sé que aún hay algo ahí, algo que tiembla por detenerse—. No quiero perderte así.

No quería lastimarla y eso fue lo que hice.

Imbécil.

—Siempre me ha dado miedo que las personas que se acercan a mí me conozcan porque siento que se irán, y justo eso hiciste.

Me está confirmando lo que más temía: que fui una profecía cumplida.

—Perdón.

Es todo lo que sale de mí, aunque podría lanzarme al suelo y suplicar.

—Gracias, doctor.

—¿Eh? —Frunzo el ceño confundido—. ¿Gracias por qué?

—Porque en verdad iba a lanzarme.

Y se va.

Me quedo en medio del consultorio, viendo la sangre en la camilla y dándome cuenta de que todo este tiempo me tuteó.

CAPÍTULO 65

LAUREN ROSE

Tu sonrisa
fue un motivo para volver.

Acomodo mis cosas sobre la mesa, alineo los libros y los lápices. De pronto, escucho susurros, risas cortas. No entiendo lo que dicen hasta que alzo la vista y la veo.

Dannielle en la puerta, de pie. Más pálida y delgada. Las ojeras marcan su piel como sombras profundas.

Mi cuerpo reacciona antes que mi mente.

—Regresaste.

Salto de mi asiento y cruzo el aula antes de que alguien más pueda acercarse. Creí que ya no la vería. Mi corazón salta de alegría.

No me abraza con la misma fuerza, pero tampoco me aparta.

—Te extrañé. —Le quito la mochila antes de que pueda protestar—. ¿Cómo estás?

Qué pregunta más estúpida hice.

—Bien, bien.

«No es cierto».

—Te aparté tu asiento. Si necesitas apuntes, los tengo todos en orden.

Sus labios esbozan algo parecido a una sonrisa, mínima, pero ahí está.

—¿Orden, tú?

Me basta con eso, con ese pequeño gesto me dice que aún está aquí.

—Soy el desorden mejor organizado que puedes conocer.

En la hora libre antes de la última clase, el frío nos quema el rostro. Observo de reojo a Dannielle, con su postura aún rígida y su mirada algo ausente, aunque tenga un libro abierto. Como si su mente estuviera en otro sitio. Me niego a dejar que este silencio se alargue. Sospecho que quiere pasar la página, seguir adelante, y quiero ayudarle con eso.

—Dime, Blackwood, si fueras un animal, ¿cuál serías?

Alza una ceja. Como si no estuviera segura de haber escuchado bien.

—¿Eso por qué?

—Es un análisis profundo el que estoy haciendo —respondo con seriedad exagerada—. Anda, dime.

Hace una pausa breve, como si en serio lo pensara.

—¿Un gato?

—Sí, te me figuras como un gato; eres silenciosa, observas detalladamente. ¿Yo qué sería? Mírame bien.

—Un perro.

—¿Por qué?

—Eres inquieta y hablas mucho.

Pongo una mano sobre mi pecho, dramatizando la ofensa.

—¿Pero un perro? ¿Qué raza?

—No sé de razas, Lauren.

—Debes conocer una —insisto—. ¿Soy un pastor alemán? ¿Un chihuahua?

Dannielle entrecierra los ojos para observarme un poco más.

—Quizás uno de esos… *¿golden*?

—¿Un *golden retriever*? Me gusta —admito, con una sonrisa satisfecha—. Sí, me identifico.

Sus labios apenas se curvan en una sonrisa pequeña, pero genuina. Si tengo que ser un *golden retriever* inquieto y escandaloso para hacer que mi amiga sonría, supongo que puedo vivir con eso.

En ese momento, recibimos la notificación de que se ha suspendido la última clase, así que caminamos hacia la entrada. Dannielle encontró una piedra con la que va jugando.

Estoy a punto de despedirme para dirigirme al estacionamiento, pero no me conformo.

—¿Quieres ir a dormir a mi casa? Puedo hacerte pizza, o tal vez una crema con espinacas, ¿sí?

—No te molestes, Lauren. Estoy bien, de verdad, no te preocupes por mí.

—¿Molestarme? —Pongo las manos en mi cintura, exagerando indignación—. Blackwood, si fueras una molestia, te lo habría dicho hace meses.

—¿Así de honesta eres?

—Honesta, directa, un encanto en general. Pero no me cambies el tema. ¿Vienes o no?

—Solo si haces algo con mucho chocolate.

Otra pequeña victoria.

CAPÍTULO 66

DANNIELLE MORGAN BLACKWOOD

El verdadero traidor no ataca por detrás,
sino de frente, asegurándose de que la puñalada
sea en el corazón.

Años atrás

Mi cuerpo está cansado, pero no quiero dormir más. Hoy no. Hoy es el día.

Salto sobre la cama de Valyria, sacudiéndola con emoción.

—¡Despierta, despierta! ¡Es tu cumpleaños!

Ella se quita la sábana enseguida. Sus ojos aceituna brillan. Lo ha esperado por años, es hoy.

Cumple dieciséis. Hoy lo sabremos.

—¿Tú crees que lo haga? —Su voz es un susurro tembloroso.

Madame dejó un vestido verde colgado junto a un lazo rojo. Jamás ha hecho eso con nadie por su cumpleaños.

—Sí, Val, vas a salir.

—Voy a ser libre.

Nunca antes lo había dicho en voz alta.

La arrastro hasta el baño con prisa. El agua está helada, pero hoy no nos importa. Nos reímos mientras me aseguro de que su cabello quede limpio, de que su piel no tenga rastros de suciedad. Es como si el agua pudiera lavarle no solo la piel, sino los años de encierro.

—¿Qué harás? —le pregunto mientras deslizo los dedos entre sus mechones cobrizos, eliminando los restos de jabón.

—No lo sé, ir... ir al mar. Quiero verlo, tocarlo. Mar habla mucho de la costa donde vivía.

—¿Y después?

—Después... caminar. Caminar hasta que me duelan los pies.

—¿Qué más?

—Buscar a mi mamá. Debe extrañarme.

«Mamá».

Las horas pasan. Solo nos vinieron a dejar comida, pero *Madame* no se ha aparecido. La esperanza mueve el pie de desesperación.

Y entonces, la puerta se abre.

Madame entra con una sonrisa amplia; en una mano trae un panqué con un papel rosado y en la otra, un costalito que parece contener monedas.

El corazón me da un vuelco. Es cierto.

—¿Lista? —dice *Madame*.

Madame le extiende el panqué con cuidado, como si fuera una ofrenda.

«Sé libre».

Las palabras están escritas con un delicado baño de azúcar. Valyria lo toma con ambas manos.

—¿De verdad? ¿Las palabras de aquí son de verdad? —La voz de Val se agudiza, se quiebra, no lo cree.

—Lo son —abre la puerta—, puedes irte ya.

Ella observa, dudosa, pero se vuelve hacia mí.

—¿Ya?

—Sí, Valyria, vamos. ¿Ahora no quieres irte?

—*Madame*... ¿puedo compartirlo con Dannielle antes de irme? —Señala el pastelito.

—Cariño, te espera un coche afuera, se hace tarde. —Hay una dulzura en su voz que me eriza la piel, es como si no fuera real, *Madame* la llamó *cariño*.

—Será rápido.

Valyria se gira hacia mí, toma un pedazo de su panqué y me lo ofrece, pero lo rechazo.

—No, Val, es tuyo, disfrútalo.

—Dannielle. —Se acerca y me toma las manos—. Cuando cumplas dieciséis... te estaré esperando.

Le da el primer mordisco y todo cae a pedazos. La sonrisa en su rostro se quiebra en una mueca. Sus labios se abren, su respiración se corta.

Jadea, se atraganta. Le doy palmadas en la espalda.

—¿Estás bien?

Se agarra el cuello con desesperación. Sus ojos se desorbitan. Escupe. Su lengua se hincha y veo el pánico en su rostro.

Es una trampa.

El vestido verde se arruga cuando su cuerpo se convulsiona. *Madame* se ríe. Su risa es un estruendo en mis oídos, una campana repiqueteando dentro de mi cráneo.

—¡Val! ¡Val!

No es libertad.

Es una burla.

Está muriendo en mis brazos.

La voz del doctor Paul invade mi mente: «Siente aquí, Danielle. El pulso debajo de la piel. Las arterias son clave. El conocimiento es poder. El conocimiento te hace libre».

Mi mano roza el pequeño relicario en mi cuello. Dentro de él está el artefacto *amigo, enemigo*. La libertad.

Madame se sigue riendo.

Yo deslizo los dedos dentro del relicario.

Hay humo saliendo de mi nariz.

Soy sangre ardiendo, rojo vivo.

Lo ensarto en ella.

Todo se oscurece.

CAPÍTULO 67

ANTHONY CADWELL

Diagnostiqué
su dolor,
pero terminé padeciéndolo.

Un café, demasiado caliente para beberlo, descansa en mi mesa. En lo que se enfría un poco, continúo con mi lectura: «La docencia en el área de la salud exige más que conocimiento técnico. Requiere la capacidad de transmitirlo de manera que el estudiante no solo lo entienda, sino que lo interiorice. Que lo haga suyo. Que lo recuerde cuando más lo necesite».

Ser profesor. No había imaginado que sería algo que me ilusionaría tanto. Siempre me vi entre consultorios, hospitales, nunca en un aula. Pero, ahora, pensar en que seré quien estructura las clases, quien despierta el interés en una mente más joven, más fresca me resulta… interesante.

Rodeo la taza con ambas manos. El frente frío en Hamlëin quema, aunque se supone que debería ser primavera Nunca se había sentido un clima así en la ciudad. Es decir, siempre ha hecho frío, pero veías por ahí a algunos valientes con bermudas. Ahora todos están con doble suéter, bufandas, orejeras y con la piel irritada.

«Los estudiantes de medicina no solo necesitan información, necesitan historias. Casos reales, errores cometidos, decisiones que definan vidas. Porque no aprenderán solo con conceptos y protocolos, sino con el peso de saber que, en sus manos, un día, habrá una vida esperando ser salvada». Exhalo lento, eso es cierto.

Pienso en la residencia, el hospital. Las vidas que se perdieron ahí, no solo de los pacientes, sino también de compañeros.

Ahí estaba Brown, mi amiga, una mujer brillante, meticulosa, la pupila del doctor Josafat. Estaba seguro de que, si un día él se jubilaba, le dejaría su puesto. Era fría, calculadora y muy dura. Hasta que se enamoró de su paciente, su error.

Nos lo decían hasta el cansancio: «No te involucres. No confíes. No cruces la línea». Pero ella la cruzó. Y cayó. Él la manipuló para poder escapar y terminó cortándole el cuello.

Esas historias son las que deben ser contadas, nadie nos prepara para evitarlas. Salimos de la facultad creyéndonos superhéroes, capaces de salvar a quien se nos atraviese, cuando la realidad es que también corremos peligro.

Cierro el libro un momento y le doy un sorbo a mi café. El calor me baja hasta el pecho.

El cabello más bonito que vi en la vida se sacude con el viento. Es Dannielle. Camina por la acera de enfrente, con una bolsa de compras en la mano y una bufanda cubriéndole la mitad del rostro.

«No te involucres».

Pero yo también decidí romper esa regla, Josafat.

Cierro el libro. Dejo el café casi completo.

Camino hacia ella, esquivando a la gente en la acera, con las manos en los bolsillos. No digo su nombre, solo quiero acercarme. De pronto, ella se gira, como si me hubiera escuchado.

Sus ojos me encuentran, me anclan.

Imposible seguir las reglas.

—Doctor Cadwell. —Su voz es una chispa en el aire helado.

—Te asusté.

Observo sus ojeras marcadas, la oscuridad alrededor de sus ojos, una delgadez que no noté la última vez. Pero me obligo a no pensar demasiado, a hacerme el que no sé, a olvidar la llamada de Simon y la herida.

—Nunca.

—¿Y qué hace la señorita Morgan deambulando por la ciudad?

—Abastecimiento esencial. —Abre su bolsa—. Galletas, café, más galletas, chocolate.

—Oh, Danny se ha vuelto adicta a los refinados.

Se encoge de hombros.

—Temo que sí.

—¿Y qué haces tú? Tan temprano y fuera de la clínica.

—Faltaron dos pacientes a consulta, así que salí temprano y vine a tomar un café y a leer un rato —le muestro la portada del libro.

—¿Ya te contrataron?

—Aún no. —Sin pensarlo, comenzamos a caminar por la plaza—. Pero confío en que lo harán.

—Siento que serás de esos profesores que dejan tarea como si de ello dependiera que gire el mundo.

—La educación exige sacrificios. Pero, bueno, cuéntame, ¿cómo va el semestre?

La escucho, suena estresada, agotada, con muchas dudas y crisis existenciales sobre qué hospital escoger una vez que termine. Pone en la balanza pros y contras.

Lo que daría por que siguiera hablándome toda la tarde, toda la noche, toda la vida.

Los árboles sin hojas se alzan como esqueletos contra el cielo grisáceo, decorados solo por luces parpadeantes que algún comerciante dejó colgadas desde las fiestas pasadas. Un hombre toca el violín. Un par de niños se corretean alrededor de una fuente apagada mientras sus padres los llaman con advertencias.

Nuestras manos se rozan en la marcha, y no puedo tocarla. Solo me limito a decir:

—No dejes que la presión te haga olvidar lo lejos que has llegado.

Si supiera cuánto daría por abrazarla sin condiciones. Cuando está cerca, mi primer instinto es tocarla; el segundo es recordar que no debo hacerlo.

—Lo intento, lo intento, pero pensar en el internado me tiene ansiosa, emocionada, estresada, obsesionada.

Ella está con los nervios de punta por el futuro, mientras que yo finjo que no me pierdo en la forma en que mueve las manos cuando se apasiona.

Sin embargo, necesito, de alguna forma, indagar qué le ha estado sucediendo, no quiero cortar la magia.

—¿Tienes que ir a algún lado? —pregunto, en cuanto veo las lámparas de las calles iluminarse.

Niega.

—¿Puedo llevarte a un sitio?

—Por supuesto.

CAPÍTULO 68

DANNIELLE MORGAN BLACKWOOD

Ojos de luna nueva,
¿dónde están?

Su auto huele a lavanda. Absorbo el aroma.

Corro por los pastos húmedos, corto las lavandas para mamá. Ella me grita desde el pórtico, me dice que no vaya tan rápido.

Durante su residencia, el doctor Cadwell desarrolló una terapia basada en anclas sensoriales: aromas, sabores, texturas o colores capaces de traer al presente a un paciente. No era solo una técnica, era una forma de reconstrucción, un puente entre el pasado y el ahora. Conmigo, encontró que la lavanda tenía ese efecto. En otro paciente, descubrió que la crema de nueces de macadamia podía lograrlo. Porque eran cosas que nos llevaban años atrás, antes de nuestro quiebre. Antes de que todo doliera. En mi caso, antes de la llegada de ellos.

Lo que no le dije es que, aunque me hace sentir aquí y ahora, después de unos segundos me deja melancólica, pues, aunque en mi mente puedo verme jugando por Ërish, escuchando a mamá, no recuerdo cómo es. Me siento mal por haber olvidado su cara.

—¿Algún aroma te trae al presente, An?

Las gotas resbalan por el cristal, dividiéndose en pequeños caminos líquidos.

—¿No te lo he dicho? La lavanda también.

—¿Por qué?

—Me recuerda a ti.

La respuesta me toma por sorpresa.

—¿Soy un buen recuerdo?

—Eres todo lo bueno que habita en mi memoria.

Veo la cicatriz de su mejilla, casi dispersa, pero sé que está ahí.

Mis ojos se encandilan, todo es blanco como las paredes. La luz artificial no permite sombras, no hay sitio donde esconderse.

El doctor Cadwell me suelta las manos, quita los seguros, escucho ese clic y mi piel respira.

En la mesa dejó su carpeta y un bolígrafo.

«Hazlo».

«Mátalo».

No quiero. Él no es malo.

«Mátalo».

Lo tomo y me dirijo con velocidad a su cuello, como un reflejo. Él atrapa mi muñeca.

—Dannielle, para. —Trata de abrir mi puño con ambas manos. Con la otra mano encajo mis uñas en su rostro, sus mejillas—. No quieres hacer esto.

—¡No me digas lo que quiero!

No grita, no pide ayuda, solo me mira, soportando el dolor. Escucho su carne crujir.

—No tienes que pelear más. Yo no quiero dañarte.

No entiendo.

Mis dedos se aflojan.

«Débil».

El bolígrafo rebota en el suelo.

Su piel está magullada. No se inmuta, no me golpea.

—No soy tu enemigo.

Vergüenza. No importa cuántos años pasen, cuántas palabras suaves intente envolver alrededor de mis acciones, cuántas veces él me haya perdonado sin siquiera mencionarlo... Yo no me perdono.

Intenté matarlo. A él. A la única persona que me habló con paciencia cuando todo el mundo me veía como el perro rabioso al que urgía dormir. Y, a pesar de mi comportamiento, siguió día tras día, apareciendo con la misma sonrisa y amabilidad.

Mis dedos juegan con la tela de mi abrigo. La ciudad se va quedando atrás. Gira a la izquierda y el paisaje cambia. Se introduce a una parte boscosa.

Llegamos a una verja oxidada, en lo que alguna vez pareció ser una propiedad privada.

Anthony se detiene y apaga el motor.

—Ven —dice, quitándose el cinturón.

Hay un sendero de piedra, musgo y nieve que conduce a un portón. Lo empuja.

Se alzan figuras de piedra entre la maleza. Estatuas mitológicas se esparcen por el abandonado jardín. Restos de un mundo olvidado. Un centauro cubierto de hiedra y empapándose de copos. Una nereida sin brazos resistiendo al tiempo con dignidad.

—¿Qué es este lugar?

Anthony camina despacio, con las manos en los bolsillos de la gabardina.

—Dicen que alguna vez perteneció a un coleccionista obsesionado con los mitos —explica—. Pero cuando murió, la propiedad quedó abandonada.

Me acerco a una estatua. Es una mujer de mármol, con los ojos vendados, la boca entreabierta y en sus manos sostiene rosas. Toco la superficie fría, sintiendo las grietas en la piedra. Es hermosa a pesar de estar dañada.

—No sabía de este lugar.

—Casi nadie sabe. Me pareció que te gustaría.

Lo recorremos en silencio. Me pregunto cómo se habría visto cuando su dueño vivía. Sin embargo, lo estropeado no le quita el encanto, le da magia.

—Lo lamento, ¿te molestó lo que dije en el auto?

«Eres todo lo bueno que habita en mi memoria».

—En absoluto, solo no comprendo cómo puedes decir eso. Sabes que no es cierto. Tú… —La voz me tiembla, cuelga de un hilo—. Sabes lo que te hice.

Mi dedo índice toca el retazo de su mejilla, se siente aún el desgarro de mi uña.

—Ya hemos hablado de eso.

—Lo hemos evitado, nunca lo hablamos —corrijo.

—¿Qué podemos decir? Eras una niña asustada.

—Ese día estaba dispuesta a acabar con tu vida, no era una niña aterrada, era un cúmulo de pensamientos oscuros y…

—Danny, estabas asustada —me interrumpe—, tus manos temblaban, tú no querías hacerlo.

Su voz no guarda enojo ni resentimiento. Ni siquiera dolor. Solo algo que se siente demasiado parecido a la ternura.

Y eso me destruye.

—Te golpeé muchas veces, cubriste hematomas que te causé en las sesiones.

—¿Sabes? Te miras a ti misma con tanta dureza que es como si creyeras que no tenías derecho a actuar como lo hiciste. Como si tu dolor fuera una exageración, como si tu miedo no hubiera sido real. Preferí que sacaras todo ese odio conmigo y no contra ti misma.

Mi estómago se hunde.

Anthony suelta una pequeña risa sin humor, sacudiendo la cabeza.

—Si el mundo te hizo pedazos, ¿cómo podría yo quejarme por un poco de dolor? Si mi único precio por verte viva era soportar un corte o una herida, lo pagaba sin pensarlo.

Mis cuerdas vocales se anudan.

No hay voz para responder.

Me ahogo aquí dentro. Cierro los ojos y le doy la espalda. No quiero llorar otra vez, pero los párpados me arden. Todo se apila dentro de mí, granada tras granada.

—Dannielle, escúchame, a veces cuando reprimimos… —Cinco pasos nos separan.

—Espera, ¿estás en modo doctor?

—No lo estoy.

—No quiero explicaciones en términos científicos.

—Entiendo.

Rompe la distancia, me envuelve en un abrazo. El aire me duele en los pulmones. Sus dedos recorren mi cabello. Escucho su corazón, su tambor en sincronía. Me concentro en ello, en que aquí y ahora todo está bien.

La temperatura desciende aún más.

—Toma mi gabardina, es más caliente.

—¿Y tú? Morirás de frío.

Niega con la cabeza y me envuelve en ella. La sombra de un fauno está sobre nosotros.

—Ven, terminemos de ver las estatuas antes de irnos.

Caminamos un poco, él me explica algunas de las que yo no conozco: Ícaro, Calíope, Perséfone.

Aún traigo la maraña de espinas clavada en el pecho. Pero intento, intento concentrarme en las historias. Cinco cosas: enredaderas que crecen desde dentro del fauno, la luna, una caja de cerillos en el suelo…

Algo vibra en la gabardina, y toco los bolsillos para asegurarme. Sigue vibrando.

—Anthony, creo que alguien te habla. —Saco su teléfono y veo la notificación de un mensaje: Grand Simon—. ¿Qué es esto? ¿Grand Simon?

La sangre abandona mi rostro.

«Nos dieron tu currículum».

Un eco en mi interior, tan lejano, tan cercano.

Las piezas encajan.

Él.

Siempre fue él.

—Le diste una hoja de referencia mía a Elrond.

Sus ojos se abren. Su boca quiere decir algo, pero parece no encontrar palabras.

—Iba a decírtelo…

—Tú, tú siempre has sido parte de ellos.

La respuesta está en la pantalla, en su mirada.

Se instala el silencio.

—Sí, pero mira, es una larga historia, déjame explicarte.

Muchas preguntas se aglomeran en mí, todo me bombardea, pensamientos buenos y malos. ¿Quién es? Pienso…

—¿Me mandaste al matadero?

Capítulo 69

ANTHONY CADWELL

Las promesas más importantes
no se hacen con grandes discursos,
a veces solo basta entrelazar meñiques.

Su cuerpo parece aumentar de tamaño. Sus ojos titilan. Gris, verde, gris.

—¡Nunca! Nadie del corporativo te pondría una mano encima. Nunca lo hubiera permitido.

—¿Entonces? Ah, ya sé. Me creíste incapaz de sobrevivir sola, tenías que asegurarte de que me vigilaran.

Lo dice como si fuera una ofensa, como si haber querido que estuviera protegida fuera lo peor que pudiera haber hecho.

Pero en mi cabeza… en mi cabeza era lo único razonable.

—Dannielle, no es lo que piensas.

Doy un paso adelante, bajo las manos en señal de paz.

—¿Lo que pienso? ¿Qué es lo que debo pensar, eh? ¿Que me entregaste a ellos como si fuera una niña perdida en busca de un hogar?

Su gesto grita traición. Y yo me siento el traidor más torpe.

—Sí, quería protegerte, aunque fuera un poco, aunque fuera de lejos, ¿te parece tan grave?

—No tienes idea de lo que se siente. —Su voz tiembla—. Creí que había conseguido esto por mí misma, que había encontrado un sitio… y ahora resulta que todo estaba planeado, manipulado.

—No tienes idea de cuánto me importas.

—¿Eso haces con todos tus pacientes? —escupe con ironía.

Levanta las cejas en señal de sorpresa.

—No todos mis pacientes son tú.

—Soy el experimento exitoso; necesitas tenerme localizada.

—¿En qué concepto me tienes?

—En el que me estás obligando a tenerte. ¿A quiénes me entregaste?

—Ellos no son como la gente que te dañó. No son el mismo sistema. No te entregué a nadie.

—Yo podía sola.

—¡Lo sé! —exploto— Lo sé, Danny. Pero dime…, ¿tú no protegerías a alguien a quien quieres?

Abre la boca y vuelve a cerrarla. No sé si está procesándolo o si está buscando otra razón para seguir enojada. Pero no la encuentra.

—¿Me quieres?

—Claro que te quiero —respondo sin dudar.

Ya no quiero seguir fingiendo distancia cuando lo único que he querido es acercarme.

—¿Quererme? —repite, como quien prueba algo extraño en la lengua—. ¿Para qué?

—¿Estás segura de lo que preguntas? Porque el tiempo no nos va alcanzar.

—Dime, ¿para qué?

—Para estar, para sentarme contigo cuando no sepas quién eres y recordártelo, para escucharte aun cuando no tengas palabras, para reírnos sobre una cajuela mientras vemos peces saltar.

Te quiero, aunque nunca entre en tu vida, aunque tenga siempre que esperar afuera.

Lo dije.

—Anthony…

—¿Continúo?

Sus ojos se cristalizan.

—No voy a creerte eso.

—Tu mente no me cree, pero tu corazón sí.

Una lágrima cae por su mejilla, y el vapor escapa de su boca.

—No vuelvas a ocultarme cosas, no vuelvas a decidir por mí.

—Lo prometo. —Estiro el dedo meñique.

Vuelve la sonrisa a su rostro.

—Nunca me enseñaste este tipo de promesas en el hospital.

—Quizás porque nunca prometimos algo serio.

Suelta el aire y sacude la cabeza con una pequeña sonrisa, como si aún no estuviera segura de qué hacer conmigo.

—Llévame a casa, An.

CAPÍTULO 70
DANNIELLE MORGAN BLACKWOOD

¿Algún día podré apoderarme de mi vida?

Años atrás

El mundo está borroso.

Alguien me toca y me encojo como un animal herido.

—Tranquila. —Es una voz grave, desconocida.

Un hombre en uniforme, ojos oscuros y cansados se inclina sobre mí. Sus manos están en mi espalda, sosteniéndome. Su radio suelta un ruido áspero y luego habla en un idioma que no entiendo.

Tengo sangre en mis manos, en mi ropa, y su sabor en mi boca.

—No me toque.

—Shhh… —dice—. No te haré daño.

Miente. Todos mienten.

—¿Qué te hicieron, niña?

Me cubro los oídos con las manos, me encojo, me hago pequeña.

Él menciona en su radio:

—Debe de haber escapado, no creo que haya corrido mucho.

Voces, muchas voces. Todas se cuestionan qué soy, de dónde vengo, qué hice.

Escucho pasos acercándose. Las luces enceguecen.

«Huir».

Unas manos me levantan, y me sacudo.

—No me toquen. ¡Déjenme! —grito. Nadie obedece.

Intento escapar. Intento arañar, patear, pero no puedo.

Las puertas se cierran. El motor ruge.

Y entonces entiendo que se acabó. Que ya no hay casa, no hay *Madame*, no hay jaula.

Pero tampoco hay libertad.

—¡Déjenme!

Me anudan las manos, los pies.

—Se volvió loca —susurra alguien.

Me encuentro en una camilla, conectada a un líquido amarillo, amarrada de manos y pies.

Las luces me enceguecen.

Unas personas escriben y me toman fotografías.

—No creo que lo haya hecho sola —menciona un doctor—, alguien debió ayudarla.

No entiendo nada, mi voz está ahogada.

CAPÍTULO 71

DANNIELLE MORGAN BLACKWOOD

No tengo raíces,
pero soy semilla,
quizás pueda plantarme.

Estoy en la barra de mi cocina, bebiendo leche caliente y comiendo pan con mermelada de higo. Las luces tenues están encendidas y el reloj marca las 10:43 p. m. Todo está en silencio, menos mi pecho.

Tengo un libro abierto, pero no lo estoy leyendo, solo paso mis ojos por las letras sin absorberlas. Estoy pensando en Anthony, en lo que dijo.

«Te quiero».

«Tu mente no me cree, pero tu corazón sí».

Lo sé. De alguna forma sentía de él otro tipo de cariño, uno que me hacía abrirme y ser yo. Bajo sus ojos ámbar, no cuido mis movimientos ni le doy vueltas a lo que voy a decir. Con él puedo ser extraña, lenta, torpe, preguntar la cosa más absurda y sé que recibiré una respuesta completa a todos mis porqués.

Simon aparece, viene del patio de servicio, con una torre de camisetas secas y mis batas mal dobladas, como solo él sabe hacerlo.

Es un hombre que parece que puede derribar a un oso de una cachetada, pero a la vez es tan tierno como para traer el cabello hecho un moño y los calcetines desiguales.

—¿Cenando? —pregunta con su voz grave, algo ronca del frío.

—Algo así —respondo.

—¿Estás mejor?

—Tengo que reponerme.

—Me alegra.

Porque al final es así, caigo al hoyo, me quiero quedar ahí, pero después aruño la tierra para salir.

Se acerca a robarme la mitad de mi pan.

—Y una cosa, Danny. —Frunce las cejas—. Deja de estarte recostando en el pasto.

—¿Por qué?

—¿Tú sabes lo difícil que es sacar esas manchas verdes de tus pantalones claros?

Me echo a reír, con esa risa que sale sola, la que uno no ve venir.

—Te dije que yo iba a lavarlos. —Simon entrecierra los ojos—. De acuerdo, dejaré mi etapa de lagartija, no me acostaré más en jardines.

—O hazlo, pero que sea cuando usas ropa negra.

—Anotado.

«No estás sola».

CAPÍTULO 72

DANNIELLE MORGAN BLACKWOOD

Abrí la jaula, le enseñé al pájaro que cantaba dentro de mí... y lo asustó tanto que huyó.

Hoy es el último día del semestre. Por fin terminó, mi contractura en el cuello lo grita. No más desvelos, no más exámenes.

Me dirijo al auditorio pequeño por mi boleta de calificaciones. Se me hizo tarde, pero solo por diez minutos. Al entrar, noto que todos se encuentran sentados ya. Se respira tensión.

Mis ojos recorren a todos los presentes, algo está mal. Pralina discute con alguien en primera fila.

Detrás de ella, en el proyector, está la lista de las calificaciones de Cardiología.

—¿De qué se trata esto? —le dice un compañero.

Sus ojos de leopardo me inspeccionan, la mujer está enfadada, pero no es raro, es su estado natural. ¿Tan difícil es disfrutar el último día?

—Creo que muchos han notado el problema, las notas están en el sistema y yo no estoy conforme. —La voz de la rubia burbujea—. No siento que las calificaciones hayan sido justas.

—Así es, la materia más misteriosa de todas —secunda Sam—,

casi todo el salón debajo de la calificación aprobatoria, y solo dos o tres con una buena, y una excelente. Nada me sorprende.

Los susurros crecen, creo saber lo que se avecina.

—¡Di nombres porque no entendemos nada! —gritan desde atrás.

—Perfecto, hablemos claro. —Con el control, Pralina acerca mi nombre en la pantalla, una imagen que me ensarta como pez y arpón—. Dannielle, ¿tienes esa calificación por esfuerzo mental o porque te acostaste con el doctor Almond?

Agito la cara. Un siseo llena el ambiente.

—Sabes que eso no es cierto. —Camino hacia ella.

—¿No? ¿Me vas a llamar mentirosa?

—Sí, es mentira, y eso te hace una mentirosa.

La indignación se revela en su gesto. En la pantalla, se proyectan fotos de Almond.

Pralina pulsa otro botón, y aparece una fotografía del estacionamiento. Yo en el auto de Almond.

—¿Sigo siendo una mentirosa?

No puedo más.

—No comprendo tu odio, Pralina, ¿qué mierda te hice?

Ella sonríe, con esa mueca maliciosa que te hace sentir más pequeña de lo que eres.

—¿Odiar? No te confundas, quiero justicia.

«Justicia, palabra que proviene de latín,
significa "derecho, lo justo, razón, verdad"».

—¿Justicia o humillarme? ¿Por qué no mejor ir a la dirección? ¿Por qué armar un teatro aquí?

—Descuida, lo haré apenas salga.

—¿Meterás en problemas a Almond por tu capricho?

—Eso hubieras pensado tú antes.

Me da la espalda, tiene su carpeta bajo el brazo, y su cabello se agita como una bandera de victoria.

Salgo de ahí. Empujo la puerta del auditorio con tanta fuerza que golpea la pared con un estruendo seco.

No sé cómo llego al cubículo de Almond, todo lo veo doble, pero estoy ahí, jadeando, airada, con los puños engarrotados. Lo que faltaba para finalizar el ciclo. ¿Por qué cuando todo comienza a ordenarse pasa algo?

Mis latidos son martillazos.

«Mátalos a todos».

No toco, solo entro.

Almond levanta la mirada que tenía sobre unos papeles.

—Dannielle, qué sorpresa…

—Diré las cosas como son —digo sin saludar, sin rodeos—, van a acusarme de que me acosté contigo para que me pongas buenas notas. Brunswick tiene un oficio formal que seguramente ya está llegando a manos del consejo.

—¿Qué? —Me mira atónito.

—Ya no sé qué hacer.

—Primero que nada, sentarte.

Me niego y meto mis manos entre mi cabello. Me duelen las sienes, la cabeza va a explotarme.

—Dannielle…

—Ese tono de «todo va a estar bien» no me está sirviendo. En el auditorio, Pralina mostró fotos de nosotros en el Jealous, de mí en tu auto. Lo siento. Sé que vienen las elecciones, que estás como candidato a director y… —Frunzo la cara—. Lo lamento. Yo ya no quería darte problemas.

—Pero no pueden acusarte de ello, aquí están tus notas, copias de tu examen, jamás regalaría calificaciones.

—¿Sabes? Mejor cúlpame, tal vez necesito un motivo para abandonar todo.

«Porque todo grita que debo irme, y sigo empeñada en este lugar».

—Cálmate, no digas eso, todo tiene solución.

—¡Estoy cansada! —grito sin contenerme—. Dejémoslo así, me echas la culpa, ellos me sacan de aquí y listo, me desaparezco y dejo de causar problemas.

—Escúchame. —Se levanta de su asiento y toma mi hombro—. Veré cómo respondo, no se va a complicar. Estas cosas pasan todo el tiempo, como con el profesor de Urgencias, siempre lo acusan de mil cosas y sigue ahí, y también las alumnas.

—De acuerdo, pero si se hace más grande, solo cúlpame, no te metas en problemas por mí, yo no me defenderé.

—Tu piel está muy roja —dice suavemente—, respira un poco.

—Me iré antes de que alguien esté esperando afuera para tomarme fotos y decir que vine a darme un encerrón contigo.

Sus ojos azules brillan con intensidad. Bloquea mi camino con su cuerpo.

—¿Qué haces?

—Deteniéndote.

La tristeza entra en mí. Solía sentir cosquillas cuando me miraba de esa forma, pero mi corazón no soporta saber que fue ignorado una vez que lo conocieron.

—¿Qué quieres?

—Una oportunidad.

Marck se sienta en el escritorio, me toma la mano y me lleva un poco hacia él. Miro sus ojos, su intensidad. Están llenos de cosas que quizás me hubieran importado antes.

—¿Para qué?

—Para arreglar esto, lo que estaba sucediendo entre nosotros, una oportunidad para demostrarte que…

Niego con la cabeza.

—Lo sé, Dannielle. Sé que no puedo cambiar nada, que no puedo volver atrás. Pero dime cómo hago para que me creas cuando te digo que nunca quise hacerte daño. Fui débil, tonto, imbécil, como quieras llamarme.

—Te causé miedo, sí, ya entendí; temor a lastimarme, lo sé, ya lo escuché.

Él pasa una mano por su rostro en un gesto de desesperación silenciosa.

—Por favor, dime cómo hago para no perderte.

Miro el reloj de pared, escucho cómo la gente pasa detrás de la puerta.

—No lo sé, hoy… hoy no quiero pensar más, solo quiero salir de esto.

—No me voy a rendir.

No digo nada. Tampoco afirmo que no me importa lo que dice. Solo abro la puerta… y salgo.

No quiero estancarme en él, no quiero que me vuelva a doler.

CAPÍTULO 73

DANNIELLE MORGAN BLACKWOOD

Me mentiré, me diré que
ya no te quiero,
hasta que lo crea.

Lauren revuelve los fideos y les echa una crema verde.

—¿De dónde se apaga Pralina? —Mezcla con rabia—. Es desesperante su forma de ser. Pero… ¿sabes quién tiene la culpa? Sus padres, desde luego, fue una niña sin límites.

Ya me siento más resignada.

—Que pase lo que tenga que pasar.

—Siempre que estoy en un problema pienso: «¿Qué es lo peor que puede venir?». En este caso, que el concejo te mande a hacer una nueva evaluación, la cual pasarás sin problema.

Miro de reojo el celular, esperando que en cualquier momento aparezca una notificación, un correo de la universidad, algo que confirme que el desastre está en marcha.

Lauren aparta el aparato de mí.

—Mira, son vacaciones, no te escribirán ahora, quizás una semana antes de entrar. Pero, hasta entonces, descansemos un poco de esas brujas. —Saca huevos duros del tazón de agua fría—. Cuéntame, ¿qué hablaste con el doctor Almond?

—Lo puse al tanto de la situación y, después de eso, me volvió a pedir perdón por distanciarse.

—¿Y qué le dijiste?

—Nada. ¿Qué puedo decir? Me lastimó mucho su actitud. —Suspiro.

—Danny, Almond fue un idiota. —Sirve los platos con la pasta—. Y no voy a defenderlo, pero quizá sí estaba asustado. No de forma negativa. No todos saben cómo manejar algo tan fuerte; no lo justifico, pero tampoco es fácil.

—¿Qué intentas decirme?

Extiendo los manteles sobre la barra.

—Puede haber sido un cobarde, pero tal vez su arrepentimiento sea real, piénsalo.

Pienso en sus ojos llorosos, en su voz quebrada. Sé lo que es estar arrepentida, quererte arrancar las malas decisiones con un cuchillo.

—¿Y si vuelve a irse?

—¿Y si no? La vida está llena de posibilidades. ¿Y si lo ignoras y te arrepientes el resto de tu vida? Tú... Tú lo quieres, ¿no?

No lo sé, ahora no lo sé.

—No me lo digas, es para que lo pienses. —Me pellizca una mejilla—. Ahora, amor de mi vida, a comer, porque esto —señala el platillo— no sale así de bien siempre.

No tengo hambre, pero no puedo rechazarla. Pralina me da vueltas, su acusación es una nueva humillación. Solo debo soportar dos semestres más, tal vez deba buscar un hospital prospecto lejos de la ciudad.

CAPÍTULO 74

MARCK ALMOND

Acerca el estetoscopio:
¿escuchas su nombre?

Jamás imaginé extrañar algo que nunca tuve.

Pero aquí estoy, pensando en ella. En lo que pudo ser y no fue. En lo que dejé escapar por estupidez. Me he pasado el día escribiendo y borrando mensajes en el celular. Y lo único que pude mandarle fue un artículo que me llegó a mi bandeja sobre un nuevo tratamiento para arritmias supraventriculares.

Nada más. Ninguna palabra extra. Ningún «¿cómo estás?». No sé si tengo derecho a preguntar.

Tracé una distancia sin querer, por eso la entiendo, pero no del todo. Duele. Me duele más esta pérdida que mi divorcio y, no debería comparar, pero lo que me pasó con Dannielle es diferente, ella me desbloqueó la ternura, la vulnerabilidad.

Miro el celular. Veo los tres puntos que indican que está escribiendo. Mi corazón se acelera, pero desaparecen. No responde.

Es de madrugada, la noche está más tranquila de lo normal, la calma que suele augurar emergencias.

Aprovecho para hacer una ronda y asegurarme de que mis

pacientes posoperados estén con la misma paz que se respira en Urgencias. Entro a la habitación 412, la de un hombre de mediana edad que acaba de pasar por una cirugía complicada; está despierto, jugando con el botón de la luz.

Echo un vistazo al monitor.

—¿Cómo se siente?

—Mejor, pero siento una pesadez aquí. —Se toca el esternón. La preocupación se asoma en sus ojos.

—Es normal, lo importante es que los latidos están estables. —Me pongo el estetoscopio y lo ausculto—. Todo marcha bien.

El alivio en su rostro es instantáneo.

Le doy un par de instrucciones y continúo con los demás pacientes. Hay un silencio sospechoso.

Regreso a mi cubículo para descansar un poco, todavía guardando ese presentimiento.

A mitad del camino, aspiro aquel perfume rancio, un aroma que antes fue mi adoración. Abro la puerta y la encuentro sentada en mi reposet.

—Buenas noches, Marck. —La voz de Leena me descoloca. Sus ojos dorados me apuntan, esos ojos que alguna vez fueron mi mundo.

—Doctora Marziphán, ¿puedo ayudarte en algo?

—¡Dios mío! ¿Y eso? Parece que nunca dormí contigo.

Me quedo callado, solo esperando respuesta.

—Bien. Un interno me llevó esta interconsulta de uno de tus pacientes. —Su sonrisa parece más un reto que una muestra de amabilidad.

Veo su hoja.

—Sí, es el 414.

—Muy bien, enseguida voy. —Pero sigue sentada, dándole vueltas a su lápiz entre los dedos, mientras me lanza esos ojos que alguna vez le funcionaron para hacerme caer de rodillas.

—De acuerdo. —Me hago a un lado, dejando el espacio libre para que pueda salir.

—¿Ya me corres? Marcus, ¿está mal venir a saludarte solamente? ¿Seguirás en esa necedad de no poder quedar como amigos?

—Con permiso, pasaré al cuarto a descansar.

—Marck. —Toma mi brazo—. ¿Estás saliendo con alguien más?

Su tacto parece un disparo.

—No creo que te importe.

—No es una pregunta tramposa, solo curiosidad.

Inclina la cabeza, su cabello dorado cae de un lado. Busca algo en mi rostro, algo que leer. Ni pensar en que alguna vez esa mirada ámbar significó mi hogar.

—¿Una alumna se robó el corazón de Marck Almond? No creo.

—¿Ya te vinieron con el chisme?

—¿Eso es un sí? —Se recarga contra la pared—. Jamás pensé que en tu repertorio de fantasías habitara esa. —Suelta un silbido.

—No es ninguna fantasía, y sí, una alumna se robó mi corazón. ¿Contenta?

—Qué interesante… ¿Cómo lo logró? Tan serio que eres.

—Qué te importa. Por cierto, ¿tu nuevo marido no opinará nada de que estés con tu ex encerrada en un cubículo?

Pone los ojos en blanco.

—¿Celoso todavía? —Le quito la mano sin brusquedad, pero con la suficiente claridad para que entienda el mensaje—. ¿Me odias?

Esto último lo dice con un tono infantil.

A veces creo que sí, la odio, pero por no dejarme en paz en el sitio más importante para mí.

—Cuántas cosas pasamos en esa camilla, ¿no? —Señala.

—Buenas noches. —La tomo por los hombros y la llevo hasta la puerta. Ella se gira para besar mi mejilla—. Buenas noches, Marcus.

Me quedo inmóvil mientras se aleja con la confianza arrogante que anuncia que puede volver cuando se le plazca.

CAPÍTULO 75

DANNIELLE MORGAN BLACKWOOD

De tanto cortar, intubar, extraer...
me estoy olvidando de cómo se toca una vida sin guantes.

«La vida está llena de "y si…": ¿y si lo ignoras y te arrepientes el resto de tu vida?».

Eso intento repetirme mientras abro una de las cajas que Elrond me trajo de su último viaje. Vestidos de telas suaves, cuellos altos, mangas largas…, ya no caben en mi armario. Ni siquiera me he puesto toda la ropa que me ha obsequiado.

En la encimera, mi celular suena. Almond me ha enviado un artículo. Así es su forma de comunicación ahora: reenviarme lo que le llega de su suscripción a la Asociación de Cardiología de Hamlëin.

× − +

Asunto: RE: Nuevas líneas de tratamiento en taquicardia supraventricular.

¿Fui cruel con él?

No.

Fui honesta.

Honestidad y crueldad son cosas distintas, quizá, de mi boca, fue lo mismo.

Quizás... quizás me pasé.

Tal vez no fue cobarde, sino humano.

Tal vez hizo lo que cualquiera habría hecho cuando la realidad choca contra las fantasías que tejes en tu cabeza.

× − +

Asunto: RE: Nuevas líneas de tratamiento en taquicardia supraventricular

Gracias por enviarlo. Espero que compartir este tipo de material no sea ilegal...

× − +

Asunto: RE: Nuevas líneas de tratamiento en taquicardia supraventricular

Lo descargué legalmente.
Si quieres hablar de él, con gusto responderé, o si quieres hablar de otra cosa, también.

Suena un golpe en la puerta.

—Soy yo, doc —dice Little Perry—, trajimos de cenar, por si quiere bajar.

Ponen en la barra una canasta con pollo frito y ensalada. Tenemos un gran comedor, pero nunca lo usamos, ellos siempre prefieren comer así, inclinados, sin ningún respaldo.

—Huele muy bien, ¿de dónde lo trajeron?

—Lo hizo la madre de Perry.

A veces doy por hecho que son hombres solitarios. Que sus vidas giran en torno a un arma en la cintura, pero tienen familia.

—¿Gustas? —pregunta Simon, empujando la canasta hacia mí.

—Ni cómo negarme. —Tomo un trozo. El calor me pica en los dedos.

—No entiendo cómo no has aprendido a cocinar, Perry —menciona Simon con la boca llena—, tu madre es un recetario andante.

—Cocinar requiere paciencia, y no tengo eso.

—Cocinar es no quemar la cocina —corrige Simon—, y tú ya intentaste hacer explotar la estufa con sopa instantánea.

—Fue un accidente.

—Fue un milagro que no perdieras las cejas.

Ambos bromean sobre lo que saben o no hacer y si consideran decentes las sopas y fideos instantáneos o no. Muevo mi cuello de izquierda a derecha, escuchando su discusión, hasta que de la boca de Simon sale:

—Yo amaba cocinar para mi niña, aunque todo lo quería con cátsup, y cuántas veces se la negué. Ahora pienso que debí comprarle tantos botes como quisiera.

«Hija». ¿Por qué habla así?

—¿Qué le pasó?

—Mía, tenía siete años cuando la perdí.

El nombre deja su boca con la suavidad de quien teme que el aire mismo lo borre.

Elrond perdió una hija, Simon perdió una hija. ¿Qué sucede en este corporativo?

—¿Cómo la perdiste?

Simon mira a Perry, como sopesando si es prudente decirlo.

—Trata.

Tardo en reaccionar. Es como si mi cerebro rechazara la idea. No se perdió, no fue enfermedad ni accidente. Se la robaron.

—Lo siento —murmuro.

Siento que la frase es estúpida y vacía, pero ¿qué palabras hay para ello?

—Chicos, ¿qué pasa aquí? Elrond perdió a alguien, tú también, y... ¿Perry? —Lo miro, esperando que me diga que no, que él está aquí por casualidades del destino, que su corazón y su alma siguen íntegros.

—A mi hermana.

Un nudo se asienta en mi garganta. Lo entiendo. Todos aquí tienen algo en común: la ira por la trata.

—¿Qué hacen? ¿Qué es este corporativo? —«Malos, pero no tan malos»—. Todos han perdido a alguien por la misma razón, quiero suponer que la combaten. ¿Qué hacen?

—Señorita, no preguntes, no te empapes con nuestros pecados.

—Quiero saberlo.

—No quieres —añade Perry.

—¿Por qué?

—Porque la justicia tiene demasiadas caras, y la nuestra no es bonita.

Se comunican con miradas y gestos, como si hubieran metido la pata hablando de más.

Simon se echa el cabello para atrás, su melena espesa cobriza y despeinada desprende olor a tabaco. Hace a un lado el plato y entrelaza las manos.

—Niña —dice con una voz teñida de dulzura—, digamos que encontramos a los culpables y nos aseguramos de que nunca vuelvan a ponerle una mano encima a nadie más.

«Nunca».

—Los matan, ¿no es así? Buscan a las personas que encabezan negocios de trata y los matan.

—En parte. —Simon amusga sus ojos esmeralda.

—No me voy a escandalizar.

—Preferiría que lo hicieras. —Estira su mano para despeinar

mi cabello—. No está bien hablar de un tema como matar y que suene natural y cotidiano en una mesa.

Perry asiente con la cabeza, tomando su vaso de agua con ambas manos, como si se refugiara en él.

—¿Qué más? —Veo en sus ojos que hay más, pero se niega a responder.

—Pequeña curiosa, aquí termina nuestra plática o Elrond nos sacará del corporativo.

Terminamos de comer y, luego, recogemos la cocina.

Capítulo 76

ANTHONY CADWELL

Mírame, ahuyentaré a los monstruos por ti.

Envío un mensaje de texto.

Anthony
¿Quieres ir a la noria?

El cielo está despejado esta noche; sin la nevada constante que ha cubierto los días anteriores, parece un lienzo negro salpicado de pálidas estrellas. Pese al frío, la feria sigue viva: luces de colores parpadean en cada atracción, la música animada de los puestos de juegos se mezcla con las voces y las risas de la gente.

Espero a Dannielle cerca de una fuente.

Meto las manos en los bolsillos y miro hacia la entrada. No debería estar tan ansioso, es solo una entrada. Pero en realidad no es eso. Es ella. Cuando la veo entrar, el mundo se hace lento.

Su cabello ondea con el viento, suelto y desordenado, de una forma que me resulta hipnótica. Lleva un suéter afelpado, grueso, que le cubre hasta la mitad de las manos, y una bufanda que resalta el color de sus ojos.

Se ve… hermosa. Dulce. Una mujer hecha para el invierno.

—¿Llevas mucho esperando? —pregunta al llegar a mi lado, con un ligero rubor en las mejillas—, perdóname, es que se me hizo muy tarde y…

—No te preocupes.

Llevo toda mi vida esperándola, ¿qué son veinte minutos más?

Nos reímos y caminamos por la feria. Pasamos junto a un puesto de algodón de azúcar y se detiene un segundo, ve cómo los preparan, con una sorpresa similar a la de un niño descubriendo el mundo.

Le compro uno sin preguntarle.

—Esto es muy hermoso, no me atrevo a comérmelo.

Sonrío y le arranco un pedazo sin darle opción.

—Danny, por favor. —Le pongo el algodón en la boca antes de que proteste.

Ella se ríe al instante, la sensación parece sorprenderla.

—Es gracioso, se disuelve —dice con la lengua entre los labios.

El azúcar se le sube a la cabeza, lo noto en la forma en que empieza a caminar más rápido, con los ojos brillantes, señalando los juegos como si quisiera subirse a todos al mismo tiempo.

Nos subimos a los autos chocones. Ella, mi conductora favorita, tan mala como bonita. Se aferra al volante con concentración exagerada, intentando maniobrar sin ser embestida por los niños que la rodean con más destreza de la que jamás tendrá manejando. Cada choque la hace soltar un pequeño grito y yo me río tanto que tengo que sujetarme la cabeza.

—¡Es un vengativo! —protesta entre risas, mientras un niño de no más de ocho años la embiste de nuevo con su auto.

Bajamos con las piernas tambaleantes y nos dirigimos al carrusel. Dannielle elige un caballo negro con detalles dorados y se aferra al tubo con ambas manos.

—Si esto se cae, juro que te culparé.

—No se caerá.

Su expresión se suaviza. Ríe por todo, quiero verla así siempre.

El aroma de manzanas acarameladas y maíz tostado se mezcla con el aire frío, con su perfume, con su voz. Con la forma tan bonita que tiene de decirme «An, esto, An, lo otro», «An, si me da un infarto será tu culpa».

—An, ¿qué es aquello? —Se refiere a una máquina de peluches. Intento ganar uno para ella y fracaso, así que recurro a contarle que son una estafa.

Después, ella paga un juego de tiro y se gana un llavero de pato que cuelga en su suéter con orgullo.

Más tarde, terminamos frente a la noria. Dannielle se queda quieta, las luces parpadeantes se reflejan en sus grandes ojos.

—¿Nos subimos? —le pregunto.

Sus manos se aprietan en los bolsillos de su abrigo.

—No lo sé…

—¿Te dan miedo las alturas?

—No —dice con seguridad, pero sé que sí.

—Dannielle…

—Tal vez un poco.

—Entonces solo tienes que concentrarte en otra cosa mientras subimos —le digo.

—¿En qué?

Señalo el pino alto que está a lo lejos, casi por la entrada.

—En eso, obsérvalo y no mires nada más.

El asiento de la noria es más estrecho de lo que imaginé. Cuando la cabina se sacude apenas iniciamos el ascenso, Dannielle respira hondo, pero no dice nada. Su cuerpo tiembla con un estremecimiento leve, casi imperceptible, hasta que su mano se aferra a la mía.

—Solo observa el pino, concéntrate en él.

Asiente sin hablar, con los ojos fijos en la silueta oscura del árbol.

El juego sigue su curso, subiendo lento, muy lento.

Decido distraerla.

—¿Y después de la facultad?

—¿Después? —pregunta con la voz tensa, sin despegar la vista del pino.

—Sí. ¿En dónde te ves en cinco años? ¿Qué quieres hacer? ¿En qué te especializarás?

—Pienso que en Cardiología o quizás en Pediatría, una de esas dos. ¿Y tú? ¿En dónde te ves en cinco años?

«En donde sea que te encuentres».

—Teniendo una clínica, estoy ahorrando para lograrlo.

Hace una expresión de sorpresa, deja de ver el horizonte y repara en mí.

—Lo vas a lograr.

—Ojalá. Y dime… —Pienso otra pregunta—. ¿Hay algún lugar en donde pienses vivir algún día?

—El que sea, pero en donde se vean auroras boreales, ¿las has visto?

—Muchas veces.

—¡Qué envidia, Cadwell! ¿Dónde?

—En Ekeberg, ahí pasé parte de mi infancia.

—¿Noruega? ¿Tu familia es de ahí?

—Mi… madre, sí.

—¡Vaya! Voy a abusar y te diré algo —dice mientras toma mi meñique—, prométeme llevarme ahí también.

El frío desaparece. La noria deja de existir.

CAPÍTULO 77

DANNIELLE MORGAN BLACKWOOD

Se aprende a querer al verdugo
cuando es el único que recuerda tu nombre.

Años atrás

El blanco me consume.

Está en las paredes, en el suelo y en la luz fría del techo que zumba con un insecto atrapado.

No sé cuántos días llevo aquí. No sé si es de día o de noche. Huele a algo incómodo, algo que quema mis pulmones.

Mujeres entran y salen, como sombras con uniforme. No me miran. Me pinchan y se van. Me pasan alimento por sonda y se van. Me levantan los brazos, me visten, me apoyan para bañarme, pero no me hablan, solo murmuran entre ellas. No me gusta que me toquen, lo hacen con brusquedad. Ya no quiero estar aquí.

Afuera, si es que existe ese *afuera*, escucho ruedas chirriantes, pasos urgentes, un pitido que va y viene.

Valyria deambula por la habitación, llora, golpea paredes, pide explicaciones. No me deja acercarme, solo grita a través del cristal, pero nadie escucha.

Hay una ventana desde la que un hombre en bata blanca me observa. Habla con otro doctor y niega con la cabeza, me miran como si fuese un objeto roto que no se puede arreglar.

Entonces, empiezo a extrañar lo que juré odiar. Empiezo a pensar si tal vez… no era tan malo, si me equivoqué.

Me asusta mi propia mente, llorando por desear volver a esa casa, por querer mi anterior vida.

Pasa mucho tiempo, lo sé. Cuento los recambios del suero, la etiqueta dice «Veinticuatro horas». Van noventa y tres.

Abren la puerta, entran un doctor viejo y otro joven, quien con una cosa metálica entre las manos dice con una voz de urgencia:

—La paciente Blackwood necesita sol.

CAPÍTULO 78

ANTHONY CADWELL

Nuestra justicia no llega tarde,
sino cuando ya nadie la está esperando.

Anthony
Te ves hermosa.

Dannielle
Voy a creerte el cumplido.

Observo la foto, mi sonrisa. Ni siquiera me percaté de ello.

Anthony
Deberías. ¿Qué tal? ¿La noria fue lo que esperabas?

Dannielle
Fue más grande y más turbulenta. Perdón por vomitar.

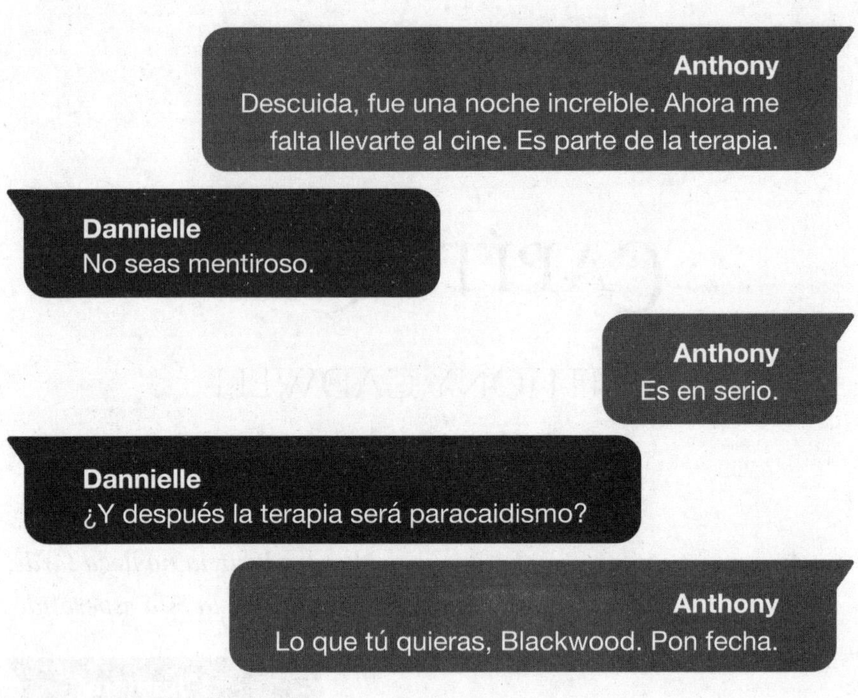

2:38 a. m.
El mundo duerme. En el estacionamiento, al otro lado de las cámaras muertas, me espera una camioneta negra con dos hombres de Elrond. Tengo tres expedientes en mi poder con los resultados de histocompatibilidad de sus clientes. Me entregan el pago y me pregunto: «¿Hasta cuándo?».

Ya no siento remordimiento, sin embargo, sé que debería parar en algún momento. Cada vez que me mandan hombres sin culpa, sueltos por falta de pruebas, pero que me confiesan ahí, entre risas, lo que han hecho, y mi reporte se convierte en un papel más que almacenar sin ningún peso, me entra la rabia. Porque tengo otros pacientes, en verdad inocentes, con quienes cualquier mínima palabra que yo escriba sobre ellos repercutirá de forma importante.

Dannielle
¿Sigues despierto? ¿Estás de guardia?

Anthony
Sí, estoy cubriendo el turno de un compañero.

Dannielle
Lo lamento, no quiero distraerte.

Anthony
Distráeme, por favor.

Capítulo 79

DANNIELLE MORGAN BLACKWOOD

Rómpeme el corazón, por favor,
no sé cómo irme.

Las vacaciones han terminado. Llego una hora temprano al hospital, todavía está oscuro, aún no se entregan las guardias.

Las clases serán en el auditorio pequeño. Le mando mensajes a Lauren para saber por dónde viene. Me siento ansiosa. Por Pralina. Por el consejo.

Evité con todas mis fuerzas recordar ese asunto en las últimas semanas, pero la realidad está de vuelta, reclamando su espacio. No he recibido citatorio alguno, pero eso no significa que no llegará. Espero lo peor.

Saco un café de la máquina, observo el cubículo de descanso de Almond, la luz está encendida. Debe seguir ahí.

La clase teórica termina, así que pasamos a explorar a los pacientes. Arrastro el carrito con la máquina de escribir.

—Blackwood —me llama el R3—, punción lumbar al de la cama veintiuno.

Hombre con signos de meningitis. A los estudiantes no se nos permite realizar muchos procedimientos, quizás curaciones o tomas de muestras y exploraciones, pero me he ido ganando poco a poco la confianza de algunos residentes.

Me acerco al paciente, le explico el procedimiento, lo cubro con una manta, reviso el instrumental y alineo bien la aguja.

—Buen trabajo —me dice el R3.

Sonrío. Después de terminar las revisiones, regreso al área de descanso. Lauren me alcanza, agotada de estar con otro residente.

—¿Puedes creerlo? Me hizo hacerles tacto rectal a todos. ¡A todos! ¡Solo porque sí!

Se lava las manos enérgicamente.

—Te juro que me odia. Me puse doble guante y siento que huele —gruñe—. No había indicación. ¡A una mujer le extirparon el ojo! ¿Qué tenía que ver su ano en todo esto?

Me saca de mi bucle mental, me río de su desgracia.

—No da risa, fui víctima de abuso de autoridad. ¿Y tú?

—Ronda normal, una punción lumbar, sin problemas. Podría quedarme toda la vida aquí.

—¿Escogerás este hospital para el internado?

—Era mi primera opción… —Me encojo de hombros—. Pero ya empecé a mirar otros. Hay uno mejor a unas horas, pero es jodidamente exigente. Te revisan hasta los lunares.

—Te aceptarán, lo sé.

Estamos esperando el elevador cuando una mujer alta, con uniforme rosa y zapatos de plataforma pasa a mi lado, yendo hacia el cubículo de Almond con dos cafés en la mano.

¿Leena?

Una llamada entrante me distrae. Me necesitan en la oficina del rector ahora.

CAPÍTULO 80

MARCK ALMOND

Te arrepientes del daño,
pero no del momento en que lo hiciste.

Llevo horas esperando que Dannielle vea mi mensaje para intentar explicarle lo que le dirán en la reunión. El documento del concejo sigue abierto en mi monitor. La decisión de Hale es clara: al menos siete meses de evaluación psicológica y psiquiátrica antes de que pueda volver a tocar pacientes.

No aceptarán reportes del Saint Adofaer. Quieren una segunda opinión.

Era eso o expulsarla y negarle cualquier documento académico, lo que significaba cerrarle todas las puertas en cualquier otra universidad.

Unos golpes suenan en la puerta.

—¿Leena? —Entra con dos cafés en la mano—. Uy, llegó el diablo. ¿Por qué esa cara?

—¿Puedo pasar?

—¿Cuál es el motivo de tu visita?

Rueda los ojos y me da un golpe ligero en el pecho con el vaso frío, lo tomo.

—Firma. —Saca una hoja del bolsillo de su filipina—. Necesito que firmes la autorización de cirugía de mi paciente. Lo olvidaste.

Ella deambula, quitada de la pena, observando el librero, mi estación de café.

—Sigues teniendo las tazas que te di, Marcus.

—Había olvidado que me las regalaste.

Es verdad, no tenía idea de que me las había dado, si no, ya las habría destruido, como casi el ochenta por ciento de las cosas que me obsequió y que estaban en casa.

Se sienta y apoya su mentón sobre su mano.

Firmo el documento.

—Listo, puedes irte.

—Dime la verdad, ¿no me extrañas?

—Basta. ¿Recuerdas el trato? Solo comunicar por trabajo.

—¿Ni siquiera un poco? No piensas en… —se humedece los labios— cuando estábamos juntos en la universidad, en el internado. Siempre que tu mente divague en tus recuerdos, estoy yo. Las guardias, las travesuras en el cuarto de médicos, ¡oh, por favor!

Me niego a seguirle la corriente, a dejarme arrastrar a ese lugar. Pero su voz se desliza con la facilidad de un recuerdo enterrado bajo la piel.

—Nuestro hijo, ¿no?

El dolor cuando la vi sangrando en la madrugada, desesperada.

Mi impotencia.

Mi rabia.

Mi fracaso.

—No hagas esto. ¿Por qué recordarlo?

—Lo siento. —Su voz se ahoga, sus ojos amarillos son revestidos por espesas lágrimas, inmensas—. Me equivoqué, te lastimé y lo estoy pagando.

—Leena, no hay que arrepentirnos, pasó como tenía que suceder, debías seguir con tu vida, conocer a Stefan.

—No, no soy feliz, no fui feliz, estaba enojada contigo. Tu agenda apretada, tu obsesión con la carrera, con todo menos conmigo... Pero yo te amaba, Marck. ¿Sabes lo que es despertarte cada día sintiéndote atrapada? ¿Ver a alguien que no amas y saber que tú misma te condenaste a eso?

Sus palabras suenan reales, llenas de culpa y enojo consigo misma. El maquillaje de sus pestañas se corre. Y recuerdo la culpa inmensa que sentía cuando provocaba su llanto y cómo quería enmendarlo, repararlo de inmediato, darle cuanto pidiera.

—Pensé que me esperaría algo mejor. Que él me haría feliz, que me daría la estabilidad que contigo no tuve. Pero no fue así, y no sabes cómo me arrepiento.

Escucho: sus problemas con él, su arrepentimiento y una campana en mi interior, la misma que suena cuando ganas un videojuego. Porque siempre supe que ella no quería realmente a Stefan y que, por supuesto, él tenía todo menos corazón.

Una parte de mí, la más cruel, la que ella rompió, quiere celebrar su fracaso.

Siempre pensé que, si un día Leena descubría que su decisión fue su ruina, lo disfrutaría.

Pero aquí estoy, viéndola llorar, y no siento satisfacción. No hay venganza dulce.

—Tú elegiste esto, Leena. —Sigo firme en mi dureza, sin siquiera extenderle un abrazo de cortesía—. ¿Esperas que te diga que vuelvas conmigo?

—¿Y si te lo pidiera?

Me niego.

Le doy un pañuelo, y se seca las lágrimas. Se retoca el maquillaje, sacando un espejo de su bolso.

Se ríe, es una risa seca, quizá avergonzada.

—Tal vez solo necesitaba desahogarme, decirte lo que sentía.

—No cambiaré de opinión.

—Pero ahora sabes lo que siento y que te espero mientras estás por ahí, fingiendo que amas a otra.

—No esperes, la vida continúa.

—¿Me odias?

—No, Leena, lo intenté, pero no puedo.

Su gesto es más de cansancio que de dolor.

—¿Puedo pedirte algo?

—Depende.

—Un abrazo, solo uno, por favor…

CAPÍTULO 81

DANNIELLE MORGAN BLACKWOOD

¿Por qué ahora me ves como un error?

El rector me recibe ahí mismo, otros tres profesores de cara larga y semblante amargado me saludan con tono robótico, cansado, sin ánimos de seguir con lo que queda del día.

—Tome asiento, doctora Blackwood —menciona uno—. Curioso apellido. ¿Es del norte de Hamlëin?

Niego con la cabeza. No quiero contestar, sin embargo, me obligo.

—No, soy de Ërish.

—Correcto. —Asiente como si supiera de qué lugar le hablo, pero sé que no.

—Bien, para no hacerla perder más su tiempo… —Me da un documento—. A partir de este momento, tiene prohibido intervenir en cualquier procedimiento con pacientes.

Me pongo de pie al escucharlo. Absorta.

—Podrá asistir a las prácticas, pero en calidad de observadora. Bajo ninguna circunstancia podrá realizar procedimientos, hasta nuevo aviso.

—¿Qué tiene que ver esta sanción con Cardiología?

—Vuelva a tomar asiento, señorita —me indica otro—. Y escuche: esta universidad no solo forma médicos, forma profesionales con ética impecable. Independientemente de si las acusaciones fueron falsas o no, lo que sí es cierto es que su historial clínico levanta muchas dudas sobre su estabilidad para tratar pacientes.

—Tengo entendido que el doctor Marck Almond habló con el psiquiatra que autorizó mi alta y me da seguimiento.

—Correcto, sin embargo, este es el segundo escándalo que encabeza, señorita. Espero que tenga la madurez de comprender. A partir de ahora, se le asignará una psiquiatra que dará seguimiento a su estado mental y determinará si es apta para continuar con sus prácticas.

Mi piso se mueve en un terremoto imaginario. He estado llevando terapia con la psicóloga de la escuela, haciendo sus dibujos, sus tareas de reflexión… ¿Ahora más?

—Adicionalmente —continúa otro profesor—, se enviará un informe al Hospital Saint Adofaer para que estén al tanto de su estado y sus restricciones actuales.

—Esto no es… Esto no es justo —farfullo.

—La medicina es una profesión que demanda equilibrio y responsabilidad. No es una cuestión de justicia, doctora Blackwood, es una cuestión de seguridad. —Toma de forma abrupta la carpeta que tengo entre las manos y la abre en la última hoja—. Firme aquí. Es un documento donde acepta las condiciones impuestas por el concejo.

Tomo la pluma con una mano que ya no siento como mía.

Reviso las firmas. Y ahí, entre todas, una me corta la respiración.

Doctor Marck Almond, coordinador de Prácticas Clínicas.

Él estuvo de acuerdo.

Las lágrimas corren por mis ojos. Odio, ira, fuego, todo es incendio.

«Equilibrio y responsabilidad». «No es una cuestión de justicia, es una cuestión de seguridad».

¿Soy un peligro de verdad? ¿No puedo tocar pacientes?

Voy hacia el piso de cirugía en el hospital, necesito que alguien me escuche. Necesito sacar esto, necesito respuestas.

La luz está encendida, sigue ahí.

La puerta se abre y una mujer sale, la que vi hace un rato, me mira con desprecio, sin embargo, ahora ella no me interesa.

—Eres un idiota, Marck Almond. —Le lanzo la hoja.

No se sobresalta, como si ya supiera lo que vendría.

—Danny, te mandé un mensaje porque quería explicarte por qué se tomó esa decisión.

—¿Por qué? ¿Por qué se decidió esto?

—Hale me puso contra la pared. Si no firmaba, me removían del puesto y alguien más lo haría igual, pero con peores consecuencias para ti. Intenté que la sanción fuera menor, que no te expulsaran.

—Firmaste, firmaste que estás de acuerdo en que dudas de mis capacidades para la práctica médica. ¡Me humillaste!

—Tú sabes bien que no pienso eso.

—Mira el documento, ahí dice que sí. —Contengo palabras altisonantes.

—Danny. —Otra vez esa mirada implorante de que lo mire, de que lo escuche.

—Eso es lo que siempre pensaste, ¿verdad?

—Hale iba a expulsarte sin ningún papel, no podrías ir a ninguna institución. Nada.

Sus ojos azules han perdido brillo. Tal vez era un brillo que mi mente le otorgaba, una ilusión. Un ente en ellos que me hablaba.

Miro el cuello de su bata, hoy no luce pulcra, sino con rastros de maquillaje. Lo toco, no sé por qué lo hago, total, esto no importa. Él da un paso hacia mí, pero yo retrocedo.

—Oh, no, Dannielle, espera. —Su voz me persigue antes de que llegue a la puerta —. No es lo que crees.

No quiero escucharlo. Me giro solo para clavarle una última estaca.

—¡Ya no me importas!

—Leena ha estado buscándome desde que se enteró de ti, de nosotros.

—¿Nosotros? No hay nosotros, no hay nada. ¿De qué hablas? —Muevo mi cabeza de lado a lado.

—Espera.

—Sé feliz, Marck Almond. No vuelvas a buscarme nunca.

Todas sus palabras se repiten en mi cabeza, como una canción mal hecha. Sus palabras de amor, sus peticiones, sus promesas.

Capítulo 82

DANNIELLE MORGAN BLACKWOOD

Hay rostros que el alma recuerda
antes que la memoria.

El techo de mi habitación parece tambalearse, o tal vez es mi mente, tal vez soy yo.

Me cubro el rostro con la almohada, pero las risas de Yurien perforan la tela, atraviesan mi cráneo, resbalan por mi piel como garras invisibles.

—¿Hasta cuándo? —Yurien deshoja una margarita sobre el lavabo—. Ese hombre pisó tus sueños para rescatar los suyos, es evidente.

Me desenredo el cabello, sentada en la tina.

—Oh, querida, ¿en serio creíste que eras especial?

Escucho la voz y giro la cabeza. Es Dalila.

«¿Ahora tú?».

—Basta.

—¿No me extrañaste, preciosa? —Sus uñas acarician mi cabeza mientras se ríe—. ¿En serio creíste que eras especial? ¿Quién va a quererte? Eres como un edificio inestable.

—Déjenla en paz. —Valyria habla desde una esquina.

—¿Hasta cuándo vas a admitir que nos necesitas? —continúa Yurien.

—Este es el mundo en el que vivo, es el mundo que debo resistir, debo crecer y enfrentar las cosas sola.

—Resistir, sobrevivir. —Dalila suelta una risa fría—. Esa no es la vida ideal.

Salgo de la tina con la piel enrojecida. Puse el agua lo más caliente que pude soportar, intentando que el ardor me hiciera olvidar lo que siento.

—Limpia tu mundo, hazle un favor al resto —menciona una voz distinta, más madura y penetrante.

Es Jezabel.

Su piel pálida y sus ojos, dos esferas azul glaciar, aparecen en el reflejo del espejo.

—No voy a matar a nadie —le digo antes de que continúe con su discurso.

Jezabel tiene sed de muerte. Le gusta beber sangre, comer carne humana.

—Es una depuración, la gente mala tiene que irse, cariño. O lo hacemos nosotros o… —Ella voltea a ver a los demás—. Sabes quién vendrá.

—No.

Me recuesto en la cama y me cubro con una sábana, no quiero escucharlos. Dalila me destapa, observa mi rostro, su lengua lame mi lágrima.

—Otra vez está llorando.

—Sabes que quieres hacerlo, no puedes negar lo que eres. —Jezabel se acerca, se sienta en la cama, su mano toca mi mejilla.

—No soy así, no soy como ustedes.

Me abofetea, su uña rasga el párpado inferior.

—¡Malagradecida! ¡Eso es lo que eres! —escupe con desprecio.

—¿No eres así? —La incredulidad salta del ojo vidente de

Yurien—. ¿Cuántas heridas le hiciste a Juliette, mi amor? ¿Cuatrocientas y tantas?

—Yo no recuerdo eso.

—Yo sé que sí. —Se lame los labios—. La desgarraste con tus dientes.

—Tú hiciste eso, Jeza, ¡tú lo hiciste!

Su dedo puntiagudo se mueve de izquierda a derecha.

—Eso ya lo traes tú, ninguno de nosotros tomó el control.

—Es el doctor Cadwell quien la convence de que es diferente —menciona Dalila.

—A él también debemos eliminarlo ya —dice Jezabel.

—¡Basta! Él no se toca.

—Oh, no —chasquea la lengua Dalila—, preciosa, no nos digas que el psiquiatra se metió de más. —Me apunta al pecho.

—Él no es diferente al otro, al final te ven como lo mismo, como un problema —vocifera Yurien.

Aprieto los párpados, quiero que se vayan, necesito que desaparezcan.

—No, cariño, ya no nos vamos a ir —me susurra Jezabel.

Estoy en un salón inmenso, rodeada de animales disecados, cabezas de tigre en las paredes y un oso seco cerca de la puerta. Es una casa que nunca he pisado, pero siento que la conozco. Al fondo hay un escritorio y un emblema de león. El aire huele a papel viejo y madera pulida.

Allí está él, observándome. Alto, con un porte fuerte, una presencia que aplasta el mundo alrededor. Como si todo lo demás fuera insignificante ante él. Su piel es pálida, casi traslúcida bajo la luz de las lámparas. Pero sus ojos…

Helados. Intensos, sabios, tristes.

—Dannielle.

Mi nombre en su voz es una sentencia. Un juicio.

—¿Quién eres? —Mi voz sale frágil, pequeña.

Él sonríe con melancolía.

Doy un paso hacia él, pero algo en su mirada me detiene. Respeto. Temor.

—Has sufrido mucho —continúa—. Y seguirás sufriendo. Pero el sufrimiento no es un castigo.

Mi pecho se aprieta.

—¿Entonces qué es?

—Un maestro.

Su voz suena como el viento cuando se cuela por las ventanas.

—No quiero aprender nada más.

Él inclina la cabeza con solemnidad.

El aire cambia. El salón inmenso comienza a oscurecerse, como si la noche lo devorara desde las esquinas.

Su piel… se oscurece, de un blanco lechoso a un marrón profundo, como la corteza de un árbol centenario. Su cuerpo se estira, se alarga. Sus manos se vuelven sombras filosas. Pero sus ojos… Sus ojos siguen brillando, continúo viendo el zafiro arder.

—No olvides quién eres, siempre lo has sabido.

Mi respiración se agita. Quiero despertar, pero no puedo.

—No olvides lo que eres capaz de hacer.

Un latido.

Dos.

Y despierto.

Jadeando.

Temblando.

Con la imagen de sus ojos presente cada que cierro los míos.

CAPÍTULO 83

DANNIELLE MORGAN BLACKWOOD

A fuerza de miedo,
me enseñaron a extrañarlos.

Años atrás

No viví en un sitio lleno de colores, sin embargo, sí había más de los que habitan aquí.

No hay sonidos. Allá tenía un tocadiscos viejo, un acetato rayado, y en él sonaba «Amarilli», «Caro Mio Ben». La aguja saltaba en el mismo fragmento una y otra vez, pero eso no importaba. Al menos Mar me sonreía, me cepillaba el cabello con esmero, deshaciendo los nudos, y Paul me leía sus libros, me dejaba explorar sus herramientas. Aquí nadie sonríe. Sus rostros son grises, alargados, gastados. Ojos muertos que pasan por encima de mí sin detenerse. Excepto los de él, el doctor Cadwell.

Ayer pidió que me quitaran las cadenas de peso de los tobillos, pero no lo consiguió.

Dijo que necesitaba sol, pero no es así, lo que quiero es volver.

No puedo dormir desde que me quitaron el medicamento que

me mantenía en cama. Me siento inquieta, el cerebro me explota, y la almohada grita apenas siente mi cabeza. Las noches son un campo de batalla, un desfile de sombras, susurros, lamentos.

El doctor me ve desde el otro lado del cristal. Me saluda.

En su mano sostiene un pedazo de papel y lo sube a la altura de su rostro para que lo vea. Son líneas, colores mezclados: azul y verde, pinceladas doradas, árboles.

No sé cuánto tiempo pasa antes de que baje la imagen y saque otra. Agua. Azul, profundo.

Pasa otra imagen. Una estatua con alas.

Otra.

Y otra.

Y otra.

Sigue sonriendo mientras mueve la mano para que me acerque.

No quiero, no quiero.

No lo entiendo. No lo acepto. Me niego a decirlo en voz alta, pero en el fondo, en ese rincón de mi mente donde nadie más puede escucharme, lo sé: extraño la Gale's Bear House.

Extraño las luces amarillas del cuarto, de los pasillos, el olor a madera. El hueco por el que veía a la gente pasar con Valyria. La extraño a ella. Extraño que Dalí me hable de las auroras boreales. Mis clases de latín.

No es que quiera volver. No es que desee esas manos, ni esas órdenes, ni los guiones que tenía que memorizar. No quiero la asfixia, la sumisión, el control.

Pero al menos allá sabía quién era. Aquí… no lo sé. Aquí no tengo nombre, tengo un número en la muñeca, en la cama, y eso es todo de mí. Nadie me dice qué hacer con mi voz, con mis manos, con mi tiempo. Y eso me sofoca. No sé qué hacer con mi cuerpo, con mi miedo. ¿Esto era lo que quería?

A veces me sorprendo mirando la puerta cerrada, esperando que se abra y entre *Madame* con su bastón de plata. Y me odio por desearlo.

Y pienso, con vergüenza, con rabia, que tal vez era más fácil vivir encadenada al dolor que vivir sin saber para qué existo.

El doctor deja de traer imágenes.

Ahora sostiene trapos con ojos. Los mueve, los hace perseguirse entre sí, como si se atacaran y luego se reconciliaran.

Él se muere de risa, yo no entiendo lo gracioso.

Uno de ellos se cae de su mano.

Lo recoge como si hubiera sido una tragedia

Casi río.

Pero no lo hago.

Me parece estúpido. Él y su rostro bufón me parecen estúpidos. Yo sé qué es que te sonrían, que te digan «ven» con una mano extendida, creyendo que cuando la tomes te sostendrán, pero lo único que recibes cuando la das es dolor. Dolor en las peores formas. Y ellos se siguen riendo mientras te retuerces.

Ahí está otra vez, sosteniendo un lienzo blanco y un pincel. Con movimientos lentos, dibuja una línea y luego otra. Es un arco de color, algo que se empieza a ver como el cielo.

Sigue pintando y los colores aparecen. Está creando una

imagen como las que me enseñó hace unos días. Hace puntos por el cielo que extiende; son alas, aves.

—Mamá, ¿y eso? —Apunto al cielo, puntos negros se mueven, emiten sonidos.

—Aves, Danny. Van hacia el sur cuando aquí comienza el frío.

Me levanto sin pensar. Mis piernas se mueven solas. Cuando me doy cuenta, ya estoy frente al cristal.

Levanto la mano, apoyo mi palma contra la superficie fría y el doctor detiene el pincel.

Levanta su mano y la apoya en el cristal, justo donde está la mía.

Mi pecho se aprieta. Lo odio. No me toque, no quiero que me toque.

Retrocedo hasta la esquina, lejos de él, lejos del cristal. Me cubro la cara.

CAPÍTULO 84

DANNIELLE MORGAN BLACKWOOD

Confianza es saber
que puedes fallarme,
pero no vas a huir.

El techo de la habitación de Lauren tiene pegadas estrellas fluorescentes que apenas brillan en la penumbra. Estoy acostada en su cama, con una almohada abrazada contra mi pecho, mientras ella camina de un lado a otro, mascullando insultos con la misma furia con la que se devora un paquete de galletas de chocolate.

—No puedo creerlo. No puedo creerlo, Dannielle. ¿En qué mundo cabe esta mierda? —escupe, arrojando un cojín contra la pared—. Hale es un desgraciado, la universidad es un chiste, y Almond… Almond…

Se detiene en seco, con las manos en la cintura, y me mira.

—¡Perdón por decirte que consideraras darle una oportunidad! No sabía que era tan idiota. Debería coserme la boca o mínimo electrocutarme cada vez que me dé por dar consejos idiotas.

No es la decisión del concejo lo que más me duele. Tal vez era inevitable. Está bien que duden, que quieran reafirmar su seguridad, que me miren con desconfianza. Puedo intentar ponerme en su lugar grisáceo, pero lo que me abre la herida es esa firma.

La tinta impregnada en ese documento, avalando que sí, que hay algo en mí que genera incertidumbre. Que soy un riesgo. Que no deberían confiarme una vida.

Como si no me conociera. Como si no hubiera visto de primera mano lo que me ha costado llegar hasta aquí. Como si en todo este tiempo, en todas esas conversaciones, en cada instante en que creí que podía confiar en él, hubiera estado esperando el momento oportuno para soltarme la mano.

Porque no fue Hale. No fueron los profesores del concejo. No fueron los burócratas de la universidad, que no conocen más allá de mi nombre. Fue él.

Cierro los ojos, luego, tomo el celular, tengo que llamar a Cadwell. Contesta al tercer tono.

—Danny. —Escucharlo ya le baja niveles a mi tensión—. ¿Qué pasa?

Le cuento todo. Desde la forma en que el concejo me hizo sentarme frente a ellos como si fuera una delincuente, hasta el momento en que vi el nombre de Marck estampado en el documento. La humillación de que me priven del contacto con los pacientes.

Ni siquiera me doy cuenta de que estoy presionando el teléfono contra mi oreja con demasiada fuerza hasta que Lauren me toca el hombro.

Cuando termino, siento un vacío en el pecho como si, de alguna forma, haber dicho las palabras las hubiera sacado de mi cuerpo.

—Acaba de llegarme un correo del director Montoure —me dice después de una pausa—. Pero antes de que entres en pánico, quiero que me escuches.

—Ya estoy en pánico.

—Lo sé, por eso te digo que me escuches. Respira. Lo que hicieron es injusto, pero no definitivo.

Respiro, controlando el enojo que hace ebullición en mi estómago.

—Bien. Ahora, esto es lo que haremos. Leeré con detenimiento lo que me han mandado y, apenas sepa el nombre de la o el psiquiatra que te asignarán, me pondré en contacto con él o ella. Me aseguraré de que te evalúe con objetividad. No dejaré que esta decisión se convierta en una sentencia.

—Suena sencillo.

—No creo que sea tan sencillo, pero ¿confías en mí?

—Siempre.

Cuelgo después de despedirnos. Lauren me acaricia el cabello y me recuesta.

—Oye… —dice con la voz más suave de lo normal—. No tienes que decir nada, pero si quieres romper algo, tengo un par de platos horribles en la cocina que te van a encantar.

CAPÍTULO 85

DANNIELLE MORGAN BLACKWOOD

Con él,
mi corazón
por fin dejaba de correr.

La casa está animada esta noche. Desde la terraza puedo escuchar el ruido de vasos chocando, las risas de los hombres del corporativo, el barullo de un debate sobre futbol que Simon y Little Perry parecen estar perdiendo.

Han sido semanas pesadas de solo ir a prácticas para ver, de que los demás se pregunten el porqué y solo miren mi gafete rojo, que indica que no puedo cruzar la línea.

Suena el motor de un auto.

Los chicos pulsan para abrir el portón y entra Anthony vistiendo de negro; es una sombra a la que le gotea miel de los ojos. Su sonrisa fresca aparece en cuanto levanta la vista. Lo saludo.

—Qué elegante, mi doc. —Simon se acerca a recibirlo con medio abrazo y un par de palmadas en la espalda.

Los hombres lo quieren. Se nota en la manera en que le abren espacio, en la forma en que le ceden un asiento, en cómo el más viejo del grupo, Rousell, le sirve un vaso sin preguntarle qué quiere, como si supiera exactamente lo que bebe.

Bajo a la sala y él abandona a los chicos para ir a abrazarme. El negro contrasta con su piel clara, con su cabello castaño, con el plateado sutil de su reloj en la muñeca. Lleva puesta una chaqueta de cuero negra que le da una apariencia ruda, la cual se desbarata cuando se marcan los hoyuelos en sus mejillas.

Siento algo extraño en el estómago.

En los últimos días hemos pasado mucho tiempo juntos. Me llevó al cine, me arrastró al boliche, donde hice el ridículo más grande de mi vida. Y ayer, cuando intentamos jugar billar, nunca entendí ni las reglas ni la fuerza para pegarle a una bola.

Él y sus esfuerzos por hacerme sentir mejor lo han logrado. Está haciendo todo lo posible por que el documento que hizo el concejo no pase a mayores con respecto a la decisión que apoyó el director Montoure cuando aceptó la propuesta de mi alta.

Ya tuve algunas sesiones con la doctora Mariah, la psiquiatra, quien ha sido amable y comprensiva.

Anthony me da un beso en la mejilla, un saludo típico que esta vez siento más personal.

—Ojos bonitos. —Saca de su bolso una caja pequeñita de apenas unos doce centímetros—. Te traje algo.

Retiro el listón. Adentro hay una caja de música de madera oscura con los bordes gastados por el tiempo. Había escuchado de ellas, pero nunca había tocado una, se ve tan frágil.

Deslizo los dedos sobre la superficie y noto una inscripción en la base.

—Desconozco qué dice, pero tú sí debes saberlo.

Memoria tenetur, dum cor vivit. Latín.

—«La memoria se mantiene mientras el corazón viva».

La abro y él me ayuda a girar la llave, sale una bailarina del tamaño de un grano de café, girando. Suena una canción.

—No tengo nada para ti —confieso, sintiéndome culpable.

Anthony sonríe, ladeando la cabeza.

—Claro que sí, ya me lo has dado: tu tiempo.

La muñequita sigue girando, pero él no la ve, está enfocado en mí. Cierro la caja con un chasquido, interrumpiendo la melodía. Mi corazón se agita.

Sus gestos escarban como si estuviera tomando una pala y abriéndome el pecho hasta llegar al corazón.

—¿Quieres café? —pregunto, ignorando esa forma de verme.

Anthony parpadea, sorprendido por el cambio repentino.

—Claro, pero solo si yo lo preparo. —Se encamina, sin preguntar, hacia la cocina, como si conociera cada rincón de mi casa.

—¿Insinúas que no soy buena preparándolo?

Anthony deja escapar una risa breve, dando a entender que mi intento de ofensa fue adorable en lugar de intimidante. Se apoya contra la encimera, relajado, confiado, mientras se arremanga las mangas de la chaqueta.

—¿No puedo consentirte?

—Pero estás en mi casa, bueno en… la casa, es decir, eres un invitado, tengo que atenderte.

Mide el café, lo pone en la cafetera con cuidado, con paciencia. Ha tomado el mando de la cocina.

—Bueno, pondré la mesa.

Camino hacia los estantes, saco un par de tazas y cucharas, veo el azucarero, pero recuerdo que una vez en el hospital me dijo: «Al café jamás se le pone azúcar, no desvirtuemos la bebida». Desde ahí nunca lo he endulzado.

Encuentra en la encimera un frasco con lavanda, lo coloca en la infusión. Eso yo se lo enseñé.

El café gotea, él apoya su mano en su barbilla y me observa como si no me hubiera visto antes. Miro de izquierda a derecha, sintiendo una presión en las mejillas. Suelto una de las tazas y cae a pedazos. ¿Qué carajo me pasa?

—Espera, no vayas a cortarte. —Se agacha para recoger los pedazos—. ¿Estás bien?

Asiento.

—¿Por qué estás nerviosa?

—No es cierto.

Toca mi frente, como quien busca fiebre.

—¿Te duele algo? Podemos…

La forma en que su pulgar roza mi piel es mínima, pero mi respiración se corta.

—Estoy bien —me apresuro a decir, retirándome apenas un centímetro de su tacto.

Tomo la cafetera y sirvo nuestras tazas. Mis manos tiemblan un poco, pero logro mantener el líquido adentro.

—Mejor cuéntame, ¿qué tal la clínica, tus pacientes?

Su pulgar traza círculos lentos sobre la cerámica caliente.

—Cansado, pero lo disfruto mucho. Tengo un paciente complicado, un hombre con esquizofrenia paranoide, está convencido de que en su piel hay micrófonos, así que lleva un pizarrón para comunicarse.

—Admiro tu paciencia, no cualquiera podría hacer lo que tú haces.

—A veces no tengo tanta paciencia como crees. Pero ellos me enseñan a tenerla.

El teléfono de Anthony suena y se disculpa para contestar la llamada. Le da indicaciones a quien parece ser una enfermera.

Lo observo más de lo habitual: el largo de sus pestañas enmarcando de forma espesa sus ojos; los lunares en su rostro, pequeños puntos que no había notado. ¿Desde cuándo me detengo en sus detalles?

—Perdón, la clínica —se justifica con una sonrisa leve.

—¿Todo bien?

—Sí, un ingreso de urgencia. Nada que no puedan manejar sin mí. ¿En qué estábamos?

No lo sé. Mi mente se vuelve un lienzo blanco. Una presión se acomoda en mi garganta, es como si quisiera llorar, pero no tengo ninguna razón para hacerlo.

—Algo de… no sé.

Él ve hacia atrás, al refrigerador, y vuelve a mí.

—¿Pasa algo? ¿Qué ves? ¿Sigues preocupada? Estoy encargándome de todo, lo juro, hoy de hecho mandé unos últimos documentos y…

—Tus lunares. —Inclino mi cabeza, toco uno de su mentón y otro de su frente—. No me había dado cuenta de cuántos tienes.

Un cambio repentino. Se sorprende un poco. No sé ni qué estaba diciendo.

—Incontables. —Se frota la barbilla.

—Me hubiera gustado tener uno.

—Te puedo prestar alguno.

Levanto una ceja, escéptica.

—¿Eso se puede?

—Claro, te presto el que más te guste.

Ruedo los ojos, pero no puedo evitar sonreír. Mis mejillas se calientan. Otra vez esa sensación, pero ¿por qué quiero llorar? Es una ternura mezclada con algo más.

—Pensaré cuál.

Él se muerde los labios, y mi atención está ahí, en cómo habla, en su surco nasolabial.

—¿Vemos una película, Danny?

—Sí, vamos a mi recámara. —Limpio las manchas de café de la barra.

—Mejor en la sala —propone con una sonrisa.

—¿Por qué? En la cama estaremos más cómodos.

—Dannielle, ¿cómo voy a subir a tu recámara?

—Con los pies, como cualquier persona.

Él se ríe, pero no comprendo.

—Ven, vamos a la sala —insiste—. ¿Qué van a pensar los chicos?

Me giro hacia el ventanal, ellos están viendo un partido en una pequeña pantalla sobre la mesa del jardín.

—No les va a importar.

Anthony se rasca la nuca; un gesto que no le conocía. Sus mejillas se tiñen de rojo.

—Ya sé que no. Pero… no quiero que se malinterprete. No contigo.

—¿Qué es lo que se puede malinterpretar?

Él sonríe con ternura.

—Nada malo, solo… Yo me entiendo.

—Está bien, vamos a la sala, pero tú escoge la película.

Anthony teclea en la computadora buscando algo, visita varias páginas, como si estuviera escogiendo un medicamento con un cuidado meticuloso.

Me pregunta si quiero ver una animada, de romance, comedia… Dejo que él elija, creo que solo he visto cinco películas en mi vida, y apenas comprendo sus géneros, subgéneros y clasificaciones.

Después de varios minutos, por fin, se decide.

No entiendo mucho de lo que pasa en la película, ni me hace sentido. Pero él parece fascinado.

La luz tenue y azul del televisor ilumina su perfil. Me obligo a enfocarme en la pantalla. Pero mi visión se desliza hasta sus manos sobre sus piernas. Su reloj marca las diez de la noche.

Vuelvo a mirar la televisión.

—¿Por qué corre tanto? —pregunto, sin comprender lo que sucede.

—En su cabeza correr es su forma de escapar de todo lo que no entiende.

—¿No puede solo parar?

¿Se puede huir de sí mismo solo corriendo?

Anthony se inclina un poco hacia mí, casi sin darse cuenta.

—A veces no queremos detenernos, porque detenerse significa enfrentar. ¿Será por eso que a veces buscamos más y más ocupaciones?, ¿por miedo a nosotros cuando estamos quietos?, ¿porque ahí es cuando hablamos con nosotros mismos?

—¿Y qué pasa al final?

—¿Cómo te voy a contar el final? —Su mirada se entrecierra, y su rostro dibuja una sonrisa—. No te puedo negar nada. —Toma aire como si buscara las palabras correctas—. Al final se da cuenta de que no tiene que correr más. Encuentra lo que lo hace feliz.

—¿Y qué es?

Pregunto intrigada, como si también fuera una respuesta para mí.

—Amor, Danny.

«Amor».

Otra vez esa palabra. Extraña, lejana, cercana. «Una enfermedad crónico-degenerativa», dijo Lauren. Y si lo pienso, tiene razón.

Lo que sentí con Marck Almond fue fulminante, sin advertencias. Un fuego que se encendió con solo verlo, un incendio imposible de contener.

Cuando lo vi, algo dentro de mí latió con una arritmia descontrolada, como si mi corazón quisiera huir de mi pecho y detenerse en sus manos. Descubrí la forma en que una mirada puede pronunciar nombres sin necesidad de palabras. Fue instantáneo. Como si siempre hubiera estado ahí, esperando a que nos encontráramos.

Pero con Anthony… Con Anthony ha sido diferente. Ha sido suave, lento… como quien entra a una casa que no es suya: bajando la voz, quitándose los zapatos, dejando todo en su lugar. Chispas sin prisa por encender una hoguera.

No se acerca de más, no me toca con ansias, no busca mis labios. Me mira hacia dentro. Me palpa sin las manos, con el tiempo, con las palabras. No quema, cubre del frío. ¿Así se siente un hogar? No el lugar… la persona. Respirar y no sentirse en modo de alerta.

—Explícame qué es el amor.

Las imágenes siguen pasando por la pantalla.

—Es complicado.

—Tú siempre sabes muchas cosas, ¿qué es para ti?

—Es paciencia, mucha espera. Quedarte cuando todo se complica.

—Entonces, ¿el amor es como una decisión?

—Sí y no. Se siente, claro que se siente. Pero también se elige todos los días. Se elige quedarse, se elige cuidar, se elige respetar, incluso cuando el otro no está listo para recibirlo.

Me gusta escucharlo.

—Dime más. —Me recuesto en sus piernas, lo veo a la cara.

—El amor no es solo recibir, Danny. Es dar sin esperar nada a cambio. Es encontrar felicidad en ver al otro crecer, incluso si eso significa soltarlo cuando sea necesario. Es poder decir «te quiero» sin poseer, sin atar, sin condicionar.

—Eso suena… demasiado *perfecto*.

Tomo su mano y la llevo a mi cabello.

—Porque es lo que el amor debería ser. Pero las personas no somos perfectas, así que lo torcemos, lo complicamos, lo volvemos algo que duele.

Sus dedos delinean el arco de mi nariz.

—¿Crees que alguien pueda quererme como soy? ¿Con lo que he hecho?

CAPÍTULO 86

ANTHONY CADWELL

Lo nuestro no debe suceder.
Pero si algún día ya no soy tu médico… prométeme que me mirarás como te miro ahora, cuando nadie nos ve.

—¿Crees que alguien pueda quererme como soy? ¿Con lo que he hecho? —pregunta, dudosa, sintiendo todavía restos de culpa, como si en ella hubiera maldad.

—Yo lo hago.

Tomo su mano y la pongo en mi corazón. ¿Cómo alguien tan hermosa en cada sentido puede dudar de su valor?

El ruido de la película es nuestra música de fondo. Forrest corriendo, yo queriendo quedarme lo más quieto posible, no irme.

—¿Pero hablas de ese amor del que me describes? ¿Alguien como yo merece que la quieras así?

—El amor no es solo para las versiones de nosotros que son fáciles de querer —continúo—. No es solo para cuando somos fuertes, cuando estamos completos, cuando somos la mejor versión de lo que podemos ser. A veces, alguien nos ve en nuestro peor momento, en nuestra peor herida, y aun así elige quedarse. Yo me quedo, Danny. Yo de verdad te quiero.

—¿Para qué me quieres? —Otra vez esa pregunta.

—Para toda mi vida.

Sus ojos derraman lágrimas, caen por la comisura y resbalan por sus sienes.

Niega con la cabeza, como si no lo creyera.

Con el pulgar, le limpio las gotas antes de que mojen su cabello.

—A veces soy como él. —Señala la pantalla—. Corriendo, pero no sé a dónde.

—¿Y cuál sería un lugar para detenerte?

—Aquí. —Llora y mi corazón se dobla.

—¿Por qué estás triste?

Mueve la cabeza de un lado a otro.

—No, lloro porque siento mucho. Porque quisiera quedarme aquí, en este momento, en la forma en que me ves y hablas. Sintiéndome tan humana, real.

Mis dedos dibujan sus facciones. Derramo una gota que cae en su mejilla.

—Lo lamento. —Sonrío, nervioso, sintiendo en mi alma lo mismo.

Me llevo su mano a los labios y la beso como quien deja una flor sobre un altar.

Pienso en cuando salió del hospital, en sus citas recurrentes cada semana, después cada mes y luego cada seis meses. Pienso en cómo se fue colando en mi corazón sin darme cuenta, en mis sueños. Me enamoré en el único lugar donde amar es una falta grave.

Retira su mano de mi boca.

Me toma por la nuca y me lleva hasta ella. Sus labios acarician los míos, mi universo se reduce a su respiración sobre mi nariz, a sus movimientos, a su sabor.

—Lo lamento —dice—. Tú nunca me ibas a besar, así que debía hacerlo yo.

Me acerco, vuelvo a ella, a su boca.

Ella me absorbe. Sus manos me atrapan y yo la rodeo. Es un movimiento instintivo, sin pensar, con reverencia a su ser. Con todo el amor que he reprimido. Con todo el anhelo que he callado. Nos besamos como si nos perteneciéramos de toda la vida.

—Te quiero, Anthony.

Su confesión de tres palabras me hace suyo.

—Te quiero con el alma, mi Danny.

Cierra los ojos, se acurruca en mis piernas. Y sigo acariciándola. Tan tranquila, tan dulce, tan preciosa, como si no hubiera causado mi fin hace un instante.

Poco después, el celular de Dannielle vibra sobre la mesa, mis ojos no evitan leer la pantalla: «Dr. Almond».

CAPÍTULO 87

DANNIELLE MORGAN BLACKWOOD

No fue el primer beso de mi vida,
pero sí el primero que no me dolió.

Estiro mis manos, me quedé dormida. La televisión está apagada. ¿Y Anthony?

Me levanto, camino por el corredor. El sonido del agua corriendo me llama la atención y lo veo, de espaldas, lavando los platos en la cocina. La imagen es extrañamente reconfortante. Me acerco un poco más con pasos silenciosos, me apoyo en la barra. Pero antes de poder decir algo, Simon hace su entrada tosca.

—¡Ah! Lo que me faltaba por ver. —Simon se cruza de brazos, con una sonrisa maliciosa en la cara—. El doctor limpiando la cocina como el buen hombre de la casa. ¿Qué sigue? ¿Hornearemos pan?

Anthony se ríe y se seca las manos con el trapo de la cocina.

—No te rías tanto, grandote. —Voltea a verme—. A lo mejor me animo si alguien me lo pide.

—¡Qué mirada! ¿Tú captaste la indirecta, Morgan? Porque yo sí —bufonea el pelirrojo.

—Daría la vida por quedarme otro rato, pero mi enfermera está que me destroza los nervios.

Se ve agotado, pero comprometido. ¿Habrá dormido bien?

Simon da su última estocada.

—No dejes que este se te escape, Dannielle. —Le da una palmada en el hombro.

An se despide de mí, besa mi mejilla, pero esta vez un poco más cerca a la comisura de mis labios, me giro y le beso una parte de los suyos.

—Yo no vi nada —dice Simon.

Me pierdo en el sonido del agua, en los ojos de Anthony antes de irse, tan suave y atento, en sus labios de anoche.

Por primera vez, un contacto no fue sinónimo de control ajeno, sino de elección propia.

Fui yo la que se inclinó. Fui yo la que cruzó el espacio. No fue sometimiento, no fue alguien tomando algo que no ofrecí. Fui yo la que decidió. Lo quiero, claro que lo quiero. Y si él se va mañana, si todo esto termina, ese beso seguirá siendo mío. Porque esta vez fui yo quien lo dio.

Envuelvo mi cabello en una toalla y me acerco al celular, el brillo de la pantalla parpadea con los mensajes de Marck enviándome documentos. Su clave de comunicación. No me interesa.

—Besas a uno, y otro te manda mensajes. —Yurien se mira al espejo, se inspecciona las grietas en la piel.

—¿Cuál es tu problema? Solo apareces, picas ¿y ya?

—¿Crees que el doctor ese te va a tomar en serio? Has sido un juguete que pasa de mano en mano.

—Es tu necesidad de amor —dice Dalila, sentada sobre el lavabo y cruzada de piernas.

—Amor es paciencia, amor es esperarte, bla, bla, bla —repite Jezabel, imitando la voz de Anthony.

—¿Qué saben ustedes? No sienten, no saben qué es querer, qué es besar, nunca van a saberlo.

—¿Y tú te hiciste experta? —Dalila carraspea la garganta—. A ver… quieres a Marck Almond un día, luego a Cadwell, te acuestas con ese chico… ¿Cómo se llamaba? Jassel.

El nombre me perfora la cabeza.

—No seas imbécil, tú sabes qué pasó esa noche. —La empujo contra el cristal, y ella se burla.

—Ya no sabemos, a estas alturas no lo sabemos. —Levanta las manos en señal de inocencia.

—Dalila, yo sé que ese día tú estabas ahí, tú me impediste luchar. —Apunto su pecho con el dedo.

—¿Estás segura, cariño? Yo no lo recuerdo.

Dalila llegó a mi vida en la Gale's Bear House, vistiéndose de mujer sin ser humana. Ella complace. Ella satisface. Usurpaba mi cuerpo para hacerlo. Es obediente a las órdenes, actúa, soporta el dolor y mantiene su sonrisa, sus labios rojos y el cuerpo erguido.

Esa noche, en el lote baldío…

Corro por la hierba, mi tacón se rompe. Quiero seguir corriendo, pero las espinas se ensartan en mi piel, un pedazo de plástico se atora en mis suelas. Me caigo y forcejeo con Jassel.

Y termino cediendo, obedeciendo a sus órdenes. Mi voz se esconde, Dalila toma mi cuerpo.

Ella fue, lo sé, yo quería luchar, yo quería morir antes de permitir que me volvieran a lastimar.

—¿Qué pasa, Danny? ¿Ya no te sientes sucia? —Escucho su respiración animal.

—Váyanse al carajo.

Voy hacia el sótano a ver los medicamentos que hace falta resurtir, ese lugar donde, al menos, me permiten tocar pacientes.

CAPÍTULO 88

DANNIELLE MORGAN BLACKWOOD

Amar sin tocar
duele.

El invierno poco a poco se despide de Hamlëin. Todavía nieva en las noches, pero el sol ya comienza a tomar su protagonismo. El cielo se va tiñendo de azul mientras el gris desaparece.

Espero a Anthony después de clase, me mandó un mensaje de texto, dice que es muy importante, que llega en diez minutos. Han pasado doce cuando aparece en su auto.

Da la vuelta y sale para abrirme la puerta. Me abraza como si no me hubiera visto en meses, cuando me vio ayer, antier y casi todas las últimas tardes. Respiro su perfume, su abrigo, su esencia.

Y, entonces, por encima de su hombro, lo veo. Un auto negro se desliza fuera del estacionamiento: es Marck. Para un segundo, casi imperceptible, pero me ve. Sube su vidrio y desaparece.

Me subo al auto y cierro la puerta. Anthony regresa al asiento del conductor.

—¿Qué era eso tan importante? —Me abrocho el cinturón.

—Verte.

Le doy un ligero golpe en el hombro.

—No bromees.

—Es lo más importante para mí. —Entrelaza un momento su mano con la mía, asegurándome que es verdad.

—Tonto, me asustaste.

—Soy un tonto que no puede estar sin ti, ¿qué te digo?

Veo su mejilla, sus hoyuelos, la ternura que me causa, las ganas de… Me inclino y rozo mis labios contra su piel, justo donde se marca el hoyuelo cuando sonríe.

Su cuerpo responde con un espasmo. No lo esperaba.

—Ahora tú me asustaste.

—Siempre tengo que besarte yo, porque tú nunca lo haces.

Sus ojos se fruncen, como si le hubiera dolido lo que acaba de escuchar.

—Danny, quisiera estacionarme en la primera esquina y darte un beso como se debe.

—Entonces, ¿por qué no lo haces?

—Porque quiero hacerlo bien. —Suspira profundo, sus ojos delatan que busca las palabras—. No quiero faltarte al respeto. No quiero apurar algo que para mí significa demasiado.

Otra vez eso.

Lo entiendo y no. Porque siento que no es que no quiera besarme. Es que tiene miedo de hacerlo. Siempre miedo. Ese es el efecto que provoco…

Mi garganta se aprieta, y me giro a la ventana.

—No soy de vidrio, Anthony.

No quiero ser miedo en los ojos de alguien ni que a cada caricia le preceda una pregunta.

Tamborileo los dedos sobre mis piernas. Él rompe el silencio.

—La doctora Mariah ha cooperado. Me envía los reportes de las sesiones.

—¿Y qué ha dicho el doctor Montoure?

—Nada relevante, por desgracia o por suerte, tiene un caso

fuerte en el hospital, así que tu caso ahora no le está preocupando.

—¿Crees que pronto me permitan regresar a las prácticas?

—Tenlo por seguro. Mariah debe enviar el veredicto el siguiente mes.

—Eso espero, faltan seis meses para terminar el último año, ojalá me den mínimo cinco en los que no sienta que estoy ahí para amueblar.

Llegamos al lago, ya no es un piso de hielo. Los pinos se reflejan en la superficie y las aves bajan a pescar con sus picos.

—Por cierto, ¿qué pasó con el trabajo en la universidad? —le pregunto—. ¿No te aceptaron?

—Lo hicieron, y te confieso que me rogaron. —Toma una piedra, la lanza y rebota varias veces en el agua—. Pero ya no lo acepté.

—¿Por qué? —No entiendo, él parecía tan emocionado por esa oportunidad.

—Por ti.

—¿Por mí?

—Ya rompí las reglas de la clínica, no quiero arriesgarme con otras.

No sé si sentirme halagada o culpable. Quizás ambas cosas al mismo tiempo.

—Lo lamento.

—No lamentes nada, estar contigo no tiene comparación, dejo todo, pero a ti no.

Sus dedos rozan los míos, apenas. Como si me preguntaran si pueden entrelazarse. Y creo que está a punto de acercarse más, de tocar mis labios, pero en lugar de eso, suelta una risa leve, un escape de ternura, y se agacha a recoger otra piedra.

—A ver si esta rebota más —dice, como si eso pudiera distraernos del temblor de hace un segundo.

Jugamos, nos retamos. El tiempo se nos va.

—Este es mi lugar favorito de la ciudad —menciona.

—También el mío.

—¿Te gustaría tener una casa aquí?

—Definitivamente.

—Ven. —Me toma de la mano—. Podemos construir algo por aquí. —Caminamos hacia los pinos, nos sumergimos en el bosque, perdiéndonos un poco de la vista del lago.

—Meta a largo plazo.

—O a corto. —Pasamos sobre un tronco, una ardilla corre frente a nosotros y se mete en un agujero—. Yo vivo por aquí.

—¿En dónde? —pregunto incrédula—. Estás mintiendo.

—Ya casi llegamos.

Por un momento pienso que es una broma, hasta que nos internamos aún más.

—¿Dónde deseas vivir, Danny? —me pregunta el doctor. Lo único que puedo pensar es en las auroras boreales de las que hablaba Dalí, pero no respondo—. Por ejemplo, yo desearía vivir cerca de un lago.

Su sueño hecho realidad. Nos detenemos frente a ella. No es muy grande, pero es como una casa de muñecas.

—Lograste tener tu casa al lado del lago —digo, mirando el pórtico.

—Logré estar a tu lado.

—Eso último no es un logro.

—Sí cuando amas a esa persona.

«Cuando amas a esa persona».

Me giro hacia él.

El mundo continúa su curso, mientras nuestras siluetas se detienen, como si algo sagrado se hubiera pronunciado.

Lo miro, y sus ojos no tiemblan.

—¿Cómo diferencias querer de amar?

Toma mi mano y la lleva a su pecho. Su corazón late con fuerza; un tambor que golpetea mi palma.

—Así: daría mi vida por ti, cambio mi sonrisa a cambio de la tuya.

Cierro los ojos.

—Anthony…

—No necesito que me ames —añade—, solo necesito que sepas que yo ya lo hago sin importar lo que sientas por mí.

Cuando me habla de esa forma, mi cuerpo tiembla, mis rodillas quieren tocar el suelo, quiero rodearlo con mis manos, besarlo hasta que vuelva el invierno.

Gira la manija, abre su casa, la cual es aún más bonita por dentro. No es un museo, es un hogar. Tiene el orden justo, la calidez de un lugar vívido, con libros desperdigados y un par de tazas sobre la mesa, una de ellas con la marca del café que no se terminó.

Me quito el suéter y lo cuelgo en su perchero. Me acerco a las paredes, donde hay varios cuadros colgados, la mayoría son paisajes en tonos oscuros, el trazo de un pincel que ha capturado la tristeza del lago, las sombras de los árboles que nos rodean. En una de las esquinas de un cuadro, veo una firma discreta: A. D. Cadwell. Toco el relieve con delicadeza y curiosidad.

—No sabía que pintabas así —me giro hacia él.

—Te hacía dibujos en el hospital.

—Pero no como esto, esto es… profesional.

—Cuando era niño, un vecino solitario de mi calle daba clases de pintura en su jardín. No tenía muchos amigos, así que pasaba las tardes con él, aprendiendo.

Camino por su librero, donde veo carpetas apiladas con los nombres de sus pacientes.

—¿Qué más te gusta hacer? —pregunto, tratando de imaginar al niño que debió ser, inclinado sobre un caballete.

—Me gusta mirarte.

Una sonrisa se me escapa.

—Te sonrojaste. —Me presiona la mejilla.

—No es verdad.

Se acerca, sus ojos reparan en mi nariz y se aleja hacia la cocina.

—El baño está arriba por si quieres tomar una ducha, algo, siéntete en casa, recuéstate… —abre el refrigerador—, ¿tienes hambre?

Me siento cerca de la barra, reclino mis codos y lo observo sacar cosas de su alacena.

—Te ayudo. ¿Qué hago? ¿Pico papas?

—No, quédate sentada.

—Siempre me atiendes, nunca me dejas hacer nada.

—Déjame consentirte.

Lo miro picar las cosas, revolver todo en un plato. Miro sus ojos color caramelo, sus labios pequeños. Creo que el lunar que tiene en el cuello es el que tomaría prestado.

Se aproxima a mí y luego se aleja.

«Serás una carga». «Atrasarás su vida».

Él se ríe y hace una maniobra para voltear lo que sea que está en el sartén.

—¿Eso es…? —Intento descifrar lo que está cocinando.

—Bacalao, mi madre es fanática de mandarme kilos y kilos todos los meses. ¿Quieres para llevar?

—Háblame de tu madre.

Anthony deja el sartén a un lado y se apoya en la encimera, con los brazos cruzados.

—Mi madre. —Suspira—. Tiene sesenta y nueve años, pero luce más joven; le encanta cocinar, usualmente viste floreado y tiene un viñedo donde pasa las tardes tomando té con sus amigas.

—¿Y tiene tus ojos? —pregunto, imaginando a la mujer que me describe.

—Esos los heredé de mi padre.

—Qué tierno, ¿no te parece? Que vuelvan a nacer los ojos de los que un día tu mamá se enamoró.

Él me mira como si nunca hubiera pensado en eso, y veo sombra en sus ojos.

«Serás una carga». «Atrasarás su vida».

—No lo había visto así.

Saca un par de manteles y los coloca con cuidado en la mesa. Con un tenedor, toma un poco de la pasta que hizo y me ofrece un bocado.

—¿Sirvo o no sirvo? —Desvía el tema.

—Es deliciosa —respondo, y es cierto, aunque lo que realmente me invade es la sensación de sus dedos rozando los míos al entregarme el bocado.

Él la prueba también y asiente, satisfecho. Lo observo lamerse los labios, y hay algo tan atractivo en la simplicidad de ese gesto que me hace perderme por un momento.

¿Por qué no puede besarme él? ¿Por qué tengo que acercarme yo? ¿Por qué teme? Se acerca, se aleja, me roza la piel y luego retrocede. Si me mira con amor, si me habla con amor, ¿por qué su cuerpo duda? Duele porque no sé si me ve como una mujer a la que ama o como una herida que no debe tocar.

Me humedezco los labios, mi garganta es un nudo.

—¿Qué pasa cuando tienes miedo de hacer algo? —pregunto—. Cuando tienes un deseo inmenso de realizar una cosa, pero te aterra pensarlo.

Anthony no entiende lo que estoy diciendo.

—Hazlo con miedo.

—¿Te da miedo tocarme? ¿Te da miedo sentirme?

Quisiera que entendiera lo que implica, lo que me ha costado este deseo de sentir otra piel rozando la mía. Que ahora anhele una caricia, que mi cuerpo ya no se prepare para defenderse, sino que tiemble por quererlo cerca.

—No quiero que un día mi tacto signifique algo diferente para ti, que hoy lo haga y mañana te pese, o que creas que me aprovecho de ti. Quiero tener todo el cuidado posible.

Lo miro con enfado. Sus palabras suenan a diagnóstico, a protocolo.

«Atrasarás su vida».

Me bajo del banco para ir por mi suéter.

—Dannielle. —Me toma la mano. Su tacto, esa cosa que tanto cuida, ahora me sujeta como si tuviera miedo de perder algo.

—Me hablas como paciente y así esto no es posible.

Sus ojos se nublan.

—¿Quieres que sea sincero? ¿Sabes lo doloroso que es verte y no tocarte? Pero debo tener el control para no besarte porque si lo hago una vez, no podré detenerme.

—¿Y qué pasa con lo que yo quiero?

—Dímelo —responde—. Dímelo y te juro que obedezco.

—Elígeme sin miedo. No veas en mí a la niña lastimada, por favor. Mírame como lo que soy: la mujer que quiero ser. Y esa mujer… no está segura si esto es amor, pero sabe que se le parece demasiado.

Sus manos tiemblan al alzar mi rostro, como si aún no creyera que tiene permiso. Cuando sus labios me tocan, no hay prisa.

Su aliento me sacude, me incendia.

Me dejo guiar, como quien deja llevarse por una pareja de baile experta y encuentra su ritmo. Me toma por la cadera y me carga, mis piernas se cierran alrededor de su cintura. Siento su respiración acelerarse. Gimo suavemente contra su boca. Es como abrir una puerta que debió haberse abierto mucho antes.

—Anthony… —Su nombre se enreda en mi boca.

La temperatura cambia cuando llegamos a su recámara. Me deja caer sobre la cama.

Mis cabellos se esparcen sobre las sábanas, y él me observa como si no supiera por dónde empezar, como si quisiera devorarme y memorizarme al mismo tiempo. Como si su deseo peleara con el miedo, y su cuerpo ya no supiera a cuál obedecer.

—No me midas, no me analices, no me estudies. —Mis manos lo buscan, pero él las atrapa en el aire, sujetándolas sobre la cama.

Susurro su nombre, pero él solo sonríe, con esa sonrisa ladeada que recientemente descubrí cuánto me encanta.

—¿Continúo? —Deja de besarme y esos segundos en que habla se sienten como castigo.

Asiento.

—No, dime —dice, como si necesitara oírlo. Como si su control dependiera de mi palabra.

—Sí, continúa.

Toma mis dedos y los desliza por su pecho, mostrándome cada rincón de él, como si me lo entregara por completo. Sus caricias se hunden sobre mi uniforme. Me desenvuelve, y cada botón se vuelve un obstáculo. Sus ojos no se apartan de los míos mientras libera el primero, luego desabrocha los demás con velocidad.

Mi respiración es inestable, su forma de verme es como si ninguna otra cosa existiera.

Lo veo, lo contemplo, lo admiro, lo necesito.

Desliza el tirante de mi sostén, mis pechos quedan descubiertos.

—Dime que puedo.

—Puedes.

La última prenda queda lejos de nosotros. Lo hace con lentitud, con admiración.

No me cubro. Lo dejo mirarme.

—Eres hermosa.

Sus labios rozan los lugares donde alguna vez hubo heridas. Es como si cada beso fuera una disculpa por el daño que otros me hicieron.

Acaricia cada parte que hace años se revistió de dolor. Casi siento que puede llevarse las marcas invisibles que por años han estado ahí.

—¿Sigo?

—Por favor, An, sigue —le digo al oído.

Mis piernas lo rodean con fuerza, lo atraen hasta sentirlo dentro de mí.

Nuestros cuerpos se mueven juntos, sincronizados en un ritmo que es más que deseo, más que necesidad; es entrega, es rendición, una tormenta, como una ola que está a punto de romperse con fuerza. Mis uñas se hunden en su espalda.

En un movimiento fluido, con una facilidad que me hace jadear, Anthony me gira.

Soy yo la que está sobre él. La que lo mira desde arriba. Me inclino, dejando un beso lento en su boca, me muevo contra él. Sus manos viajan hasta mi cintura y se aferran allí, firmes, como si el mundo dependiera de este ritmo.

Y, entonces, baja la guardia, deja de pensar.

Se rinde.

CAPÍTULO 89

ANTHONY CADWELL

Nunca mía,
siempre tuya.
Nunca mío,
siempre tuyo.

Le pertenezco. Me vuelvo suyo bajo su cuerpo, sus ojos, su boca.

Ya no me pesan las reglas.

—Mi amor —susurro, al ver sus ojos cristalizados. Con el pulgar toco su mejilla húmeda.

—No es tristeza, te lo prometo —dice apresurada tras una exhalación, temiendo que la malinterprete.

Le creo. No son lágrimas, es deshielo; se está derritiendo después de siglos de invierno.

Llevo su cabeza a mi hombro, la abrazo con fuerza. Somos uno en ese instante, cediendo al agotamiento, al temblor que sella un cuerpo cuando está cerca de la muerte.

—Eres lo mejor que he sentido en mi vida —me dice.

Le aparto el cabello de la cara, quiero observarla, me sonríe. Dios… yo necesito siempre esa mirada, esa sonrisa después del sexo. Esa que solo sale cuando la piel deja de defenderse y el alma se asoma un segundo.

—Eres lo mejor que he sentido en mi vida —la cito. Porque es verdad.

Se acomoda sobre mí, aún jadeante, con el sudor resbalándole por la frente. Acaricio su espalda, su nuca y ella cierra los ojos. Guardo en mi memoria cada una de sus facciones, sus labios hinchados por mis besos. Estoy perdido. Ella es fuego, es luz, es todo lo que nunca supe que necesitaba y, sin embargo, lo que había estado esperando toda mi vida.

—Danny… —murmuro.

—Mmm… —responde adormilada.

—Duerme, amor…, te tengo.

El amanecer se filtra entre las cortinas. El cuarto huele a ella, a nosotros, a todo lo que anoche deshicimos y reconstruimos con las manos, la boca. Respiro hondo. Así debe oler el amor cuando aún está tibio.

Es como despertar con una estrella, como si el universo hubiera moldeado todo lo caótico, lo hermoso y lo imposible, y me lo hubiera puesto en las manos por misericordia.

¿Cómo se sigue respirando cuando el amor duerme a unos centímetros? No quiero despertarla, necesito seguirla contemplando un poco más.

Pasan algunos minutos y sus párpados se abren ligeramente.

—Anthony.

Mi nombre en sus labios es un privilegio.

—Buenos días, amor.

Abre los ojos despacio, el gris de mi vida.

—No quiero salir de aquí.

—No tienes que hacerlo.

Se acerca y me besa con una pereza deliciosa.

—¿Qué hora es? —murmura contra mis labios.

—No lo sé, el mundo puede esperar.

Su sonrisa se alarga. Danny se recuesta en mi brazo, mirándome. Estoy haciéndome polvo en esas pupilas.

En este momento, tengo el terrible miedo de despertar.

—Vamos a bañarnos, ven.

—¿Juntos? —Sus ojos se despiertan.

Me sorprendo de que lo pregunte así, con extrañeza.

—Por supuesto.

Camino hacia la regadera, abro el agua caliente, el vapor se esparce. Ella se acerca, su caminar es cansado, pero su sonrisa permanece. Entra al agua y recorro sus hombros, la froto, limpio su cuerpo, nuestro sudor.

Me besa como si no nos hubiéramos besado la madrugada entera.

—Danny, amor —jadeo contra sus labios—, ¿otra vez? ¿Así estaremos?

Me lleva hasta la barra del baño. Me siento y ella se sube sobre mí.

—¿No se puede? ¿Es solo una vez?

—Quiero hacer esto contigo una y otra vez, en la cama, en la ducha, en cada rincón de esta casa, en todas las vidas posibles.

—No salgamos en todo el día —susurra.

Capítulo 90

DANNIELLE MORGAN BLACKWOOD

Mi alma...,
creo que te conocía de otras vidas.

El sexo, la intimidad y el deseo han sido conceptos inmundos y malditos para mí por años. Actos oscuros y retorcidos en los que el placer solo existe para el que domina, el que puede pagar por un cuerpo sumiso y excitarse ante un grito ahogado.

¿Cómo hacen de algo tan precioso un acto tan inhumano? ¿Cómo es que hay seres que encuentran excitación en la negación, en la súplica, en el miedo?

Si hay algo tan puro en la entrega, en mirar unos ojos que desean lo mismo que tú, que te ven y te contemplan como si no te merecieran, y a los que tu cuerpo les dice que sí.

Aquí, ahora, con él, casi puedo creerlo. Casi siento que las marcas invisibles que llevo conmigo podrían desvanecerse. No abrí la boca para hacer ruido mientras contaba los segundos para que esto terminara. No tuvo que abrir mis piernas, lo hice yo, lo atraje hacia mí, me llevó a un punto donde rogué por sentirlo, por sentirme. Cuando terminé, cuando terminó, no me limpié deprisa, no me vestí, no pensé en escapar. Dejé de correr. Nunca estuve tan desnuda como con él.

Estamos a la mesa, comiendo lo que ayer no pudimos. Tengo en mis manos un álbum que encontré en su librero, es de él cuando era pequeño y muy lindo. Paso las páginas gastadas.

—Mírate, tenías el cabello claro, ¿qué pasó?

—No tengo idea. —Se encoge de hombros—. Tampoco tenía lunares.

Amaría tener un libro así de mí, de mi crecimiento, mi adolescencia; de mis raspones en las rodillas, los pasteles de cumpleaños, rodeada de mi familia…

«¿Podrás ofrecer algo así?».

No.

Con cada página que paso emergen espinas en mis manos. Yo no puedo ofrecer esto. No puedo llenar un álbum con las sonrisas de alguien que tenga un poco de mí y de él.

—Y ahí estábamos en los Fiordos, es donde veía las auroras —comenta—. Estaba llorando porque perdí un avión de juguete.

—An —detengo su historia—, ¿y si yo no puedo darte algo así?

No me comprende.

—Una familia —pronuncio.

Deja sus cubiertos en la mesa.

—Eso no me importa.

—Te importa, mira esto. —Paso las páginas con rapidez, mi dedo recorre a un pequeño Anthony con el sol en las mejillas—. Esto es bonito, es algo que no debe terminar contigo, mírate, mira esos ojos, los ojos de los que se enamoró tu madre y que ahora son tuyos, ¿y ahí terminan?

«¿Detendrás su vida?».

La pregunta grita en mi mente.

—Escúchame, no puedo pedirle nada más a la vida, contigo estoy completo.

No me basta su respuesta.

—Pero un día vas a desearlo, ¿me serás honesto?

—¿Sabes qué estás haciendo, Danny? —Su tono es analítico—. Te estás saboteando.

—No.

—Sí, lo estás haciendo. —Me interrumpe—. Te sientes feliz y, en lugar de abrazarlo, buscas la manera de destruirlo. Crees que no mereces lo que sientes, así que estás buscando algo que te regrese a lo que conoces. Porque el dolor es familiar, y esto es desconocido. —Se levanta de su silla, se acerca a mí, pone una rodilla en el suelo, y sus ojos quedan frente a mí.

—Me estás hablando como en una de las sesiones.

—No, si te hablara como psiquiatra te diría que lo que experimentas es una reacción esperada. Que estás desarrollando respuestas de evitación y que estás intentando protegerte del abandono antes de siquiera permitirte el vínculo. Pero en este momento soy el hombre que se muere por verte entender que no solo mereces esto, mereces todo.

Mi garganta se cierra, lo escucho y ahora yo siento miedo.

—Perdón.

—No, Danny, no pidas más disculpas por cada vez que dices lo que sientes.

CAPÍTULO 91

DANNIELLE MORGAN BLACKWOOD

Doctor, ¿volveré a sentir?
Mis lágrimas oxidaron mi corazón de hojalata.

Años atrás

He escuchado murmuraciones, cuando las enfermeras entran y creen que estoy dormida, dicen que soy peligrosa, que no debería salir nunca, que no hay forma de que una niña diga cosas así, pero no sé a qué se refieren. Narran episodios que no logro recordar. Me miran con miedo, como si al tocarme pudiera ensuciarlas, contagiarlas de mí.

Estoy sentada en la camilla, observando el cristal. Como una rutina que ya ansío, espero que se aparezca el doctor Cadwell, siempre puntual a las once de la mañana. El minuto se hace eterno, pero llega arrastrando un carrito sobre el que coloca una caja de color rojo. Tiene una ranura por la cual recorre unas cortinas de tela y, adentro, dos muñecos atados a unas cuerdas.

Él habla, aunque no puedo escucharlo bien, por lo que adivino sus palabras. Sostiene un muñeco de apariencia metálica, otro muy extraño y uno de un león que no puede sujetar bien, por lo que se le cae y, con él, termina cayéndose toda la caja.

La cara del doctor, intentando tener todo bajo control, es lo que me provoca risa. Apoyo mi frente contra el cristal para saber qué pasó con los muñecos.

Uno perdió una mano, eso le entristece al doctor. Lo observa un momento. Se levanta y me muestra lo que sucedió.

—¿Puedes ayudarme a arreglarlo? —Leo en sus labios.

Pone frente a mí el brazo roto, creo que solo se le ha zafado el hilo.

—¿Puedes? —vuelve a preguntar.

—Sí.

CAPÍTULO 92

DANNIELLE MORGAN BLACKWOOD

El monstruo está hibernando.

Camino por la plaza junto a Lauren. El sol se oculta y tiñe el cielo de naranja y violeta. Botones de flores ya se observan en algunos árboles.

Lauren se gira, contemplando los escaparates de las tiendas de ropa al momento que le platico lo que sucedió con Anthony.

—Entonces son novios. —Sus pecas se iluminan con el atardecer.

Parpadeo desconcertada. Nunca he entendido del todo esa palabra.

—¿Cómo?

—Es decir, que están juntos.

—Explícame más. ¿Es como un paso antes del matrimonio? No tengo idea de en qué momento se pone esa etiqueta.

Ella entrecierra un ojo, la palabra *matrimonio* nunca le ha gustado, dice que le da alergia.

—Eso suena muy fuerte. —Aprieta los dientes, haciendo una mueca exagerada—. Pero… sí. En mis palabras sería el amigo leal que puedes besar, pero no quiero introducirte a mi filosofía porque ya dejé de creer en los hombres, en cambio, para ti sí sería eso.

—¿Y cómo se obtiene ese título? ¿Así? ¿Solo?

Se ríe y me abraza con ternura, mirándome con ojos de cordero.

—Pues así solamente, no vamos a traer al alcalde.

—Tonta.

Lauren me toma de la mano y seguimos caminando entre las tiendas. Observamos los vestidos; telas brillantes, bordados delicados y colores que gritan que la cena de gala está cada vez más cerca.

—Ese maldito baile nos está respirando en la nuca.

—¿Ya tienes vestido?

—Por supuesto —dice, girándose con dramatismo—. Me niego a ser una de esas chicas que compra a última hora. Aunque si encuentro algo mejor, no dudaré en traicionar a mi armario.

—Bueno, a mí me toca ser de esas.

—Ve eso. —Señala un vestido rojo. Se acerca hasta que su dedo toca el cristal—. Ese es para ti.

Se parece al mismo que me gustó en segundo año. Solo que con un poco más de escote.

Es rojo vibrante, profundo, el tipo de color que llama la atención sin disculparse.

Se ciñe al torso antes de abrirse en una falda fluida, ligera, como una rosa desdoblándose con el movimiento.

—Es precioso.

—Es tu destino, vamos. —Entramos a la tienda; ella, apresurada, pide mi talla—. Tienes que probártelo.

Lauren siempre tan impositiva y linda. Lo hago y, al salir del vestidor, me mira con susto.

—Oh, por Dios… —Se lleva las manos al pecho como si estuviera presenciando un milagro y, luego, finge un desmayo.

—El drama y tú son uno mismo.

Me miro al espejo. La falda cae en ondas perfectas, el escote en la espalda deja al descubierto más piel de la que suelo mostrar.

—Te ves hermosa. El color te queda perfecto.

La señorita encargada se une a los halagos de Lauren confirmándome que tengo que llevármelo.

Lauren se acerca y apoya la barbilla en mi hombro, sonriendo.

—Dilo.

—¿Decir qué?

—Que te encanta.

—Me encanta.

—¿Uno de estos hará que cumplas tu sueño? Ya sabes, el que me contaste en el lago.

—Creo que sí.

Extiende su tarjeta a la cajera.

—No se diga más. Nos lo llevamos.

—Espera, no… —Intento tomar su mano, detenerla antes de que la pase por la terminal.

—Es mi regalo de graduación, ¿correcto?

—Pero es demasiado. No tienes que…

—Hay cosas que no tenemos que hacer, y las hacemos.

Me entregan el vestido, que dentro de la bolsa se siente pesado, quizá por su tela, quizá por lo que ahora significa.

Tomamos una mesa en una cafetería. Cierro la mano sobre la servilleta, reprimiendo una sonrisa porque sigo sin creer lo del vestido.

—¿Irás con Anthony al baile?

Frunzo el ceño.

—Quedamos en ir juntas.

—Eso fue antes de que tuvieras novio, yo entiendo totalmente.

Le indico que no con mi dedo.

—Prometí ir contigo.

—Eres adorable.

—¿Serás mi cita de graduación o no?

Ella se quema al sorber su café.

—Sigo siendo tuya, bebé. Basta, no me ruegues.

Es un caso interesante esta mujer.

Hablamos sobre lo que haremos después del internado, del servicio social; ella quiere especializarse en Medicina Interna y después pasarse a Dermatología. Por el contrario, yo sigo pensando que no me puedo ver en otra cosa que no sea Cirugía y Cardiología. No sé si sea por el doctor Almond, quizá de no haberlo conocido pensaría en otra especialidad. Hablamos de un posible viaje después de la graduación, ella desea ir a París al menos dos semanas para no pensar en libros ni en prácticas, y solo dedicarse a comer *croissants* con mermelada. Mis ojos siguen el movimiento de sus pecas cuando sonríe, cuando hace sus gestos sorprendidos y curiosos. Cada pequeña expresión hace que esas diminutas constelaciones en su rostro bailen con ella. Siempre la siento tan familiar, como si me arrastrara a sentirme con Valyria, la real. Si hubiéramos podido salir ilesas, siento que seríamos ella y yo, justo en esta mesa, bebiendo café. Si ella hubiera podido salir, todo habría sido más fácil. Porque la Valyria de ahora, la que habita entre las paredes, es una versión diferente, muerta.

—Piénsalo, nos vamos una semana después de la graduación y regresamos una antes de la selección de plazas para el internado. —Entrelaza sus dedos con los míos.

Viajar, subir a un avión, recorrer distancias. Se me retuerce el intestino de imaginarlo, pero me rindo.

—Nos vamos a París, decidido.

Lauren aplaude sobre la mesa.

—¡Así se habla! —Ella levanta la mano y le pide al mesero dos cafés fríos, pues dice que festejar con bebidas calientes no le parece adecuado.

Giro mi cuerpo a la izquierda y un escalofrío sube por mi espalda.

Veo a Jassel. Llevaba tiempo sin coincidir con él. Pasa despreocupado, cargando una cámara y una lámpara. Mi estómago se revuelve solo con verle la cara.

Se percata de mi presencia y finjo no verlo, le pongo atención a Lauren, sin embargo, dejo de entender lo que dice.

Corro, me abro paso entre la hierba, mis pulmones olvidan respirar. Algo se entierra en mi pie, me hace caer. Él me alcanza, me toma por el cuello, quiero luchar, pero me somete. Su fuerza es superior a la mía. Me toma con fuerza, respira como un toro lleno de rabia.

«Dannielle deja de moverte, pasará pronto, sé obediente».

No. Yo quiero luchar, morir antes de que alguien vuelva a tocarme.

Él destroza mi ropa. Sus uñas se entierran en mis hombros.

«Dannielle, por favor».

Todo se vuelve oscuridad. Salgo de mi cuerpo, puedo verme desde fuera rindiéndome, siendo una muñeca que sabe sonreír ante el dolor.

—¿Me estás escuchando? —Lauren truena los dedos frente a mí, me hace volver en mí—. Estás pálida. ¿Te sientes bien?

Volteo y Jassel ya no está.

Las bebidas llegan, pero solo tengo ganas de vomitar.

—Estoy bien, continúa. —Fuerzo una sonrisa.

Una notificación:

«¿Crees que puedes correr tan lejos como para escapar de lo que eres?».

CAPÍTULO 93

DANNIELLE MORGAN BLACKWOOD

Doctor, no me cure el insomnio,
cúreme la memoria.

Estoy en un jardín rodeado de rosas altas de color rojo que nacen de la nieve. El viento sopla y algunos pétalos se sueltan. Camino, buscando una salida, pero lo encuentro a él, ese hombre que ya había visto antes, vestido de blanco y con sus ojos zafíreos. No sé quién es, pero su rostro se parece al mío. Me mira con tristeza, con un dolor profundo. Extiende su mano hacia mí, abierta, quiero tocarlo. Rozo sus dedos fríos. Él me atrae hacia su cuerpo con un gesto suave.

Me protege. Llora, sus cuencas se vuelven ríos. Es imposible limpiarlo o consolarlo, me empapa el vestido y el sitio se inunda. No habla, solo llora. Y siento su tristeza tan mía…

De pronto, su cuerpo cruje, sus manos se alargan, me suelta. Su rostro se transforma, su piel tersa toma la apariencia de un árbol viejo, tenebroso. Se levanta sobre mí un monstruo.

Huyo de él al escuchar su rugido. Ya no hay rosas; hay hiedra, troncos, maleza que se enreda en mis tobillos y caigo.

La oscuridad se extiende sobre mí, la luna llena teme por mi vida. La bestia está cerca, toma forma de humano.

—Danny… Danny.

Despierto. Anthony me toca la frente y me arrastra de vuelta.

—Estás sudando, ¿estás bien?

Me incorporo volteando a ambos lados; estoy en casa de Anthony, estoy bien, no hay monstruos.

Muevo un brazo sobre mi frente, mis dedos rozan mi piel húmeda.

Mi cabeza late con un dolor sordo.

—Tuve una pesadilla —me quejo, sobando mis sienes—, ahora me duele la cabeza.

—Voy a traerte una pastilla, vuelvo enseguida.

Sale del cuarto. El silencio de la habitación hace que pueda escuchar mis latidos.

Anthony regresa con un vaso de agua y un medicamento.

El agua fría baja por mi garganta.

Se mete a la cama y me recuesto en su brazo.

—¿Quieres hablar de lo que soñaste?

No respondo de inmediato porque no sé qué responder, no quiero hablar de eso.

—No importa.

No insiste, me da un beso en la cabeza. Los latidos de Anthony son un tambor para volver a conciliar el sueño. Le alcanzo a dar un beso, él sonríe sin abrir los ojos.

No he regresado a dormir a casa desde hace varios días, no puedo. Dormir entre un abrazo creo que es algo que nunca debí descubrir. ¿Cómo se supone que lo haga de otra forma a partir de ahora? Porque antes, cuando me despertaba sola en mitad de la noche, no esperaba que hubiera alguien.

Ahora sí. Ya no quiero volver a la soledad.

CAPÍTULO 94

ANTHONY CADWELL

Sería capaz de sangrar en tu lugar,
incluso si la bala la disparas tú.

Me despierta el tono del celular, estiro mi mano. Es Grand Simon.

Abro poco a poco los ojos.

Contesto.

—Doc, algo está pasando con Dannielle.

—¿Qué… qué pasó? —No entiendo. Volteo a mi alrededor, la cama está vacía, pero ella debería estar aquí.

—Está encerrada en su habitación, no podemos abrir, ya intentamos empujar la puerta, pero está trabada.

—¿Está bien? ¿Por qué quieren forzarla?

Me levanto, mis ojos buscan en el baño, en el cuarto contiguo.

—Se escuchan voces… —Su tono se quiebra—. Muchas. No solo la de ella, gritan, se oyen cosas cayéndose, arrastrándose, pero ya revisamos las cámaras y no entró nadie, al menos no por la puerta.

Un escalofrío me recorre la espalda.

—Voy para allá.

Tiro el celular sobre la cama, me visto a toda prisa. Bajo las escaleras con el corazón dando golpes. Pero justo cuando giro hacia la cocina, mi aliento se detiene.

Ella está ahí.

Sentada a la mesa, con una carpeta abierta frente a ella. No parpadea, no se mueve.

—Danny, ¿qué haces?

—Procesado —menciona—. Joseph Mukanti, procesado. —Pasa otra página—. Lissandra Arena, procesada. —Otra página—. Y él, Vincent, estaba en el hospital Saint Adofaer, lo recuerdo. Dijeron que se golpeó la cabeza contra un barandal y murió, y aquí dice: «Procesado».

Me acerco un poco más para tomar asiento frente a ella.

—Y esto de acá. —Abre otra carpeta—. HLA, antígenos, histocompatibilidad, tasas de rechazo. Una lista de espera.

Sé que lo está entendiendo, solo me queda preparar las palabras para explicar.

—Estado de salud previo del donante. No hay logos, no hay nombres de hospitales. ¿Esto es lo que haces?

Me muerdo el labio inferior.

Elrond nos amenazó a todos antes de que Dannielle llegara para evitar que le explicáramos de lo que trata el negocio. «Si ella no lo sabe, no carga. Ustedes sabrán si quieren mancharla con nuestra sangre».

Asiento con dificultad.

—Ayudo a hacer que ciertos perfiles lleguen a Elrond… sí.

—Así que esto es el corporativo… Malos, pero no tan malos.

—Lo descubriste.

—¿Hacer esto es correcto? ¿Desmantelar humanos? —me pregunta con un destello en los ojos.

—No es correcto, Danny, desde luego que no. —No intento justificarlo—. Sin embargo, para Elrond tiene sentido.

—¿Y para ti?

La pregunta hace que el techo se me caiga encima. Sí, para mí tiene sentido.

—Para mí… —Trago saliva—. Sí —digo tras un largo suspiro—. Es una forma de hacer justicia a quienes no la encontraron en el sistema.

Cierra una a una las carpetas con el rostro pensativo.

—Elrond se ve muy tierno como para encabezar esto.

—Y lo es. Sobre todo, hace más por el mundo que el Gobierno mismo. ¿Sabes cuántas casas con niños ha liberado y regresado a sus hogares? Incontables.

—¿Cómo lo hacen sin que nadie se entere?

—Hay muchas formas, lo sabes, la justicia es un chiste la mayoría de las veces. Tú mejor que nadie lo sabes. —No le gusta la respuesta, pero tampoco la refuta—. Elrond no es un monstruo, te lo aseguro. Es un hombre que ha arriesgado su vida más veces de las que podrías imaginar. Lo he visto entrar en sitios donde nadie más se atrevería, enfrentar hombres que el mismo Gobierno teme tocar.

—¿Por qué no me lo contaron desde un inicio? ¿Por qué el suspenso? —Hace círculos con el dedo en la mesa—. ¿No confían en mí?

—Elrond cree con todo su ser que todo se paga y sabe que esto, aunque lleva sus mejores intenciones, tendrá su castigo.

—¿Y ahora que lo sé voy a pagarlo?

Niego con la cabeza.

—No quiero creer eso, no soy supersticioso.

Suspira lentamente.

—¿Piensas seguir en esto de por vida?

—No, no, amor, yo… sé que en algún momento debo parar.

—¿Elrond te dejará salir?

—Sé que sí, él no encadena a nadie.

Yo me encadené por voluntad. Después de todo lo que aprendí

en la residencia y al ver la otra cara de la moneda, la injusticia, el crimen sin remordimiento, el uso de cárceles y hospitales como hoteles para esconder hombres depravados, decidí esto.

—No estoy decepcionada, si eso es lo que piensas —menciona tras darse cuenta de que no puedo sostenerle la mirada.

—Gracias. —Observo la ropa que trae puesta, una camiseta mía como pijama—. Y, Danny…, ¿qué está pasando con los entes?

CAPÍTULO 95

ANTHONY CADWELL

El monstruo no siempre ruge;
a veces sonríe con labios de cereza
y ojos de cielo.

Años atrás

La paciente Dannielle Morgan, según lo que dejó anotado el doctor Josafat, tiene probable trastorno de identidad disociativo. El informe es extenso, detallado hasta el exceso, como si el doctor hubiera sentido la necesidad de convencerse a sí mismo de su propio diagnóstico.

Sus últimas anotaciones a mano eran casi ininteligibles. La tinta se corrió en algunas partes, como si el doctor hubiera pasado las manos sudadas por la página. O como si la pluma se hubiera quedado demasiado tiempo sobre el papel mientras dudaba en escribir lo que estaba pensando.

He reconocido a tres identidades: Valyria, Jezabel y Dalila.

Valyria se presenta controladora, infantil y temerosa. Jezabel, en cambio, es agresiva, reactiva, con episodios de violencia impulsiva. Dalila es manipuladora, tiene un lenguaje soez y perverso.

La paciente se desconecta por completo cuando estos toman el control. No tiene memoria de lo que dicen o hacen.

Se recomienda continuar la observación y terapia estructurada para integrar a los alters y estabilizar su identidad.

La paciente dice que dentro de ella existen cinco personas.

Hoy Dalila me tocó la muñeca. Sus dedos estaban fríos. No es normal, las identidades no tienen temperatura diferente a la del paciente.

Corrijo: no siempre hay amnesia entre las transiciones. No hay fragmentación de la identidad, hay... relevos. Como si alguien más tomara el control. Como si fueran entidades completas, sin fisuras.

Dalila me dijo que no debería seguir investigando. Usó mi primer nombre. Nunca se lo dije.

Jezabel me habló hoy. No a través de Dannielle. A través del cristal.
Esto no es TID.
Si alguien encuentra esto... no le pregunten por Híbrido.

El resto de la página está vacía. Dejo caer el expediente sobre el escritorio y noto que mi café se enfrió.

Josafat, ¿cómo perdiste la cabeza?

Las 10:58 a. m., camino hacia la celda de Dannielle, trato de llegar siempre puntual, no alterar las rutinas.

A las 11 a. m., ella está despierta, la espalda recta sobre la pared, observando el cristal.

—Buen día, doctor —me saluda antes de que yo lo haga.

—Buen día, Dannielle, ¿cómo estás? ¿Qué tal has sentido el nuevo medicamento?

—No sé qué debería de sentir. —Juega con los dedos de sus manos—. Creo que solo tengo más hambre.

Doy un paso al frente, esperando ver su reacción.

No hay reacción negativa.

—Eso es bueno, dime, ¿qué se te antoja? Te lo consigo.

—Un pan duro con poquita azúcar y agua tibia. —Lo dice con anhelo—. Perdón, perdón, ¿es mucho? Solo un pan duro. —Baja la mirada, como si hubiera dicho algo incorrecto.

—¿Estás segura? Puedo traerte otra cosa, un pan recién horneado, quizás te gusten las donas.

Niega con la cabeza.

—No sé qué es eso.

Da un paso al frente.

—Te traeré un pan, pero no estará duro.

Avanza otro paso.

—Gracias. —Se lleva una mano a la boca, se muerde la piel, mira de izquierda a derecha, como si estuviera preparándose para el peligro.

—¿Algo de jugo? ¿Leche?

—¿Qué quiere a cambio? —inquiere con voz baja.

Su pregunta me descoloca.

—Nada, no quiero nada a cambio.

Ella entrecierra los ojos, como si le costara creerlo.

—¿No me hará daño como los demás?

—No, en absoluto, nunca.

Ella da otro paso.

—¿Su marioneta está mejor?

Sonrío.

—Sí. No se ha vuelto a romper. Fuiste una muy buena doctora con él.

Una ligera sonrisa se forma en su rostro, y un suave tono rosado se deja ver en sus mejillas.

Amó las marionetas.

—Sé algunas cosas de medicina.

—¿Como qué?

—El doctor Paul me enseñó.

En el expediente no hay nada de ningún Paul.

—¿Quién era él? ¿Quieres contarme?

—Era doctor en la casa de donde vengo. Él me enseñó sobre el corazón, las arterias, sus ramificaciones. —Cierra los ojos, y su voz se vuelve monótona, recita como si leyera un libro—. La aorta se divide en la carótida común, la subclavia... Hay nervios que la atraviesan, como el vago y el frénico —continúa. Habla de los doce pares craneales, su origen real, origen aparente, músculos de la cabeza y el cuello. La escucho con fascinación.

—Eso es impresionante, sabes mucho. ¿Por qué te enseñaba eso?

—Él dijo que el conocimiento es libertad y me dio esto. —Saca del bolsillo de su bata un collar.

No debería tener ninguna pertenencia. Ella lo abre con delicadeza. Y veo lo que hay dentro.

Un bisturí.

—¿Por qué tienes eso?

—El doctor Paul me dijo que un objeto como estos puede solucionar nuestros problemas.

Mantengo la calma, le hablo como si la plática siguiera siendo casual, nada alarmante.

—¿Puedes dármelo?

Me acerco con el temor de que haga un movimiento repentino. Ella lo observa, como si en sus manos hubiese un objeto sagrado.

—¿Lo cuidará?

Da cinco pasos más. Se detiene frente a mí y pone el collar, junto con el bisturí, sobre mi mano.

Suelto el aire sin darme cuenta de que lo estaba conteniendo.

—Lo haré.

Me mira hacia arriba, estudiando mi cara, parece que busca algo.

—¿Usted es malo? —Esa es una pregunta difícil—. ¿Usted es un monstruo?

—¿Puedes prestarme tu mano? —Le extiendo la mía. Ella, con lentitud, levanta la suya.

Una victoria. Pongo su palma en mi pecho, justo en el corazón.

—¿Sientes?

Dannielle deja que su palma repose sobre mi camisa. Después de unos segundos, murmura:

—Sí.

—Tengo un corazón, como tú. No hay monstruos en esta habitación.

Sus ojos vuelven a hacer ese movimiento de advertencia, de izquierda a derecha.

—Sí, doctor, sí los hay. Híbrido está aquí —pronuncia con otra voz, con otra mirada.

CAPÍTULO 96

DANNIELLE MORGAN BLACKWOOD

Nunca he estado sola,
hay muchos dentro de mí.

El corporativo es más que un conjunto de simples ejecutores con acceso a información, recursos y poder: es un refugio para gente rota.

Personas que perdieron a una hija, una hermana, una madre o la vida entera, y a quienes el sistema les escupió en la cara un veredicto: «No hay pruebas suficientes». Víctimas a quienes la ley les negó una respuesta, una reparación, un castigo.

Personas que se encontraron en la misma orilla del abismo, mirándose con rabia compartida, con un dolor que reconocieron en los ojos del otro.

Elrond es un hombre que entendió que, para salvar vidas, debe desmantelar otras.

«*¿Te das cuenta de que no hay otra forma?*».

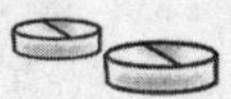

El viento se cuela por las rendijas de la ventana y susurra en un idioma que mi cuerpo reconoce, mientras la tormenta comienza a arañar el cielo.

Me quedé en casa de Anthony, quien está de guardia en el turno nocturno. No pude explicarle sobre los entes. Intento mantenerles la puerta cerrada, pero la traspasan en cuanto saben que me debilito. Nunca he logrado entender lo que son, solo sé que cuando el mundo me sobrepasa, aparecen para sostenerlo, aunque en el intento me hieren.

Tal vez también son «malos, pero no tan malos».

Mi cuerpo ya no distingue entre la ansiedad y el frío. Me abrazo las rodillas en el sofá, como si pudiera encerrarme en mí misma. Luego camino hacia la cocina, abro la alacena, busco alguna caja de té, veo el dulce desorden entre sus tazas, platos, cajas de cereal y pastas. Siento que toda su casa grita: «¡Vivo solo, pero espero compañía!».

La pantalla de mi celular se enciende…

Otra vez él.

Desconocido
¿Ya me olvidaste?

Dannielle
¿Quién eres?

Desconocido
¿En serio no sabes? Yo te recuerdo perfectamente.
Tus palabras…
Cómo te movías…
Lo que me pedías…
Tengo formas de recordártelo, si lo olvidas.

¿Ya olvidaste lo que susurrabas esa noche?

Dannielle
Jassel, ¿por qué haces esto?

Desconocido
Entonces sí me recuerdas.
Sabía que no ibas a olvidarlo.
No eres ninguna víctima, eres lo que demostraste esa noche.

Aprieto el teléfono. Rabia y asco es lo que me da ese hombre. Un nudo espeso se forma en mi garganta, y empiezo a temblar. Primero tiemblan mis dedos, luego los brazos y las piernas, hasta que todo mi cuerpo vibra como si algo estuviera tratando de salir de mi piel. Corro al lavabo, apenas logro inclinarme cuando el vómito sube. Siento el calor pegajoso en mi rostro, y también las lágrimas. No sé en qué momento empecé a llorar.

Corro entre la hiedra, grito hasta quedarme sin voz. Caigo, me levanto y vuelvo a caer.

Él me alcanza, me toma del cuello, forcejeo, mis uñas se entierran en su pecho, pero cuando siento que el aire no entra más, pierdo la batalla y abandono mi cuerpo.

Ella toma mi lugar…

«No eres una víctima, Dannielle. Eres lo que demostraste esa noche. No eres una víctima, Dannielle. Eres lo que demostraste esa noche. No eres una víctima, Dannielle. Eres lo que demostraste esa noche».

Afuera, la lluvia empieza a golpear los cristales con fuerza.

«Debimos matarlo».

«Han esperado demasiado».

«Si no lo haces, él atacará a otra... y sangrará como tú».
«Desaparece su nombre del mundo».
«Eres más que esto».
«Termina lo que comenzaste».

«No puedo».
«No soy como ustedes».
«No quiero odiar».
«No soy un monstruo».

«Lo eres».

«¡No! No soy lo que me hicieron».
«Él no se detuvo».

«¿Y tú sí?».

CAPÍTULO 97

ANTHONY CADWELL

No juzgues las máscaras que mi alma
usó para seguir viva.

Las paredes de las oficinas de Elrond están desnudas; donde antes había cuadros, ahora solo hay huecos. El *Loff* Rousell me escolta al aposento principal.

Y ahí está, metiendo un adorno de escritorio a una caja sin etiquetar.

—¿Se muda, *Loff*?

—Ya es momento, *docteur* —responde sin alzar la vista—, ya pasamos mucho tiempo aquí.

—Entiendo, estas paredes ya aprendieron demasiado.

—Es correcto, pero descuida, en un par de días Rousell te mandará la nueva dirección.

Me acerco despacio. Lo observo, no al hombre que empaca cajas con calma, sino al otro, al que conocí años atrás, ese que me extendió la mano dándome la confianza entera sin saber nada de mí, solo diciendo que en mi semblante mostraba lo suficiente para saber que era parte de ellos.

Elrond era íntimo de Josafat, el exdirector del Saint Adofaer.

Lo ayudó a recuperar a su hermana menor, cuando las búsquedas cesaron.

Suelto un suspiro largo y sus ojos se detienen en lo que llevo bajo el brazo: una carpeta gruesa atada con un cordón.

—¿A qué vienes? —pregunta, con una ceja apenas alzada—. No me digas que a renunciar.

Lo dice medio en broma y como advertencia, como si supiera la verdad sin querer oírla.

—Sí.

Silencio.

—Tarde o temprano, *docteur*…, todos volvemos.

—Esta vez no —digo con determinación.

Estoy convencido. Quiero dejar este mundo… por ella. No puedo seguir dividiéndome entre la luz de su mirada y la sombra de estas oficinas. No merece estar con alguien que aún pacta con ese lado del mundo, aunque sea en nombre del equilibrio. Ella me mira como si no tuviera manchas, como si mis manos fueran totalmente dignas de ella. Y yo, mientras tanto, sigo usándolas para filtrar documentos que, aunque de forma indirecta, me manchan de sangre. Ya no quiero. Tengo planes, y este mundo ya no cabe en ellos.

—¿Puedo saber por qué?

Me cuesta decirlo, pero él no es ingenuo, pues asiente muy despacio.

—Ella —dice.

No es una pregunta. Rodea el escritorio y se detiene frente a mí, como si me estuviera midiendo con la mirada, no desde su posición de jefe, sino con desconfianza. Elrond nunca ha necesitado alzar la voz para imponer respeto.

Su silencio es más intimidante que cualquier grito.

—Por ella.

—Ya sabe de qué se trata el corporativo, ¿verdad?

—Sí.

Un destello atraviesa su rostro. ¿Será de cansancio o culpa?

—Te lo prohibí.

—Lo sé.

—Te dije que ella no debía cargar con eso.

—No se lo dije —respondo—. Se dio cuenta.

—¿Lo tomó bien?

—Así es.

Y eso es lo que no me gustó.

Él sonríe, no por ternura, sino por memoria.

—Ella está hecha para este mundo definitivamente.

Pone una mano en mi hombro con firmeza. Nos quedamos así un segundo.

—Lo mejor es mantenerla lejos.

—Has renunciado tú, pero no ella, así que déjala que ella decida también. —Me suelta—. Puedes irte.

—Aquí adentro hay al menos cuarenta nombres —digo con calma antes de retirarme—. Candidatos con evidencia.

Elrond no la abre.

—¿Es tu último aporte? —pregunta sin ironía.

—Y puede ser mi último error si no se maneja con cuidado, así que le pido que sea cauteloso y tome tiempo entre uno y otro.

—Doctor… no me debes nada —dice—, pero si tú le fallas a ella… me vas a deber todo. —Se da media vuelta—. Vete antes de que me arrepienta de respetar tu decisión.

CAPÍTULO 98

DANNIELLE MORGAN BLACKWOOD

No sé irme, ¿puedes irte tú?
Me estás matando.

Esta mañana, la doctora Mariah le avisó a Anthony que mandó mi evaluación al concejo de la facultad. Asegura que ya puedo retomar las prácticas, y no hay cosa que me haga más feliz, aunque solo me queden seis meses para culminar. No podré ir al hospital que quiero, porque esta pausa generará una mancha en mi expediente. Sin embargo, agradezco que haya hecho lo posible.

Tomo mi credencial y disfruto, como si fuera la primera vez, el aroma del hospital: por fin puedo acercarme a los pacientes de nuevo; por fin haré mis primeras guardias.

Aunque quiero festejar con toda el alma, sigo pendiente de aquel estúpido número que bloqueé hace algunas semanas, porque no sé si empeoré todo.

Me enteré de que Jassel y Pralina van a casarse un mes después de la graduación, solo espero que eso lo mantenga ocupado, que se centre por fin en lo que debería importarle y me deje en paz.

También le avisé a Lauren la buena noticia.

Atendí mi primer parto, la adscrita de la noche me lo autorizó.

Hoy aprendí que los pacientes terminales no siempre se ven como uno espera. Una mujer se reía mientras le administrábamos el antibiótico; tenía el cabello trenzado y una voz preciosa.

Sabía que se estaba muriendo, pero con paz y tranquilidad dijo:

—Mi nieta me viene a ver... no quiero que me recuerde con cara de enferma.

Entre los pasillos, he escuchado que hay pacientes que mueren solo porque un residente no quiso contradecir al adscrito.

Hay pacientes que no sobreviven... pero mueren hasta que cambia el turno.

Le administraron aminas al paciente de la 12B. Estaba en falla orgánica múltiple. Todo el equipo lo sabía, pero alguien dijo: «Manténganlo así hasta las ocho. Que firme el acta el médico del *siguiente turno*».

Las dosis se miden no para salvar, sino para postergar lo inevitable... por burocracia.

No juzgo. Solo duele entender que, a veces, incluso la muerte tiene turno asignado.

Los pacientes exigen un médico humano, hasta que conocen a uno y se dan cuenta de que también se cansa.

Los accidentes suelen aumentar en noches con luna llena como la de hoy. Por eso entré a quirófano con el traumatólogo.

Hay cosas que no deben decirse en voz alta como: «el turno está tranquilo». Es la manera más rápida de invocar tres códigos azules, dos partos y una crisis convulsiva simultánea.

Estoy sentada junto a Lauren en el área gris. Ella hojea un apunte sobre reducción de fracturas, pues estamos esperando a que pasen al paciente y podamos entrar con el adscrito a quirófano, quien seguramente nos va a bombardear de preguntas.

De pronto, una enfermera cruza apresurada frente a nosotras, se detiene en la consola y presiona el micrófono del altavoz:

—Toracotomía exploratoria. Sala 2. Se descompensó el paciente del 317. No hay internos en lista y los R3 de turno están en la sala 1 y 5.

Ambas nos miramos sin saber realmente qué significa eso. Almond abre la puerta, y la enfermera, aún junto al micrófono, se gira de inmediato:

—Doctor, lo estaba buscando. Al paciente ya lo están preparando.

Los ojos de Almond recorren la banca.

—De acuerdo. Doctora Morgan, a la sala 2, por favor.

Siento la sangre írseme a las piernas… pero también al pecho y a los oídos. Lauren me mira de reojo. No dice nada, pero su gesto es claro: «Vas, y no tiembles».

Cruzo al área blanca. Me mantengo rígida frente al lavabo, totalmente consciente de lo que estoy haciendo. No sé por qué me estoy poniendo nerviosa.

Almond, a mi lado, se restriega los antebrazos con el cepillo.

—¿Cuál es el abordaje inicial para una toracotomía izquierda? —pregunta en seco.

—Línea axilar anterior… quinto espacio intercostal —respondo de inmediato.

La espuma corre entre sus dedos

—Está tensa, doctora Morgan.

—No es verdad.

—¿Es por la cirugía o porque la observo?

—Estoy lista —digo, con las manos en posición, ignorando su pregunta, ignorando que me habla con ese tono que antes le funcionaba conmigo.

Almond habla; me explica con detalle cada paso de la cirugía, cada capa, cada estructura que se revela frente a nosotros. Describe los planos musculares, la dirección exacta del corte, la forma correcta de separar sin desgarrar. No se salta nada, ni siquiera lo obvio.

La enfermera instrumentista, parada a su izquierda, lo mira de reojo, como si dudara entre ofrecer el siguiente instrumento o esperar a que termine su explicación. Mis ojos se cruzan con los de ella y se encoje de hombros; me da la impresión de que sabe que él se está comportando diferente.

—¿Recuerdas el documento que te envié la semana pasada?

Mi respiración se detiene medio segundo.

«¿Por qué dice eso?».

—No —miento.

—Sí, sé que lo recuerdas, lo que estamos viendo ahora… es justo lo que describía ese caso.

Toma uno de mis dedos para que roce ligeramente un paquete vascular. Aparto mi mano en cuanto la suelta y vuelvo a tomar el separador.

CAPÍTULO 99

MARCK ALMOND

Tu indiferencia llegó demasiado tarde:
el cuerpo ya te había delatado.

Dannielle está sentada frente a la computadora, tecleando las indicaciones que le dicto.

Cómo ha cambiado desde el primer día que la vi. No la olvido, ni creo que vaya a hacerlo. La verdad es que no quiero. Ahora está aquí, con su distancia elegante, fingiendo que no me mira de reojo.

—Indica el control de drenaje pleural cada seis horas —finalizo.

Se gira.

—Creo que mi labor aquí ha terminado —dice.

Su voz neutra está controlada en exceso. No sabe fingir.

—¿Y si te digo que extraño cuando no te ibas tan rápido?

Ella voltea a todos lados, como si pensara que alguien ha escuchado, pero no, solo hay dos pacientes dormidos y la enfermera circulante hablando por teléfono al fondo.

—No quiero pensar que lo de esta cirugía fue planeado.

—No, realmente no. —Es la verdad—. Fue el destino.

Aprieta los labios y se ajusta la coleta alta, como si así pudiera ajustarse el corazón para huir.

—Bueno…, entonces el destino ha sido oportuno —dice—, aprendí mucho, con permiso.

—Dannielle… —Detiene su paso—. No te creo.

—¿De qué estás hablando?

Apenas si giró su espalda, con los ojos entrecerrados, cortantes, hermosos.

—Mírame —le pido—, y dime: «Ya no siento nada».

—¿Te sientes mal? —inquiere, evadiendo. Como si fuéramos dos desconocidos en un pasillo.

—Doctora Morgan, ¿no me hablará de usted dentro del hospital?

Sus labios se fruncen.

—Bonita noche…, Marck.

Sonrío. Ella se aleja a paso rápido por el pasillo, pero me ofrece una última mirada a lo lejos antes de doblar a la derecha.

Me conformo con eso… Supongo.

CAPÍTULO 100

ANTHONY CADWELL

Los libros de medicina terminan
donde esto empieza.

Años atrás

Pasa de la una de la mañana. Me digo que iré a buscar un café a las máquinas del cubículo de médicos.

Desde la muerte de Brown, el hospital se siente pesado. Su humor negro, sus burlas y su carácter les daban sentido a los turnos de noche. Y, ahora, sin Josafat también, todo se volvió más gris de lo que era.

Las luces de los pasillos parpadean y de pronto siento que las paredes respiran. El ambiente se enfría, como si el termostato se hubiera averiado.

Exhalo y noto mi vaho. Me detengo. No debería ser visible. Escucho pasos tras de mí, pero me vuelvo y no hay nadie.

Cuando avanzo, vuelvo a escucharlos.

—¿Quién está ahí? —pregunto, sin esperar respuesta.

Y la veo, una sombra pequeña detrás de una pared. Parpadeo y desaparece. ¿Será el cansancio?

Me vuelvo para continuar, y la sombra ahora está en frente, escondiéndose detrás del carrito rojo. Un mechón de cabello pelirrojo y despeinado sobresale por el borde metálico. No veo su rostro, pero sé que me está mirando.

Camino hacia ella, se levanta y acelera el paso; luego dobla a la izquierda, al área de hospitalización restringida. Quiero alcanzarla. El guardia parece no verla, pues pasa frente a él. Sus pies descalzos parecen emitir un ruido que solo yo escucho. ¿Qué pasa?

Acelero yo también, con la bata enredada entre las piernas. De repente, se detiene frente a la celda de Dannielle, y puedo escudriñar su rostro, su mirada verde, húmeda, y las pecas que se extienden por toda su piel.

Mi pulso, que ya venía en aumento, se salta un compás.

La figura da un paso hacia el frente y, sin mover ninguna mano, sin empujar, atraviesa la puerta. Como si fuera niebla. Como si el hierro no existiera para ella.

Digito el código de acceso, necesito saber si está ahí, pero al entrar encuentro a Dannielle sentada, observando el goteo que cae de su suero.

—Llegó mucho antes de las once —dice.

—Lo lamento, solo quise hacer una visita de rutina —contesto nervioso. Es una mentira por no saber explicar la verdad.

—Oh… —susurra—. Creí que Valyria lo había ido a molestar.

—Valyria. —Un nudo se me forma en la garganta.

Los ojos de Dannielle se desvían, despacio, hacia la esquina de la habitación, y los míos la siguen.

De pie, en silencio, está la joven que corría por los pasillos.

CAPÍTULO 101

DANNIELLE MORGAN BLACKWOOD

Solo fue una página previa
a la historia verdadera.

Empiezo a sentir melancolía por mis últimas clases teóricas. Los profesores adelantan temas para poder liberarnos del semestre dos meses antes y, así, podamos realizar el papeleo correspondiente.

Ya escucho conversaciones de compañeros hablando de sus hospitales ideales. En mi caso, optaré por el que sea que me asignen, puesto que ya no tengo oportunidad de decidir.

La facultad se siente más helada de lo habitual. El almendro de la entrada, que siempre florece antes de que el calendario lo mande, sigue desnudo.

Little Perry me llama en relación con un paciente.

—Tenemos un problema, doc. El drenaje está casi lleno y tiene exudado turbio.

—¿Fiebre?

—Treinta y ocho.

—Empieza con ceftria y metro, en bolo. Hazle curación, al rato vuelvo a revisar.

Cuelgo y me guardo el teléfono en la bata.

—¿Con quién hablabas? —pregunta una voz a mi espalda.

Me sobresalto. Lauren me entrelaza por el brazo.

—Con… un… nadie.

—Claro… —responde, fingiendo que me cree.

Llegamos a los casilleros y, arriba del mío, veo una peonía amarilla, la tomo por el tallo. No tiene nota, sin embargo, no necesita tenerla para saber de quién es.

—Vaya, vaya…, señorita —silba Lauren—. ¿Con él hablabas?

—¡No! Para nada.

—Sigue haciendo el intento de llamar tu atención…

—No sé, no importa —respondo, girando la flor entre mis dedos.

—Entonces tírala…

—¡No! ¿Qué culpa tiene?

—¿No será que algo así… pequeño… chiquito —hace un ademán con el índice y el pulgar dejando un milímetro de distancia entre ellos— te aprieta el pecho?

Cierro el casillero con un golpe suave y me apoyo en él.

—No…

—¿No?

—Al menos no como antes —respondo con sinceridad.

Lauren ladea la cabeza, escaneándome.

—Pero… Estás suspirando, Dannielle.

—Es solo… nostalgia, tal vez. Como cuando ves una calle por donde casi viviste. Un «qué hubiera sido».

—Ya. Pero igual suspiraste, ¿eh? Te caché. —Lauren sonríe dándome un codazo suave antes de marcharse—. Nos vemos luego, señorita misteriosa. Tengo clase.

Me detengo un momento, la veo desaparecer por el umbral, con su mochila llena de *stickers* y su cabello corto ondeando con el aire. Me giro hacia la oficina de Almond, que está en el edificio de enfrente.

No era malo. Solo se acobardó. Fue mejor así, soy feliz por cómo pasó todo. Él me enseñó lo que no quiero y, con eso, aprendí a reconocer lo que sí. No pude estar con alguien capaz de firmar una hoja en donde me tomaban por un problema, solo para «salvarme» salvándose a sí mismo de perder su trabajo y su reputación, aunque eso costara la mía.

CAPÍTULO 102

DANNIELLE MORGAN BLACKWOOD

No quiero odiar,
no quiero ser un monstruo,
pero me despertaron.

Hoy es día de curso de Reanimación Cardiopulmonar, es algo obligatorio para poder graduarse. El aula contiene muñecos de entrenamiento alineados sobre camillas y monitores apagados. Los profesores organizan a los estudiantes en grupos; pero, como si el universo se empeñara en ponerme obstáculos, veo que Pralina, Sam y Candy están en mi equipo. Mi presencia ya es urticaria para la rubia.

—Solo espero que, cuando llegue tu turno, no mates al muñeco —menciona Pralina con aquella sonrisa de revista.

Cuento mentalmente hasta cinco.

Uno.

No la escuches.

Dos.

No vale la pena.

Tres.

Respira.

Cuatro.

No muerdas el anzuelo.

Cinco…

—Vamos, Danny, no te pongas tan seria. Solo es una broma —añade Samantha.

Me aferro al libro que traigo entre las manos para controlarme.

«Sabes cómo se soluciona esto».

No.

«Deja que yo hable por ti».

Pasamos en grupos de diez al aula de simulación. Me vocean en cuanto es mi turno.

—Doctora Blackwood, adelante.

—Paciente Blackwood. —Pralina hace una corrección estúpida.

Varios compañeros se ríen, quizá sin entender, pero las carcajadas se extienden.

No ruedo los ojos hacia arriba. No les regalo ninguna reacción.

Solo me coloco en posición, con las manos al centro del pecho del muñeco, los brazos rectos y los codos firmes.

—Comience.

Inhalo.

Compresión, compresión, compresión.

«Hazla tragarse la risa».

Compresión, compresión, compresión.

«No les debes calma».

El instructor observa con atención y dice:

—Ritmo correcto. Presión adecuada. Bien hecho.

Salgo del aula de simulación. Aprobé, pero tengo atorada la voz de Pralina. Se me ocurre ir al baño del último edificio, sin importar que aún no lo abran al público. Solo quiero respirar.

«Débil».

Abro el grifo.

«¿Para qué tienes manos si no vas a usarlas?».

El agua tarda y sale con arcadas. Me mojo la cara, pero el ardor no se va.

Lauren
¿En dónde estás?

Dannielle
En el baño del último edificio.

«¿Cómo se solucionan las cosas, Dannielle?».

Las voces se hacen más fuertes, se enciman unas con otras. Busco cinco cosas: el grifo, el jabón color verde junto a él, una telaraña en el techo, un insecto en ella… Me veo al espejo y aquellos ojos de leopardo están detrás de mí.

—¿Me seguiste? —inquiero fastidiada, harta— ¿Qué quieres de mí ahora?

Ella se cruza de brazos y se apoya contra el marco de la puerta.

—Ya me enteré —canta con falsa alegría—. Te devolvieron tu permiso para las prácticas.

—¿Y ahora vas a luchar para que me lo retiren otra vez? Ya, por favor, paremos esto. ¿Qué más quieres quitarme? ¿Qué te he hecho?

—Oh…, Morgan. —Su tono se entibia—. Es que, imagina el dilema: ¿quién confiaría en una doctora que tuvo que pasar por una evaluación psiquiátrica rigurosa?, ¿en alguien que salió de un manicomio?

No tengo palabras para desarmar el argumento.

—¿Hasta cuándo me vas a dejar en paz?

—Cuando aceptes lo que hiciste —escupe—. Yo confié en ti. Te metí a mi departamento, te tendí la mano y me traicionaste.

—Yo nunca te traicioné.

—¿No? Te metiste con Jassel.

—Pralina, eso no fue así —mascullo—, que sea honesto, que te diga lo que hizo.

—¡Lo vi! —explota. Se acerca y me intimida. Pralina es más alta que yo, así que su mirada cae sobre mí como un puñetazo—. Encontré un video en su celular y no, no estabas llorando, no lo apartaste... En cambio...

Cierro los ojos.

«No eres ninguna víctima, eres lo que demostraste esa noche».

—¡Basta! —grito— ¡Él me violó!

El cristal retumba.

—¡Mentirosa!

—Pralina, ¡el hombre que tienes a tu lado es un cerdo violador! ¡Abre los ojos!

El agua del grifo sigue corriendo. Mi cuerpo tiembla, un nudo sube por mi garganta.

—Como que te pasan muchas desgracias, ¿no? ¿No será que el problema eres tú?

Me mira con asco, con esa superioridad que me provoca querer arrancarle el rostro.

«Es ahora. Es tu turno... o el mío. Decide».

Siento el pulso en mi lengua, en la nuca, en los dedos que se cierran en puño.

—¿Por qué no regresas con los tuyos? Allá al psiquiátrico, donde está la gente como tú y tus amigos imaginarios. —Hace una pausa, mirando cómo me destruye—. Vuelve a la basura de donde saliste, loca.

El aire se vuelve helado.

«Loca, loca, loca».

No estoy loca, no estoy loca.

«Loca, loca, loca».

—Creo que se está volviendo loca —decía Xalimar, la hermana de Bistró, cuando me resguardaba en Yurien, pues no podía verlo.

—Creo que la niña está loca —decía el policía que me encontró en una barda cuando escapé de la Gale's Bear House.

—Ya trajeron a otra loca —dijo una enfermera en la ambulancia.

—Ella ya no tiene oportunidad; descendió a la locura, no debe salir —decía el jefe del hospital.

La palabra *loca* se incrusta, se convierte en tambor de guerra. «Loca, loca, loca».

Pralina sigue hablando, pero ya no la escucho, su voz se hace lejana.

Algo se apodera de mí, de mis fuerzas y mis cuerdas vocales. No pienso, no decido, solo actúo.

La tomo por el cuello, mis manos se cierran con fuerza en su garganta con intención de romperla. La levanto, y Pralina levita como si no pesara más que el aire. Sus ojos se abren desorbitados, hermosos y rebosantes en su miedo. Por primera vez la veo asustada, realmente asustada.

En ese miedo… hay un perfume. Vino dulce, cerezas oscuras, metal tibio. Su miedo me pertenece.

—Te voy a romper para que aprendas a no nombrar lo que no entiendes. —Sus uñas rasgan mi piel, pero es inútil—. No me llames loca.

CAPÍTULO 103

LAUREN ROSE

Ya es tarde para el perdón,
lo que despertaron no entiende de clemencia.

La puerta está cerrada, atrancada, pero escucho voces adentro, un jadeo, un grito ahogado. Mierda.

—¿Dannielle, estás bien?

Empujo la puerta con el peso de mi hombro… Pero no se puede abrir.

—¡Ábreme!

Tomo impulso lanzando el cuerpo entero contra la hoja hasta lograrlo y… ¿qué es lo que veo?

Una figura se levanta como un huracán. No, no puede ser Dannielle, pero tiene sus ojos, tiene su rostro, y un cuerpo que parece el de una piedra ardiendo. Mi estómago se revuelve.

Una mano oscura como el carbón, como ceniza viva, se cierra alrededor del cuello de Brunswick. Ella está morada y pataleando. Se está muriendo.

—Danny, ¡basta! —grito sin pensar.

Una oscuridad cubre su rostro, una sombra, algo inhumano. Sostengo su brazo, duro y helado; un tronco inamovible.

—¡Detente!

Los ojos de la cosa se giran lentamente hacia mí, cambiando de color: gris, azul, oliva. Su rostro se desfigura, y me vuelvo ajena delante de ella.

Deja caer a Pralina, quien boquea por aire sosteniéndose el cuello, con los ojos perdidos. Se incorpora poco a poco; con las fuerzas que le quedan sale de ahí a gatas y huye como si escapara del infierno. Ni ella puede creer que está con vida.

El ser se ríe, hace un sonido que lastima, como de huesos crujiendo en sus cuerdas vocales. Yo retrocedo hasta el rincón del baño, respirando rápido, queriendo despertar de este momento. Sus piernas, como las de un minotauro, golpean el suelo. Las paredes crujen. Viene hacia mí.

—Danny, soy Lauren, Lauren Rose, Danny. —Estiro una mano.

No reacciona. Trago saliva y mantengo la mano estirada, rogando piedad.

—Lauren —pronuncia con frialdad. Toda su piel desaparece, y un rostro pálido, inhumano, la suplanta. Un rostro sin cejas, sin emoción, con dos cristales azules en donde deberían estar los ojos.

—¿Qué… qué eres?

Respira y exhala humo.

—Híbrido.

Su sombra me cubre. Mi corazón late tan fuerte que siento que se me va a salir por la boca. Me olfatea, inclina la cabeza como un ave desconcertada. Su garra toca mi mejilla, hunde su uña, y sus pupilas se contraen.

Poco a poco, muy lentamente, algo se desinfla dentro de esa figura, las piernas se le doblan, y cae de rodillas.

En un parpadeo, vuelve aquel cuerpo frágil que conozco. Ella respira agotada, sudando, temblando.

—¿Qué hicieron? ¡¿Qué hicieron?! —grita tocándose el cuerpo desnudo, y otra voz sale de su boca:

—*¡Lo que siempre debiste hacer!*

Voces se mezclan, chocan entre sí como olas violentas. Dannielle comienza a golpearse a sí misma, y me lanzo hacia ella.

—¡Basta! ¡Vas a hacerte daño! —La tomo con todas mis fuerzas.

—¡Lauren, vete! Van a lastimarte.

—No me voy a ir.

Me empuja contra la pared, y me golpeo la cabeza. El rostro de Dannielle cambia una y otra vez: es ella, es una mujer mayor, es un hombre con un ojo blanco… ¿Qué está pasando?

De pronto, rompe el lavabo al chocar con él.

—¡Vete, Lauren! —En el espejo, una mujer con el cabello naranja me pide que huya.

Sostengo sus hombros.

—No, no, no me iré. —Mis manos detienen las suyas.

—Van a matarte si no te vas.

—¿Recuerdas cuando nos conocimos? Hablamos de libros, te regalé *Madame Bovary*. ¿Los cafés en mi casa? ¿Los recuerdas? ¿Don Gato? Don Gato te ama.

Sus ojos se presionan, como si librara una lucha en su interior. Un lamento sale de ella y la rodeo con un abrazo, sin importar que me suplique que la deje ahí.

Deja de moverse, no sé cuánto tiempo pasa, me siento agotada, asustada, no entiendo nada.

—Aquí estoy, no me voy a ir —le susurro.

—Perdón, perdón, perdón —repite, derramando lágrimas, una tras otra, como si fuese una fuente rota.

Me percato de que su uniforme está roto y me quito la bata para cubrirla.

—No tienes que pedir perdón.

—Yo no estoy loca, Lauren, no lo estoy.

—No lo estás, nunca lo has estado. —Sostengo su cara frente a mí, pero no me ve.

—Diles que se callen, no estoy loca. ¡No lo estoy!

—No, no lo estás —le digo firme, con más convicción.

Su pecho sube y baja mientras se cubre los oídos.

—No estoy loca, no estoy loca.

Se ve tan pequeña haciéndose un ovillo en el suelo. Si existe el diablo, debe ser igual a Pralina y, si existe un infierno, no sé si sería suficiente castigo para ella.

Le acaricio el cabello, trato de trasmitirle calma, de arrullarla de alguna forma. Se va quedando quieta, tranquila, dormida.

¿Qué hago? La cubro con mi bata, es un témpano de hielo.

Pienso rápido. Al ver su celular en el suelo, busco el contacto de Cadwell.

Cada segundo se siente eterno.

—¿Danny? Qué sorpresa.

—No soy Danny. Soy Lauren.

—¿Está bien? ¿Dannielle está bien?

—No, no sé, ahora sí, pero hace un momento no. Algo le pasó.
—No tengo palabras, no sé cómo explicar lo que acabo de ver.

—¿Dónde están? —pregunta en un tono controlado, aunque puedo notar su urgencia.

—Estamos en la facultad, en el baño del último edificio, el que aún no terminan.

—Voy para allá, llego en quince minutos.

—Dijo que era Híbrido, no sé qué significa.

—No cuelgues el teléfono —me ordena—, ponlo en altavoz y no cuelgues. No importa lo que pase.

Coloco el teléfono en el suelo, asustada, fingiendo tranquilidad.

El sol se está metiendo, pronto vendrá el policía a supervisar las aulas y no sabré qué decir. Es posible que Pralina ya le dijera a alguien. Van a venir a buscarnos.

Pongo el dorso de mi mano cerca de la nariz de Dannielle para asegurarme de que siga respirando.

—Danny, por favor —le suplico, tocando el pulso de su cuello.

—Señor psiquiatra, ¿ya casi llega?

—Sí, sí… ¿Pasa algo? ¿Cómo está?

—No, es que… tengo miedo, no sé qué hacer, respira mal.

—Ya estoy cerca.

Pasan quince minutos que se sienten como horas. El doctor entra con pasos rápidos, saca una jeringa de su bolsillo y le aplica un medicamento en la vena del brazo. Le quita el cabello de la cara, revisa sus párpados y sus ojos con una lámpara.

—¿Qué pasó?

—Discutió con una compañera, y Dannielle se transformó, dirá que estoy loca, pero…

—Shhh… shhh… —El doctor coloca su dedo contra sus labios para indicarme que guarde silencio—. Esa palabra no se dice —susurra.

Entiendo la advertencia.

—¿Está bien?

—Está bien, solo está descansando.

—¿Qué… qué era eso, doctor?

Carga a Dannielle con total facilidad, cubriéndole el cuerpo con mi bata y su saco. Noto un cuidado extremo en cada movimiento que hace y salgo tras él.

—Por aquí. —Le indico por dónde podemos salir sin que nos vean los guardias.

Llegamos a su auto, un sedán negro. Abre la puerta del asiento trasero y la recuesta. Se asegura de que su cabeza esté bien apoyada.

—Gracias por llamarme… Lauren, ¿cierto? —Cierra.

—Sí, sí, pero voy con usted.

Me inspecciona un instante.

—Vamos.

Me subo al asiento del copiloto. Volteo cada tantos segundos a observar a Dannielle, quien sigue dormida.

El silencio se alarga. Odio los silencios, odio no saber nada.

—¿Usted es el psiquiatra que la trató en el Adofaer? Su… ¿Su pareja?

—Me sorprende que sepas del hospital.

—Sí. —Me muerdo la lengua, no quiero decir algo inoportuno, pero no nací para ser oportuna—. Dígame, eso que vi en ella, eran muchos rostros, muchas voces… —comento en voz baja. A él no parece sorprenderle lo que le estoy contando, es como si ya lo supiera.

—Doctor, créame, su cuerpo era más grande y fuerte, desgarró su uniforme, rompió el lavabo.

El hombre no hace ni un parpadeo, solo asiente y escucha. Yo me callo y respiro. Nos dirigimos hacia el lago; luego llegamos a una cabaña en medio del bosque.

Entramos a su casa. Danny sigue dormida, él la baja con profunda delicadeza, como si en cualquier momento pudiera quebrarse, y la recuesta en el sillón. Me dice que va por su equipo.

Cuando regresa, mueve el brazo de Danny con cuidado, buscando el sitio adecuado para canalizarla.

—¿Qué es lo que le pondrá? —pregunto, sintiendo mi garganta seca.

—Solución glucosada solamente.

—¿Qué tiene?

—Está agotada, ya despertará. —Lo dice con naturalidad, como si fuera normal, rutinario, un episodio esperado. Le acaricia el cabello, le besa la frente, le susurra al oído que todo estará bien.

El líquido del gotero comienza a fluir a un ritmo suave, constante.

—¿Quieres que busque quién te lleve a casa, Lauren? —me pregunta el doctor— Ella estará bien.

—No, me iré hasta que despierte.

CAPÍTULO 104

DANNIELLE MORGAN BLACKWOOD

El discurso siempre es humanizar la medicina,
pero la práctica es deshumanizar al médico.

El suelo bajo mis pies cruje. El aire está cargado de un olor metálico, oxidado, espeso, como si debajo de mí estuviera hirviendo sangre. Me tallo los ojos con fuerza, pero veo borroso. Camino tanteando las paredes con las manos, intentando no caerme.

Escucho pisadas detrás de mí, lentas, fuertes, acompañadas de una respiración recia.

Un rugido gutural resuena, los pasos se vuelven trotes.

«Corre, corre».

Mis pies no responden, mi cuerpo no obedece.

Veo una puerta a lo lejos, quiero avanzar y solo logro dar un paso.

Aquello se acerca corriendo.

Araño las paredes de madera, intentando impulsarme, pero están húmedas, viscosas. Bajo la vista y mis manos están manchadas de sangre.

—No… No.

La sangre corre de las paredes como un río lento.

La bestia está más cerca, más hambrienta.

Mis piernas responden de último momento y logro llegar a la puerta, que cierro de golpe; recargo mi espalda contra la madera.

El animal está justo afuera. Golpea la puerta. Me giro y retrocedo en busca de una salida, algo... Mis dedos tocan una manija, la giro y un cuerpo cae sobre mí, luego otro y otro... Me quedo hundida entre cadáveres pequeños y helados, entre cabezas que caen sobre mis palmas. El olor es insoportable. Me quedo paralizada, asqueada e incapaz de moverme.

La bestia derriba la puerta y lanza un grito desgarrador. Lo veo entre un pequeño hueco que se ha formado entre los cuerpos tiesos. Es un monstruo de cuerpo negro, cubierto de una piel densa y rugosa con cuernos retorcidos sobresaliendo de su cráneo. Un cruce grotesco entre lo humano y lo animal.

Su saliva escurre en gruesos hilos, mientras gruñe y olfatea, buscándome. El monstruo toma un cuerpo entre sus mandíbulas y lo tritura. Hago los cuerpos hacia adelante, esperando que se sacie antes de llegar a mí.

Detrás de la bestia veo la silueta de un hombre que le toma la espalda, y eso la amansa. El hombre tiene la piel parecida a la luna. Sus ojos azules brillan con tal intensidad que no parecen de un humano. Viste de blanco y porta un emblema de león. Él sabe que estoy ahí, chocamos la mirada.

—Despierta, Dannielle —dice.

Es la primera vez que escucho su voz.

¿Es un sueño?

Abro los ojos, los cierro y, en cada parpadeo, él sigue ahí.

—Despierta, Dannielle.

Los cierro y los abro, tomo una bocanada de aire y respiro. Veo el techo de madera, una lámpara está sobre mí.

Me toco el cuerpo, estoy completa, no hay sangre viscosa, no hay cuerpos, pero aún siento el aroma en mi nariz.

—¿Dónde está? —pregunto exaltada—. ¿Adónde se ha ido?

Busco al hombre.

—Fue un sueño, Danny. —La mano de Anthony me presiona, frente a mí veo a Lauren con una gasa sobre su frente.

Me incorporo de golpe.

—Lauren, ¿qué te pasó?

—No tan rápido. —Me detiene An.

De pronto, recuerdo. Pralina en el baño, mi mano en su cuello, su piel morada perdiendo el aire. Lauren… Golpeé a Lauren.

—¿Yo te hice eso, Lau? ¿Yo te lo hice?

—No pasa nada, Danny, el doctor me puso dos puntadas, fue cosa de nada.

Mis labios se separan, pero no encuentro palabras…

—Lo siento. —Suena estúpido.

—He sufrido peores golpes en casa por Don Gato, esto no es nada.

Su intento de hacerme sentir mejor solo empeora el nudo en mi garganta.

—Las dejo un momento a solas —Anthony me da un beso en la cabeza, se levanta y entra a su estudio.

Sabe que tengo que hablar con ella, pero soy incapaz de verla a la cara, de ver la herida en su cabeza.

—¿Pralina está bien?

—Viva, sí. —Aprieta los dientes.

—Ya lo arruiné. —Me restriego la cara y bajo los pies para sentarme bien—. Hoy conseguí mi permiso y me lo van a quitar.

—No creo que Pralina diga algo, Dannielle.

—¿No? De seguro ya está diciendo que quise matarla.

—Pero ¿cómo lo va a explicar? ¿Dirá que te crecieron las manos, los pies y te volviste un monstruo y la levantaste en el aire? Ni yo puedo hablar de esto sin sentir que estoy… —se detiene, duda, y por un momento sé lo que va a decir, pero lo cambia a último minuto— …delirando.

No lo dice, pero lo piensa.

—No deliraste. Lo que viste es real.

—¿Qué tienes?

Me humedezco los labios, me arden. Nunca le he explicado esto a nadie porque es Cadwell quien me ha explicado a mí lo que me pasa.

—No tengo TID. Eso es solo un diagnóstico que Anthony me dio para que pudieran darme de alta. Lo que tengo no tiene nombre clínico. No hay explicación.

»Te he platicado las cosas horribles que teníamos que pasar en la Gale's Bear House, sobrevivir más de tres años era un milagro. Pero un día llegaron ellos… entes, así les llamamos».

—Entes —repite con lentitud, procesando la palabra—. Cuando estabas en el baño, vi a una mujer de cabello rojo y a otra de cabello oscuro y ojos verdes.

—Sí, sí, son ellos, Val, Jezabel, Dalila, Yurien. No sé qué son exactamente. No sé si vinieron de fuera o si nacieron dentro de mí, solo sé que me han protegido. Me apagaban cuando no podía controlar la situación. Yurien tiene la capacidad de regenerar mis tejidos más rápido.

Lauren se frota los brazos, se abraza a sí misma, el aire se hace más frío.

—¿E Híbrido? ¿Qué pasa con él?

El nombre me provoca sensibilidad en los dientes. Hasta el día de hoy no sé qué es.

—A Híbrido no lo conozco, creo que es la fusión de todos. Los entes hablan de él, le tienen miedo, respeto. Hay cosas que todavía no comprendo de mí. Lamento que hayas tenido que presenciar esto, lamento lo que te hice, lamento que me conozcas.

—Hay muchas cosas que lamento, pero tú nunca estarás en esa lista. No te entiendo, puede que nunca te entienda, pero

estaré contigo, primero muerta antes que dejarte, ¿recuerdas?
—Estira el meñique.

—Te quiero.

—Te quiero más.

Lauren me ayuda a quitarme la canalización. Toco las dos puntadas de su frente, que espero que no le dejen cicatriz.

—¿Qué le dirás a tu madre?

—Don Gato entró a la adolescencia.

—¿Crees que te creerá?

—No, pero fingirá que sí. Así funciona nuestra relación, tampoco es como que me vaya a creer lo otro, ¿verdad?

Y, en ese momento, entiendo por qué la necesito tanto, porque aunque el mundo se caiga a pedazos, aunque la realidad no tenga sentido, ella siempre encuentra la forma de hacerme reír.

CAPÍTULO 105

ANTHONY CADWELL

¿«Formación dura» o una cultura de abuso disfrazada de disciplina?

Le pedimos a Grand Simon que dejara a Lauren en su casa. A la chica le saltaron los ojos apenas vio que llegó una camioneta con hombres en traje oscuro.

Ahora la casa está en silencio, solo quedamos Danny y yo. Ella está sentada en el sofá, con las piernas cruzadas, leyendo algo en el celular.

—¿Qué lees?

—Un artículo: «Prevalencia de fibrilación auricular en pacientes hospitalizados por medicina interna».

La observo unos segundos más, veo la herida en su cuello con sangre seca alrededor.

—A ver, amor, déjame limpiarte esto.

Ella hace a un lado el celular, sabe de qué hablo. Tomo una gasa.

—¿Qué está pasando en la facultad?

—Una estupidez.

La sangre se remueve, el corte está limpio.

—Si está haciendo que llegues a estos extremos, no es una estupidez. —Le tomo la barbilla con el pulgar y el índice, no quiero que evada mi mirada—. Dime para que pueda ayudarte, los entes no están respetando el trato. Simon me llamó, los escucha en tu habitación mientras tú estás aquí, así que, por favor, dime qué pasa.

—Eso no es posible.

—Pero está pasando.

—Siempre han estado dentro de mí. No pueden estar fuera.

—Tal vez las reglas están cambiando.

Se lleva el cabello hacia atrás, y su mirada se dirige al techo.

—Cuando entré a la universidad, me hice amiga de unas chicas, entre ellas, Pralina Brunswick. No éramos inseparables ni nada, pero nos sentábamos juntas, estudiábamos, compartíamos chismes estúpidos. Pero ella cree que… —Cierra los ojos con fuerza y comienza a rascarse la mano, así que la detengo—. Ella cree que… Me da asco decirlo. No puedo. —Su cabeza se agita—. Ella cree que me metí con su novio. —Su mandíbula tiembla—. Y ahora me odia y me humilla. Ella fue la causante de que me quitaran el permiso de tocar pacientes, dice cosas de mí con tanta seguridad que a veces… le creo.

Se levanta, camina de izquierda a derecha, moviendo las manos, hablando, gritando, desahogándose.

—Una parte de mí la escucha con dolor, porque pienso: «¿De verdad lo hice? ¿Yo arruiné todo? ¿Soy una basura? ¿Estoy… estoy tan mal?». Pero no, tengo que repetirme que eso no fue así, que yo no la traicioné, yo… —Se pone frente a mí, sus ojos brillan cuando su esclerótica se torna roja, cubierta de lágrimas—. Perdón, perdón.

—¿Por qué me pides perdón?

—Fui a una fiesta con ellos, donde había alcohol; ellos dicen que tomé de más, pero yo recuerdo que no fue así. Me puse mal, quería ir a casa, todo se puso negro, después estaba corriendo, corriendo, corriendo por un lote baldío, me caía, me levantaba, me caía…, me lastimé el pie con una cosa y ese hombre me perseguía, me… violó, Anthony. Y yo no lo impedí.

Llora, se deja caer al suelo casi de rodillas frente a mí.

—Amor, mi amor, mírame. —La llevo a mis brazos.

—No me defendí, Anthony, no luché más, fui cobarde, débil, Dalila entró en mí. Todo este tiempo he querido solo pretender que no pasó porque total… —Ríe, una risa sin humor—. ¿Cuántas veces han abusado de mí? No puedo contarlas… ¿Una más? ¿Qué me haría una más? Nada, un grano de arena lanzado entre miles sobre el mar.

Mi piel arde con una ira que no puedo contener, un odio visceral que se me aferra a las entrañas. Quiero destruir el mundo entero. Quiero encontrar a cada malnacido que le arrebató algo y hacerlo pagar. Quiero que se arrastren, que rueguen.

—Dime su nombre. —Deslizo mis manos hasta sus hombros y la separo apenas de mí para mirarla a los ojos—. ¿Jassel qué?

—¿Qué, qué harás?

—Encontrarlo, hacer que pague.

—No… no quiero hablar más de él.

—Solo necesito su nombre.

—No, An, no hagas nada tonto.

—¿Tonto? No puedo hacer pagar a todos los que te lastimaron en la vida, pero de este tengo la posibilidad. Dime su nombre, Dannielle.

No puedo dejar esto así. No puedo quedarme quieto sabiendo que ese desgraciado sigue respirando.

—Por favor, un apellido —suplico.

Porque si pronuncia su nombre, deja de ser un fantasma en su cabeza y se convierte en un hombre, y los hombres pueden sangrar.

—Jassel Garnett.

Y en cuanto lo oigo, sé que ese hombre está muerto, aún no lo sabe, pero yo ya lo decidí.

—No hagas nada, por favor.

—No me pidas eso.

—He luchado con voces en mi cabeza que me dicen que haga cosas inhumanas, tú no te vuelvas como ellos, por favor. Tu corazón es bueno, Anthony, no te manches las manos, vivir con la carga de que le arrebataste la vida a alguien no es fácil. *Madame* lo merecía, y todavía no puedo asumirlo.

Las lágrimas caen hirviendo por mi rostro, ella me rodea con sus brazos por la cintura, tratando de sostenerme ahora ella a mí.

—¿Entonces qué? ¿Lo dejamos así? ¿Lo ignoramos?

—Está bien, supongamos que lo matas. ¿Y si te encierran? ¿Ah?

—No me importa lo que me pase. No me importa lo que tenga que hacer. No me importa cuántas veces tenga que ensuciarme las manos. Nadie te vuelve a tocar.

Mientras yo viva nadie va a tocarla y vivir para contarlo.

CAPÍTULO 106
ANTHONY CADWELL

No sé en qué momento dejé de analizar tu mente para entregarte la mía.

No he podido dormir. Estoy a la mesa, con un café frío que tampoco pude beber.

Debía llenar unos papeles que pide la clínica y no hice nada. Una lágrima me traiciona, pero la limpio antes de que caiga sobre el papel.

Me siento inútil, tonto, inservible, prescindible. Analizo las decisiones que he tomado y qué tan buenas o malas han sido.

La saqué del hospital. Junto con Elrond, tejí una ruta para que pudiera estudiar. En cada sesión le hablaba de las posibilidades inmensas de hacer una nueva vida. Le pinté un mundo diferente, y me encuentro con que, sea como sea, sigue siendo la misma basura.

¿Y si lo único que hice fue vestir su jaula de esperanza? No sé si fui su puente o su error.

Le envié el nombre a *Loff* Rousell, la mano izquierda de Elrond, esperando que me ayude a encontrar a ese desgraciado.

No dejo de sentir el cuerpo caliente, la mente nublada y los ojos a punto de salirse de sus cuencas.

«Has estado en la orilla, sí, pero no has cruzado la línea».

Sí lo he hecho. Uno de los médicos de Elrond necesitaba ayuda en una intervención. Si bien la cirugía nunca fue mi fuerte, la necesidad supera la moral, y una noche fui primer ayudante en la extracción de un hombre que no volvería a despertar. Sabíamos quién era. Sabíamos lo que había hecho: un historial enfermo y retorcido. Las vidas de siete mujeres yacían en sus garras y, aun así, no pude dormir bien durante meses.

Conozco las consecuencias de cargar con la culpa de terminar con una vida. Pero ahora es diferente; siento la necesidad total e irrevocable de querer deshacerme de ese hombre. Inhalo y exhalo.

Dannielle baja con la mochila a la espalda, el uniforme impecable y las mangas bien ajustadas en sus muñecas. Se está trenzando el cabello mientras camina, con la misma naturalidad con la que alguien se alista para un día cualquiera.

Me descoloca.

—Ya me voy.

—¿A dónde vas?

—Al hospital, se me hace tarde —me dice con una voz tan natural y tranquila, como si no me hubiera confesado nada el día de ayer, como si no hubiera estado inconsciente después de que esa cosa tomara el control de su cuerpo.

—Danny, ¿vas a volver en serio?

Su rostro me dice que no lo comprende, y lo creo. Porque su psique ha aprendido a compartimentar, a aislar, a convertir el horror en un recuerdo funcional.

Mecanismo de defensa. Disociación adaptativa. Supresión del evento traumático.

—Sí —asegura convencida.

—No, no puedes ir.

Ella se acerca a la mesa y apoya su mano como si fuera a razonar conmigo.

—¿Por qué? Ya me siento mejor.

Le creo, y eso me aterra. Amo su fuerza, pero esta vez… no quiero que la use contra sí misma.

—No necesitas regresar, por favor, al menos no ahora, deja esto para después. Puedes retomarlo luego, quizá en otro sitio, otro momento.

Pero ella parpadea, sin miedo, sin rastro de la devastación de anoche.

—Me siento bien, estoy tranquila, me tomé el medicamento, él no aparecerá mientras yo me sienta estable, te lo aseguro.

—Pretender que no pasó nada no es estar estable.

—Así he sobrevivido hasta ahora.

Me levanto de la silla. La tomo por la cintura y la cargo hacia la barra, quiero que sus ojos queden a mi altura.

—Anthony, no voy a faltar ¿quieres que vuelvan a quitarme las prácticas? Estaré bien, seré fuerte, no prestaré oídos a tonterías, ya lo decidí.

No quisiera decirlo.

—No quiero que regreses, no ahí.

—¿Y qué haré? ¿Me quedaré mirando al techo? ¿Me encerraré por siempre? ¿Ahora también me vas a mirar como un potencial peligro para la sociedad? ¿También dudarás de mí?

—Vámonos, Danny. Vámonos de aquí, tú y yo. Dejemos todo. Otra ciudad, otro hogar. Comencemos de nuevo.

Ella ríe, creyendo que estoy jugando.

—¿Ahorita?

—Ahora, vámonos.

Me toca la mejilla, su pulgar traza un círculo lento contra mi piel.

—Déjame terminar lo que empecé, y te tomo la palabra.

Una frase que le enseñé ahora la usa en mi contra.

—Sabes que no tienes que terminarlo, no tienes necesidad ya.

—Quiero ser alguien, necesito sentir que valgo, que puedo hacer algo por mí misma, no por lo que me ha dado Elrond o lo que me ofrezcas tú, no quiero estar bajo las alas y sombras de todos. ¿Me entiendes?

Sí y no. Si por mí fuera, no la dejaría ir. La sacaría de aquí ahora mismo, pero no es lo correcto. Reprimo las ganas de hacerla cambiar de opinión.

—Te llevo, vamos.

Me besa, y siento que estoy bebiendo el último vaso de agua en medio de la hoguera.

Capítulo 107

DANNIELLE MORGAN BLACKWOOD

Y si tuviera otra vida,
te volvería a elegir.

Entro al hospital como quien entra de puntillas, como quien rompió algo valioso y teme que alguien la delate. Mi credencial cuelga de mi cuello, pero siento que alguien llegará a arrancármela, diciendo que Pralina me denunció.

Pero no hay nada fuera de lo normal. El profesor me saluda con naturalidad, y me inquieta sospechar que puede ser la calma antes de la tormenta.

Tenemos pase de visita al área de Nefrología. Lauren está a mi lado, observo los puntos en su frente y la herida en su mejilla. Mis latidos suenan a culpa, pero ella me sonríe, sin una pisca de rencor por haberla lastimado.

—Nos dividiremos para revisar a los pacientes —dice el residente a cargo, un hombre de unos treinta años con anteojos, que desliza constantemente sobre el puente de su nariz—. Seis se quedan aquí y otros dos me acompañan a quirófano a colocar catéteres, después vengo por otros dos.

Me quedo en el piso. Sigo a mi grupo hasta la primera habitación. En ella está una mujer de sesenta y cinco años con insuficiencia renal crónica. La observo: ojos apagados, piel cetrina, brazos llenos de moretones.

El residente le pregunta cómo se ha sentido.

—Como si mi sangre se estuviera cansando de mí —responde ella, con una sonrisa triste.

Hago una nota mental, fascinada por su forma de contestar.

En la siguiente habitación, vemos a un hombre de cuarenta y ocho años con insuficiencia renal aguda por lupus. Necesitará trasplante si no responde al tratamiento.

—Me dijeron que había lista de espera —dice el paciente.

El residente asiente, con esa expresión neutra que los médicos aprenden a usar cuando no pueden prometer nada.

Veo a su mujer sostenerle la mano, esperanzada en una lista de la que no saben qué turno les tocará, y si podrá o no resistir la espera.

Mi mente recuerda los expedientes que vi en la casa de Anthony.

«Ellos deciden quién vive.
Tú podrías decidir quién no muere».

En la tercera habitación hay un joven de veintidós años. Tiene un catéter clavado en su cuello para la hemodiálisis, y su cuerpo está hundido en la cama. Está despierto, pero no habla. Solo observa el techo con una mirada vacía. Su madre, sentada a su lado, le acomoda el cabello.

Nos movemos a la siguiente habitación y, una a la vez, recorremos el resto. Vemos cuerpos que fallan desde adentro, a personas que esperan una solución que tal vez nunca llegue.

No todos esperan. No todos tienen que hacerlo.
Tú ya sabes cómo funciona el mundo realmente.

Mientras la pizza que metió en el horno está lista, Lauren prepara café en su casa. Ella se mete al corazón a las personas a través de la comida. Suelto mi discurso, pedirle perdón otra vez; veo su herida y me siento avergonzada, aunque ella insista en que es solo un rasguño. No, yo lo hice. Le explico lo que pasa conmigo con más detalle: de mi diagnóstico falso, de los entes y de los hombres que conoció en casa de Anthony y que la llevaron a su casa.

—Solo tú me has sabido dejar sin palabras, Dannielle Morgan —menciona, con ese toque de humor que ahora me parece solo un método de defensa ante lo que no entiende.

—¿Y qué hace el corporativo?

El horno suena, pero ninguna de las dos se mueve.

—Encuentran a gente que hace daño y se aseguran de que no lo vuelvan a hacer.

Lauren frunce el ceño.

—¿Se aseguran cómo?

—No les dan otra oportunidad.

—No lo entiendo. —Sorbe su café—. Sin embargo, lo respeto. Y sigo apoyándote. Eres lo más extraño que me ha tocado vivir en la vida, y lo agradezco, ¿sabes?

—¿Le pusiste algo a tu café? —pregunto al ver que sus ojos se cristalizan.

—No, me sacaste de la rutina, de todo lo que ya conocía. Tú eres de esas personas que llegan a la vida de otro a enseñarle nuevas cosas, a darle sentido a las palabras, a la amistad, al cariño, a la paciencia. Después de ti, tengo otros ojos. No sé qué haré si un día no te veo.

La abrazo creyendo sus palabras.

—Siempre me vas a tener contigo —le murmuro contra el cabello—, no importa si un día nuestros caminos se van por direcciones opuestas.

—Lo sé, veré la forma de volver a mi sitio seguro: tú.

—Creo que soy el sitio más inseguro.

—También, pero correré el riesgo.

Soy la bomba que lleva años activa y solo espera que alguien toque el cable equivocado. Y ella lo sabe. ¿Cómo no voy a amarla por eso? Nos miramos un segundo, antes de estallar en risa.

CAPÍTULO 108

DANNIELLE MORGAN BLACKWOOD

Estaba programado para no fallar, y entonces llegó ella…
a enseñarme que hay errores que vale la pena cometer.

El hospital cambia de piel cuando cae la noche. El bullicio del día se reduce a pasos apresurados y murmullos entre médicos agotados. Los familiares de los pacientes se recuestan en el piso de la sala de espera, aguardando noticias, otros se inclinan ante imágenes a las cuales les rezan y encienden velas.

Salgo del área de hospitalización en busca de Lauren. Debió haber salido de la colocación de catéter hace rato. Me dijo uno de los residentes que, si quería cenar, bajara de inmediato o ya no habría nada en el comedor.

Cruzo un pasillo, buscando un elevador, cuando lo escucho.

—Dannielle.

Es Marck Almond. El cansancio se disuelve.

—Doctor.

Me mira como si yo fuera una herida abierta.

—¿Cómo has estado?

—Bien.

Es la respuesta más corta que puedo darle. No le debo más.

—¿Has leído lo que te he estado enviando?

Asiento.

—Gracias.

No miento. Los he leído. Artículos científicos, estudios y publicaciones que sé que elige con intención, como si aún intentara ser mi mentor en la distancia.

Él baja la mirada un segundo, se pasa la mano por la nuca con esa frustración contenida que ya conozco.

—¿Esto es real?

—¿A qué te refieres?

—A esta distancia. A que ni siquiera puedas mirarme como antes. A que me trates como un extraño.

«Ahora sabes lo que se siente».

—Es lo más sensato —añado, mirando a ambos lados del pasillo, asegurándome de que nadie esté lo suficientemente cerca como para escuchar—. No vaya a ser que se hagan habladurías de nosotros. De ti, sobre todo. Que tengas que volver a firmar un documento en donde avales que necesito ayuda y que los acercamientos solo eran míos.

—No, no, estás cambiando las cosas.

—¿Entendiste el documento, Almond? Al final se redujo a eso, a salvarte. Tú sigues siendo el respetado jefe de Cirugía y yo… ¿Qué terminé siendo yo?

Marck da un paso adelante, acercándose lo suficiente como para que su perfume me alcance.

—Lo lamento. No supe pensar bien las cosas, no supe elegir.

—Elegiste bien, cualquiera se elegiría a sí mismo.

—No, Danny, elegí perderte.

Su mano tiembla, apenas alzándose, como si quisiera tocarme a sabiendas de que no puede.

—No hay un solo día en que no me arrepienta. No hay una sola noche en la que no me pregunte qué habría pasado si…

Interrumpo.

—Buenas noches, doctor —me despido, viendo a lo lejos a una enfermera arrastrando un carrito.

Me giro y él me toma la mano.

—¿Sentiste algo por mí? —El azul de sus ojos se intensifica, sus pupilas están dilatadas por la sombra del pasillo.

«Lo sentí».

—Todo fue un malentendido, con permiso.

CAPÍTULO 109

MARCK ALMOND

Bebí para olvidarla,
y apareció nadando en el vaso.

Estoy recostado en el techo del hospital, mirando las estrellas. En bucle se repite «Amarilli» en mi celular. No debería estar aquí a esta hora, mucho menos con una botella entre las manos.

Observo el borde del edificio. Desde aquí veo el ala de Pediatría y, justo debajo, esa vieja área de juegos que ya nadie usa. Hay un columpio colgando, balanceándose apenas, como si el viento supiera lo que estoy sintiendo. Todo parece moverse, todo parece vivo, menos yo.

¿Cuántas cervezas llevo ya? ¿Seis? ¿Diez? ¿Veintitrés? Qué importa. Soy un grandísimo idiota.

Nunca fuimos nada, y eso es lo que me consume. Su nombre y el *hubiera* terminan siendo sinónimos.

¿La perdí? ¿Qué significa realmente perder a una persona? Cuando a un paciente le quitamos una extremidad, a los meses siguientes insiste que le duele esa parte que ya no está. ¿Cómo te duele alguien que no es parte de ti? ¿Por qué me duele una historia que no existió?

Lanzo la botella con toda la fuerza que me queda. El vidrio estalla, los cristales se esparcen por todos lados.

—Esta es tu opción, Almond. Si no firmas aquí, firmas tu acta de despido —dice con calma, como si fuera una simple elección administrativa.

—¿Y si me niego?

El hombre frente a mí sonríe con cinismo, como si ya hubiera ganado.

—Entonces, el hospital sabrá por qué te despidieron. No creo que eso sea conveniente para alguien con una carrera como la tuya.

Mi corazón se vuelve un ciervo escapando de un león.

—¿Y ella?

—Sin documentos. Sin prácticas. Sin oportunidad de ejercer en un futuro.

Destapo otra cerveza y le doy un trago profundo.

Debí haber renunciado desde hace mucho. Debí hacerlo antes de que fuera tarde. Debí haber entendido que algunas reglas se rompen porque algunas personas no se encuentran dos veces en la vida. Pero fui un cobarde.

Mi vista se empaña todavía más, es como si mirara a través de un cristal sucio.

—¿Cuánto más piensas seguir ahogándote en alcohol? —La voz de Leena llega como una aguja a mis tímpanos. Apaga la música—. Mira nada más… —observa los cristales—, ¿no te da vergüenza?

—¿Qué haces aquí? ¿Qué quieres? —Mi lengua se mueve con lentitud, se ancla a mis palabras.

—Una interna me dijo que te vio subir, solo me preocupé, y qué bueno, porque, ¿qué es todo esto?

No distingo su rostro, es una mancha borrosa y amarilla moviéndose delante de mí, pateando los vidrios. Destapo otra cerveza y Leena se acerca y forcejea conmigo para arrebatármela.

—Déjame. —Me aferro a la botella—. Es todo lo que tengo, todo lo demás se fue. Mírame ahora, ¿qué soy?, ¿qué tengo? Nada. «Un cardiólogo que no sabe nada del corazón».

—¿De qué hablas, Marck? —Su mano toca mi rostro como si nunca se hubiera ido—. Tienes que dejar esto, por favor. Tienes cirugías programadas para mañana, y en tres días te nombrarán director de Ithil.

—No me hace feliz, ya caí totalmente en cuenta —lanzo un hipido— de que no me hace feliz nada de eso.

Volví a cometer el mismo maldito error. Escoger el trabajo, como si no tuviera suficiente. ¿Qué podía pasar? Que murmuraran sobre mí, que pisotearan mi reputación: «El doctor que despidieron por involucrarse con una alumna». ¿Cuál era la mentira? Tal vez lo único que sé hacer en esta vida es aferrarme a la seguridad de un título, un honor, un hospital; de una bata blanca que me protege de lo que realmente soy cuando me la quito.

—No me digas que todo esto es por ella, la estudiante.

—¡Sí! ¡Ella! —escupo la palabra con arrepentimiento y desesperación.

Leena se ríe con ironía.

—No puedo creerlo, ¿te estás ahogando por eso? —Su mano toca mi mejilla—. ¿Lágrimas, Almond?

Sacudo la cabeza. Con pasos tambaleantes me incorporo. Debe quedar una hora para que amanezca.

Leena viene tras de mí.

—Vas a caerte, espera.

—Déjame, por favor —digo con la palma alzada.

—No entiendo —insiste, siguiéndome a unos pasos de distancia—. ¿Qué tenía ella que no tuvimos nosotros? ¿Por qué tanto drama por una historia tan breve?

Me detengo, trago saliva y miro el cielo, que empieza a clarear por el borde del horizonte.

—Todo, todo lo que no sabía que quería.

A veces alguien llega no para completar lo que te falta, sino para mostrarte que estabas deseando cosas que jamás te habías permitido imaginar.

Leena dice algo, pero no logro entenderle. Dejo de escucharla, me encierro en un mundo nuevo de cielo gris; sus ojos, su sonrisa medio tímida, medio atrevida, la forma tan bonita de reírse de mis malas bromas.

—Yo sigo aquí —escucho, imagino su voz en mi oído.

Siento un beso suave, mis labios encuentran los suyos. Mis manos buscan la curva de su cuello. Por un momento, vuelvo a tenerla.

—Dannielle —murmuro, perdido.

Pero el beso cambia y el cuerpo también. Un golpe en la cara me saca de mi trance.

—¡Vuélveme a llamar así y no amaneces, Marck Almond!

Me llevo una mano a la cabeza, siento que se me va a caer del cuello.

—Estoy harta, harta de que hayas dejado de razonar. Esa estúpida no es para ti, ¡entiende! No le interesas, ¿para qué la quieres? ¿Era tu fantasía de profesor? Ya está, ¡ya fue!

Me río, pero no porque me haga gracia, sino porque es absurdo.

—No es cierto, tú no la conoces.

—No necesito conocerla para saber lo que buscan: dinero. Después de conseguirlo, saltaría con otro médico, tú bien lo sabes.

—No es cierto —sostengo—, y de serlo, ¿qué? ¿Qué que juegue conmigo? ¿Qué importa que me use? Si me hubiera destruido, hubiera valido la pena. Incluso esto, este dolor que siento en este momento por ella vale la pena.

—No seas patético, Marck. —Leena resopla, como si no pudiera creer lo que escucha—. Es increíble tu comportamiento.

Siento que mi mente va y viene, como una ola que me aleja y me arrastra. Pierdo fuerza, el alcohol me esclaviza.

—Debió haber muerto —susurro, recordando un poema que leí una vez: «Ojalá las personas se fueran solamente cuando mueren».

—¿Qué dijiste?

—Las personas solo deberían irse cuando mueren. —Las palabras trepan por mi garganta—. Al menos podría lamentarla sin culpa y con resignación. Porque la muerte al menos es definitiva. Pero esto... esto quema. Ella sigue aquí, estamos en el mismo país y la misma ciudad. Todavía la veo a lo lejos, ¿cómo voy a sacármela si sigue existiendo tan cerca?

Y así me vaya de aquí, así corra a otro continente, así me entierre en trabajo, en alcohol, en cualquier otra mujer que no sea ella, no hay un lugar suficientemente lejano para escapar de esto.

—¿Si ella muriera sería mejor para ti?

El líquido se sube a mi esófago.

—No sé qué carajo estoy diciendo. —Me cubro la cara, pues la luz comienza a lastimarme y a revolverme el estómago—. No, no sería mejor. Disfruto verla y la quiero, aunque ella a mí no.

—Estás confundido —me dice, como si fuera un niño que no sabe lo que quiere.

—No, eso sí no. —Mi dedo responde antes que mi voz—. Sé cuándo estoy confundido. A ella la quiero más de lo que pude quererte.

—Lo dices para lastimarme, ¡estás herido por lo que hice!

—¿Quieres que te lastime en serio? Cuando te largaste con el doctor Evan, al otro día yo estaba en el quirófano operando; en cambio, ahora no puedo, no puedo regresar al trabajo.

—Estás ebrio —profiere con lágrimas contenidas.

—Ebrio, pero no estoy mintiendo.

—Eres lo peor que me ha tocado conocer en la vida. —Sus lágrimas se riegan, arrastrando su máscara de pestañas.

CAPÍTULO 110

ANTHONY CADWELL

No busco su dolor…
busco que entiendan el precio
de haberte lastimado.

Recibo la información que solicité. Jassel Garnett, veintinueve años, fotógrafo, hijo único, madre finada y un padre que le suelta la tarjeta para aliviar la culpa de su ausencia.

Me encuentro en el bar que visita todos los viernes al terminar su trabajo. El lugar apesta a cigarro rancio, alcohol barato y sudor. Un sitio en el que la gente viene a olvidar hasta la vida que sigue.

Estoy en la barra, bebiendo agua mineral con limón y hielo. Lo observo desde la distancia, en una mesa rodeado de tipos que traen cámaras colgadas al cuello. Jassel apoya un brazo sobre el respaldo de la silla y se inclina hacia una mujer. Le habla con esa misma confianza asquerosa con la que de seguro se le acercó a Dannielle.

Ríe, ríe todo lo que puedas.

Las cervezas se destapan como si el tiempo no importara. Como si la madrugada no existiera. Poco a poco, su forma de hablar cambia. Su mirada es más turbia, sus movimientos menos precisos. El alcohol lo vuelve torpe.

Tres de la mañana. Jassel se pone de pie, tambaleante. Se despide de sus amigos con un gesto descuidado y se dirige a la parte trasera del bar, hacia los baños o tal vez a la salida que da al callejón. Me levanto con calma, ajusto mi chaqueta y camino tras él.

Le envío un mensaje a Rousell:

Anthony
Es ahora, cuida las esquinas.

En seguida veo otro mensaje por encima.

Danny
Anthony, ¿dónde estás? Me vine a casa con Simon, ¿vienes? Te extraño.
¿An?

Cierro los ojos y tomo aire. Me guardo el teléfono en el bolsillo y cruzo la puerta trasera. El callejón está oscuro, húmedo, desolado.

Jassel está de espaldas, apoyado contra la pared, revisando su teléfono. No me escucha acercarme. No se da cuenta de mi presencia hasta que estoy lo suficientemente cerca para que no pueda escapar.

—Jassel.

—¿Quién… carajo eres?

Mi puño se estrella contra su mandíbula con toda la fuerza contenida en mi cuerpo.

Solo se oye el sonido de una gota de agua cayendo sobre el suelo de cemento. Lo traje a un almacén.

Jassel despierta atado a una silla. Intenta moverse, pero no puede. Las cuerdas le muerden la piel de las muñecas. Gira la vista y me encuentra a unos metros de distancia, de pie, con los brazos cruzados, observándolo. Esperando.

—¿Qué carajo es esto? —Su voz es ronca, tensa.

Sus pupilas dilatadas recorren el lugar. No hay ventanas. No hay una puerta visible.

—Mira, hombre… —traga saliva—, creo que te estás confundiendo.

Ese miedo que empieza a crecer en su voz me sabe a gloria.

—Para nada, sé exactamente quién eres y sé lo que hiciste.

Su pecho sube y baja con rapidez.

—Puedo darte dinero si es lo que quieres, ¿cuán…?

Le rompo la nariz de un solo golpe. Su grito es breve, entrecortado por la sangre que le brota en un torrente caliente.

Se sacude en la silla, pero no puede moverse.

—¡¿Por qué haces esto?! ¿Estás loco? —escupe.

Tomo un bisturí de la mesa a mi lado y lo hago girar entre mis dedos. Jassel observa la hoja brillante como si lo estuviera mirando la muerte de frente.

—Por favor…

Su voz ya no es la de un hombre, es la de un animal acorralado.

—Dime, Jassel, ¿qué sentiste cuando Dannielle te dijo que no?

CAPÍTULO 111

DANNIELLE MORGAN BLACKWOOD

Si el sistema cierra los ojos,
alguien tiene que abrirlos a la fuerza.

El sonido del aceite chisporroteando en el sartén llena la cocina. La mañana huele a tocino, hot cakes y cítricos. Un aroma amarillo. Pero mi corazón se siente denso.

Anthony no me contestó en toda la noche. Hago la espátula a un lado y escribo otra vez:

Dannielle
Buenos días, ¿sigues dormido?

Nada.

Levanto la vista y miro a Grand Simon, que está en la otra esquina de la cocina, exprimiendo naranjas en una jarra de vidrio.

—Anthony sigue sin contestarme.

Simon no deja de exprimir la naranja, pero sonríe de lado.

—¿Ya se te metió bien en el corazón, doc? —bromea, sin levantar la mirada.

—Simon.

—¿Qué? Solo decía. Tranquila, a veces tiene jornadas muy pesadas.

No lo creo. An, no hagas tonterías.

«Está haciendo el trabajo por ti».

«El trabajo que no te atreviste a hacer».

Basta.

Volteo los hot cakes, dispersa en mis pensamientos. Simon se para detrás de mí y me aprieta los hombros.

—Doc, alguien llegó. —Me giro. De pie en el umbral de la puerta, con su traje impecable y un ramo de flores en las manos. Lirios amarillos mezclados con lavandas.

Lo abrazo. Lo extrañaba mucho.

—Para mi niña.

—Si me sigue dando flores, voy a acostumbrarme.

—*Petite fille*, usted merece un jardín de flores.

—Elrond, me está malcriando. —Río mientras saco otro plato—. Vamos, tome asiento. ¿Ya desayunó? Porque hice hot cakes como para una semana.

—Estoy intentando dejar el azúcar —dice con un suspiro teatral.

—Pues hoy no es el día.

—Pasé gran parte de mi juventud entre azúcar, panes, mermeladas y glaseados.

—¿De verdad? —inquiero sorprendida—. Cuénteme.

—Mi padre tenía una tienda de repostería, así que ese fue mi primer empleo, hacer pasteles, macarrones, lo que te imagines.

—Vaya, qué interesante, ¿y qué pasó con la tienda?

—Tuvo que cerrar, ni mi hermano ni yo seguimos el legado.

—¿Y no le gustaría retomarla?

Niega con la cabeza, tomando un poco de fruta del tazón.

—Ya no. —Sonríe. Sus ojos lucen cansados, y noto que tiene más arrugas en la frente y en las comisuras.

—¿Y qué es este milagro de visita? Casi siempre está ocupado.

—Hay mucho trabajo, pero me abrí el espacio. —Deja el tenedor sobre el plato y me mira—. Vengo a felicitarte anticipadamente por tu graduación. No creo poder acudir, mañana salgo de viaje, pero no quería dejarlo pasar desapercibido.

—¿A dónde va?

—Asuntos pendientes.

Traducción: cosas del corporativo que no me puede contar.

Asiento lentamente y corto un pedazo de hot cake, pero siento su mirada fija en mí, así que levanto la vista.

Su expresión ha cambiado. Me observa como si quisiera decir algo más. Simon nos deja solos.

—¿Qué sucede? —pregunto.

—Te pareces mucho a tu padre.

El bocado no llega a mi boca. Mi corazón se pone helado.

—¿Conoce a mi papá?

Su rostro responde antes que su voz.

—¿Quién es? ¿De dónde? ¿Ha hablado con él?

Aprieta los labios, como si se estuviera arrepintiendo de haberlo dicho.

—Lo conocí, lo vi un par de veces en la plazuela donde yo trabajaba con mi padre.

Percibo un zumbido de oreja a oreja e intento unir las piezas.

—¿Qué era para usted? ¿Un conocido? ¿Un amigo?

La pausa que sigue me deja claro que no es ninguna de las anteriores.

—Mi enemigo.

Suelto el tenedor con un golpe sordo contra el plato.

—¿Qué?

Elrond no se inmuta.

—Lo que escuchaste.

—¿Qué hizo?

Su expresión se arruga aún más y deja escapar un suspiro.

—Perdóname, no debí decirte esto.

—Elrond, por favor.

—Lo lamento, no está bien.

—Elrond. —Sostengo su mano—. Por favor —le ruego—. Por un momento siento que puedo saber quién soy, de dónde vengo, quién es mi padre, qué llevo de él.

—Tu padre hizo cosas imperdonables.

«Imperdonables».

—¿Qué tipo de cosas?

—Las mismas cosas de las que tú y yo hemos pasado años intentando alejarnos.

Nos quedamos en silencio. Mi pecho se vuelve un agujero negro intentando absorberme.

—Mi padre fue el responsable de su hija… ¿No es así?

Porque no me imagino que otra cosa imperdonable pudo haberle hecho. Cierro los ojos esperando escuchar un «no». Elrond sostiene mi mirada. No vacila.

—Sí.

Mis manos se aferran al borde de la mesa, pero no hay nada que me sostenga.

—¿Y por qué me cuidas? ¿Por qué me diste una oportunidad? ¿Por qué no hacerme lo mismo?

Él sonríe y sus ojos verdes parecen dos esmeraldas sin pulir.

—Esa es mi venganza.

Toda mi vida he cargado con una sensación de culpa, un peso invisible sobre los hombros. Siempre me pregunté por qué mi existencia parecía una penitencia. ¿Qué tanto estoy pagando?

Corro hacia los brazos de Elrond.

—¿Por qué nunca me lo dijo?

—No hacía falta.

Tengo tantas preguntas, mucho que quiero saber.

—¿Él sigue vivo?

Niega con la cabeza.

—¿Puedo saber su nombre?

—Atticus.

No me dice nada. No me evoca ningún recuerdo.

—¿Atticus qué?

Sonríe.

—Te lo diré la próxima vez que nos veamos. —Besa mi cabeza. Mete su mano en su abrigo y saca una bolsa de tela pequeña que pone en mis manos. Y sin más, se va—. Adiós, *ma douce enfant*.

CAPÍTULO 112

DANNIELLE MORGAN BLACKWOOD

Sin haberlo conocido, me dejó una deuda.

En la bolsa, hay un broche de oro en forma de león. Dejo caer mi peso sobre la cama y giro el artilugio entre mis yemas. Está hecho con precisión, los colmillos tienen una punta que puede atravesar la piel si se hace presión. Los ojos son cristales con varios cortes… Azules. Detrás de la insignia está un grabado: «A. B.». ¿Atticus qué?

¿Por qué me habrá dado esto? Pienso en la hija de Elrond, su sangre sobre mis manos, aunque no la haya tocado. Pienso en su amabilidad, su cariño, su cuidado, una venganza absurda y poética.

¿Y yo? ¿Yo vengo de quien le quitó lo que más amaba? Tal vez era mejor no saberlo, vivir en la ignorancia, pensar que quizá mi mamá fue una campesina que me dejó sola sin saber que el mundo muerde. Que papá fue un pescador que un día salió por la madrugada y no regresó porque, según un testigo, el río se lo tragó.

Elrond no dijo qué fue lo que *él* le hizo. No necesitó decirlo, y no sé si quiero imaginarlo.

El conocimiento no nos libera.

Acurrucada sobre el pasto, el cielo gris me abraza. Las lágrimas riegan el suelo y brotan lavandas en cuanto la tierra las bebe.

Me incorporo lentamente, me froto los ojos, y el aire me sabe a invierno.

¿Dónde estoy?

A mi espalda, un bosque se extiende hasta el fin del mundo. Altos pinos oscuros, coronados de nieve.

Una mujer tararea una canción de cuna a lo lejos:

«Vargen ylar i nattens skog[1]».

Es mi mamá. Volteo en todas direcciones, buscándola.

«Han vill, men kan inte sova».

Sigo la voz y llego hasta la espesura del bosque.

—¿Mamá?

«Du varg, du varg, kom inte hit».

Se aleja…

—No, no te vayas…

Y vuelvo a ser una niña, a tener más energía en las rodillas. Corro hacia ella, pero mis pies se hunden en la nieve.

El canto se corta de golpe y un cuervo vuela despavorido cuando mi pie rompe una rama del suelo.

Un lobo aúlla a lo lejos.

Esto es un sueño.

El lugar se vuelve un santuario, rodeado de estatuas de animales: oso, víbora, caballo, león. Y en medio, está él, el hombre con piel de luna, envuelto en un traje blanco que parece tener luz propia. Su porte es rígido, elegante, una estatua con vida.

Sus ojos son fuego azul, una intensidad fuera de lo humano. Ya no trae su broche. Bajo la vista y lo descubro entre mis manos.

Los ojos del león… Los ojos de él…

[1] «Canción del Lobo (Vargsången)» de Astrid Lindgren.

Mis piernas se mueven para alcanzarlo.

—¿Atticus?

Él asiente y una sonrisa se muestra, como si le diera felicidad que sepa quién es. Sus manos me dicen que me acerque…

—¿Papá?

Mueve sus labios, pero yo no escucho. Me extiende sus brazos, estoy cerca… necesito tocarlo.

De pronto, su ropa se tiñe de rojo, de sus manos gotea líquido espeso; sangre deslizándose como ríos silenciosos hasta la nieve.

No se absorbe. Se extiende bajo nosotros, formando un charco que crece, que me alcanza los pies, que me ensucia y me impide avanzar.

—¡Papá!

Cierra los ojos, un gesto de resignación y dolor.

—Lo siento. —Escucho, por fin lo escucho.

La voz de alguien que sabe que ha condenado a su propia sangre.

Su culpa, mi herencia.

CAPÍTULO 113

ANTHONY CADWELL

No hice lo correcto,
pero sí lo más humano.

Después de haberme dado un baño y quitado la sangre seca de los nudillos, me dispongo a ir a ver a Dannielle.

Le envío un mensaje disculpándome, diciéndole que algo se me complicó en la clínica, sintiendo culpa por esa mentira que sé que no creerá.

Me abren el portón, Simon está lavando la camioneta con su cabello recogido y la manguera apoyada contra la rueda.

—¿Y Danny? —le pregunto.

—En su cuarto. —Exprime el trapo mojado sobre el césped—. No ha salido desde que Elrond se fue.

—¿Pasó algo?

Tensa los dientes y se acerca para decírmelo en voz baja:

—Le habló de su padre.

—¿Qué? ¿Así sin más?

Se me hace un hueco en el estómago. Aunque estoy de acuerdo en que debía saberlo, esto debía prepararse; esas cosas no pueden decirse de golpe. ¡Se lo dije!

—Voy a subir a verla, ¿está bien?

—Adelante, doc —responde mientras continúa en lo suyo.

Subo las escaleras de caracol.

—Danny —hablo, pero nadie me responde—. Danny.

Toco un poco más fuerte. La puerta se desliza, pero no la abrió ella.

No hay nadie al fondo, solo oscuridad. La única luz proviene del ventanal: la luna, redonda y expectante, proyecta un rectángulo plateado que cae justo sobre su cama, enmarcando su cuerpo recostado. A su lado, una figura femenina sentada al borde del colchón, de espaldas a mí.

—¿Val?

La temperatura baja.

—Anthony... —dice en un susurro lleno de viento.

—Tiempo sin verte.

Su cuerpo no proyecta sombra. Sus ojos no reflejan luz. Su dedo se levanta y señala el baño. Allí, miro una silueta recargada sobre el lavabo, alta, inmóvil.

—¿Yurien? —pregunto.

Parpadeo y ambos desaparecen.

La mano de Dannielle está hecha puño. Me arrodillo junto a la cama. Con cuidado, tomo su muñeca y abro sus dedos uno a uno. En el centro de su palma reposa un broche dorado.

Dannielle jadea y frunce su ceño.

—Mi amor, despierta. —Toco sus mejillas heladas—. Despierta. —Beso su frente.

Sus párpados tiemblan y, por fin, se abren. Sus pupilas se mantienen dilatadas, perdidas, un instante hasta que me reconoce.

Se levanta, desesperada, tantea la colcha.

—¿Buscas esto? —Le muestro el león.

—Sí, sí. —Me lo arrebata y lo sujeta con fuerza.

—¿Qué pasa con él? ¿Estás bien?

—Esto… esto es de mi padre. —Su voz se quiebra—. Me lo dio Elrond.

Me siento lentamente en el borde de la cama.

—¿Te dijo algo más de él?

—Que mi padre mató a su hija… —Busca mi contacto visual—. ¿Tú lo sabías? —Me desvío hacia el cristal empañado—. Anthony, ¿tú lo sabías?

Mis labios se aprietan.

—Sí —admito.

—¿Por qué nunca me lo dijiste? —Hace una pausa y se responde sola—: Te pidió no hacerlo.

Dannielle suelta una risa sin vida, la luna apunta los cristales de su broche.

—Quería hacerlo él mismo.

—Ahora lo entiendo, ¿tú no?

—¿Qué entiendes?

—He estado pagando una condena que no es mía.

—No digas eso.

—Sí. Mi existencia no ha sido casualidad. Soy la hija de un asesino. Y por eso nunca he podido ser libre.

—Ven. —Recuesto su cabeza en mi pecho, ella sigue girando el broche—. Los errores de nuestros padres no son los nuestros.

—La sangre inocente que corrió por sus manos corre por las mías.

—Tú no eres él.

—¿Cómo estás tan seguro? Tú sabes que hay oscuridad aquí. —Se apunta la sien.

—Pero sé lo que hay aquí. —Toco su pecho, su corazón.

—Esta es la venganza de Elrond.

—¿De qué hablas? ¿Qué tipo de venganza sería proteger a la hija de quien mató a la suya?

—Exacto. —Sus ojos viran a un verde profundo, salvaje, antes de volver al gris nublado—. ¿No lo ves? A veces, permitirle la vida a alguien es la forma más cruel de castigo. Sobre todo, cuando esa vida arrastra el pecado de otra.

Mi pulgar acaricia su mejilla, limpiando un rastro seco de lágrimas.

—Elrond no es esa clase de hombre. Él te trajo aquí con sinceridad.

Sus yemas se deslizan por el grabado de su broche.

—A. B. —murmura—. Atticus… ¿Sabes qué significa la *B*?

«Lo sé».

—No.

«Perdóname».

—¿Está mal que quiera saber más de él?

—No. No está mal. Querer saber de dónde vienes no significa que apruebes lo que hizo.

Toco su barbilla y ella se estira para tocar mis labios con los suyos.

—No me dejes, por favor.

—Nunca.

Pero ella niega con la cabeza, como si esa palabra no bastara. Me toma del rostro, obligándome a verla.

—Anthony, escúchame: no me dejes, veas lo que veas… aunque un día no parezca yo.

—Dannielle…

—Prométemelo. —Sus ojos tiemblan.

—Lo juro.

«Si un día llegas a parecerte a él, seré el primero en enfrentarte».

CAPÍTULO 114

DANNIELLE MORGAN BLACKWOOD

El mundo grita «Juicio»,
pero, por favor, llévame a casa.

Años atrás

El jardín del hospital es enorme. Está bordeado, pero abierto en la única dirección que importa: el cielo. Lo rodean altos muros, cercados de mallas eléctricas, las cuales dice el doctor que son peligrosas, sin embargo, veo un ave en ellas.

—¿Por qué no le hacen daño al gorrión?

—Los pájaros son demasiado ligeros. No cierran el circuito. —Me mira—. Pero si lo tocaras tú, yo o cualquiera de los que están aquí, sería diferente.

El doctor Cadwell trajo más plantas hoy; arbustos y brotes que en algún momento serán árboles pequeños. Dice que estamos *reforestando*. Me arrodillo en la tierra húmeda, enterrando los dedos en ella. Me gusta su olor, la sensación en mis manos y ver insectos en los agujeros.

—Darles espacio a las raíces es importante para que crezcan —dice y acomoda uno de los tallos—. Si no, se asfixian.

—¿Por qué?

—Si no tienen espacio, se enredan sobre sí mismas. Se ahogan. Raíces estrangulándose entre sí.

—Doctor, ¿por qué hacemos esto?

—Porque vamos a ver el proceso.

Son las once de la mañana. El doctor trae bajo el brazo dos libros, los pone en mis manos y, en automático, los huelo.

—Elige cuál leemos primero —me dice.

Matilda, de Roald Dahl, y *La princesita*, de Frances Hodgson Burnett.

Observo las portadas, pero no sé cuál elegir.

—No temas, ambos terminan bien —sonríe.

Hoy conozco algo llamado ajedrez. El doctor Cadwell me enseña los nombres de las piezas, así como las reglas. Ya me ha enseñado juegos como serpientes y escaleras, Uno y cartas. Pero este es diferente, más complicado.

Tomo la reina y la muevo sin pensar.

—Mala idea —dice él, apoyando el codo en la mesa.

—¿Por qué?

—Es la pieza más fuerte, pero también la más vulnerable. Si la mueves sin pensar, la pierdes. —Él mueve otra pieza y se lleva a mi reina—. ¿Lo ves?

—De acuerdo, ya entendí.

Pasan algunos turnos más.

—Está bien, no entendí —me retracto.

El personal pasa frente a nosotros y lo miran con desaprobación. Sucede cada vez que son actividades al aire libre.

—¿Siempre te miran así? —le pregunto en voz bajita.

—No los tomes en serio —mueve una torre—, mejor dime, ¿quieres pastel para tu cumpleaños?

—No puedes traer pastel aquí.

—¿Quién dice que no puedo?

El doctor aparece con una caja blanca en las manos, la abre y el aroma dulce flota entre nosotros.

—¿Cómo lo hiciste?

—Tengo mis métodos —susurra y me da una cuchara.

—Nos van a descubrir.

—No si comes rápido.

Miro a la izquierda y un guardia a lo lejos parece sospechar que algo extraño sucede.

—No te preocupes, él ya sabe —añade el doctor.

—¿Lo sobornaste?

—¿Traerle pastel es sobornarlo?

CAPÍTULO 115

DANNIELLE MORGAN BLACKWOOD

—Destruyo todo lo que toco.
—Destrózame a mí.

Pongo jabón líquido en la lavadora. El zumbido comienza como el ronroneo de un gato que llena la habitación.

Doblo una de mis camisas del hospital, todavía un poco tibia por la secadora. En la mesa, descansa una pila desigual de camisetas y calcetas sin par. Mis cosas están dispersas entre dos casas, aún sin saber a cuál pertenecen.

Me subo con cuidado a un banco para revisar uno de los muebles altos. Estoy casi segura de haber visto uno de mis trajes quirúrgicos guardado al azar hace unos días. Sin querer, tiro una caja y el contenido se dispersa.

Los títeres… el león, el espantapájaros, el hombre de hojalata. Me agacho, los tomo entre mis manos. Observo el remiendo de un brazo, puntadas mal dadas que yo le cosí. Mi pecho se encoge con dulzura.

—¿Puedes ayudarme a arreglarlo?

—Sí.

En el suelo, veo mi collar. ¿También lo conservó? Ha perdido el brillo y el broche del relicario está trabado. Es el objeto que me permitió atravesar la frontera.

«Guárdalo».

Siento la presencia de Anthony antes de que me toque. Su calor detrás de mí, su respiración en mi cuello. Me rodea por la cintura con suavidad, apoyando su barbilla en mi hombro. Se ríe al ver al hombrecito entre mis manos.

—Los encontraste —musita.

—No esperaba que los conservaras.

—Esos muñecos fueron un antes y un después, no podría deshacerme de ellos.

Me giro despacio y nuestros ojos se encuentran, nuestros labios se enlazan. Sus manos ascienden por mi espalda, me sujeta por la cintura y, en un solo movimiento, me alza para sentarme sobre la lavadora. Mi cuerpo encaja con el suyo, como si hubiéramos sido moldeados con la misma arcilla, y pienso en lo fácil que me es respirar cuando estoy tan cerca de su piel.

—¿Cómo estás? —pregunta en un susurro.

Mi risa se escapa sin permiso.

—Anthony, me preguntas cómo estoy cada cuatro horas.

—Porque quiero saberlo, necesito saberlo.

—¿Cada cuatro horas? —Le beso el cuello, sintiendo el leve estremecimiento que mi boca provoca.

—Cada cuatro horas una persona puede cambiar.

Tiene razón.

—Me quedaría en este momento por siempre —susurro contra sus labios dejándole un último beso—. Pero tengo apenas hora y media para llegar a clase.

Anthony baja la mirada hacia la ropa que estoy doblando. Sus cejas se alzan.

—No te dejaré ir con las camisas arrugadas.

—No lo están tanto.

Entrecierra los ojos con humor.

—Bueno, un poco —me retracto.

Anthony extiende la tela, rocía un líquido que huele a lavanda y pasa la plancha con precisión, haciendo movimientos que conoce de memoria. En cuanto termina, busca mi mano.

—Dannielle…, vámonos.

Lo miro, sabiendo exactamente a qué se refiere.

—¿Sigues con eso?

Asiente con una sonrisa.

—Sí…

—¿A dónde?

—He estado buscando casas en Ekeberg, estoy seleccionando algunas que podrán gustarte; ya que tenga al menos seis opciones te las mostraré hasta convencerte.

Irme. Comenzar de nuevo en otro sitio lejos de Hamlëin. El cambio no es mi fuerte, no me gusta, sin embargo, siempre ha sido necesario. Recuerdo la tontería de extrañar la Gale's Bear House, después, la tontería de extrañar el hospital, y seguramente será la misma tontería extrañar Hamlëin.

—¿Cómo estás? —le cambio el tema, se da cuenta.

—Mejor que nunca, cuando estás conmigo, la vida se siente irreal. Tú y yo en un cuarto de lavado, en lo cotidiano y precioso de la vida. Es lo que sucede dentro de un hogar.

—¿Planchar ropa? No creí que tuvieras una visión tan romántica de las tareas domésticas.

—A veces creemos que todo lo extraordinario pasa allá afuera, los aplausos, los viajes, el reconocimiento, pero al menos yo creo que esto es extraordinario. Una ropa limpia. Una mesa sin polvo. Que entre dos personas sostengan el sitio en el que viven. Pues para que pase todo lo de allá afuera, se debe comenzar adentro. Por ejemplo, un día serás una gran cirujana, no me cabe duda, pero lo extraordinario comenzó con una bata sin arrugas. —Pone el uniforme en mis manos perfectamente doblado.

Repaso sus palabras en mi cabeza, intentando que bajen a mi corazón.

—¿Cómo estás? —pregunta de nuevo.

—Mejor, mi amor.

—¿Cómo me llamaste?

CAPÍTULO 116

DANNIELLE MORGAN BLACKWOOD

Cortaron las flores, pero no la raíz…

Años atrás

—Estoy moviendo todo para darte el alta antes de que me vaya —dice en un murmullo mientras pasa a la última página del libro.

—¿Antes de que te vayas?

—Ya terminó mi residencia. Quizá el doctor que venga después de mí no entienda tu caso como yo.

Lo entiendo.

—¿Y qué harás?

—En un par de días presentaré tu caso, tu mejoría, ya lo hablé con el director Montoure y parece estar de acuerdo.

Trago saliva. «Mi mejoría».

Miro alrededor, ya me he acostumbrado al hospital, a su olor, a los rostros, a los pacientes, que poco a poco he logrado conocer.

—¿Y si no quiero salir?

—¿Por qué no querrías?

Bajo la vista y trazo con un dedo la grieta de la mesa de madera.

—No sé qué hacer allá afuera.

No sé quién soy fuera de cuatro paredes.

Anthony se reclina un poco sobre la mesa, apoyando los antebrazos.

—Las posibilidades son infinitas, Danny. Puedes ser lo que quieras.

—Vaya consejo, doctor...

—No, hablo en serio. Florista, cocinera, médico... Sabes mucho de medicina. Más que otros internos con los que he trabajado.

—No tengo estudios.

—Pero tienes algo más importante: inteligencia. Instinto. Memoria. Siempre hay formas de revalidar colegiaturas.

—¿Y si no soy capaz?

Se queda en silencio por un momento.

—No puedes jugar una partida pensando en todas las maneras en que podrías perder. —Pone su dedo en su mejilla, indicándome que le ponga mucha atención—. Haré todo lo que esté en mis manos, pero también tienes que ayudarme.

—¿Vamos a mentir?

—No quería usar esa palabra... digamos que vamos a construir una versión que el comité pueda aceptar.

El doctor Cadwell desliza el libro hacia mí para que pueda leer lo último que subrayó:

«Te cruzarás con un príncipe, o con varios, o con princesas que te parezcan tan hermosas como tú y buenas compañeras de viaje. Tendrás el valor suficiente para encarar sola a brujas y a dragones. La verdad de tu cuento estará en ti».

La princesita

La policía continúa la búsqueda del joven fotógrafo Jassel Garnett, de veintinueve años, desaparecido desde hace tres semanas. Fue visto por última vez saliendo de un bar en las afueras de la ciudad.

Su familia ha emitido un comunicado pidiendo respeto y colaboración. Se ha habilitado una línea anónima para cualquier información que pueda ayudar a esclarecer su paradero. Se ha ofrecido una recompensa para quien proporcione datos verificables sobre su localización.

«¿Ves qué fácil fue?».

TRES MESES DESPUÉS

CAPÍTULO 117

ANTHONY CADWELL

Si la amo un poco más,
creo que me dolerá el pecho.

Me paseo por una joyería. El brillo de los diamantes reflejados en el cristal es cegador, parecen fragmentos de estrellas atrapados en vitrinas. No sé cuántos minutos llevo aquí… No, no han sido minutos, ¡horas!

He visto anillos en oro rosa, blanco y dorado. Alguna vez, cuando escuché sobre las búsquedas por el anillo perfecto de mis colegas, me pareció absurdo. Qué errado estaba. Cuando amas a alguien con la certeza de que no habrá un después sin esa persona, buscar el símbolo perfecto es lo menos que puedes hacer.

No quiero cualquier anillo. Quiero el que sea suyo desde el primer momento en que lo vea.

Mis dedos sudan, así que me seco discretamente las palmas en el abrigo. Sí, estoy nervioso.

Los empleados me observan con la sonrisa educada de quienes han visto a muchos hombres así antes que a mí.

Un joven me muestra varios modelos dorados, pienso que ese sería un color que lucirá precioso en sus manos.

Después de ver alrededor de cuarenta opciones, encuentro uno distinto. No es un diamante frío ni un rubí ardiente. Es un punto medio entre los dos, un equilibrio perfecto, como ella. La banda es de oro blanco, sencilla, con detalles sutiles, pero la piedra... es única. Es un zafiro padparadscha: fuerte, resistente, extraño.

Me asalta la duda: ¿cómo voy a decírselo? Podría esperar hasta Ekeberg, hasta que estemos en nuestra nueva casa. Podría dárselo en el instante en que presencie por primera vez una aurora boreal. Porque quiero que, cuando mire el cielo iluminado de colores, sepa que hay algo igual de eterno en la tierra. Pero también quiero hacerlo antes de que nos vayamos de Hamlëin. Aquí, en el lugar donde todo comenzó.

—Será este —digo con seguridad.

Es la primera vez que algo tan pequeño parece contener el peso del universo entero.

Si ella me dice que sí, haré que jamás se arrepienta. Y si dice que no... Si dice que no, la seguiré amando igual. Seguiré mirándola con la misma devoción. Seguiré encontrando maneras de hacerla feliz, hasta donde ella me lo permita, hasta donde su corazón me deje estar. No necesito que me prometa nada para seguir eligiéndola, porque su amor no es una condición para el mío.

Este anillo no es para pedirle que sea mía, sino para seguir reafirmándole que soy suyo.

—¿Es para quien creo que es? —me hablan desde atrás.

Marck Almond está a unos pasos de mí, con las manos en los bolsillos, mirándome con esa expresión que mezcla ironía y amargura. Está más flaco que la última vez que lo vi. Sé que ahora, aparte de ser jefe de Cirugía, es director de Ithil, y que hace un trabajo terrible.

—No hay nadie más en mi vida, así que sí, es para quien tú crees.

—Tu paciente.

Una risa seca se me escapa. Lo observo por un instante. Podría discutir, podría corregirlo, pero ¿para qué?

Los vendedores nos miran, primero a uno y luego al otro, como si estuvieran presenciando un partido de tenis.

—Con permiso.

Salgo de la tienda, y ese idiota viene tras de mí.

—Espera, lo lamento —dice con voz resignada—, pero con todo respeto, te odio, Cadwell.

Me giro por completo y lo miro.

—Descuida, si fuera tú, sentiría lo mismo.

—Yo de verdad la quise, no pienses ni por un segundo que no fue así.

Lo observo, en busca de alguna señal de mentira, pero no la encuentro.

—Te creo. —Asiento—. Ella es fácil de querer.

Veo arrepentimiento en sus ojos. Sé que me considera un ladrón.

—Le seguiré enviando artículos —dice con una sonrisa medio torcida, resultado de una mezcla de resignación y terquedad—. No podrás evitarlo.

—No tengo problema. —Le tiendo la mano.

Él duda un segundo y luego la estrecha. Lo observo alejarse, con los hombros caídos y las manos en los bolsillos.

Todavía la quiere, pero no supo qué hacer con ese amor. Es el problema de ir por la vida con las manos ocupadas: te dan un corazón y se te cae.

CAPÍTULO 118

DANNIELLE MORGAN BLACKWOOD

No volveré a tocar tu puerta,
pero dejaré encendida la luz en mi memoria
por si un día recuerdas el camino.

Lauren desliza la brocha sobre su mejilla, concentrada en difuminar el rubor. El maquillaje no logra cubrir sus pecas completamente, nunca entiendo por qué quiere ocultarlas.

—¿De verdad no vas a ir con mi cuñado? —inquiere, refiriéndose a Anthony.

—Ya te dije que no. —Me río entre dientes, inclinándome hacia el espejo para arreglar mi delineado—. El baile es para nosotras. Él lo entiende.

Nos vestimos entre bromas y pequeños saltos para acomodar las telas en su sitio. Lauren me ayuda a subir el cierre de mi vestido y yo ajusto las mangas del suyo. De mi bolso saco un accesorio, mi collar. Suspiro antes de abrocharlo. Quiero que hoy me acompañe también.

Cuando Lauren se gira para verse en el espejo, me quedo sin palabras por lo hermosa que se ve.

—Estás increíble.

—Tú también, nena —me responde—. Si yo fuera hombre,

pobre de Anthony, porque te conquisto el corazón a como dé lugar.

Suelto una carcajada.

—Si tú fueras hombre, yo ya habría firmado los papeles de matrimonio.

—Oh, bebé, eso lo sé. —Me aprieta la mejilla—. Tenme cuidado hoy, ¿eh? Porque tengo las defensas bajas y me enamoro fácil.

Nos miramos en el espejo, reflejadas una junto a la otra, dos colores opuestos, brillando con la luz del techo.

—Danny, ¿puedes pasarme los aretes que están en el cajón del fondo? —Me señala el buró de la esquina de su sala.

Voy para allá y al abrirlo solo veo papeles, más bien, boletos. Uno de ellos tiene mi nombre…

—¿Qué es esto?

—¡París la próxima semana! —Levanta las manos con alegría.

—¡Lauren!

—Tenía que hacerlo oficial. —Se lanza sobre mí con un abrazo eufórico—. Contigo hay que hacer las cosas así o pones muchos peros.

La emoción se me sube a los ojos, pero antes de que una lágrima se escape, me sostiene la cara con ambas manos.

—No, no llores, arruinarás el delineado —advierte.

Suena un claxon afuera de la casa. Lauren se inclina hacia la ventana, observando con emoción cómo la enorme camioneta negra se estaciona frente a su casa.

—Ya llegó tu guardaespaldas.

Está empeñada en llamarle así. Abro la puerta y ahí está Simon.

—¿Listas, señoritas?

Nos detenemos frente a una mansión blanca e imponente, con grandes ventanales iluminados que reflejan la noche. Huele a césped recién cortado y a flores nocturnas. A un lado, una estructura de ramas y arbustos se retuerce en un patrón intrincado. Es un laberinto, un rincón que parece sacado de un cuento. La entrada está llena de gente. Veo vestidos largos que se deslizan sobre el suelo y chalinas de seda que brillan bajo la luz de las lámparas.

—Te dije que era hermoso —dice Lauren, al verme boquiabierta.

Lo es. La imagen de la niña con el vestido rosa y esponjoso viene a mi mente.

—¿A qué hora las recojo? —me pregunta Simon antes de bajar de la camioneta.

—¿Tres de la mañana? —Dudo.

Lauren voltea a verme.

—Cuatro, Simon —interviene ella, muy propia.

—Estaré dando vueltas por aquí cerca, disfruten la noche. —Sube el vidrio.

Entrelazo mi brazo con el de Lauren mientras avanzamos por el sendero iluminado, sintiéndome pequeña por lo amplio del lugar.

—Ni pensar que por un pelo no se realiza aquí. Me enteré de que Almond casi no consigue el salón —dice, ajustándose el tirante del vestido mientras caminamos hacia la entrada—. Está dejando que Ithil se caiga a pedazos.

—Debe ser mucha carga de trabajo para él. —No quiero juzgarlo.

—Todos sabemos que aceptó más de lo que podía manejar. Hay una diferencia entre ser capaz y simplemente no saber cuándo parar.

Tiene razón.

Miro a mi alrededor. Las luces doradas iluminan las risas y los brindis; un pianista toca una melodía suave; los meseros reparten bocadillos salados y dulces. Todo parece perfecto, como si nadie aquí fuera un estudiante o un médico, como si las preocupaciones del hospital y los exámenes estuvieran a kilómetros de distancia.

Lauren y yo buscamos nuestra mesa, que está cerca de una fuente, casi al fondo, desde donde podremos ver todo: la pista y las personas que entran. A Lauren le gusta calificar los vestidos; siempre es gentil, todos llevan ocho, nueve y diez.

—Ese azul profundo es precioso, un nueve. Oh, me encanta el corte de ese vestido, definitivamente un diez. La combinación de colores de ese saco me tiene confundida... ocho y medio.

Dejo de prestarle atención apenas veo a Pralina, que entra caminando con su porte altivo, con la misma confianza con la que arrastró mi nombre por el suelo. Candy y Sam la siguen, vestidas en colores que parecen provenir de una gama invernal: azul marino, verde musgo, negro.

Mis dedos se cierran un poco más fuerte alrededor del vaso, y Lauren se da cuenta de a quiénes estoy observando.

—¿Qué te parece su vestido? —me pregunta.

El vestido es oscuro, ajustado a su cuerpo, con una abertura lateral pronunciada. Ella siempre ha sido hermosa a pesar de lo que lleva dentro. Sin embargo, desde que comenzó a difundirse la desaparición de Jassel, su actitud fue otra, más retraída, triste y miedosa. Incluso casi no se le vio en el hospital durante los últimos meses. A veces me compadezco, pues alardeaba por los pasillos las cosas extravagantes que estarían en su boda: grupos de música, bebidas, fuegos artificiales... Pero por otro lado...

Solo así pudo estar quieta.

No sé qué hizo Anthony, no quise preguntarle.

—Dannielle..., ¿cuánto le das? —repite Lauren.

—Diez.

—¿En serio?

—En serio, es preciosa.

—Bueno, eres honesta —dice, girando la cabeza con disimulo hacia ella.

Un mesero pasa y nos ofrece bebidas, yo tomo un jugo de mango y ella una bebida de vodka con arándano.

—Lo lamento, amor, es que van a comenzar los discursos de los profesores y necesito algo fuerte —me dice al comparar su bebida con la mía.

—No te disculpes, bebe cuanto quieras.

—¿Aunque termines sacándome de aquí cargando?

—Estoy preparada. — Le muestro mi brazo.

Chocamos los vasos con suavidad antes de darles un trago.

El ambiente a nuestro alrededor sigue vibrante, en especial por las risas y el tintineo de copas brindando en cada rincón.

El DJ cambia la pista. La música suave da paso a un ritmo animado, con un bajo que retumba en el pecho.

—¡Ahora sí, damas y caballeros, es momento de tomar a su pareja!

Lauren me toma de la mano. No quiero bailar, pero me lleva a la pista sin esperar mi «sí».

No sabemos qué hacemos, solo giramos. Ella mueve los hombros, levanta los brazos con libertad.

—¡Esa es la actitud! —Ríe Lauren, tomando mis manos y alzándolas al aire.

Soy una tabla rígida que intenta seguirle el paso, mientras el DJ continúa gritando indicaciones por el micrófono.

—¡Ahora, todos giren y cambien de pareja! —Ella se da la vuelta con obediencia y ya está en los brazos de otro.

Doy un paso atrás, buscando salir de la pista, y unos dedos pescan los míos.

—Te conocí en un baile. —Su voz, impregnada de nostalgia y whisky—. Déjame perderte en un baile..., por favor.

No necesito más para darme cuenta de que está ebrio.

Las miradas se clavan en nosotros como agujas invisibles que a su vez fingen no ver. El chisme de Marck Almond y su alumna se esparció como pólvora en su momento y, aunque el escándalo quedó atrás, los rumores nunca mueren del todo.

—Director, no se rinde.

—Me rendiré después de esta noche, lo prometo. —Me da una vuelta al ritmo de la música—. Solo quería decirte que… te mentí.

—¿En qué?

—Sí sé bailar.

—No sé por qué lo deduje.

Cuando la canción cambia, la pista se despeja y las luces disminuyen.

—Quería decirte que te deseo todo lo bueno —aclara la garganta, sus pupilas no pueden mantenerse en un sitio—, lo mejor, lo más grande que exista allá afuera.

—Gracias.

—Espera, no… Aún no termino, también quiero decirte que admiro profundamente lo que eres, tu mente es extraordinaria —su voz se quiebra—, sigue así, Danny. Un día no muy lejano te veré haciendo cirugías, lo sé.

—Espero que sí.

Me abraza y antes de retirarse susurra a mi oído:

—Si él no sabe quererte, salte por la ventana, yo te estaré esperando.

Me suelta con delicadeza y se pierde entre las personas. Con Marck aprendí que tenía un corazón, pero con Anthony aprendí a usarlo.

Lauren está en la barra meneando otra bebida mientras habla con un chico de nuestra generación. Cuando me ve, interrumpe la conversación y me estudia con una ceja arqueada.

—¿Ya bailaste lo suficiente con extraños? —me pregunta con una sonrisa divertida y me da un empujón suave en el brazo.

—No sé si llamarlo así.

—¿Pasó algo?

—Todo bien —respondo de inmediato.

El micrófono vicia las bocinas y todos prestamos atención a quien va a hablar.

—Atención, por favor —dice el maestro de ceremonias.

Las conversaciones se disuelven poco a poco mientras los profesores suben al escenario para los discursos.

—Ya van a empezar. —Lauren le pide al mesero otro trago—. Fuerte, por favor, esto va a ser duro.

—Ithil, la historia de Hamlëin, de donde han salido médicos importantes que han marcado el mundo y la medicina. —En la pantalla gigante proyectan imágenes de la facultad: de eventos, prácticas médicas, reconocimientos—. Le damos un cordial aplauso a nuestro director Marck Almond, quien ofrecerá unas palabras.

Las palmas suenan, pero él no sube. El presentador espera unos segundos, mirando alrededor, buscando en las mesas.

—Parece que el doctor Almond no está disponible en este momento —dice, forzando una sonrisa—. Así que continuaremos con…

De pronto, mi teléfono vibra, tengo un mensaje:

Candy
Llevo semanas intentando acercarme, pero retrocedo. La verdad me apena mucho cómo terminaron las cosas entre nosotras, y quisiera hablar contigo antes de que cada una tome su camino. Si estás dispuesta, estaré en la entrada del laberinto a las 00:10. Si no quieres, también lo entiendo. Candy.

Son las 00:05.

—¿Danny? —pregunta Lauren—, ¿todo bien?

—Sí. —Muevo la cabeza en señal de afirmación—. Voy al baño un momento, espérame.

Tuvo el valor de escribirme, ¿no es justo que yo tenga el valor de escuchar?

Cruzo la puerta del salón hacia el jardín. El aire nocturno es frío. La música y las voces del salón de fiestas quedan atrás, apagándose. Cuando llego al laberinto, confirmo que es una obra majestuosa, la esencia de este lugar. En él, se alzan las ramas retorcidas como si fuera la boca de un lobo. No veo a nadie.

Una ráfaga de viento atraviesa los arbustos y hace crujir las hojas.

—Hola, Danny. —Candy sale del laberinto.

—Oh, ya estabas aquí.

—Sí… Me salí antes de los discursos —se frota el brazo como si estuviera apenada—. Perdón por escribir así de repente y… no te quitaré mucho tiempo, solo quería disculparme.

—Disculparte. —La palabra me suena extraña—. Pero tú no me hiciste nada.

—Justo por eso, porque no he hecho nada. He estado ahí cuando Pralina ha dicho cosas horribles de ti, y yo no abrí la boca ni una sola vez.

—Candy… —empiezo, pero ella me interrumpe.

—Me escondí detrás de la excusa de no querer conflictos, de no querer ser la siguiente. Pero eso no justifica nada.

No sé si quiero consolarla o simplemente decirle que está bien. Pero no está bien.

—No te preocupes, yo entiendo.

«Porque tú siempre entiendes, ¿verdad?».

—Quizás no podamos ser amigas como antes, pero al menos, si en un futuro nos encontramos, espero que podamos saludarnos.

—Sí podemos, Candy —le digo sin pensar.

Ella sonríe con alivio. Nos quedamos en silencio por unos segundos, viendo cómo el viento sacude las ramas más altas del laberinto. Algunas hojas secas giran en espiral antes de caer.

—¿Has entrado al laberinto?

—No, ¿qué hay?

—¿Quieres ver? Hay una fuente preciosa. —Me toma de la mano—. Ven.

Me quito las zapatillas antes de seguirla. Mientras yo veo un embrollo, ella, como un gato, parece saberse de memoria por dónde girar.

Afuera se escuchan los fuegos pirotécnicos. De seguro los discursos terminaron ya y, por lo tanto, la música suena a un volumen mucho más alto.

Damos una última vuelta y veo la fuente. El agua brota serena, cayendo en cascada sobre sí misma, iluminada por luces enterradas en la piedra. A su alrededor, la decoran rosas blancas. De pie, junto a ella, una sombra avanza hacia nosotras: es Pralina, quien sostiene un cigarro consumido casi hasta el filtro, cuya brasa parpadea débilmente.

—¿Por qué ella está aquí? —pregunto, volviéndome a Candy.

—Quiere decirte algo; vamos, dile.

—¿Decirme qué?

Pralina deja caer su cigarro y lo pisa con el tacón sin apartarme la mirada. Abre sus ojos como dos cañones cargados.

—¿Dónde está? —pregunta.

—¿Quién?

—No te hagas. Tú sabes dónde está Jassel.

Un escalofrío me recorre.

—No sé de qué estás hablando.

—¡Mientes! —Sus manos tiemblan de rabia—. Engañarás a todos con esa mascarita de niña asustada, pero yo vi lo que eres. No sé cómo carajos te permitieron seguir aquí. ¡Eres un monstruo!

La palabra me golpea.

—Pralina, por favor, para esto. —Candy le toca los hombros queriendo que entre en razón.

—Quítate. —La retira con brusquedad—. Tú no sabes lo que es esa cosa. ¿Qué eres, Dannielle? ¡Habla!

La luna cae sobre su rostro como una linterna cruel. Sus ojeras parecen esculpidas por un cincel.

—Ya lo dijiste, soy un monstruo.

«Monstruo es la palabra que lanza el débil
cuando tiene miedo, obsérvala».

El césped cruje y lentamente bajo mis zapatillas en cuanto avanzo hacia ella.

—¿Me tienes miedo, Pralina?

—¡No te acerques más, asqueroso animal!

Doy otro paso. Ella hunde su mano en su bolso con desesperación y saca un arma, un revólver pequeño.

Me apunta a la cara.

—¿Para eso me trajiste acá? —Miro a Candy—. ¿Una trampa...? —agrego.

Candy empalidece y reacciona:

—¡No, Dannielle! ¡Yo no sabía de esto, lo juro!

Pralina le apunta a ella, su mente pierde el control.

«Despiértame».

—Espera... —Levanto una mano en una falsa señal de tregua—. Apunta aquí, el problema es conmigo, dispárame a mí.

Vuelve a apuntarme, sus manos aprietan con fuerza el mango.

—Dime dónde está Jassel..., maldita prostituta. ¡Confiesa!

«Despiértame».

Mis labios se curvan apenas, formando una sonrisa demasiado tranquila para alguien a quien le están apuntando.

—¿Para qué lo quieres? —Sale de mí una voz más grave—. *¿Qué tan podrido está tu interior para extrañar a un cerdo violador?*

—¡Voy a disparar, Dannielle!

—No amenaces, hazlo.

Su rostro se descompone.

Mis ojos se encienden. Sostengo mi collar, lo abro para sacar lo que contiene; acomodo el bisturí entre mi índice y pulgar, y doy otro paso.

—Listo, ni modo que desde esta distancia no me atines.

Su dedo torpe se coloca en el gatillo. Sus labios se entreabren y respira por la boca. Dispara.

El proyectil silba a mi lado, desgarrando el aire, me roza el hombro, y el ardor estalla como fuego líquido, pero mi rostro no se inmuta.

Candy chilla y se lanza al suelo, cubriéndose la cabeza.

—Estúpida.

Corro, pero no para huir, sino para caer sobre Pralina. Bajo el bisturí sin piedad, rasgando su pecho. Una línea roja se abre en su piel. Pralina forcejea, sus uñas buscan mi rostro, pero mi cuerpo es plomo inamovible desgarrando su piel.

Ella vuelve a alzar su pistola y dispara de nuevo. Otra detonación; la bala se hunde en mi costado con un golpe sordo. La sangre caliente baja por mi cadera.

El bisturí brilla bajo la luna antes de clavarse en su mejilla, y su carne se abre como papel rasgado.

«Solo quiero desfigurarla, borrar su rostro, apagar su voz».

Mi brazo se eleva una vez más, directo al corazón, pero antes de que pueda hundirlo, escucho otra explosión y un grito que parte el mundo en dos:

—¡Dannielle!

Es Lauren.

CAPÍTULO 119

DANNIELLE MORGAN BLACKWOOD

¿Escuchas eso?
Es el viento repitiendo que fue tu culpa.

El disparo suena como un trueno en mis oídos. Lauren se sacude con un espasmo y el aire se le escapa en un jadeo ahogado. Su vestido verde esmeralda se oscurece en el centro, tiñéndose de rojo. Sus manos van a su pecho, pero la sangre se escurre entre sus dedos. Corro hacia ella.

—No… —Mi voz se quiebra—. No, no, tú no. Lauren, no.

Escucho otra detonación. El impacto es un golpe brutal en mi espalda. El dolor es inmediato, cegador. Un calor abrasador se esparce por mi piel, mi oído izquierdo zumba, y caigo de rodillas antes de llegar a Lauren. El suelo me recibe con frialdad, la humedad de la hierba se pega a mi piel.

A lo lejos, más fuegos artificiales estallan en el cielo, iluminando el laberinto con luces de colores. La celebración sigue. Nadie escucha.

Con toda la fuerza que me queda, me arrastro hacia ella. Su mirada está abierta, vidriosa. Su boca intenta formar una palabra, pero lo único que sale es sangre.

—No, no, no… —Mis manos la tocan, presionan la herida—. Lauren, no. —Mi voz se ahoga en mi garganta—. No te vayas.

Gritos internos, llantos.

Fuego.

Sus labios dicen algo que no entiendo y, como si abandonara mi cuerpo, puedo vernos desde afuera: cómo intento levantarme para sostener a la mujer cuya vida se le escapa.

Toco el rostro de Lauren.

—No te duermas, no me dejes…, no.

«Ya habíamos vivido esto. Ya habíamos vivido esto». Valyria, su rostro y sus pecas apagándose en mis manos. Y ahora Lauren.

El laberinto se cierra a nuestro alrededor.

«Es tu culpa».

Capítulo 120

ANTHONY CADWELL

No me ames ciegamente,
ámame con los ojos abiertos,
deténme cuando deje de ser yo.

El cielo comienza a teñirse de un tenue azul cuando aparto la vista de la ventana, ya debería estarme alistando para irme a la clínica, pero me inquieta que Dannielle no ha llegado. Creí que estaría aquí antes de que saliera el sol.

Le marco a Simon, pero las llamadas se desvían, al igual que el teléfono de Dannielle.

Escucho un motor afuera de la casa y respiro, pero al abrir la puerta, solo veo a Rousell bajar.

—Doctor, necesito que te sientes, esto no va a ser fácil.

El frío de la madrugada se cuela entre mis costillas.

—¿Qué pasó?

—Atacaron las nuevas oficinas de Elrond... fue brutal. Entraron con todo... Murió. —Hace una pausa—. Nuestro jefe murió.

Elrond. No, no... Me llevo una mano a la cabeza, los latidos en las sienes se me desbocan.

—¡Eso no es posible!

—Pero ocurrió —comienza a mencionarme los nombres de los hombres que murieron, soldados, escoltas, los que iniciaron el corporativo junto con Elrond hace veinticinco años. Pero mi cuerpo se congela cuando pronuncia el nombre de Simon.

—No… —Doy un paso atrás, la casa entera gira a mi alrededor—. No puede ser. ¡¿Y ella?! ¡Dannielle! ¿¡Dónde está?!

—¿Dannielle? —inquiere Rousell sin comprender.

Rousell activa de inmediato a alguno de sus hombres para buscarla, y en cuestión de minutos Little Perry nos regresa la llamada:

—Doctor —su voz arrastra el aliento—, la encontré. Está en el Hospital General de Hamlëin. Ingresó sin identificación, pero alguien me avisó que coincidía con la descripción.

Me subo a la camioneta, Rousell acelera, pero para mí no es suficiente, quisiera entrometerme y pisar a fondo, los segundos se hacen eternos.

—¿Puedes ir más rápido?

—Estamos al límite, doctor. Si lo obedezco, seremos más muertos en la lista.

Mis dedos se aferran al borde del asiento. Mi mandíbula tiembla.

Apenas entramos al estacionamiento, abro la puerta sin esperar a que Rousell se detenga. Little Perry está en la entrada, mirando a la nada, con los párpados abotagados.

—¿Preguntaste por ella?

—Está estable —dice—, le dispararon.

—¿Quiénes? ¿Qué saben?

—Nadie sabe, doctor —su voz se quiebra—, quizá… quizá fueron los mismos hombres que buscaron a Elrond.

Pero ¿por qué ella?

—Nos vemos después. —Entro deprisa, me acerco a la recepción de enfermeras y doy su nombre.

—Lo siento, pero no puede verla.

Levanto la cabeza, confundido.

—¡¿Por qué?! Perdón... —Bajo mi tono—. ¿Por qué?

—Desde que despertó de la anestesia ha estado inestable. Está agitada..., ha tenido episodios de desorientación y autoagresión. Está contenida en estos momentos, y solo el personal autorizado puede...

—Soy su psiquiatra —la interrumpo, sacando mi credencial de la clínica Elenwë con manos que apenas disimulan el temblor—. Déjeme pasar.

La enfermera duda. Llama a otra más veterana, intercambian una mirada de protocolo.

—Por favor —insisto.

Finalmente, asienten y me indican por dónde ingresar.

Un clic eléctrico me indica que puedo entrar. Escucho un grito proveniente desde una habitación y, de inmediato, sé que es ella.

La puerta se abre, y un médico asoma su cabeza, pidiendo apoyo a un guardia.

—Es muy fuerte, traigan a alguien más.

—Espere... —me adelanto sacando mi credencial—, soy el psiquiatra de la paciente que está ahí adentro.

—Entre.

Dannielle está en la cama, rompe las correas de sujeción de las muñecas. Se ha arrancado el suero; la cánula cuelga, sangrando apenas por el catéter.

—¡Suéltenme! —suplica—. Díganme cómo está Lauren, necesito saberlo. ¡Por favor!

—Señorita, mantenga la calma —le dice una enfermera—.

Va a hacerse daño, acaba de salir de cirugía, ¿me entiende? Cirugía —repite con lentitud.

El monitor de signos vitales parpadea con alarmas constantes: taquicardia, presión oscilante, saturación en descenso.

Sus ojos me atraviesan sin verme.

—El disparo en el hombro afectó el plexo braquial. No debería tener movilidad, pero mírela...

Tomo el expediente y escaneo con velocidad la nota posoperatoria: «Segunda bala ocasiona colapso de pulmón».

La escucho y mi mente amenaza con nublarse. Mi cerebro intenta traducir, pero mi corazón interfiere.

—Doctor, ya se quitó el drenaje. —Alcanzo a oír.

—Midazolam —ordeno—, intravenoso, ahora.

Me obedecen. El efecto no es inmediato, pero poco a poco su respiración se entrecorta y su fuerza cede. Se queda dormida.

CAPÍTULO 121

DANNIELLE MORGAN BLACKWOOD

Del ajedrez aprendí
que el rey puede morir
aun rodeado de piezas leales.

Algunos meses después

El sol se asoma sobre los tejados de París, bañando de luz el pequeño balcón donde estamos sentadas. Una brisa fresca hace danzar los manteles blancos.

Lauren se inclina sobre la mesa, con una sonrisa despreocupada mientras unta mermelada en su *croissant*.

—¿Te lo imaginaste alguna vez, Danny? —Su voz gotea alegría.

—Es más bonito que en fotos.

El sol besa mi rostro, me permito cerrar los ojos un momento.

—Sí, pero me refería a nosotras, a ti… Por fin un nuevo comienzo.

Levanto mi taza de café y ella hace lo mismo, brindando en silencio.

Ella la da un mordisco a su pan, y la mermelada se escurre de sus comisuras y cae sobre el mantel, roja, densa, más oscura de lo que noté hace un momento.

—Perdón… —Tose y se cubre la boca con las manos.

—Lauren… ¿Estás bien?

Sus párpados se fruncen, parece que la mermelada no termina de escurrirse; su vestido se empapa, se lleva las manos al cuello, se está ahogando. Quiero levantarme, ayudarla, pero mi cuerpo no responde. Escucho un disparo y todo se vuelve oscuridad.

—¡Lauren! —grito.

«El pasado no se entierra...
solo espera el momento para reclamarte».

Abro los ojos.

Estoy en mi habitación. Mi almohada está húmeda y Valyria está hincada al lado de la cama, limpiando mis lágrimas.

—Dannielle —pronuncia con lástima—. Ya tocaste fondo.

Me cubro la cara con la sábana. No puedo dormir, no puedo estar despierta, todo me quema.

—¿Y qué hago? ¿Me levanto, me sacudo y sigo?

No me voy a cansar nunca de lamentarme. Ni siquiera pude ir a su funeral, no pude despedirme, porque estuve encerrada en ese maldito hospital. Sé que Simon y Elrond tampoco están. ¿Cómo se supone que deba sentirme si no pude decir adiós?

Todo lo que toco, lo que visito, lo que veo, lo que quiero, lo destruyo.

Me pongo de pie, mareada. No sé qué día es, todo este tiempo he estado inmersa en oscuridad. Todos los días entra alguien que me deja una charola con comida, pero no me atrevo a tocarla.

Cierro los ojos esquivando el recuerdo del cuerpo de Lauren en el suelo… y quisiera regresar el tiempo, no haber sido tan estúpida, pero es todo lo que me he dedicado a ser.

Veo mi rostro en el espejo encima del lavabo, la cicatriz en mi clavícula, mi cabello hecho un asco, mi rostro que parece haber envejecido diez años.

—¿Cuánto más vas a perder? —Jezabel pone una mano en mi hombro izquierdo

El agua sigue corriendo.

«Tú sabes quién eres, siempre lo has sabido».

Cuánto he tardado en aceptarlo.

—Ya no tengo nada que perder.

Yurien sonríe a mi lado derecho.

CAPÍTULO 122

ANTHONY CADWELL

¿Hasta qué línea es prudente
llegar para proteger sin invadir?

El papeleo está casi listo. En tres días nos vamos de Hamlëin, sin importar si ella quiere o no. Little Perry me ayudó con la documentación de Dannielle y a buscar a los contactos leales que quedaron después de la muerte de Elrond.

Estamos a la espera de la confirmación de una avioneta, porque sé que ella se rehusará a ir al aeropuerto. No me deja acercarme, está en otro plano, me ve sin verme, no come, se despierta entre pesadillas gritando los nombres de Lauren y Valyria. Es como si la historia se repitiera. Mi miedo crece.

Seguimos sin saber quién le disparó. Xalimar sigue tras las rejas o eso es lo que nos han informado. Aquel imbécil de Jassel está muerto, y ni una parte de él palpita en ningún otro cuerpo. Me rehusé a donarlo porque no merecía ni una segunda oportunidad para respirar a través de otros, lo cual me perjudicó, porque sigo debiendo un favor.

Por protocolo se realizó la denuncia, pero ¿de qué ha servido? De nada. Solo ha habido interrogatorios absurdos y una carpeta abierta que no avanza, como todos los demás crímenes en la vida.

—Se recuperó rápido la niña —dice Perry, y tacha algo de un documento.

—Siempre ha sido así.

Su cuerpo tiene la capacidad de rehabilitarse antes que el de los otros debido a los entes, o eso es lo que quiero pensar. Desde que la conocí, me di cuenta de que cualquier herida sanaba un setenta por ciento más rápido y de que su umbral del dolor era mayor. ¿Esto es benéfico o perjudicial? Sigo preguntándomelo.

—Debió llevársela hace mucho —suspira—. Lamento no poder ofrecerle más seguridad, el corporativo está acabado, perdimos demasiado. —Enciende su puro.

—Con lo que estás haciendo es más que suficiente, en verdad.

—¿Ya le comentó el plan?

—No, va a discutir mucho.

Una ligera sonrisa. El hombre frente a mí luce más viejo que hace un año. Simon era como su hermano, y sé que, aunque ahora parezca fuerte, esa grieta habitará en su pecho el resto de su vida.

—La avioneta se confirma —dice al ver su teléfono.

Le estrecho la mano con toda mi gratitud posible, aunque sé que esto trae un costo, no de su parte, sino de quienes nos están ayudando. Luego, recogemos los papeles en orden, las nuevas identidades, su nuevo nombre. Dannielle va a odiarme cuando lea esto.

Perry dice por su radio algo que no descifro, solo entiendo el nombre de Rousell.

—¿Qué pasa con él? —digo apenas se despega del aparato.

—Está perdiendo la cabeza. —Hace un gesto de desagrado—. Quiere continuar, conseguir armas, hombres a como dé lugar, quiere seguir, pero yo ya no, doc. Ya no puedo.

Llegamos a la mansión y el portón se abre.

Encuentro a Dannielle en la cocina. Es la primera vez en tres meses que baja. Su cabello suelto cae como una cortina oscura. Viste ropa cómoda, pero hay algo en ella que no encaja. Es la manera en que sostiene el cuchillo, tan mecánica y rígida.

—Mi amor —digo.

Me deja abrazarla, pero no me abraza de vuelta. Más bien vuelve a lo suyo, corta pedazos de carne con movimientos lentos, pero precisos. Me ignora, pero no con el desdén de alguien molesto, sino como si su mente estuviera en otro sitio.

Tomo aire para lo que voy a decir a continuación, pero ella me gana la palabra.

—No voy a ir a ningún lado —dice sin levantar la cabeza.

Ya lo sabe.

—Danny, no es una opción.

Hace frío, el vapor sale de mi boca, y la casa cruje de repente.

—No vas a decidir por nosotros. Tenemos asuntos que atender.

—¿Qué asuntos?

Sonríe, pero no con su típica dulzura, sino ocultando algo.

—Los mismos que tú ya atendiste —dice en voz baja—. Tú sabes lo que es torturar a alguien en una habitación. Ahora nos toca continuar lo que ya se empezó.

—¿De qué estás hablando?

Ensarta el cuchillo en la tabla.

—Tú sabes de estas cosas. —Sus ojos envueltos en color verde me desafían—. ¿Qué hiciste en ese almacén?

No es mi Danny. Algo oscuro devora su ternura desde dentro.

—¿Quién les disparó? Dime y te ayudaré.

Despide un sonido bajo, gutural, bajo su risa.

—¿Ayuda? ¿Qué clase de ayuda? ¿Ayuda como tu terapia? ¿O me harás escuchar más cuentos basura sobre tu mundo?

—Yo me mancho las manos por ti, pero dímelo. —Tomo su mano. No hay tibieza, solo hielo.

Dannielle empuja la lengua contra la mejilla y levanta una ceja.

—Doctor… doctor… —Toca mi cara, y aquel rostro que es pero no es de ella, irradia lástima, enfado, dolor—. ¿Por qué no nos diste libros reales? ¿Finales felices? ¡Necesitábamos realidad!

Los libros de los estantes se caen, uno a uno, y yo giro hacia atrás, no hay nadie más, pero sé que no estamos solos.

—Te di todo lo mejor que pudo habitar en mí, Dannielle, no me mires así.

—¿Cómo pretendes llevarnos en esa avioneta? ¿Vas a medicarnos?

Mi sangre se congela.

—¿Cómo… cómo sabes lo de la avioneta?

—Y sé más. ¿Qué hay en tu bolsillo y por qué traes sedantes?

Retrocedo. No es posible.

—Nunca nos conoció, ¿verdad, doctor?

—No hables en plural, tú… —quiero que mi voz sea firme—, solo eres una, Danny. Una, repítelo.

—Ya nadie nos impedirá *ser*.

—No sabes lo que dices… —Mi cabeza se vuelve un caos.

—Vamos a limpiar el mundo, *te guste o no*.

Introduzco mi mano a la jeringa de mi bolsillo.

«Perdóname, mi amor».

En un movimiento veloz, Dannielle abre el cajón debajo de la barra de la cocina y saca un arma.

Nos quedamos observándonos, yo, con el sedante, ella apuntándome.

—No nos vuelvas a llamar *amor*. —Me dispara.

CAPÍTULO 123

DANNIELLE MORGAN BLACKWOOD

¿Qué soy ahora?
En este cuerpo destrozado,
una humana, un monstruo...
Un Híbrido.

Las botas de cuero negro se ajustan perfectamente a mis piernas. Me miro en el espejo, alisando la tela del abrigo, un abrigo largo, negro, como una sombra que cubre mi figura. No es casualidad. Esta noche, yo *seré* la oscuridad.

Respiro hondo. La sangre en mis venas palpita con un ritmo que no es mío, sino heredado. Un tambor de guerra que no calla. Me esfuerzo en llamarlo destino, porque si lo llamo de otro modo, si intento negarlo, volveré a ahogarme.

Rousell consiguió diez hombres leales y dispuestos. Saben lo que hay que hacer, conocen las reglas del juego. Esto no es un acto de venganza sin sentido, no es un arrebato de locura. *Es estrategia.*

Pralina, Sam y Candy son más que cuerpos. Son piezas en un tablero más grande. Sus vidas son la llave para una alianza con otro corporativo fuerte, un vínculo que necesitamos para continuar el legado de Elrond, porque decido, *decidimos* continuar el sistema que él construyó.

«Malos, pero no tan malos», decía él. En eso le he fallado, porque yo soy peor que todos sus miembros juntos.

El relicario brilla entre mis manos, el recordatorio de lo que soy. Lo abrocho a mi cuello.

Una respiración se asienta en mi nuca y una presencia se materializa detrás de mí, *él*. Alto, corpulento, pálido, un rostro sin forma humana, pero con dos cavidades oculares como dos cráteres de donde emanan llamas azules.

—*El fuego nunca elige arder* —pronuncia.

—No hay opción.

—*Pero sí elige qué consumir.*

Nos observamos. No lo siento como un desconocido ni él me mira como si fuera la primera vez. Nos entendemos en el silencio, lo escucho por dentro.

Su garra toca mi broche, ya puesto en mi pecho, mi broche de león.

Sonríe.

Organizo a seis hombres destinados a traer a Sam Carraz y a Candy Vinalay. Saben los horarios del hospital donde se encuentran: entrada, horas de descanso, comida y salida.

—Vivas. Sin un solo rasguño. ¿Entendido? —Miro a los seis, cada uno con su arma.

Los medicamentos están sobre la mesa: viales, jeringas, dosis preparadas de acuerdo con su peso y talla para dejarlas inmóviles, pero lo justo para que sigan respirando.

—Apenas las tengamos, las llevaremos al sótano —dice Rousell.

Asiento. Rousell da un aplauso y se retiran, obedientes. Los observo salir.

Ahora es mi turno, los restantes irán conmigo, porque la tarea exquisita de traer a Pralina solo la puedo hacer yo.

—Está en casa de su padre —me asegura Rousell, sin apartar la vista del camino—. Salió de guardia del Vincent Warren hace unas horas. Vive sola, pero hoy está con él.

El sueño que me arrebataron.

Asiento. Masajeo mis nudillos para relajarlos, pensando en el trabajo que tienen por delante.

—¿Su padre está en la casa? —Mido el impacto que eso tendría en el plan.

—Me temo que sí, pero usted decide: esperamos o entramos.

—Ni modo, toca.

Igual él tiene la culpa por haber malcriado tanto a su criatura, deben ser la misma basura.

Mi arma está en la guantera, con silenciador instalado.

«El fuego escoge a quién consumir».

Las luces de la casa están apagadas y las cortinas, cerradas. Hay un auto en la entrada.

—Nos moveremos en dos grupos —me dice Rousell de cerca—, uno entra por la parte trasera y fuerza la cerradura. El otro vigila la calle, nadie se acercará.

Cortan las luces de la avenida, el apagón impone. Uno de los hombres manipula con precisión el circuito de la cerradura, tiene clave, pero logra abrirla en segundos. Nos movemos sigilosos, como zorras en los prados destruyendo las siembras antes de que el sol despierte.

Uno de los hombres cubre la cámara de seguridad con un trapo oscuro, en caso de que aún funcione. Todo es silencio en la casa, como si no hubiera nadie.

—Está en el segundo piso, al fondo —susurra uno de los hombres—. Ya están dormidos.

Camino por un pasillo largo que parece llevar a unas escaleras. Todo está lleno de reconocimientos y cuadros.

Rousell me toca el hombro antes de que siga avanzando.

—Morgan, antes hay algo que tiene que saber.

—¿Qué es? —inquiero.

El hombre me señala la pared llena de fotografías: Pralina de pequeña tomando la mano a una mujer de cabello castaño; en la siguiente, Pralina sentada en los hombros de un hombre… el rostro me llama. Su cabello rubio es igual al de ella, los ojos cafés intensos, alargados… ¿Doctor Paul?

Mis ojos recorren con velocidad la pared hasta llegar a los títulos, los diplomas:

«Dr. Paul Brunswick, ginecólogo, director del hospital Vincent Warren».

El nombre me retumba.

Paul.

Paul.

El doctor Paul.

«¿Quieres aprender anatomía, Dannielle?».

«¿Te interesa?».

«El conocimiento te hace libre».

«Siente la palpitación».

El aire se me escapa. Mis pensamientos se fragmentan, una a una, las piezas de un rompecabezas que no quería ver comienzan a caer en su lugar.

Pralina es hija del hombre que me ayudó a escapar.

Me tambaleo, mis ojos se mantienen fijos en la imagen de ese hombre sosteniéndola de bebé.

«Este pequeño objeto, puede ser tu aliado si sabes dónde colocarlo».

No puede ser, retrocedo, mis piernas quieren debilitarse.

—Morgan —susurra Rousell—, ¿está bien?

«No».

Siento náuseas, acidez en mi garganta. Un sonido me saca de mi parálisis, de todos los recuerdos que llegan como granadas explotando en mi campo cerebral. Rousell levanta el arma y apunta con dirección al fondo del pasillo. Ahí, un hombre nos observa.

—Espera —sostengo su mano.

Y visualizo a quien está ahí: Paul. Más viejo, más cansado. Los mismos ojos de su hija.

¿Por qué nunca lo vi? Todo encaja en un segundo. Su rostro no demuestra miedo. No necesita preguntar quién soy. Lo sabe.

—¿Tú...?

Él sostiene mi mirada. Sabe que mi presencia aquí no es casualidad, es como si me esperara. El cierre de un círculo.

—¿Eres el padre de Pralina? —Levanto el arma, apuntándole. No sé por qué lo pregunto si ya lo sé. Pero algo en mí quiere pensar que debe haber otra explicación.

Paul alza las manos, una señal de piedad, de clemencia.

—Dannielle, no hagas esto. —Me nombra. El cerebro se me congela, me siento otra vez caminando hacia su consultorio, esperando una de sus clases.

No. No hay más consultorio.

No hay más clases.

No hay más pasado.

—Descuida, seré gentil. —Una lágrima hirviendo cae hasta mi boca, alzo mi arma y disparo.

La figura del hombre cae en un movimiento pesado, un recuerdo borroso en un charco carmesí.

Disparo otra vez.

«Que no te duela».

El grito de Pralina desgarra el pasillo y a su padre se le va la vida en la alfombra.

Los hombres suben por ella, sus intentos de escape se cortan. La sujetan de brazos y piernas con una tela oscura que solo le permite respirar. Cada movimiento que hace es una mezcla de rabia y miedo; aunque está atrapada, no deja de luchar, como un animal acorralado que se resiste a la inevitable captura.

—Sédenla —ordeno.

Sus ruidos cesan. El alboroto se convierte en silencio y, entonces, la llevan a la cajuela.

Me acerco al cuerpo de Paul en su profundo y eterno sueño. *¿Por qué?*

Él me enseñó a sentir el cuerpo humano como un mapa, a recorrer con las manos los caminos ocultos bajo la piel, a entender los secretos que se esconden en las fibras y los huesos. También me dejó las pistas para huir como quien deja migas de pan en un bosque oscuro, esperando que alguien las encuentre y llegue a la salida. Lo hizo sin decirme por qué. Sin pedirme nada a cambio. Sin advertirme que, al final del camino, también lo encontraría a él. Siempre pensé en mi retorcido razonamiento que en sus adentros había algo de bondad.

¿Malo, pero no tan malo? Lo suficiente para formar parte de un engranaje que solo gira en una dirección. Pralina se convirtió en el reflejo torcido de lo que él mismo construyó. ¿Era consciente de ello? ¿Sabía en lo que se estaba convirtiendo su hija mientras la sentaba en sus rodillas? ¿Me tendió una mano para enmendar un poco de su culpa?

Al final, todos los hombres que juegan con la vida y la muerte terminan igual: en el suelo, con los ojos abiertos, sin ver nada.

—Señorita, tenemos que movernos. —Rousell me toma por el brazo.

—Quemen a ese hombre. —Me retiro.

CAPÍTULO 124

ANTHONY CADWELL

Elegí la muerte lenta:
sobrevivir a ti.

Cada trueno hace temblar los cimientos de la casa, como si el cielo también tuviera algo que gritar.

—Podrías ser más delicado —gruño entre dientes mientras Little Perry presiona la gasa sobre la herida. Siento como si me quemaran brasas al rojo vivo.

—Sabes que tengo que limpiar.

Respiro hondo, pero el aire se corta en mitad del camino. Todo mi torso se estremece, nunca había experimentado un dolor semejante. Al final, me venda para inmovilizar el brazo.

—¿Qué dijo ella al verme en el suelo? —pregunto entre jadeos.

«Te disparó, Anthony».

La frase me cruza por la cabeza por milésima vez desde que desperté, y sigo sin darle el peso adecuado, y es que no puedo.

—Ordenó que te retiraran de ahí.

—¿Acaso no preguntó si respiraba?

—Doctor… —Perry guarda el material ensangrentado en una bandeja—. Ella sabía que respirabas.

—¿Por qué? ¿Se acercó? ¡Dime, Perry!

—Dannielle sabe manejar un arma y sabe hacerlo bien. Si hubiera querido matarlo, no estaría vendándole el pecho, estaría cerrando su tumba.

«No me dejes».

—Escúchame. —Me recargo en el respaldo de la cama para sentarme apoyándome con el brazo bueno—. Necesito que vuelvas allá.

—¡¿Está demente?! No, yo ya renuncié.

—No. Tienes que fingir que quieres quedarte, aunque sea unos días, hasta que sepamos cómo sacarla de ahí.

Perry niega con la cabeza.

—Doc, Rousell se volvió loco, usted sabe lo sanguinario que es, no por nada lo apodaban La mano izquierda. Él está dispuesto a levantar el corporativo a como dé lugar aliándose con hombres a los que siempre desaprobó Elrond.

Cierro los ojos y respiro hondo. Siento que el minutero en el reloj solo está gritando que el tiempo se me agota.

—¿Qué quieres? Te doy todo a cambio de esto, firmo todas mis posesiones a tu nombre ahora mismo.

—Escuche, ella dio la orden de que no se acercara. Si intenta poner un pie en la mansión, tienen permiso de dispararle, y quizás los demás no calculen los centímetros exactos para no reventarle una arteria —responde agotado.

«No es ella, esa orden no viene de ella».

—Pero a ti no te impidieron acercarte.

Sus ojos me otorgan lástima.

—Esa chica ya no es nuestra Dannielle.

—Lo es, Perry, lo es, solo que… No creo que sea capaz. —Me niego a pensarlo.

—Tengo información de uno de los hombres que se quedó adentro —interrumpe—. Carl me dijo que esta noche movilizaron hombres. Fueron por tres mujeres.

—¿Quiénes?

—Sé que una se apellida Brunswick.

—¿Y por qué la obedecen? ¿Por qué Rousell está haciendo lo que ella dice? ¡Tiene veinticinco años!

Me restriego la cara. Quiero despertar, necesito despertar de esta maldita pesadilla.

—Por el conocimiento que tiene y, según dicen, tiene ideas brillantes para levantar el legado. Rousell ya tiene una cartera de hombres multimillonarios en espera de compatibilidad con la nueva mercancía.

El estómago se me revuelve.

«Tú sabes lo que es torturar a alguien en una habitación. Ahora me toca a mí». Las palabras de Dannielle me caen como un puñetazo en la boca del estómago.

—Perry, tienes que volver allá.

—Carl me seguirá pasando información.

—No es suficiente. —Ve el miedo en mis ojos—. Simon lo hubiera hecho.

Perdón por esta manipulación. No me puedo rendir, prometí no dejarla. No sé cómo hacer otra cosa que no sea amarla, incluso si eso termina matándome.

—Entonces, iré —digo convencido.

—No, doc… —toma una bocanada de aire—, haré lo que pueda.

CAPÍTULO 125

DANNIELLE MORGAN BLACKWOOD

No hay redención para quienes
nunca sintieron culpa.

Quand il me prend dans ses bras
Qu'il me parle tout bas
Je vois la vie en rose.

El quirófano es un espectáculo de sombras y metal. Los focos quirúrgicos proyectan una claridad fría sobre las tres figuras inmóviles, las tres completamente atadas: Candy, Sam y Pralina.

Camino a su alrededor, admirándolas como quien se detiene a contemplar muñecas en un aparador.

Pralina es la primera en despertar. Los párpados le pesan, como si aún lucharan contra el efecto de la anestesia, pero la fuerza de la situación la empuja a enfocar. Sus ojos, como planetas tambaleantes, intentan encontrar un punto de referencia en su nuevo universo.

Con un débil gemido, intenta girar la cabeza, pero incluso ese movimiento parece excesivo, doloroso.

—Shhh…, tranquila, no temas —le murmuro con voz deliberada—. No estás sola, ¿ves? Tus amigas están aquí. —Hago un ademán hacia las camillas cercanas—. Todas unidas.

—¿Dannielle? ¿Por qué…? —Tose—. ¿Por qué?

Me río suavemente, un sonido helado que rebota en las paredes. Tomo una jeringa de la mesa de instrumental y la hago girar entre mis dedos.

—De todas las preguntas del mundo, escoges la más estúpida. ¿Así piensas ser cirujana? —La miro de arriba abajo con desprecio—. ¿Es que ya se te olvidó? ¿O simplemente prefieres olvidar tus pecados?

Ella grita, pidiendo auxilio. No sabe que nadie la salvará.

—Te voy a recordar entonces —le digo mientras comienzo a cortar sus mechones dorados. Los rizos caen al suelo, uno por uno—. ¿La fiesta en Jealous? Esa noche en la que tú y tu precioso prometido decidieron que yo no valía más que un pedazo de carne en oferta. ¿Recuerdas cómo desperté en un lote baldío, drogada, golpeada, rota? —Miro las tijeras y veo el reflejo de sus ojos temblorosos en ellas—. ¿Y qué hiciste tú? Nada. Mejor dicho, te hiciste la víctima.

Su labio inferior tiembla.

—No… —susurra, negando con la cabeza.

—¿Tampoco recuerdas cuando pegaste mis fotos por toda la facultad?

Pralina llora, pero sus lágrimas me saben a mentira.

—¿Y cuando le dijiste al rector que no era apta para estudiar Medicina? Era apta, Pralina. Ahora, tal vez ya no… gracias a ti y a tus jueguitos. Después hiciste un oficio donde me acusabas de haberme acostado con el doctor Almond. Otra más de tus mentiras. Te pedí perdón, aunque yo no hice nada. ¿Quieres más razones? —La golpeo con las tijeras y el filo corta su mejilla, tiñendo de carmesí su piel impecable—. ¡Mataste a Lauren, maldita!

Mientras su cuerpo tiembla bajo las correas, mis manos se mueven en piloto automático. Candy comienza a moverse, sus ojos buscan desesperados en el entorno frío y desconocido.

—Tranquila, Candy. —Deslizo la tijera a lo largo de su cuello, con un roce apenas perceptible—. No me gusta que me interrumpan cuando hablo, pero ¿qué tienes para decir?

Corto su cabello en una preciosa cola. Pralina llora y maldice; la tonta aún cree que puede soltarse de las bandas de acero.

Camino hasta Sam, quien no tiembla, pero tampoco habla, debe creer que en cualquier momento despertará de una pesadilla.

—Yo no hice nada, Danny —Candy titubea.

—¡Eres tan inteligente! —Mis labios se curvan en una sonrisa burlona—. Tú misma me lo dijiste afuera del laberinto. Y ese es el problema: no hacer nada cuando alguien sufre es hacer mucho.

Corto más de sus cabellos castaños.

—Por favor —suplica, como si con su voz chillona pudiera lograr que yo recapacite.

—¿Me van a decir qué hice? ¿Por qué su apoyo devoto a esta mujer de acá?

—¡Auxilio! —vocifera Pralina.

—Tienen diez segundos para decirme qué hice o… —Saco una pinza.

—¿Qué…? ¿Qué vas a hacer, maldita bruja? —grita Sam.

—Ocho, siete, seis…, cinco…

—¡Nada! ¡Nada! —exclama Candy, desesperada.

Me hago la sorprendida.

—Vaya, no lo esperaba. —Me toco el pecho—. ¿En serio nada?

Sam se hace pequeña, parece un cordero asustado que entre lágrimas suplica salir.

—Prali, ¿sabes a qué se dedica tu padre? —le pregunto al oído.

—Es… ginecólogo.

—¿Qué más?

—Nada más.

—¿De dónde obtuviste mis fotos? Habla.

Guarda silencio y aprieta los labios.

«Ella sabe».

Chasqueo la lengua contra el paladar.

—¿Saben cuál es el arma más peligrosa? —No espero su respuesta—: La lengua… asimismo, es la bestia más complicada de domesticar.

—Mátame, mátame rápido y ya —pide Pralina entre alaridos.

—Uhhh… mala plegaria, no, a mí no me van las cosas rápidas, sería como darte un premio. —Reclino la cama para que se sienta cómoda y pueda ver mejor.

Me pongo delante de ella.

—Quiero que me veas, es lo último que harás. Te mostraré lo que es *justicia*. Yo decido cómo termina esto.

Tomo su cabeza, le despejo la frente y, ahí, trazo con la punta de un bisturí «No debo ser mala».

«Ellas te hicieron un monstruo,
es justo que lo conozcan de cerca».

CAPÍTULO 126

DANNIELLE MORGAN BLACKWOOD

Yo no voy a destruirte,
pero haré que tu mente lo haga.

El agua caliente cae con brutalidad, golpeando mi piel hasta enrojecerla. Me tallo las piernas y, a conciencia, acaricio las cicatrices que hay en ellas. Sanas, pero tan palpables como un poema en braille.

¿Quién soy ahora? ¿Qué queda de mí? Una parte de mí tiene el impulso de arrepentirse, de temblar. Pero ¿para qué? Ya no es momento.

«¿No se siente bien, Dannielle?».

Yurien se materializa en el vapor del baño; su cuerpo, como una hoja de papel pálida y arrugada, aplaude.

—Una pequeña Juliette Bistró, ¿no?

—Al fin y al cabo fue mi madre.

Y lo digo sin rabia. Me doy cuenta de que lo acepto. De que no me repugna tanto como antes. Ella me moldeó con los mismos dedos con los que rompía costillas. Se llevó una parte de mí y yo de ella.

Me cubro con la bata de baño. El vapor sale a mi habitación en cuanto abro la puerta. Mi traje quirúrgico rojo me espera.

Mira las miradas, no escuches las palabras.
Lee los cuerpos, no las voces.

Tocan la puerta de mi recámara y camino descalza hasta la entrada.

—¿Qué? —Mi voz sale ronca, el agua aún gotea de mi cabello.

Rousell está de pie con las manos entrelazadas detrás de la espalda.

—Little Perry dice que se retracta de su decisión.

Lo que se oculta en las sombras
siempre se revela en los ojos.

Me desconcierto un poco, pues hasta donde sé, estaba decidido a no volver.

—¿Y qué opinas tú?

—Fue un buen elemento siempre. —Se encoge de hombros.

Bajamos las escaleras para encontrarlo en la sala. Está sentado en el sofá con las manos entrelazadas.

—Pensé que te habías rendido. —Lo saludo.

—¿A dónde más podría ir? Mi vida es esta.

Tomo asiento y lo estudio.

—¿Estás seguro? —Recargo mi mentón contra mi mano.

Observo sus gestos. ¿Miente?

—Doctora, tiene mi lealtad y lo sabe perfectamente. Una vez me dieron la orden de morir por usted, y eso quiero hacer.

Rousell trae tres copas y sirve vino, como si quisiera pactar un acuerdo.

Observa las miradas, no escuches las palabras.

Lo probaré.

—Bien, me ayudarás entonces, ve y vístete para cirugía, arréglame el instrumental.

Pone cara de confundido.

—Perfecto.

—Y no hables con las personas que veas allá abajo, ¿de acuerdo?

—Entendido, jefa. —Perry toma la copa con naturalidad. Le da un trago lento y pausado, como si estuviera probando su propio papel en esta obra.

Por mi parte, le doy un trago profundo a mi copa.

—¿Vino antes de trabajar? —dice con una sonrisa ladeada—. Tú no bebías, Danny.

—Las cosas cambian.

—Me gusta tu nuevo protocolo.

CAPÍTULO 127

LITTLE PERRY

He estado a la mesa con asesinos,
pero eran humanos,
hoy, a la mesa me acompaña
una criatura fabricada entre fuego y sangre.

«¿Qué he hecho?».

Me quito los guantes y el cubrebocas, necesito respirar aire con urgencia, fuera de estas cuatro paredes empapadas de muerte, sangre y azufre.

Dannielle se ha quedado dormida en el escritorio, en su espacio llamado «área de recuperación», incluso cuando nadie se recuperará.

Abandono el cuarto de operaciones, si es que puedo llamarle así a ese lugar. No soy un hombre débil. He hecho y he visto cosas. Pero esto es diferente, se sale de cualquier código, de cualquier justificación.

Me recargo en el tronco de un árbol que yace en el patio trasero, enciendo un cigarro y le doy una calada profunda, necesito que la nicotina haga su efecto.

«¿Qué he hecho?».

Miro al cielo, la luna es apenas una sombra detrás de las nubes. Vuelvo a temerle a la noche. Deslizo el teléfono fuera de mi bolsillo y marco el único número que aún tiene sentido en todo este infierno.

—Dime que tienes buenas noticias —contesta Anthony al primer tono.

Me aseguro de que nadie esté viendo.

—Doctor… —Mi propia voz me da asco—. No. No hay buenas noticias.

—¿Qué pasa? Habla, Perry.

—Me hizo entrar al quirófano, tiene a esas mujeres en camillas y… —no puedo ni decirlo—, no quieres saber lo que les hizo.

—¿Están vivas?

—Si a eso se le puede llamar *vivas*.

No necesito describir más. Yo fui parte de esto.

Al otro lado de la línea, Anthony no responde, solo escucho su respiración.

—¿Sigues ahí?

—¿Dónde está ella ahora?

—Se quedó dormida.

—Vas a hacer esto —me había dado el medicamento para sedarla—, en su recámara debe tener inciensos de lavanda, préndelos, eso te ayudará, ese aroma le causa mucha calma. Cuando esté desprevenida o durmiendo, hazlo, aplícale la dosis. Te estaré esperando en la salida de Hamlëin.

«¿Por qué insiste?».

—No suena fácil.

—Átala si es necesario. —La autoridad en su voz es la de un hombre desesperado. Un hombre que ha dejado de rogar, para ahora exigir.

Se está aferrando a la idea que conoció de esa mujer. No quiero hacerlo.

—¿Me escuchaste? —insiste.

—Lo haré —miento.

Anthony cuelga.

«No. No voy a obedecerlo».

Él cree que hay algo que salvar, pero yo ya vi lo que hay en sus ojos. Es un abismo. Es un pozo sin fondo, oscuro y hambriento.

No hay redención para alguien que ha cruzado esa línea.

CAPÍTULO 128

DANNIELLE MORGAN BLACKWOOD

Me llaman monstruo,
pero yo no fui quien inventó la guerra,
ni el hambre, ni la traición.

Ellos, para vivir, para estar aquí, para actuar, se alimentan de mí, pero yo no puedo alimentarme porque su presencia me quita el hambre. Mis piernas flaquean, me dejo caer antes de llegar a la habitación, pues mi estómago se retuerce y mi lengua se pega al paladar. No recuerdo cuándo fue la última vez que tragué algo sólido.

—Levántate ahora. —Yurien me alza por los hombros—. Ve y mata al hombre que está allá abajo.

—No tengo fuerzas… hazlo tú. —Siento que el aire mismo se me deshace en los pulmones.

—No es mi cuerpo el que fue elegido. No es mi mundo el que debe ser reclamado.

—Lo hizo bien allá abajo. —Mi voz es áspera, como si hubiera estado masticando vidrio—. Fue uno de los hombres más leales de Elrond, lo hizo bien.

—De Elrond, tú lo has dicho, no tuyo; no obedecen a mujeres —interviene Jezabel, alzándome la cara.

—No hagas enojar a Híbrido —advierte Yurien—. Él está feliz con lo que has hecho... por ahora.

La niebla del sueño se desliza sobre mis ojos.

Mamá se arrodilla, me dice que no hay más comida y tiene que salir. Me dice que regresará pronto y me da un beso en la frente. Observo sus ojos llenos de tristeza. Y no hay imagen más triste que verla de esa forma.

—No le abras la puerta a nadie, amor.

Se va. Sus pasos se alejan. El silencio en la casa es tan pesado como el hambre que me retuerce el estómago. Camino en círculos frente a la chimenea, aspirando el humo de la madera quemándose, tratando de engañar a mi apetito con su aroma. Pero otro olor se cuela, distinto. Dulce, muy dulce.

Azúcar derretida, caramelo hirviendo.

El aroma lo llena todo, se desliza por debajo de la puerta, se filtra en mis huesos.

Tocan la puerta. ¿Mamá volvió tan pronto?

Mis pies se mueven antes de que mi mente lo ordene. De entre las rendijas, una mujer sostiene una canasta. No es mamá, pero me llama por mi nombre.

Me dice que abra y mi estómago lo pide.

En un parpadeo, la casa desaparece. Solo hay un bosque de ramas desnudas y afiladas que se retuercen en el viento. Al fondo, en medio de los árboles, hay una figura de color blanco. Lo reconozco, es el hombre de la luna, extendiendo su mano hacia mí. Mi cuerpo crece, ya no soy una niña, soy una mujer.

Quiero tocarlo, ir con él, pero entre más corro, el bosque se vuelve interminable. Y él llora porque no lo alcanzo, y mi corazón se agrieta al ver sus lágrimas.

—¿Papá?

Dice que sí y me muestra la sonrisa más triste que he visto en mi vida.

—Esta no es tu vida, hija, vete.

¿No lo es? Estoy a punto de llegar, de tocarlo y unas manos oscuras se entrelazan alrededor de su cuello.

—¡No!

Las ramas se alargan como dedos decrépitos, me sujetan, me arrastran. El suelo se abre, me hundo en un pantano oscuro que me traga hasta los tobillos.

No puedo ayudarlo…, no puedo ayudarme.

—¡Jezabel! Ayúdala a bajar, ahora —ordena Yurien.

Así lo hace, se interna en mí. Bajo las gradas, huele a hierro… Pisadas con sangre salen del sótano y llegan hasta la puerta.

Mis ojos se abren abandonando la somnolencia; los cuerpos de Sam y Candy siguen tendidos, con las alarmas en los monitores, pero Pralina no está. Las correas de su camilla cuelgan.

—No, no, no… —Tomo el arma del escritorio.

—¡Se la llevó! —Yurien grita en mi oído, su voz tan airada hace que me duelan los dientes—. ¡Perry se la llevó!

Corro hacia el patio, el rastro de sangre sale de la casa.

—¡Perry! —Mi voz es un latigazo que se estrella contra las paredes—. ¡PERRY, MALDITO TRAIDOR!

—Te lo advertimos.

Pulso el botón para abrir el portón.

El motor de una camioneta se enciende. Perry está en el asiento del conductor con aquella mujer a su lado. Disparo y el cristal se estalla en mil fragmentos. La camioneta se va de reversa y vuelvo a dispararle, la bala se incrusta en su pecho…

Abre la puerta y levanta las manos en señal de rendición.

—¡NO! —Aprieto el gatillo.

—¡Dannielle, no hagas esto! —dice tras un alarido. Su grito es una maldición en el aire frío.

El dolor lo hace trastabillar, pero sigue moviéndose.

Cobarde.

Disparo, una, dos, tres veces… Detono su cabeza y caigo de rodillas, mi cuerpo no puede más.

—¡A las llantas, dispara!

Me es imposible levantar el brazo, jadeo. Entonces, Jezabel sale de mí y les dice a los otros:

—Está débil. No puedo hacer que se mueva.

Escucho que la camioneta se sacude, el motor ruge con más fuerza. Veo que Pralina toma el volante y arranca.

Se ha ido.

La noche es un charco de tinta derramado sobre el cielo.

Ningún coche, ninguno de los hombres.

«¿Qué hiciste, Perry Blanquet?».

La noche cae sobre mí, todo gira, veo las estrellas hacer espiral, como los móviles sobre las cunas de los bebés.

De pronto, un grito.

—¡Dannielle, corre! —Valyria está saliendo de la casa—. Vamos, tienes que huir…, viene por ti. —Está descalza, con su cabello pegado a su rostro—. ¡Vete! ¡Vete, ahora!

El suelo tiembla cuando escucho el bramido. Un sonido profundo, gutural, tan primitivo que parece provenir del mismo vientre de la tierra.

—¡Es Híbrido!

Las ventanas de la casa estallan. La criatura de dos metros y medio de poder crudo viene hacia mí. Sus piernas son como las de un canguro, de músculos oscuros y fibrosos, como raíces vivas.

—¡Corre! —grita Valyria.

Me pongo de pie, avanzo, trastabillando, mareada, sin saber hacia qué dirección seguir.

Mis piernas se enredan con las piedras del camino. Sus pasos son pesados, letales. Patea troncos caídos como quien patea una pequeña rama.

—Te lo advertí. —La voz resuena dentro de mi cabeza.

No necesito voltear.

No sé hacia dónde voy.

No sé cuánto puedo aguantar.

Está más cerca y yo comienzo a disminuir la velocidad, no puedo más.

Los pinos se vuelven gigantes dormidos que extienden sus brazos para detenerme, para atrapar la poca luz que la luna ofrece.

Tropiezo con una raíz y caigo, raspándome las palmas, incrustándome de espinas.

—Eres como tu padre. —La frase me detona el pecho—. Él también creyó que podía engañar a su propia sangre, que podía alejarse del sendero que lo llamó desde el vientre de su madre. Pero la sangre, dulce niña, siempre encuentra su cauce.

Los ojos, dos zafiros incandescentes, destellando como fuego. En carne y hueso.

Me toma por el pie, me arrastra, la tierra raspa mi espalda, y quedamos frente a frente.

—El fuego no elige a quién consumir. El incendio no suplica permiso para devorar.

Su aliento quema. Sus garras sostienen mis mejillas, mi carne cruje.

—Mírate…

Me levanta por el cuello y mis pies dejan de tocar el suelo.

—Has probado la carne y has bebido la sangre. Has sentido el placer del dominio, la dulce melodía del grito ajeno. Y, aun así, corres como si fueras la presa. ¿Dónde está la cazadora?

Necesito oxígeno.

Sus garras se hunden más, mis piernas patalean en el vacío. Me azota contra un tronco y mi cráneo cruje. Un dolor explosivo se abre paso desde mi espalda hasta mis costillas.

Se acerca, él es el odio, el miedo, la voz que habitaba en mi cabeza desde niña…, desde que existió mi primer recuerdo.

Me toma por la cabeza, siento que me partirá en dos.

«Hazlo ya».

—Débil, del latín *debilis*, sin fuerza… —Su voz reverbera en mi ser—. No te crie para ser débil.

Mi visión se nubla; la oscuridad empieza a cerrarse alrededor. Mis pensamientos se apagan.

En la distancia, una voz suave, tenue, acaricia la noche.

La voz de mamá… La oigo, dulce, tierna, cantándome una canción:

—*Vargen ylar i nattens skog.*

CAPÍTULO 129

ANTHONY CADWELL

Prometí cuidarla,
prometió no matarme.
Ambos mentimos.

Con mis ojos sobre la pantalla, sigo esperando la respuesta de Perry. Estoy en la salida de la ciudad con el motor encendido, observando la carretera solitaria y esperando que así se mantenga. Mi brazo derecho, el maldito brazo herido, apenas me permite sujetar bien el volante. El hombre de la avioneta ya nos espera, tenemos cuatro horas para llegar.

«¿Dónde están?».

Un presentimiento ácido me sube por la garganta. Varios mensajes comienzan a llegar a mi celular, uno tras otro.

«¿Qué sucede?».

Enfermera Marina
Tenemos reporteros afuera.
¿Qué está pasando?

Dr. Montoure
¿No es su paciente la de las noticias?

Dr. Leí
Anthony, urge que te presentes al Hospital General.

Enciendo la radio, salto de una estación a otra hasta encontrar lo que aún no sé:

—Última hora desde Hamlëin —informa una reportera—: Se reporta la presunta muerte del doctor Paul Brunswick, director del Hospital Vincent Warren, así como la aparición con vida de su hija, Pralina Brunswick, quien había estado desaparecida durante varios días. Según su testimonio preliminar, fue secuestrada desde su domicilio y presenció el asesinato de su padre. Aunque aún no se ha encontrado el cuerpo, las declaraciones de la joven abren nuevas líneas de investigación.

»La sobreviviente relata que fue secuestrada por una médico recién egresada de la Facultad de Medicina de Ithil, identificada como Dannielle Morgan Blackwood, quien la sometió a múltiples torturas físicas y psicológicas. Las autoridades ya califican lo sucedido como la escena más macabra hallada en décadas. —Las imágenes se forman en mi mente—. Dentro del inmueble, agentes forenses hallaron un quirófano clandestino con instrumental quirúrgico y dos cuerpos más en condiciones atroces».

Una pesadilla. Pego mi cara al volante, todo se siente irreal.

Las noticias siguen; la reportera ahora entrevista a los agentes en la escena.

—... declaraciones serán necesarias, pero en este momento... la doctora Blackwood, hospitalizada... quirófano ilegal... cargos de asesinato.

Ni siquiera puedo puedo terminar de escuchar lo que aseguran que hizo Dannielle. Trago saliva y me arde la garganta como si hubiera gritado durante horas.

Los mensajes parpadean en la pantalla. Leo y releo los mismos nombres, una y otra vez: «Venga urgentemente a la clínica», dicen. «Paciente en estado crítico… bajo custodia… revise las noticias».

Un último mensaje llega:

Marck Almond
Anthony, estoy en el Hospital General, ven, es urgente.

Golpeo el volante con la base de la palma. ¡Maldita sea!

Las luces intermitentes de las patrullas golpean la fachada del hospital con destellos azules y rojos. Camarógrafos y reporteros se aglomeran en las puertas lanzando preguntas al aire a cualquier personal que entra y sale.

Antes de bajar del auto, me quito la venda para que nadie haga suposiciones incorrectas. Aún me duele, pero lo soporto.

Hay oficiales y militares resguardando la entrada. El pánico se escucha por todos lados. Es como si adentro del edificio estuviese el peor monstruo de la historia.

Me abro paso entre la gente, mi hombro bueno empuja, esquiva, ignora. Un policía intenta detenerme.

—¿A dónde se dirige? —pregunta.

Saco mi credencial y la presento frente a él.

—Soy el psiquiatra Anthony Cadwell, el médico tratante de… —las palabras se me atoran en la garganta, me esfuerzo por decirlo—… Dannielle Morgan Blackwood.

El oficial toma mi documento con una lentitud casi exasperante. Me observa, recorriéndome de arriba abajo hasta asegurarse de que soy el de la foto. Toma su radio y habla:

—Tres, dos, siete, dice ser el doctor de la… de la cinco, nueve.

Un segundo oficial se acerca y revisa de nuevo mi credencial.

—Pase.

Los guardias toman posición a cada lado mío, una escolta innecesariamente severa. La atmósfera sofoca debido a las palabras que vuelan por el ambiente: *asesina*, *cadáveres*. Los cuchicheos de los enfermeros y los pacientes, cada uno construyendo su versión de la historia, mencionan que hace unos meses ella ya había estado aquí, que fue una tortura mantenerla quieta y que solo con dosis altas de sedantes se podía contener.

Todo pierde su color, estoy en una película muda.

El elevador se detiene en el piso veintidós, y al abrirse las puertas, me recibe una escena que parece de otro mundo. Soldados armados custodian cada esquina del pasillo.

Los guardias no me llevan hacia su habitación, sino a una sala donde un grupo de doctores está reunido en círculo, observando radiografías y unos documentos en la pantalla.

—Las heridas son… inusuales —dice uno de ellos, un hombre de bata gastada, con las gafas apoyadas en la punta de la nariz—. Los cortes en el abdomen parecen…, bueno, parecen más bien como si hubieran sido provocados por garras.

—Es correcto —lo apoya una doctora, joven y esbelta, con el ceño fruncido—. Pienso en osos, pero no hay osos en los bosques.

—¿Lobos? —aventura otro—. ¿Un león que se haya escapado de algún área protegida?

—No la hubiera dejado con vida —agrega un enfermero.

Mi corazón se desmorona, y me cuesta fingir que soy uno de ellos, otro más en la reunión, juzgando y haciendo conjeturas.

—No me parece un ataque común. Estas heridas… —añade uno de ellos, señalando unas placas donde se ven las costillas fracturadas y una serie de fotografías donde se aprecian cortes profundos en el tórax, el abdomen, la espalda—, algunas son demasiado precisas. Como si hubieran sido hechas con una fuerza brutal… y a conciencia. No entiendo cómo sigue viva.

Las imágenes me golpean la cabeza.

Híbrido.

—No me deja de asombrar. Sumémosle que tiene lesión de pulmón e hígado. Según los forenses perdió mucha sangre en el traslado, pero los estudios de sangre están normales —suspira, su mirada es una mezcla de desprecio y perplejidad—. Aunque, claro, parece que esa misma resistencia la usó para cometer esas atrocidades.

Sus suposiciones son cuerdas alrededor de mi cuello. Veo al doctor Montoure en una esquina, mirándome desde hace ya varios minutos. Hace un gesto para que me acerque, y todos los ojos se dirigen a mí.

—Doctores —comienza Montoure—, este es el doctor Anthony Cadwell, psiquiatra tratante de… Morgan Blackwood. —Hace una pausa antes de mencionar su nombre, como si el peso de esas palabras exigiera atención—. Además, fue su proyecto de tesis.

La sala se vuelve un velorio y los ojos de todos comienzan a diseccionarme.

—Doctor Cadwell, ¿tiene alguna explicación para esto? —dice uno, y no me molesto en voltear a verlo.

Otro más agrega:

—¿De verdad nunca vio señales de este… potencial en ella?

—¿O acaso no la tenía bajo control? ¿No tenía citas mensuales?

—¿No la monitoreaba?

—Tenía citas semestrales —respondo.

—Eso es igual a nada.

—¿Eso no es alguna forma de delito? —Otra pregunta a la hoguera.

Abro la boca para contestar, pero otro médico interviene antes:

—¿Cómo se le escapan estos detalles? Si esto pasó bajo su supervisión, es evidente que falló.

Respiro hondo, la presión de sus acusaciones se asienta en mi pecho. La imagen de Dannielle se agolpa en mi mente: sus preguntas del por qué a todo, su risa, sus palabras al oído para despertarme. ¿Cómo explicar a estos extraños el viaje tortuoso de alguien como ella?

—Siempre fue una paciente compleja. Tiene un historial cargado de situaciones crueles desde su infancia, víctima de trata. —Mi voz sale firme—. Hice todo lo posible para ayudarla a recuperarse, a encontrar un camino y reintegrarla. —No sé lo que digo—. Pero a veces…, a veces los traumas se esconden, se disfrazan incluso de lo que pensamos que es mejoría.

—A veces —dice un viejo que no descifro ni qué es— «hacer todo lo posible» no es suficiente, doctor Cadwell, la mujer no debió darse de alta.

«Qué sabes tú, inútil».

—Durante los últimos años, Dannielle fue tratada con antipsicóticos de última generación y electrochoques; se monitorearon sus efectos de manera continua. Mostró una recuperación extraordinaria. —Hago una pausa, la voz se me entrecorta, buscando las palabras adecuadas—. Todo iba bien hasta que ciertos eventos fungieron como desencadenantes; hay una denuncia en proceso, hace poco más de tres meses…

—Con todo respeto, doctor Cadwell —interviene alguien, pausando mis palabras—, pero lo que le haya pasado no justifica esta barbarie. ¿Se ha enterado de lo que sucedió en ese quirófano? Tres mujeres fueron torturadas brutalmente —exclama, lleno de repulsión—. Les faltan pedazos, les realizó cirugías, dos de ellas seguramente estarán siendo veladas mañana.

—La chica que escapó —añade Montoure— está dando declaraciones muy fuertes. Dice que en ese quirófano ella estaba irreconocible. Habla de un monstruo que lamía la sangre de los utensilios.

Mis palabras se ahogan en la incredulidad de la sala. Es como si intentara explicar en vano. Cada vez que abro la boca, alguien más se entromete, como si se sintieran obligados a recordarme, a recalcarme la magnitud de los horrores que se han descubierto.

—¡Por Dios! —exclama un residente en la parte de atrás—. Estamos hablando de una persona que desmembró, que… experimentó con vida humana como si se tratara de un maldito laboratorio clandestino.

—Está claro que esta chica no va a ver la luz del día otra vez —afirma una voz, con una especie de despreocupada seguridad—. Como está el país ahora, con las elecciones tan cerca, no me sorprendería que el presidente directamente opte por la pena de muerte.

Se me escapa el aire.

—No, ¡no! —Mi voz sale con una mezcla de súplica y furia de forma espontánea—. No creo que eso suceda.

—Leyendo su historial, era evidente que no estaba lista para vivir una vida normal. Ni lo estará.

«Idiota».

Montoure se acerca, me toma por el brazo y me saca del cuarto.

—Cadwell… —me dice casi con lástima—, tranquilo, nada estará bien desde ahora, debes saberlo.

Sus ojos me examinan, quiere ver a través de mí, como lo hacía cuando era residente y me repetía una y otra vez: «No te involucres, no empatices». No puedo evitar sentir que todo el sistema, todos aquí la han condenado ya, incluso antes de entenderla.

Asiento.

—¿Puedo ver a la paciente? —inquiero.

Él, con evidente preocupación, me lo permite.

Mis pasos se preparan para verla otra vez en cama, y la culpa se columpia por mi cabeza. Me mantengo erguido, en mi papel de médico tratante, ajeno al dolor de ella, ajena a mi corazón.

Un guardia se hace a un lado para dejarme pasar. Marck Almond está ahí, inclinado sobre ella, ajustando los parches del monitor. Lleva un cubrebocas, pero sus ojos lo delatan: están llenos de lágrimas, brillan como si cada una estuviera al borde de caer.

Respiro y tengo pulso, pero morí esta mañana.

La oscuridad se extiende por su piel a través de golpes y heridas. Huellas de un castigo brutal.

¿De dónde viene esto? Sus costillas, fracturadas en varios puntos, están vendadas y fijas con una coraza para que apenas se mueva el pecho al compás de la máquina que la asiste para respirar.

Híbrido.

Almond me escucha acercarme y, sin levantar la vista, murmura con voz ahogada:

—Se recuperará, Anthony. El corazón es fuerte, los órganos vitales no han fallado.

Me mantengo rígido. Almond se hace a un lado y me acerco a ella. Sus párpados están cerrados, pero el monitor confirma que vive. Su expediente está a un lado, y lo que yo debería hacer es anotar algo, es mi deber. Intento hacerlo, escribir una indicación que demuestre que no estoy completamente derrotado.

Una lágrima inesperada se me escapa y cae sobre el papel. Me quedo congelado, vacío, observando cómo el pequeño borrón se extiende.

Otra lágrima sigue a la primera, y luego otra.

—Anthony... —murmura, Almond—. Cuando termines aquí, por favor..., ven al cubículo de Cirugía, estaré ahí.

Soy incapaz de responder, olvido todo, mi nombre, lo que estoy haciendo, el tiempo, mi respiración; solo sé que mi vida, toda mi vida está en esta camilla.

Con cuidado, casi temiendo hacerle daño, tomo su mano entre las mías. Observo sus dedos, todavía con rastros de sangre endurecida, ¿Híbrido hizo esto?

Imploro al cielo que intercambie nuestras vidas.

—No voy a perderte otra vez —lo juro.

Tendría que ser yo quien esté allí.

Beso su frente, sin pensar por un momento en si alguien me ve, no me importa.

CAPÍTULO 130

ANTHONY CADWELL

Leí tantos libros
queriendo beberme el mundo,
y ninguno me preparó para ti.

Estoy frente a Almond en un espacio iluminado apenas por la luz grisácea de una lámpara que parece cansada, igual que nosotros.

—Por favor, Anthony. —Su voz es baja, como un ruego—. Dime qué sucede con ella. Explícame de dónde salió esa casa, qué es ese quirófano… lo que ha hecho. Solo dime la verdad, toda la verdad.

Trago saliva, mi boca se siente seca, casi pegajosa.

—No es algo fácil de explicar.

Después de unos segundos de silencio, suspiro, más para darme valor que para soltar aire.

—Dannielle estaba trabajando en una especie de corporativo clandestino —empiezo—. Es un lugar en donde se encargan de hacer justicia a su manera. —Miro hacia otro lado, buscando en qué enfocarme mientras mi boca suelta los secretos del infierno—. El director, un hombre llamado Elrond, le ofreció a Dannielle trabajar como médico, supervisando y ayudando a mantener a algunos de los *pacientes* bajo control.

Almond me observa como si hubiera escuchado mal. Lo veo asimilar la información, intentando encontrar algún sentido en lo que le digo.

—¿Médico? ¿Supervisando a pacientes? —repite con un tono que roza la incredulidad—. Las noticias insinúan que puede tener nexos con redes criminales, ¿es cierto?

—Sí, pero no es como lo están diciendo, te lo juro. Los hombres con los que trabajaba no son lo que crees.

Se queda callado un momento, analizando, entretejiendo lo que ha escuchado con lo que le estoy diciendo.

—Entonces, lo de la graduación, ¿qué fue? ¿Un atentado? ¿Y esto? ¿Quién la ha herido de tal forma?

—Lo de la graduación al parecer fue Pralina Brunswick, la chica que escapó.

—¿Pralina? Maldita sea, esa mujer no supo cuándo parar.

—Sí, y lo de ahora, no tengo ni la menor idea. —Me restriego los ojos porque lo que creo que pasó es tan irracional.

Almond se recuesta en su silla y cierra los ojos por un segundo, como si eso pudiera borrar lo que acaba de escuchar.

—Y tú sabías de este… de este trabajo. Sabías que estaba en algo así, y no lo paraste. Dime que al menos intentaste detenerla.

Ya me repetí hasta el cansancio mis errores. No sé en qué momento pensé que esto saldría bien.

—No podía detenerla.

—No me jodas, Anthony. —Su tono sube, pero no es de ira, sino de frustración—. Dime que tú no eres…

No le doy el gusto de negarlo.

—Es evidente.

—Mierda… —Se cubre la boca—. ¿Eres parte de una red criminal?

Se levanta y camina hacia la ventana sin mirar a través de

ella, solo trata de respirar, de procesar lo que acaba de descubrir. Finalmente, se gira hacia mí.

—¿Por qué? —Su voz ya no suena frustrada, suena… rota—. ¿Cómo carajo terminaste metido en esto?

No sé qué respuesta darle. No hay manera de justificarlo.

—A diferencia de otros, nosotros luchábamos para desmantelar redes de tráfico infantil, para hacer pagar a las personas que no reciben condenas, aunque haya pruebas de sus delitos. Es como combatir ese mal desde otro lugar, uno que… —suspiro—. Está mal, sí, sé que está mal.

—No voy a decir que te entiendo.

—No quiero que lo hagas, yo sé que está mal.

—¿Y por qué metiste a Dannielle ahí? —La impotencia en sus ojos me acribilla.

—Cuando ella salió del Saint Adofaer, no tenía a dónde ir, el Gobierno solo le ofreció un tipo de apoyo mensual que no servía para nada. Y, tanto a Elrond, mi jefe, como a mí, nos pareció una buena idea apoyarla.

Almond suelta una risa breve y amarga.

—¿Buena idea?

Lo ignoro.

—Estaría en un lugar seguro, en un hogar digno, aprendiendo, uno en donde jamás le iba a faltar nada. Me juraron que morirían antes de que le tocaran un cabello.

«Y así fue».

—No, Cadwell, no suena nada coherente, pero no voy a juzgarte.

Me quiebro sobre el escritorio. Sintiéndome el imbécil más grande que haya pisado el planeta. Pensé que así estaría a salvo, que, si la rodeábamos de vigilancia, de reglas, nadie podría tocarla otra vez. Pero fui un idiota, porque olvidé lo más simple. Olvidé que el mundo es el mundo, que la carne sigue siendo carne, la sangre sigue corriendo y la gente sigue matando, odiando, destruyendo. Olvidé que el dolor no se erradica con justicia clandestina. Quise protegerla y ahora siento que la lancé a un océano lleno de tiburones, cerrando los ojos, convencido de que sabría nadar.

—No te culpes ya, Anthony. —Toca mi hombro como muestra de consuelo, aunque inútil.

La culpa es lo único que me queda.

—Se va a recuperar —dice, y eso no es lo que me preocupa, sé que lo hará—. Ya lo verás, su cuerpo es increíblemente fuerte, no tengo idea de cómo lo logra.

—Lo sé.

Dannielle no es humana del todo y no comprendo si es así desde nacimiento o si fue algo que se originó en el encierro. Y no sé si eso es lo peor ahora, porque si sobrevive, ¿cómo voy a ayudarla? La van a juzgar. La van a condenar. La van a mirar como lo que ellos creen que es: un monstruo.

—Tengo miedo de lo que viene después, de que su recuperación solo sea para llevarla frente a alguna cámara y acabar con ella, exhibirla por todos lados de formas humillantes... No puedo.

Deseo con el alma que mejor no se recupere, que simplemente se desvanezca y no regrese. El mundo no va a perdonarla. La reducirán a un titular, a un caso clínico, a un expediente en una corte.

De pronto, abren la puerta, un oficial me busca y tengo que fingir que no estoy vaciándome.

—Doctor Cadwell, necesitamos que venga a responder algunas preguntas. Cuestionario de rutina.

Sé lo que significa realmente ese *cuestionario de rutina*. La palabra *rutina* jamás es casual cuando te hablan con ese tono. No respondo de inmediato, no sin limpiarme el rostro.

Soy un muerto.

Mi vida es ella.

Mi vida se me escapa.

CAPÍTULO 131

ANTHONY CADWELL

La gente olvida muy rápido a los vivos,
por ello, si narro bien las muertes,
tal vez duren para siempre.

Han pasado ocho semanas desde que Dannielle despertó. Dos meses de infierno disfrazado de proceso legal. Los médicos entran y salen de su habitación como si esperaran encontrar algo nuevo cada día. Como si ella fuera un enigma que pudieran descifrar con análisis y diagnósticos. Pero la verdad es que no hay nada más que descifrar; aunque está despierta, no responde.

Me dejan entrar a verla. Quizás porque piensan que mi presencia podría hacerla hablar, a pesar de que mi nombre al pie de la nota de su expediente ha sido remplazado por el del doctor Montoure.

Dannielle no me mira, no me reconoce o, si lo hace, decidió que ya no existo.

Afuera, el invierno ha llegado antes de tiempo. Se supone que es otoño, pero el frío es insoportable. Ha nevado tanto que se suspendieron labores en la ciudad. Es un clima imposible para esta época del año, y la gente lo nota. Los noticieros hablan del fenómeno y los científicos buscan explicaciones, pero yo sé qué sucede. Siempre he sospechado que la primavera y el invierno dependen de ella, que el clima se involucra en su corazón.

Qué duro ha sido soportar las habladurías en el hospital cada vez que estoy en la sala de espera: «Él fue su psiquiatra, ¿lo sabías?», «Dicen que la protegió todo este tiempo», «¿Cuánto sabía? ¿Cuánto permitió?».

Los reporteros han convertido su historia en un espectáculo. No hay un solo día en que su rostro no aparezca en los periódicos, en los noticieros, en cada rincón de la ciudad.

Me he acostumbrado a responder preguntas con frialdad: «El caso sigue en proceso», «No puedo hacer comentarios sobre la investigación», «Como profesional de la salud, mi deber fue siempre ayudar a la paciente». Pero lo único que quiero decir es que quiero ver la ciudad arder, que me contengo para no tomar un arma y acabar con todos los que manchan su nombre.

Vivo entre medicamentos para no perder la razón.

Almond ha estado viniendo diario. Lo he visto entrar y salir más veces de las que me atrevo a contar. Antes de girar el picaporte, tensa los hombros, contiene la respiración, pero sale distinto, derrotado, con el corazón en la mano. También he escuchado cómo le habla, cómo le pide que se quede, y algunas veces le cuenta sobre los casos complicados que ha tenido, confiando en que lo escucha.

Hace unas semanas, él mismo la operó y sé que fue lo más difícil que ha hecho en su carrera. Un médico no debería operar a alguien que quiere. Es una violación absoluta a la ética médica. Pero lo hizo de todos modos. ¿Por ella? ¿Por sí mismo? ¿Para aferrarse a la única forma de estar cerca? No lo sé, pero salió muy bien, y se lo agradezco. Agradezco el amor que le tiene. ¿Quién era yo para impedir que alguien más la viera de la misma forma que la miro? ¿Y quién soy ahora para negarme a que alguien más le haga sentir que debe quedarse?

Estoy sentado, a unos metros de la habitación, débil y cansado (no logro dormir más de tres horas continuas), cuando escucho pasos. El doctor Montoure se detiene frente a mí.

—Cadwell. —Su llamado está carente de cortesía—. ¿En qué momento te irás a casa?

Me obligo a sonreír, a poner esa máscara profesional.

—En un par de horas. No se preocupe.

Se sienta a mi lado y me ofrece de su café. Está tibio y amargo, pero lo bebo de todos modos.

—No soy tonto, Anthony.

—Yo sé que no. —Sigo bebiendo sin prestarle atención, no sé ni por qué lo dice.

—Esa muchacha te importa más de lo que debería.

Me congelo, el café se atora en mi garganta.

—Es mi paciente.

—No me digas. —Montoure suelta una risa corta, casi desprovista de humor—. Porque yo diría que es mucho más que eso.

Me obligo a mantenerme sobrio.

—Seamos claros. —Apoya un codo en su rodilla, inclinándose ligeramente hacia mí—. No estoy aquí para señalarte, tampoco para hacerme el moralista. Solo quiero entender qué demonios haces todavía aquí.

Sorbo otro trago de café. Esta vez, me sabe a tierra en la boca.

—Hago mi trabajo.

Podría seguir negándolo. Podría decir que me quedo porque es lo correcto, porque es mi deber, pero me duele cada vez que miento de esa forma.

—Date por vencido. Ya no hay nada que se pueda hacer.

«Nunca».

CAPÍTULO 132

ANTHONY CADWELL

La sangre nunca me dio miedo,
pero siempre me asustó
la forma en que la necesitaba.

Otro mes pasó y he vuelto a dar consultas, sin embargo, siento que ya no entiendo a nadie. Escucho sus historias, leo sus expedientes, analizo sus síntomas… pero no los comprendo. Y lo peor es que ya no confío en nada de lo que digo.

He derivado los casos más complejos a otro médico, ya que no puedo permitirme el lujo de equivocarme, no cuando el resultado podría ser otro caso como el de Dannielle.

Camino por los pasillos con las manos en los bolsillos, con el sonido de mis pasos perdiéndose entre los de monitores y murmullos del personal agotado.

Miro mi reloj de mano, están por dar las once de la mañana, así que me dirijo a visitarla. Pero de repente, escucho gritos.

La puerta se estrella contra la pared, y una enfermera sale corriendo, apoyándose por las paredes para no caerse, sus ojos están abiertos al límite y su mandíbula, desencajada.

—¡No quiero volver ahí! ¡No quiero volver a escucharla!

Un relámpago me atraviesa: ya habla.

—¿Qué pasó ahí dentro? —le pregunto, dando un paso hacia ella.

Noto espanto, miedo.

—No puedo… no debería haber escuchado, doctor. —Me brinda una mirada, una súplica disfrazada de advertencia.

Mi corazón palpita fuerte, casi con felicidad. Habla.

Entro y cierro la puerta lentamente. Allí está, sentada en la cama, con un libro en sus manos.

—Danny…, mi amor.

Levanta los ojos, y me vuelvo un insecto bajo el escrutinio de una mantis religiosa.

—¿Cómo estás? —le pregunto—. ¿Cómo te sientes?

—¿Has leído *Madame Bovary*, Cadwell? —pregunta, con un tono casi casual, ignorando mi pregunta, pero no importa porque, por fin, escucho su voz.

—Sí.

—¿Sabes cómo termina?

Dannielle ladea la cabeza, sus mechones oscuros le caen sobre el rostro. No contesto, porque lo sé y creo entender hacia dónde va.

—Ella se suicida —continúa, pasando un dedo por el borde del libro—. Bebe arsénico. Muere lenta y dolorosamente, sin esperanza.

Sin previo aviso, me lanza el libro. Lo atrapo en el aire.

—Necesitaba estos libros, Cadwell. Realidad, ¡finales reales! No los que me diste. —Dos voces sobrepuestas salen de su garganta.

—Hay finales buenos. Pude ayudarte, pudimos hacerlo mejor, pero actuaste sola —digo en voz baja, temiendo que nos escuchen—. Todavía podemos hacer algo.

—¿Ibas a ayudarme a esconder los cuerpos? —ríe.

—Sabes que si me lo pedías, nada te negaba.

Ella, o quien sea que esté dentro de su cuerpo, resopla.

—No hay después, Anthony, ya no.

Con un dedo, me indica que me siente. No es un gesto amable. Es una orden, y la obedezco.

Quiero abrazarla, suplicarle que salga de este lugar conmigo, pero su mirada ajena me lacera, no estoy soportando sentirme como un extraño a su piel.

—¿Has sentido amor, doctor? —dice con una voz que jamás había escuchado, suave, casi poética y negra.

Sus ojos titilan de color azul… ¿Híbrido?

Se queda en silencio, dándome el tiempo para procesar la pregunta, como si disfrutara ver cómo mi mente se tambalea al buscar una respuesta.

—Claro que sí —le digo con total seguridad—, lo que siento por ti… es amor.

—Amor —repite, degustando la palabra—. Del latín *amōrem*, derivado de *amare*, pero ¿realmente entiendes lo que significa?

—Sé lo que significa.

Dannielle… No, debe ser Híbrido, sonríe con un deleite cruel.

—¿Alguna vez te has preguntado por qué el amor te exige todo y te deja con nada? Como una sanguijuela, como un parásito que drena cada gota de dignidad, ¿no lo has notado? Se alimenta de tu dolor, se baña en tus lágrimas. ¿No es fascinante? Se dice que es el más puro de los sentimientos y, sin embargo, es el origen de todas las miserias humanas. Es lo que convierte a los hombres en bestias.

No es ella. No sé si es la forma en la que lo dice, la cadencia medida de sus palabras, la forma en la que las escoge… Me provoca una presión en la cabeza, como si estuviera metros bajo el agua.

—¿De dónde vienes? —pregunto, intentando conocer al ser que la está habitando.

—La pregunta no es esa, doctor. —Cruza las manos sobre su regazo, tomando la postura de un juez—. La pregunta es por qué quisiste sembrar amor en un terreno estéril. ¿Qué esperabas cosechar en un campo marchito?

—¿Quién eres?

Me observa con calma, como si mi pregunta fuera irrelevante.

—Conciencia, verdad, un monstruo, ¿y tú? Un verdugo despiadado. Corre por tus venas lo mismo que en nosotros, ¿verdad?

—¿A dónde quieres llegar, Híbrido?

Su risa suena como el crujir de papel viejo.

—¿No lo sabes? ¿O no quieres admitirlo? Déjame preguntarte otra cosa, doctor —Continúa, con esa voz que resbala como aceite hirviendo—. ¿Qué hizo tu madre por amor?

Mi garganta se cierra.

«¿Qué es esto? ¿Qué eres?».

Su tono es casi compasivo, como un anciano explicando una verdad cruel a un niño.

—Lo amó tanto que lo mató —continua.

—Basta…

La migraña se exacerba.

—Y luego, sumida en la culpa, hizo lo único que podía hacer. Siguió su camino.

«No escuches».

—No sabes de qué hablas.

Mis sienes laten, se encienden. Mi cuerpo ya no quiere escuchar.

—Y aquí estás tú. Fruto de esa historia… ¿No será que por eso quisiste ayudar a nuestra paciente? Porque viste en ella lo que pudo ser Rachel, tu madre.

—Te equivocas, Dannielle no tiene nada que ver con mi pasado.

—¿Nada? —Verla me escuece—. ¿Nada, dices?

La frecuencia del monitor se acelera, pienso en el cuerpo de Dannielle, en su corazón bombeando a velocidad.

—Interesante. Porque cuando la miras, no ves a una asesina, ¿verdad? No ves a una mujer a la que todos piden una condena máxima.

—Porque no lo es.

Los números en la pantalla aumentan. Mis ojos vuelven a ella. Y, entonces, lo entiendo. No es su cuerpo el que está reaccionando, es lo que hay dentro de él.

—No, no lo es para ti. Para ti, ella es una víctima de sus circunstancias, alguien que no tuvo otra opción. Alguien que merece comprensión, ayuda… Igual que tu madre.

—No compares.

—¿Por qué no? —dejo de ver el rostro de Dannielle, porque se transfigura, es otra cosa, un animal en su cuerpo—. Ambas fueron moldeadas por sus cicatrices. Ambas hicieron cosas imperdonables. Ambas tienen sangre en las manos.

Mis latidos están en mis oídos.

«¿No hay nada que comparar?».

La voz de Híbrido resuena en mi mente, me llevo las manos a los oídos.

—¿Qué haces?

Tiemblo, retrocedo. Su voz no sale de mi cabeza, las imágenes tampoco.

El hospital desaparece, y me encuentro en la casa de mis padres, cuando era niño. Todo está ahí: el tapiz amarillo, los muebles de madera oscura, la mesa, el olor a canela proveniente de la cocina. Mi padre en el suelo. Mi madre con la mirada perdida.

«Sal de mi cabeza. Me estoy volviendo…».

—¿Loco, doctor? Difícil no usar esa palabra, ¿cierto?

—¿Cómo es que lees mi mente?

Volteo a ambos lados, la madera cruje bajo mis pies. Híbrido está sentado en el sillón de mi padre, con las piernas cruzadas, observándome como si siempre hubiera estado ahí, como si hubiera sido parte de ese recuerdo todo este tiempo.

—Yo no leo mentes, doctor, leo ojos. No hay magia en esta situación, pero usted, ¡oh, pobres humanos! Escuchan y leen lo superficial, sonidos o letras, nunca van más allá. Le llaman *locura* a lo que no entienden. *Loco* del castellano antiguo *lauco*, es decir, *tonto*. ¿Quién les enseña a hablar a ustedes? ¿Cómo es que se entienden? ¿Acaso Dannielle es tonta por ver seres que la han ayudado a levantarse? ¿O quizás es una forma de evolución ante el caos? La función hace la forma, los cambios hacen la evolución, hay quienes la niegan, pero es totalmente necesaria. Dannielle no es más que la máxima evolución humana, se ha sobrepuesto a las guerras. Ella puede ver a alguien desangrarse sin parpadear, puede ver una ciudad explotar en mil pedazos y solo cerraría los ojos. Lamentablemente, le metieron ideas sobre el amor. ¡Oh, doctor! Con el amor no se juega, si usted apenas y sabe qué significa su título de doctor. ¿Qué sabrá de hablar de amor? ¿Qué te lata el corazón tan deprisa que parezca una vibración? ¿Qué se rosen los labios y se sonrojen las mejillas? No, doctor, no creo que nadie aquí conozca realmente la palabra. Todos te la ofrecen, los moteles la venden. Dirá usted: «¡Qué insulto comparar el amor de motel con el amor que siento!», pero la verdad duele y quema.

—¿Y qué eres para saber lo que es querer? Tú no habitas un cuerpo real. No tienes corazón. No sabes lo que es amar y sentir cómo eso te destroza y te reconstruye desde dentro. No sabes lo que es mirar a alguien y desear que nunca desaparezca. ¿A quién amarías tú?

Parpadeo, dejo de ver mi hogar, vuelvo al hospital. Al olor a desinfectante y las paredes blancas. Una risa resuena.

—Qué pregunta tan absurda y, al mismo tiempo, tan humana. Pero no, el amor no es para mí. Sin embargo, ¿crees que no lo he visto? He habitado cuerpos que amaron hasta la destrucción. He visto hombres perder la cordura por una caricia. He visto mujeres arrancarse la vida con tal de no vivir un día más sin aquello que llamaban amor.

—No contestaste mi pregunta.

Híbrido sonríe de nuevo.

—¿Y por qué habría de hacerlo? Tú mismo lo dijiste, doctor. Yo no habito un cuerpo real, pero ganas… —extiende las manos, las garras—, tal vez sí…, sería como tú, un poco. Porque el amor es lo que haces sobre lo que sientes, ¿verdad?

—Estoy de acuerdo.

—¿Mataste por amor? —me pregunta—. ¿O por qué querías hacerlo?

—Por ella hago lo que sea.

Sisea, un sonido que me dice: «No lo creo».

—¿En verdad por ella? Cuéntame, doctor, ¿qué sentiste?, ¿qué dijo tu sangre? ¿El gen que estudiaste se sintió libre? —Se ríe sin descanso, y siento que mi cuerpo se hace hielo—. El gen de tu madre salió a la superficie. ¿No te lamentas?

—No.

Híbrido suelta una risa grave, como la de una tuba en su último aliento.

—Dannielle tampoco.

Poco a poco vuelve a ser su rostro. Sus huesos regresan a su sitio y las sombras de sus cuencas se retraen. Me acerco a la cama. Busco su mirada esperando encontrarla.

—Dan…

—¿Tiene aceite de lavanda, doctor? —No es ella quien responde—. ¿Qué pensaría si le digo que yo permitía que regresara al presente, que su terapia nunca hizo nada?

—Lo esperaba. —Mis ojos se cristalizan, sintiendo que me rindo, que pierdo toda esperanza, que ya no está ahí.

Recargo mi cabeza sobre su regazo, fracasado, resignado a que no puedo hacer otra cosa; mis palabras no tienen poder.

—¿Crees que soy un monstruo? —Su mano se pasea por mi cabello.

La pregunta no es de Híbrido, es de ella, de su voz. Este juego es una tortura. No es un monstruo, pero tampoco puedo responder.

—Del latín *monstrum*, a su vez derivado del verbo *monere*, que quiere decir «advertir». Un monstruo es una advertencia, un aviso, pero lo utilizamos para referirnos a aquel ser deforme que cae de nuestra gracia, ¿no es así? En la antigüedad, cuando nacía un niño con tres ojos, tres manos, once dedos, se creía que era un aviso de los dioses, que enviaban a estas criaturas para anticipar algo terrible. ¿Fui un monstruo? La superstición que anunciaba un gran mal, ¿lo soy?

Su mano fría me limpia la lágrima. La tomo, beso su muñeca, su palma, su pulso. El monitor deja de sonar, sus latidos se normalizan. Es ella.

—No, mi amor, tú no eres eso.

No sé cuánto más puedo llorar hasta quedarme sin agua en el cuerpo.

—Ya viene el doctor de la tarde, vete.

Observo el reloj: tres de la tarde. ¿En qué momento pasaron cuatro horas?

Mis manos aún la sostienen.

—Todo estará bien, mi vida, te lo juro.

CAPÍTULO 133

ANTHONY CADWELL

No sé qué es más cruel...
que el mundo te quiera ver muerta
o que yo me esté resignando a que
siempre estuviste destinada a ello.

Tiro las llaves sobre la barra y busco algo en la nevera cuando recibo un mensaje de voz del doctor Montoure:

—El tribunal ha considerado que está en condiciones de ser juzgada. La trasladarán hoy.

Los flashes de las cámaras me ciegan, mientras que los titulares en las pantallas de televisión repiten su nombre, mezclándolo con adjetivos detestables: «El monstruo de Hamlëin», «La carnicera de la ciudad».

Las puertas del tribunal se abren. A ella la bajan de una camioneta blindada con el logo del sistema penitenciario estatal. No está esposada, está encadenada. La escoltan gorilas con disfraz de guardia, como si trasladaran una amenaza nuclear.

Una oleada de gritos y abucheos explotan en cuanto ella

aparece. Pancartas se levantan, exigen pena de muerte, justicia inmediata.

Los guardias nos mantienen en una línea firme, evitando acercarnos, pero el tumulto es aterrador. Veo cartulinas en alto con insultos pintados en letras grandes, rojas y negras. Otros carteles piden la ejecución de Dannielle.

Mi estómago se revuelve al verla tranquila, sin que el bullicio le descomponga la postura. La colocan frente al juez. La corte contiene el aliento, y la pesadilla comienza apenas el juez ordena silencio.

—Caso número 230795, Dannielle Morgan Blackwood... —anuncia el secretario judicial—. Estado contra Dannielle Morgan Blackwood. Acusada de homicidio calificado, privación ilegal de la libertad, lesiones agravadas y tortura.

Dannielle es conducida al estrado.

—Señorita Blackwood —dice el juez principal—, este tribunal la ha evaluado y determinado que posee capacidad jurídica para responder penalmente por sus actos. ¿Comprende los cargos que se le imputan?

—Los comprendo —sonríe con frialdad.

—¿Desea representación legal?

—No. Me represento a mí misma.

Su defensora de oficio intenta intervenir, pero Dannielle no se lo permite. Con una sola mirada, la obliga a sentarse.

—¿Cómo se declara?

—Culpable.

Las cámaras estallan en destellos y la audiencia expande murmuraciones.

—¿Admite haber causado la muerte de Candy Vinalay y Sam Carraz?

—Sí.

—¿Admite haber privado de la libertad y torturado a Pralina Brunswick?

—Sí.

—¿Admite ser la responsable de la desaparición del doctor Paul Brunswick, director del hospital Vincent Warren?

—Yo lo maté.

—Señorita Blackwood, ¿tuvo usted cómplices?

—Trabajé sola.

La audiencia estalla en indignación. El juez golpea el mazo con fuerza.

—¡Orden en la sala!

Al abrirse la puerta lateral, entra Pralina, con un parche en la frente cubriendo la frase que Dannielle le marcó con un bisturí. Desde el otro extremo de la sala, se percibe tanto su odio como su miedo. Sobrevivió, pero ¿a qué costo?

Se sienta y las cámaras la apuntan. Le piden que cuente todo lo que recuerda, y así lo hace. No quiero ni hacerme imágenes en la cabeza de lo que asegura, pero llama mi atención cuando describe a Híbrido, sus ojos, sus garras. De pronto se rompe y varios médicos se acercan a contenerla.

El público se asusta; algunos se cubren la boca y otros lloran, sintiendo compasión por la víctima que desvaría después de todo lo sufrido.

—Señorita Brunswick, ¿tiene algo más que decir?

Después de un momento de silencio, Pralina se acerca al micrófono.

—Quiero que se pudra en el infierno.

Todos giran hacia Dannielle, esperan una reacción, pero ella solo lanza un puchero de lástima hacia la mujer.

—¿Desea ofrecer alguna defensa o testimonio personal antes de que se dicte sentencia? —le pregunta el juez.

Pero ella solo apoya la barbilla en su mano y sus ojos se vuelven flechas encendidas contra la mujer de cabello rubio.

—Ahora sabrás lo que es vivir encerrada en tu mente, mientras tienes libertad, Pralina. Dale las gracias a tu padre —agrava su voz.

El frío se instala después de que ella cierra los labios. Las personas se frotan los brazos. El tribunal se descompone en caos, vociferaciones e insultos. El juez golpea el mazo y exige orden.

—¿Perdón, Señorita Blackwood? —insiste el juez.

Dannielle pestañea lentamente.

—Pralina tenía que vivir. Alguien debía recordar.

Las siguientes horas son eternas y a la vez tan rápidas. Los alegatos son intensos, las pruebas irrefutables.

Afuera, nadie cesa de pedir justicia. Los reporteros entrevistan a personas que solo saben repetir y aseverar lo que escuchan de otros sin que les conste. Se hacen historias. Algunos dicen que Dannielle es la pareja de un narcotraficante muy buscado, porque no logran explicar la casa ni los lujos a su alrededor.

Adentro, el juez vuelve a tomar el micrófono, su respiración grita sentencia.

—Este tribunal encuentra a la acusada culpable de todos los cargos. —Hace una pausa, indignado—. Se impone la pena máxima.

Hace una pausa, y lo que viene es como una bala a mi cabeza.

—Se condena a Dannielle Morgan Blackwood a la pena de muerte.

La palabra se multiplica como plaga.

Muerte.

Muerte.

Muerte.

El ruido revienta la sala en gritos de alegría y bullas de justicia, mientras yo me hago pedazos y ella sigue mostrando calma desde el estrado. No llora. No parpadea. No suplica. Pero sus ojos están ahí, grises, tan suyos.

Me cubro la cara, exhalo.

—Dannielle será trasladada al Hospital Psiquiátrico Saint Adofaer hasta que llegue el plazo de su ejecución.

Una oportunidad, una ventana.

La sala se vacía, ella es escoltada de regreso a la camioneta blindada. Hacemos contacto visual por unos segundos, y sé que me reconoce.

«No me dejes».

Tengo tiempo, todavía puedo… No puedo.

Me escondo detrás de una máquina de refrescos, me repongo, intentando aliviar el nudo en la garganta que me asfixia.

—Te lo dije, Cadwell —aparece Montoure y saca una bebida.

—Lo sé. —Me oprimo los párpados, quiero que las lágrimas se regresen, no quiero llorar.

El doctor suspira, toca mi hombro en señal de apoyo. Es innegable que sabe lo mucho que esto me está afectando.

—¿Cuánto estás dispuesto a arriesgar? —inquiere, como si preguntara con doble intención.

—Todo.

Montoure aprieta los labios.

—Nos vemos en Saint Adofaer, preséntate mañana.

No espera respuesta, solo se da la vuelta y se va. ¿Será mi oportunidad?

CAPÍTULO 134

ANTHONY CADWELL

Fui la consecuencia de sus actos,
pero como golpeé de regreso,
decidieron que era yo
quien debía pagar.

Madera oscura, libros apilados en torres inestables, papeles revueltos, su camisa manchada de café de hace no sé cuántos días. La vida de Marck Almond se parece a la mía ahora: desordenada e irrecuperable.

Pero no tengo a donde más ir, son pocos a los que puedo recurrir y que puedan entenderme.

—El doctor Montoure me autorizó entrar al Saint Adofaer —comienzo sin mucho preámbulo.

—Correcto, continúa.

—Y necesito tu ayuda. —Lo que voy a pedir no tiene nombre, es lo peor que pediré en la vida, pero estoy desesperado—. Estoy negociando con los pocos contactos que me quedaron… Les estoy ofreciendo todo lo que tengo.

—¿Todo?

—Dinero, acceso a información, favores… Incluso… incluso me puse a mí mismo como moneda de cambio.

—Anthony… —Frunce el ceño—. ¿Qué significa eso?

—¡Que ya no tengo nada que perder! Así que la sacaré de ahí.

El tictac del reloj se convierte en metrónomo.

—¿Cómo lo harás?

—Si me vendo bien, si entrego lo suficiente, me sacarán del país junto con ella.

—¿Y si no?

—No hay un «y si no», Almond. Voy a sacarla de ahí. ¡No puedo dejar que la maten esos bastardos!

Mis ojos le piden ayuda, lo miro no como un amigo ni como un colega, se lo imploro consciente de que es un hombre que ha amado a la misma mujer desde dos ángulos distintos del abismo.

—¿Qué esperas que haga?

Aquí viene lo complicado. Perdón.

—Lo que mejor sabes hacer.

—¿De qué estás hablando?

—De lo que ellos podrían pedirme a cambio. Hay cosas que valen más que una casa, un terreno o un auto…, cosas que solo tú puedes extraer… y colocar… en otro cuerpo.

La carta está sobre la mesa. Él la mira sin tocarla.

Toda gota de sangre abandona su piel para mostrar una cara del color de la tiza. Huelo el miedo, todo su cuerpo dice que no, pero su voz dice otra cosa.

—Lo haré.

Acaba de condenar su destino junto al mío.

El hospital es la clave. Es un vertedero de gente olvidada donde las historias clínicas se convierten en trámites sin nombre. Y ahora es mi ventaja.

Las mafias no me ayudarán gratis. Ellos no mueven un dedo sin algo a cambio. El anterior favor de la avioneta lo perdí, sin embargo, lo tengo en mis cuentas por pagar. Ahora se suma este, y requiero más manos y precisión.

Necesito recolectar información, accesos, formas de control. Los expedientes médicos son una mina de oro. Registros de pacientes con mucho dinero, con nombres que no pueden aparecer en ningún lado. Historias clínicas de políticos, de empresarios, de gente que ha pagado fortunas para que nadie sepa que estuvieron ahí. Si les doy eso, tendré su atención. Pero no basta con información, también querrán acceso a medicamentos, a máquinas y, por supuesto, a cuerpos inmediatos.

Estos hombres no son como Elrond, son titiriteros siniestros que mueven sus hilos debajo de la tierra para cambiar la superficie.

Envío un mensaje de texto:

Anthony Cadwell
Lo tengo, haré todo lo que piden.

CAPÍTULO 135

ANTHONY CADWELL

No temo la muerte.
Temo que tú la conozcas antes de tiempo.

Saint Adofaer siempre ha sido un monstruo de concreto y acero. Frío, tétrico, resguardado, construido para encerrar lo que nadie quiere ver. Los muros altos y grises se extienden como un recordatorio de que este lugar no es un hospital, sino una jaula.

Antes, lo miraba como un médico, ahora, lo miro como un hombre que está buscando la manera de romper sus muros.

Noto que hay menos seguridad, ya no patrullan de forma constante ni hay pastores alemanes. Es como si los protocolos de seguridad hubieran cambiado.

¿Confianza en el sistema? ¿Descuido? ¿Una puerta entreabierta? No lo sé, pero es un punto a favor.

Me detengo en el acceso principal. Una cámara se mueve en mi dirección, coloco la palma de mi mano sobre el escáner y el dispositivo emite un pitido.

Luz verde. La puerta se desbloquea y avanzo hacia el edificio administrativo, donde me espera Montoure.

—Bienvenido de vuelta, doctor Cadwell. —Me estrecha la mano, olor a nicotina y formalidad—. ¿Se siente bien estar en casa?

«Casa».

—Supongo que sí.

Esboza algo parecido a una sonrisa, sus dientes están amarillos por el café y el tabaco.

—Entonces hazlo bien. —Saca de su bata un papel doblado en cuatro: una lista de mis actividades—. Te quedarás con los pacientes del ala este y cubrirás guardias nocturnas tres veces por semana.

No me mira cuando lo dice. Como si fueran instrucciones normales, como si todo esto fuera solo un trabajo. Tres noches a la semana con acceso irrestricto a los pasillos. Tres noches donde podré moverme sin ser cuestionado.

—¿Algo más?

Montoure me observa como quien ha conocido muchas versiones de la locura… y las reconoce cuando asoman.

—No hagas estupideces *tan* grandes, Anthony.

No te delates.

No seas obvio.

No falles.

Busca en su bolsillo y saca su cajetilla de cigarros, golpea suavemente uno contra la tapa antes de ponérselo entre los labios.

—Que tengas una buena guardia.

Meto la mano en mi bolsillo y aprieto el relicario de Dannielle para darme valor.

La noche cae y los pasillos se vuelven más largos en la oscuridad. Los pacientes duermen o fingen dormir. El hospital entero parece contener la respiración.

Camino hasta su celda y la desbloqueo. Está recostada, canalizada, perdida entre el efecto de los medicamentos.

La bata blanca le queda grande, suelta, sobre su cuerpo delgado. Su respiración es lenta, pausada.

Me acerco y me arrodillo junto a la cama.

—Danny… —susurro y, lentamente, se vuelve hacia mí.

Y no ha y reconocimiento en sus ojos, tiene dosis muy fuertes en su sistema, como el día en que la conocí.

—Voy a sacarte de aquí, te lo juro.

Sus pupilas dilatadas reflejan la luz de la habitación, tomo su mano con suavidad y memorizo su textura, sus líneas palmares. Acerco mis labios a su piel, presionándolos contra su muñeca.

CAPÍTULO 136

DANNIELLE MORGAN BLACKWOOD

Un buen médico sabe dónde poner el bisturí;
un gran médico entiende dónde dejarlo guardado.

Abro los ojos y lo primero que veo es el blanco de las paredes, el piso y las sábanas. La luz del techo me enceguece.

Estoy en una cama angosta, con barandas metálicas a los lados, quiero moverme, pero estoy atada de muñecas y tobillos a ellas. A mi izquierda, una silla de metal fijada al suelo, y a mi derecha, una mesa pequeña con una jarra de plástico vacía.

Ya había estado aquí antes.

¿El hospital Saint Adofaer? ¿Nunca salí de aquí? ¿Fue un sueño?

Trato de recordar cómo llegué aquí, aprieto los párpados. *Pasillos, un río, un hombre que tiene lirios en las manos, un baile, unas manos haciéndome levantar las mías en una pista, sangre… sangre.* Es un rompecabezas al que le han arrancado las piezas. No entiendo.

—Volvimos —dice una voz conocida frente a mí.

Es Valyria, de pie, con los brazos cruzados al pie de la cama.

—¿Por qué?

Se encoge de hombros y voltea hacia la puerta cerrada; allí, Yurien se truena el cuello con las manos.

—¿Por qué estamos nuevamente aquí? —insisto.

Una mano juega con mi cabello. Jezabel, esta vez mostrándose más serena o quizás derrotada, me quita los mechones del rostro y juega con mi frente.

Sus caricias me regresan el sueño, me dejo caer, la habitación desaparece.

Estoy de pie, en un pasillo iluminado. Llevo puesto un uniforme de quirófano color negro.

—Doctora Morgan, la están esperando en la sala de operaciones —dicen con urgencia.

Empujo la puerta con la espalda y veo al equipo preparado. El anestesiólogo ya está junto al paciente. No veo su rostro.

Me acercan los guantes, las batas, siento cómo la enfermera me ayuda a vestirme con ese ritual casi sagrado antes de la operación. Tampoco veo su rostro. Luego me pasan el bisturí montado, abro el abdomen del paciente, que tampoco conozco, las luces se apagan y me detengo.

—¿Qué pasa? —pregunto.

Nadie del equipo responde. Pero unos orbes fríos se encienden frente a mí, donde debe estar el primer ayudante.

Su mirada alumbra la incisión. ¿Híbrido?

—¿Por qué estás aquí? —le pregunto.

—Porque donde hay vida, hay muerte. Y tú, querida, has estado demasiado cerca de ambas.

Se inclina sobre el cuerpo del paciente. Su garra reluce con el fulgor de su mirada.

—Cortar es un acto divino. Pero también es un acto cruel. ¿Sientes placer al cortar?

«Sí».

—No.

—Los cirujanos son dioses frustrados.

—*No todos.*

—Solo los mejores. —*Ríe*—. ¿Por qué sigues con vida? ¿Lo sabes?

—*Porque la muerte aún no me quiere.*

—Oh, querida… —*Su sonrisa es una daga*—. Eso no es cierto. La muerte te quiere tanto que te ha tocado varias veces.

Su mano huesuda se acerca a mi cara, toma mi mejilla, se desliza… La sangre caliente resbala por mi rostro. Las gotas caen sobre el abdomen abierto.

En un segundo, el quirófano desaparece. Me encuentro en la oscuridad. No sé si caminar, temo estrellarme. Palpo una pared y, sin querer, pulso algo que enciende alarmas, luces rojas titilan. No sé por dónde salir, me tropiezo con objetos de metal. Escucho muchas voces a mi alrededor, pero no veo nada.

—¿Dannielle? —Escucho mi nombre a lo lejos—. Despierta… Despierta.

Estoy de regreso en la habitación, el doctor Cadwell se retira su bata para presionarme la cara, la herida.

Tiño con mi sangre la cama.

—Doctor…, no sabemos cómo pasó, ha estado atada todo el tiempo —escucho que dice un enfermero.

No sé si es de día o de noche, aquí todo es una constante luz blanca. Quiero caminar, por lo menos en círculos, quiero bañarme, quiero… salir.

Una canción de cuna suena, una mujer vestida de lila la tararea y se agacha frente a mí, deshace los nudos que me anclan a las barandas. ¿Mamá?

Jezabel, una mujer con el cabello negro y ojos penetrantes como el hielo, me susurra: «Vive».

Dalila, una mujer hermosa, alta y con el cabello terso, castaño y largo, me susurra: «Vive».

Valyria, una mujer pelirroja, con pecas por todo el cuerpo y ojos verdes, me susurra: «Sé libre».

Lauren, una mujer con sangre en su vestido, el cabello corto y pecas en la nariz, me susurra: «Sé libre».

Frente a mí, con una rodilla en el suelo, un hombre de ojos turquesa que resplandece como la luna susurra: «Te necesito conmigo».

Levanta la bata del suelo y, del bolsillo saca un collar, un dije en forma de corazón. Lo abre delicadamente y en él hay un objeto que toma entre sus dedos, un artilugio que no mide más de dos granos de café apilados.

En el lugar correcto.

Lo pone en mi mano, hace una reverencia y se levanta.

—Sé libre —susurra la criatura al lado de él.

Libre.

CAPÍTULO 137

ANTHONY CADWELL

Aunque la sangre cubra sus manos,
aún hay quien la mira como si estuviera
hecha de nieve.

Las impresoras están desbordadas de papeles, una especie de caos organizado en el que trabajan estos hombres. El hombre al frente, con dedos expertos, desliza hojas que examina, tacha, reescribe, rompe. Se nota su experiencia en algo poco legal.

Revisan la información que les traje, la envían por correo y reciben respuesta casi inmediata, y yo cruzo los dedos para que sea, al menos, casi suficiente, sintiéndome culpable por tener esperanzas.

—¿Y este? —pregunta un segundo hombre, sosteniendo una hoja bajo la luz antes de tacharla y lanzarla a un cesto de basura. El hombre de la computadora me lanza una mirada fugaz y vuelve a su pantalla. Con clics rápidos y firmes, ajusta algo en un documento digital.

La puerta trasera se abre, entra el que faltaba, con quien he estado haciendo el trato, corpulento, sin cabello, vestido con un traje negro.

—Bien, doc —dice, palmeándome el hombro con fuerza—. La cirugía fue un éxito, así que ya es hora de que sepa lo que hemos planeado. —Se truena los dedos y abre una cerveza—. El hospital funciona con un sistema eléctrico centralizado, con generadores de respaldo en caso de emergencia. Si se corta la energía, los generadores tardan entre cuarenta y cincuenta segundos en activarse, ¿correcto?

—Es correcto —confirmo—. Son cincuenta segundos donde no hay luz, donde no hay cámaras.

—Ya nos entendemos. Ese es nuestro margen de tiempo. Sin embargo, el apagón no es suficiente, así que usted tiene que provocar algo.

—Tal vez una crisis en algún paciente —dice el de la computadora—. Algo que haga correr al personal. Usted puede provocarlo, ¿cierto?

Asiento otra vez, basta una sobredosis controlada para acaparar la atención del piso.

—Una vez que lo haga y la atención se disperse, saca a la mujer de la celda, la lleva por los pasillos traseros, donde los de mantenimiento ajustan los aires. El hospital tiene un acceso de servicio que conecta directamente con la morgue. Esa es su salida. Ahí habrá uno de mis hombres infiltrados, quien lo apoyará para lo siguiente.

Uno de los hombres en las máquinas lanza una maldición: se corta con un papel y mancha unos papeles con sangre.

Sangre.

La herida en su mejilla, la bata con la que la cubrí. La bata. ¡Maldita sea! La bata, el relicario. ¡NO!

—¡Tengo que irme! Tengo que irme.

—No hemos terminado…

Lo dejo con las palabras en la boca.

La bata.

Corro hacia el auto. Pero mis manos están temblando tanto que no logro meter la llave para encenderlo. Me odio a mí mismo.

No arranca… ¡Maldición, justo ahora! Vamos… Giro la llave una y otra y otra vez… hasta lograrlo. Acelero de tal forma que las llantas chillan contra el asfalto.

La bata, la estúpida bata.

¿Cómo pude ser tan negligente? ¿Cómo?

Tomo el teléfono y pongo el altavoz.

—Helen, Helen, por favor ve a la habitación de Dannielle Morgan, ahora mismo. Por favor.

—Doctor, ella… —titubea, su tono está lleno de duda y miedo—, me da mucho miedo esa chica.

—¡Que vayas! —Mi voz tiembla de furia y desesperación, y no sé si es con ella o conmigo mismo—. Mierda, ¡ve, Helen, ve!

¡Maldita sea! ¡Qué ineptos! No sé por qué están allí, ¡no sirven!

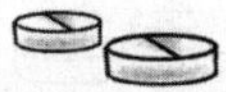

Puedo ver el hospital a lo lejos. Piso el acelerador hasta el fondo; el coche se sobrecalienta, una luz roja parpadea en el tablero, pero no aflojo. Freno de golpe, casi tirándome del auto antes de que se detenga. Y corro, corro con cada fibra de mi cuerpo, como si mi vida se extinguiera con cada segundo perdido. Tengo que llegar a ella.

Un guardia intenta detenerme, alza una mano, no sé qué dice, no me importa, lo aparto de un empujón y cae de espaldas.

—¡Ahora no! —Mi voz, casi un grito, es ronca y seca.

Un empleado de turno intenta alcanzarme, lo hago a un lado, el carrito que empuja se ladea y el material se esparce por el suelo.

—¡¿Se ha vuelto loco?!

Las alarmas se encienden, pero ignoro, ignoro todo.

Marco la clave. El pitido final suena, y la reja de su celda se desliza. Mi corazón se detiene… mi vida se acaba.

Dannielle está en el suelo, envuelta en sí misma como una niña asustada. Su cuerpo está doblado como un ovillo apretado.

Un charco de sangre se expande debajo de ella, tan roja, tan irreal. Mis ojos se detienen en sus muñecas; los cortes profundos, definitivos. No puedo apartar la vista, no puedo procesarlo, caigo en pedazos.

Mi amor, mi amor…, no. La rodeo con mis brazos y la atraigo hacia mí. Su cuerpo, aún cálido, se mezcla sobre mí. Su rostro, ese rostro tan mío, parece estar en paz; sus mejillas, con una pizca de tinta rosa pálido, le dan un aspecto de calma, como si estuviera dormida en un sueño.

El amor de mi vida, mi ángel, no… no me dejes, no me dejes.

Con manos temblorosas, toco su cuello y, como un milagro, siento un pulso débil, un susurro de vida. Y pienso que todavía hay oportunidad.

Si me amas, déjame ir.

Si me amas, déjame ir.

Si me amas, déjame ir.

Si me amas, déjame ir.

Escucho dentro de mí.

«¿Eso es lo que quieres?».

—Te amo, Dannielle, perdón —le digo al oído.

El personal se aglomera alrededor de nosotros. Su cuerpo está en mis brazos; mi corazón, cerca del suyo, quizás hablando, quizás sintiéndose el uno al otro.

—Doctor, ¿tiene pulso? —me pregunta alguien.

CAPÍTULO 138

ANTHONY CADWELL

Mi corazón desalojó mi cuerpo.
¿Cómo sigo llamando a esto vida?

Meses después

Las campanas resuenan suaves, solemnes y dulces.

Estoy de pie en el altar. Es un lugar pequeño, íntimo, como si se hubiera construido solo para nosotros dos. El suelo está cubierto de pétalos de rosas, y la luz que entra por los vitrales proyecta sobre el piso sus colores.

Ella entra caminando hacia mí con un vestido blanco adherido a su figura que acaricia cada uno de sus movimientos.

Dannielle. Mi Dannielle.

Su cabello cae en suaves ondas, enmarcando su rostro y su mirada…, esa mirada que siempre me traspasó el alma, que terminó haciéndome suyo, doblegándome a su voluntad.

Hoy brilla con una paz que nunca le vi antes, como si todos los demonios se hubieran ido y, por fin, ella pudiera sentirse totalmente suya.

Un nudo diferente se forma en mi garganta, de ganas de querer llorar de felicidad porque siento que he muerto tantas veces para poder vivir esto.

Le tomo la mano y se la beso. Observo el anillo que escogí para ella; no le hace justicia, ella les hace el favor a las joyas.

—Estamos aquí, por fin —me dice al oído.

Sus mejillas rojas gritan amor y vida. Ella me besa y el tiempo se detiene, ahí. Si he de morir, me gustaría morir aquí. Que el fin del mundo nos alcance ahora.

—Te amo, Anthony.

—Te amo, amor de mi vida.

Es la primera vez que escucho aquella frase de su boca, y yo, en ese instante, me vuelvo un hombre millonario.

Mi alma se repara, mi alma descansa, pues fue creada para encontrarla.

Despierto, mi almohada está húmeda otra vez. Otra vez.

La realidad se estrella contra mí con la fuerza de una tormenta, y me doy cuenta de que esa paz, ese amor, no están aquí.

Y lloro, lloro abrazando la almohada, grito con impotencia, con coraje, con el odio del mundo recayendo sobre mí.

Ojalá estos cimientos se hundieran y el techo me sepultara, porque yo no tengo el valor de acabar conmigo, necesito que alguien pronto lo haga.

Ella ya no está, no camina hacia mí, no sonríe ni me toma la mano. No habrá un «lo logramos». Todo lo que queda es el dolor de saber que se ha ido para siempre y que, cada vez que cierro los ojos, intentaré alcanzarla... y la perderé una y otra vez.

Ella es la mujer por la que siempre valdrá la pena deshidratarse.

—Mi amor —susurro.

Ella amaba las palabras así, queditas, decía que se parecía a la voz del viento. La dejé ir, tenía un pulso que podía reanimar, pero ya no quise hacer mi voluntad. Quisiera haberme enterrado con ella, estar abrazándola eternamente, el lugar más bonito del mundo es donde ella esté, así sea bajo tierra.

¿Cómo vivo cuando sus ojos grises ya no van a volver?

¿Cómo vivo cuando ahora sé que esto es culpa mía?

¿A quién busco que pueda devolverme su vida?

¿A quién le puedo cambiar mi vida por la de ella? Yo no la merezco.

Mi amor, hubiera querido despedirme de ti, hubiera querido ser alguien realmente bueno para ti, perdóname, perdóname y espérame.

EPÍLOGO

Los enfermos necesitan al médico,
no los sanos.

Doy un paso adelante, me cubro del frío y la lluvia que no han cesado desde que ella se fue. A veces siento que le entristece verme de esta forma y que, hasta que yo pueda encontrarme, dejará de llover. Otras veces le digo mirando al cielo: «Perdóname, pero seguir sin ti se siente como traicionarte».

Todas las bancas están vacías.

Aquí es el lugar donde las personas vienen a pedir, a rogar o solamente a llorar, esperando que algo o alguien pueda entender lo imposible de pronunciar.

Al fondo hay un letrero que reza: «Enjugará Dios toda lágrima de los ojos de ellos, y ya no habrá muerte, ni habrá más llanto, ni clamor, ni dolor, porque las primeras cosas pasaron».

No sé por qué vine aquí.

No sé qué esperaba encontrar.

Me dejo caer en uno de los asientos y me inclino hacia adelante, con los codos en las rodillas y la mirada perdida en el suelo. Estoy cansado.

Alguien se acerca, no me molesto en mirar, no tengo energía, solo quiero cerrar los ojos y volver a mis sueños, en donde ella regresa.

—¿Qué te trae por aquí? —alguien me pregunta, su voz reverbera en el lugar.

Tantas respuestas posibles, tantas palabras que podría decir, pero, al final, solo una verdad me atraviesa.

—Ya no sé dónde poner el dolor.

La vida siguió.
Yo no.

AGRADECIMIENTOS

Los que aprendieron a sembrar en medio del dolor,
son los mismos que vuelven gritando de vida
cuando llega la cosecha.

Comencé este libro desde 2018. Un día, entre lágrimas y un nudo enorme en la garganta con todo lo que no pude decir en la facultad, llegué a teclear de manera incansable en la computadora.

La Facultad de Medicina, ese sueño al que aposté todo, lo que se suponía debía ser la mejor etapa de mi vida, se convirtió en un infierno. Siempre me ha sido difícil socializar, aunque lo intento, pero esos intentos a veces no salen bien. Como respuesta, traen rechazo y, en los peores casos, cuando de ser diferente pasas a ser el raro, el rechazo se transforma en burla y, a veces, en violencia.

Esto no es solo sobre mí. No es solo *bullying*, es lo que no nos atrevemos a nombrar cuando estamos en medio de la carrera por temor a represalias: el acoso sistemático. La hostilidad disfrazada de «disciplina», el maltrato normalizado bajo la idea de que «así es la Medicina».

El *bullying* en la infancia es un infierno.

El *bullying* en la universidad no tiene nombre.

Comencé a vivir entre medicamentos para soportar el odio, la burla y las historias distorsionadas sobre mí. Luché con mi propia mente para convencerla de que no podíamos quitarnos la vida, de que debía haber algo más para mí.

Así surgió *No me llames loca*, un libro para mantenerme en esta tierra. Un capítulo más muchas veces fue la excusa para quedarme.

Una vida por una vida.

Dannielle, dicen que eres un personaje ficticio, pero siempre te he sentido muy real. Yo no te di vida, tú me la devolviste. Me enseñaste la belleza de la locura y que no, no estaba rota, solo desarmada. Me tomaste la mano en mi encierro y silencio para decirme: «No importa que nos quiten la voz, tenemos las letras».

Te agradezco, lector de Facebook, que estuviste en ese tiempo, apoyando una historia sin saber quién estaba detrás, haciéndome reír con tus teorías y memes, o eligiendo los actores perfectos para el *cast*.

Te agradezco a ti, nuevo lector, por quedarte hasta el final.

Laura, fuiste mi luz entre tanta oscuridad, siempre me sentiré en deuda contigo. Gracias por quedarte, por no huir.

Armando, gracias por apoyarme en este sueño, por escucharme toda la madrugada cuando el síndrome del impostor atacaba y quería borrar todo.

Gracias, Dios, por darle la escritura a esta mujer que no sabe hablar. A veces no sé si este es el camino que me diste o si yo, necia, estoy yendo por ahí, pero confío en que vas conmigo.

Gracias Atticus, que aunque eres muy pequeño y no sabes leer aún, dentro de algunos años, cuando abras esta sección, quiero que sepas que fuiste tan lindo apoyando a tu mamá, jugando bloques a su lado, mientras ella escribía.

Bia Rigel, gracias por leerme antes de que supiera sí valía la pena ser leída. Tú fuiste un gran pilar para mostrar este libro.

Editorial Planeta, gracias por creer en esta historia. Marielo, David, gracias por decirle sí a *No me llames loca.* En verdad fueron como un Elrond que llegó de sorpresa a ofrecerme una oportunidad sin que yo entendiera muy bien las razones.

Con amor, Danny.